LES PORTES D'OCCIDENT

Du même auteur
aux Éditions J'ai lu

Atlantis – Les fils du Rayon d'or, *J'ai lu* 4829
Les guerriers du silence :
1. Les guerriers du silence, *J'ai lu* 4754
2. Terra Mater, *J'ai lu* 4963
3. La citadelle Hyponéros, *J'ai lu* 5088
Wang :
1. Les portes d'Occident, *J'ai lu* 5285
2. Les aigles d'Orient, *J'ai lu* 5405
Les fables de l'Humpur, *J'ai lu Millénaires*
Les derniers hommes :
1. Le peuple de l'eau, *Librio* 332
2. Le cinquième ange, *Librio* 333
3. Les légions de l'apocalypse, *Librio* 334
4. Les chemins du secret, *Librio* 335
5. Les douze Tribus, *Librio* 336
6. Le dernier jugement, *Librio* 337

Chez d'autres éditeurs

Abzalon
Graine d'immortels
Rohel le Conquérant

PIERRE BORDAGE

WANG

Livre I

LES PORTES D'OCCIDENT

J'AI LU

CHAPITRE PREMIER

GRAND-MAMAN LI

Tous les coups sont permis, y compris les coups bas – surtout les coups bas. Le Tao de la Survie ne s'adresse pas aux cœurs épris de noblesse et d'éthique. Que ceux-là se tournent vers les religions traditionnelles, se soumettent à un quelconque maître ou franchissent la porte qui mène dans les mondes de l'au-delà...

Le Tao de la Survie de grand-maman Li

L'hiver s'était déposé plus tôt que d'habitude sur la ligne Oder-Neisse II, la frontière occidentale de la République populaire sino-russe. Gonflée par les pluies de l'automne, la veine sombre et furieuse de la Nysa s'enfonçait en grondant entre les collines nues et blêmes. Des colonnes de fumée, courbées par la bise, montaient des baraquements de tôle et se jetaient dans les nuages qui s'amoncelaient au-dessus de Grand-Wroclaw comme les promesses de jours difficiles.

Wang remonta le col de sa veste et s'engagea dans un passage qui donnait sur la rive de l'impétueux cours d'eau. Il prenait toujours le chemin des bords de la Nysa pour gagner la maison de grand-maman Li. Il évitait ainsi de traverser les quartiers nord de l'agglomération, gagnant en sécurité ce qu'il perdait en temps et en énergie. Ses relations avec le clan d'Assöl le Mongol s'étaient considérablement dégradées depuis qu'on l'avait surpris à dérober un sac de cigarettes dans les entrepôts du Wzwzych. Il avait tenté d'apitoyer le parrain en affirmant que les produits de son larcin n'étaient pas destinés à son usage personnel – il n'avait pas menti à ce sujet – et qu'il les rembourserait à la première occasion, mais ses arguments n'avaient pas adouci la sentence : il avait été condamné à payer, avant le 15 novembre de l'année en cours, une amende forfaitaire de trente mille yuans, une somme énorme pour un résidant des faubourgs de Grand-Wroclaw. En outre, le jugement stipulait qu'au cas où Wang ne se serait pas acquitté de sa dette à la date fixée, il aurait le choix entre l'émasculation, la mort par crucifixion et le paiement en nature, à savoir un contrat d'exécuteur pour le compte du clan pendant une durée minimale de cinquante années.

Wang ne tenait pas à ce qu'on arrache les attributs qui faisaient de lui un homme ou qu'on le cloue sur une porte. Comme il n'avait aucune chance de réunir la somme requise, il ne lui restait pas d'autre choix que de devenir un tueur d'Assöl, une de ces ombres qui surgissaient de la nuit et vidaient le chargeur de leur pistolet-mitrailleur dans le ventre d'un commerçant négligent, d'un joueur étourdi, d'un trafiquant rival ou d'une prostituée rétive. Même si cette perspective lui garantissait un sursis – pour combien de temps ? rares étaient les sbires d'Assöl qui survivaient aux guerres incessantes entre néo-triades –, elle n'était guère plus réjouissante que la lente agonie réservée aux traîtres ou aux opposants du clan : entrer au service du Mongol, c'était mener l'existence désespérante d'un chien étranglé par sa laisse. Il n'aurait plus à se soucier du gîte et du couvert, et il pourrait lutiner autant de femmes qu'il le souhaiterait, mais il devrait renoncer au plaisir inestimable de flâner dans les ruelles de Grand-Wroclaw, d'errer au gré de ses humeurs dans le quartier des chars, de sauter dans un camion bâché en partance pour les plaines silésiennes.

Ses pieds s'engourdissaient sous le cuir épais de ses bottes. Le vent ne parvenait pas à dissiper la terrible puanteur qui régnait entre les habitations rudimentaires, des entassements hasardeux de tôle, de planches, de tissu, de bâches, et dont le caractère provisoire, perpétué pendant plus de trois siècles, avait fini par devenir un style. Par l'entrebâillement des tentures, des portes, des fenêtres, il apercevait des silhouettes à l'intérieur de pièces éclairées par des lampes nues et tremblantes. La centrale thermique qui alimentait la sous-province de Silésie ne parvenait pas à fournir l'électricité en quantité suffisante au moment des grands froids, d'autant que les néo-triades s'arrangeaient pour détourner une grande partie de la production et la revendre à un tarif prohibitif aux familles les plus aisées de Wroclaw et de sa banlieue, un bidonville qui avait fini par absorber les villes de Legnica, de Walbrzych, et s'étendre vers l'ouest jusqu'au bord de la Nysa. Dès lors, les moins fortunés n'avaient pas d'autre ressource que de gaver leurs vieux poêles de bouts de bois, de branches, de meubles, de papiers, de morceaux de charbon qu'on allait extraire dans les anciennes mines silésiennes, de tout ce qui pouvait se consumer d'une manière ou d'une autre, y compris les cadavres, animaux ou humains – Wang avait d'abord cru qu'il s'agissait d'une rumeur dénuée de tout fondement ou encore d'une plaisanterie de mauvais goût mais, un jour qu'il était entré dans la maison d'un vieil ami de grand-maman Li, il avait vu une main à demi calcinée jaillir du fourneau de la cuisinière comme un diable hors de sa boîte.

Bientôt, des fumées toxiques monteraient des cheminées, rendraient l'atmosphère irrespirable et se conjugueraient au froid pour emporter les moins résistants, les nourrissons, les vieillards, les malades, dans les mondes de l'au-delà. « Le Tao de la Survie n'est d'aucun secours pour les faibles, disait souvent grand-maman Li. Il ne sert qu'à renforcer les forts... »

Les premiers flocons tombèrent au moment où Wang déboucha sur le quai de bois qui longeait la Nysa. Il était fasciné par la légèreté avec laquelle la neige se déposait sur les toits, sur la terre, sur les lattes, sur le miroir légèrement ridé de la rivière, par cette manière qu'elle avait d'absorber les bruits comme pour mieux ménager ses effets.

Il s'avança jusqu'au bord du quai et observa pendant quelques secondes le ballet des flocons qui s'estompaient au contact de l'eau. Le courant précipitait des branches d'arbres, des bouts de tôle, des bidons et des détritus sur les piliers du quai ou sur le mur de béton de la digue, autant de résidus qui se déverseraient quelques jours plus tard dans la mer Baltique, transformée depuis des lustres en une immense décharge à ciel ouvert. Deux ans plus tôt, la curiosité avait pris Wang de contempler l'embouchure de la Nysa. Il avait convaincu un camionneur qui effectuait la liaison quotidienne avec la ville de Szczecin de le prendre à son bord. Il avait suivi le cours de la rivière jusqu'à l'endroit où elle se jetait dans l'Oder, puis, sur l'invitation du chauffeur, il avait poussé jusqu'au port de Swinouiscie, en Poméranie. Il ne conservait de cette excursion que des images sinistres, des paysages de désolation, des champs couverts de chars ou de camions rouillés, des montagnes de déchets, des nappes d'un brouillard épais et noir, des bâtiments éventrés, des ruines, des milliers de sans-abri sur les routes, des scènes de carnage, de pillage...

« La République populaire sino-russe dans toute sa splendeur ! s'était exclamé le camionneur, un homme dont les cheveux blonds, les yeux bleus et le teint pâle trahissaient les origines slaves. Je donnerais un bras ou une jambe pour passer de l'autre côté de ce putain de rideau et contempler les merveilles de l'Occident ! »

Il avait prononcé ce dernier mot avec de l'extase dans la voix. Puis il avait enfoncé brutalement la pédale de l'accélérateur et le camion, un engin vétuste qui semblait sur le point de se disloquer à chaque secousse, avait bondi en ululant sur la route défoncée.

L'Occident...

Wang observa le R.E.M., le rideau électromagnétique, qui s'élevait sur l'autre rive de la Nysa. Les flocons étaient maintenant d'une telle densité qu'il le devinait davantage qu'il ne le voyait. Parsemé de taches brillantes, parcouru de frémissements bleutés, il s'étendait à perte de vue des deux côtés et se perdait dans les nuages. Il était probablement situé à plusieurs kilomètres de la rivière – personne n'osait s'aventurer sur la berge opposée pour vérifier la distance, de peur d'être pulvérisé par un rayon à haute densité – mais il donnait l'impression de se dresser à quelques pas de là. Grand-maman Li prétendait qu'il culminait à plus de dix mille mètres de hauteur et que sa longueur totale avoisinait les trente mille kilomètres. Toujours selon la vieille femme, il avait jailli du sol deux siècles plus tôt, au moment où les armées chinoises s'apprêtaient à fondre sur l'Europe de l'Ouest, et il avait pulvérisé les milliers de soldats de la R.P.S.R. qui avaient essayé de le franchir. De même, il s'enfonçait dans les entrailles de la terre à une profondeur qui interdisait tout contournement par des voies souterraines. Les soirs d'été, la brise colportait son grésillement délicat, presque musical, dans les ruelles de Grand-Wroclaw.

« Les satellites de la R.P.S.R. n'ont rien détecté des travaux qu'il a nécessités, ajoutait grand-maman Li. Et pourtant, ils devaient être visibles comme le nez au milieu de la figure...

– Des... satellites, grand-mère ?

– Les yeux de l'espace. Ils tournent en orbite autour de la Terre, mais l'Occident a trouvé le moyen de fermer ceux de la République sino-russe... »

Wang ignorait tout des origines du conflit qui, deux siècles plus tôt, avait opposé la R.P.S.R. à l'Occident. Il savait seulement que des millions de Chinois, de Coréens et de Mongols avaient traversé la Sibérie, l'Oural, le Kazakhstan, la Russie, que le R.E.M. occidental les avait bloqués le long de la ligne Oder-Neisse II et que les autorités de l'axe Pékin-Moscou n'avaient eu ni les moyens ni la volonté de les rapatrier. Ils s'y étaient donc établis, abandonnant leurs chars ou leurs camions sur place, choisissant leurs épouses parmi les centaines de milliers de prostituées, d'infirmières, de cantinières ou de prisonnières qui avaient suivi la vague militaire, construisant de gigantesques campements provisoires qui avaient fini par devenir des villes. Leur présence n'avait pas été du goût des autochtones et des flambées de violence avaient embrasé la Silésie jusqu'à ce que les néo-triades chinoises, coréennes et mongoles établissent un ordre basé sur la terreur et le rationnement des matières de première nécessité. Les Polonais s'étaient pour la plupart réfugiés à l'intérieur des terres, où ils produisaient les légumes, les céréales, le lait et la viande nécessaires à la subsistance des millions de descendants de l'armée d'occupation, massés le long de l'Oder et de la Nysa. De temps à autre, la rumeur courait que les autorités de la R.P.S.R. expédiaient de nouvelles troupes à la frontière afin de réduire l'influence des néo-triades et de rétablir un semblant de légalité dans la lointaine province de Pologne, mais les quelques officiers supérieurs qui s'étaient présentés au cours des deux derniers siècles dans Grand-Wroclaw en étaient aussitôt repartis dans des boîtes en fer, coupés en petits morceaux.

Les flocons tiraient un voile de plus en plus opaque sur l'ombre grise et scintillante du R.E.M. Parfois, le désir traversait Wang de savoir ce qui se tramait de l'autre côté de ce rempart, mais ce n'était pas chez lui une obsession comme chez la plupart des gens qu'il fréquentait. Il avait entendu dire qu'une porte s'ouvrait tous les ans près de Most, une ville de la sous-province de Bohême, et que des milliers de Sino-Russes, attirés par le mirage occidental, s'y précipitaient comme des insectes vers la lumière d'une lampe.

Comme personne n'était revenu pour parler de son séjour de l'autre côté du R.E.M., les hypothèses les plus diverses, les plus extravagantes, couraient sur le sort réservé aux candidats à l'émigration : les uns affirmaient que la porte de Most s'ouvrait sur des chambres à gaz et qu'on récupérait la peau, les os et les cheveux des cadavres pour fabriquer du savon ou divers objets de décoration, d'autres qu'elle débouchait sur une vie d'esclavage et de labeur, d'autres qu'elle donnait sur les cages d'un zoo humain, d'autres que les émigrants servaient de cobayes aux expérimentations des généticiens, d'autres que la semence des hommes et les ovules des femmes étaient prélevés et conservés dans des caves réfrigérées, d'autres enfin que les Occidentaux avaient besoin de gladiateurs et de martyrs pour reconstituer les jeux du cirque de l'Antiquité... Grand-maman Li, qui avait des avis sur tout, restait étrangement muette sur le sujet.

Wang parcourut le quai de bois sur un bon kilomètre. Des barques reliées à des pontons flottants se resserraient contre les piles de la construction. Le silence neigeux buvait avec avidité les grincements des coques qui s'entrechoquaient. Chaque riverain se chargeait d'entretenir la partie du quai jouxtant son habitation –

plutôt que d'un véritable quai, il s'agissait d'une étroite passerelle surélevée qui longeait la rivière et donnait à la fois sur l'arrière des maisons et sur les pontons d'accostage. Si certains passages n'inspiraient aucune inquiétude, d'autres requéraient la plus grande prudence : les planches rongées par l'humidité pouvaient céder à tout moment, et il fallait marcher sur les chevrons parfois apparents pour ne pas passer au travers du tablier friable et tomber dans l'eau de la Nysa. Les riverains les plus consciencieux avaient installé une rambarde sur les dix ou quinze mètres qui leur étaient impartis, mais leurs voisins, moins courageux, n'avaient pas estimé nécessaire de poursuivre l'ouvrage. Ces disparités engendraient des conflits incessants que les néo-triades finissaient par régler avec la brutalité qui les caractérisait. Elles massacraient les familles jugées paresseuses, vindicatives ou gênantes, et en profitaient pour installer leurs hommes dans les habitations libérées, parfaite illustration de ce vieux dicton cantonais qui recommande aux souris de ne jamais en appeler à l'arbitrage d'un chat.

La neige rendait les planches glissantes et contraignait Wang à redoubler de prudence. Le froid transperçait sa veste et son pantalon de coton. Surpris par l'hiver comme ces moineaux fauchés par les premiers gels, il n'avait pas eu le temps de se procurer des vêtements chauds. Les flocons, giflés par le vent tourbillonnant, lui cinglaient le visage. Des odeurs de viande grillée et de bois brûlé imprégnaient l'air saturé d'humidité.

Il repéra devant lui deux silhouettes dont l'immobilité avait quelque chose de menaçant. Instinctivement, sans ralentir l'allure, il glissa la main dans la poche de sa veste et saisit le manche de son couteau à cran d'arrêt. « L'initiative est l'un des secrets de la survie, disait grand-maman Li. Frappe avant qu'on te frappe. Les chrétiens polonais disent de pardonner à son ennemi et de tendre l'autre joue, le Tao de la Survie te recommande d'étendre ton ennemi avant de lui pardonner. »

Il se demanda s'il n'avait pas d'une manière ou d'une autre offensé un autre clan que celui d'Assöl, si la petite

Luang qui se donnait à lui trois fois par semaine dans la cabine d'un char abandonné n'était pas une prostituée échappée d'un bordel coréen ou la maîtresse attitrée d'un parrain. Il ne savait pratiquement rien d'elle, sinon qu'elle habitait le quartier de la Wzychska – le quartier des Coréens, justement –, qu'elle entourait leurs rendez-vous de mille précautions et que l'inquiétude l'empêchait de s'abandonner complètement au plaisir. A défaut d'amour, il éprouvait pour elle une certaine tendresse, d'autant que, les occasions de se laver se faisant rares, il restait imprégné de son odeur entre leurs rencontres.

On s'efforça de maîtriser sa respiration, de calmer les battements désordonnés de son cœur, et s'avança d'un pas tranquille vers les silhouettes. Les visages des deux hommes disposés de chaque côté de la passerelle disparaissaient sous des cagoules de laine noire. Il sentit monter en lui la tension caractéristique qui précède les combats. Une sensation d'électricité dans les bras, jusqu'au bout des doigts. Il glissa le pouce au-dessus du cran d'arrêt, évalua la situation d'un bref coup d'œil. Il plongerait d'abord son couteau dans le ventre de l'homme qui se tenait sur sa droite, du côté de la rivière. Aucune rambarde ne se dressait à cet endroit, et une simple bourrade suffirait à le précipiter dans l'eau glacée de la Nysa. Il n'aurait plus à craindre une attaque dans son dos, il pourrait donc accorder toute son attention à son deuxième adversaire. Un crochet, une feinte de frappe, et il lui planterait la lame jusqu'à la garde dans la partie découverte de son bassin ou de sa poitrine.

Il bifurqua légèrement sur sa droite et, se souvenant des recommandations de grand-maman Li, prit l'air stupide de « celui qui croit encore que l'humanité est une espèce aimable et bienveillante ». Au moment où il arrivait à portée de sa première cible, la silhouette placée sur sa gauche se départit subitement de son immobilité et fit un mouvement dans sa direction. Il bondit en arrière, sortit son couteau de sa poche, pressa le cran d'arrêt. La lame se déploya dans un claquement sec.

D'un revers de manche, il s'essuya le front et les cils. Le moindre défaut de visibilité risquait de s'avérer mortel dans ce genre d'affrontement.

Surpris par sa réaction, l'homme resta figé pendant quelques secondes, puis il éclata de rire, plongea la main à l'intérieur de son manteau de cuir et en ressortit un objet métallique que Wang identifia instantanément : un pistolet-mitrailleur Tokaru, une arme de fabrication coréenne qui équipait la plupart des néo-triades de Grand-Wroclaw.

La peur l'enveloppa comme une ombre. Il n'avait plus désormais qu'une seule solution : plonger dans la Nysa en espérant que le courant l'emporterait hors de portée des balles. Mais la température de l'eau n'excédait pas six ou sept degrés, et il serait gagné par l'engourdissement en une poignée de secondes. La mort par balle, la mort par hypothermie... quelle différence ? Le Tao de la Survie ne tolérait aucune façon de mourir.

« Tu me parais bien nerveux, Chinetoque ! cria l'homme. Tu as une manière curieuse de saluer tes futurs équipiers du clan d'Assöl... »

Soulagé, Wang écarta lentement les bras pour signifier à ses interlocuteurs qu'il avait pris conscience de son erreur. Puis il actionna le mécanisme d'escamotage de la lame et remit son couteau dans sa poche.

« La neige est tellement épaisse qu'elle m'empêche de reconnaître mes amis... » lança-t-il avec un sourire d'excuse.

Comme tous les habitants de Grand-Wroclaw, il s'exprimait en frenchy, une variante populaire du français de l'Occident. Du mandarin, la langue officielle de la R.P.S.R., il ne possédait que de vagues rudiments appris de grand-maman Li.

« La neige, Chinois... ou la peur ? reprit l'homme. Tu n'as pas encore réuni les trente mille yuans de l'amende ? »

Les deux hommes s'esclaffèrent bruyamment. A la manière qu'ils avaient de le traiter de Chinois, avec une pointe de mépris dans la voix, il devina qu'ils étaient mongols. Ils retirèrent leurs cagoules, dévoilant des traits rudes, des paupières lourdes, des pommettes marquées, des moustaches fines et tombantes. Leurs manteaux d'un cuir épais, élimé, tombaient sur leurs bottes fourrées.

« Il ne te reste que vingt jours pour t'acquitter de ta dette... »

Wang aperçut, par l'entrebâillement de son vêtement, le torse brun et musclé de son interlocuteur au moment où il glissait son P.-M. dans la ceinture de son pantalon. Une lubie de Mongol ! Ces types-là étaient capables de courir nus dans le froid, de s'arracher un ongle ou de se transpercer les joues pour le simple plaisir de mesurer leur résistance à la douleur. Il distingua également des gouttelettes pourpres sur les manches de son manteau et sur ses bottes.

« Viens par ici, Chinois ! »

Le Mongol saisit Wang par le col de sa veste et l'entraîna sans ménagement dans une ruelle perpendiculaire. Ils tournèrent à l'angle du premier baraquement, un invraisemblable assemblage de bois, de ferraille et de bâches, et se dirigèrent vers une construction en apparence plus cohérente et dont la porte grillagée battait contre le chambranle. Des effluves de poudre et de sang dominaient par instants la puanteur qui montait des fosses septiques engorgées.

Du pied, le Mongol maintint la porte ouverte et poussa Wang à l'intérieur de la maison. Agressé par une suffocante odeur de boucherie, celui-ci eut besoin de quelques secondes pour s'accoutumer à la pénombre. Un poêle antique jetait des lueurs rougeoyantes sur le mur du fond. Des tabourets renversés, des assiettes, des morceaux de verre, des baguettes et des restes de nourriture jonchaient un tapis troué et les dalles métalliques du sol. Un long gémissement déchira le silence et attira l'attention de Wang. Le spectacle qu'il découvrit alors l'horrifia : un homme nu, un Chinois du Nord ou un Coréen, avait été crucifié sur une table dressée à la verticale. On lui avait arraché les organes génitaux et enfoncé de longs clous à tête ronde dans les poignets et les chevilles. Son sang se répandait en ruisseaux le long de ses bras, de ses jambes, grossissait goutte à goutte la mare visqueuse qui s'étalait à ses pieds. Wang distingua, un peu plus loin, un morceau de chair velue et sanguinolente qu'il identifia comme la partie manquante du supplicié, et il contint à grand-peine une envie de vomir.

« Tu ne te sens pas bien, Chinois ? demanda le Mongol, appuyé contre le chambranle. Tu t'y habitueras vite : c'est la marque du clan d'Assöl, le sort réservé à tous ceux qui refusent de se soumettre à sa loi ! Ce maudit Pékinois a compris trop tard où étaient ses intérêts. »

Il s'avança à son tour au milieu de la pièce et brandit une tenaille aux mors ébréchés sous le nez de Wang.

« C'est avec ça qu'on leur arrache le pic et les bourses ! Ça fera partie de ton boulot quand tu auras intégré le clan...

– J'ai encore vingt jours pour payer l'amende », murmura Wang sans desserrer les lèvres, de peur de libérer le contenu de ses entrailles en même temps que les mots.

Un ricanement s'échappa de la bouche lippue du Mongol.

« Tu n'en possèdes pas les dix premiers yuans, Chinois ! Et cette chère grand-maman Li n'a pas les moyens de payer à ta place... »

En prononçant ce nom, il rappelait à son vis-à-vis qu'il appartenait déjà au clan, l'avertissait que le moindre manquement de sa part serait sanctionné par des représailles sur grand-maman Li. L'image furtive de la vieille femme clouée sur la porte de sa maison traversa l'esprit de Wang et ses yeux s'emplirent de larmes.

« Viens par là... » ajouta le Mongol en se dirigeant vers une ouverture en partie occultée par une tenture.

Dans l'autre pièce, une chambre comme l'indiquaient les lits superposés, des cadavres avaient été entassés les uns sur les autres, du plus grand, un vieillard aux longues nattes blanches, au plus petit, un nourrisson de quelques mois. Les exécuteurs avaient visiblement réservé un traitement de faveur à la mère, une femme à l'allure encore juvénile malgré ses cinq ou six grossesses. Sa robe déchirée ne dissimulait pratiquement rien de son corps allongé sur un matelas de tissu. Ils ne l'avaient pas mitraillée, contrairement aux autres, ils avaient tailladé à coups de couteau ses seins gonflés de lait et l'avaient ouverte du sternum jusqu'au pubis. L'odeur fétide de la chair corrompue augmenta l'écœurement de Wang.

Le Mongol désigna le cadavre de la femme d'un mouvement de menton.

« Elle s'est débattue comme une tigresse. Le plaisir n'en a été que plus grand ! Le travail offre souvent ce genre de compensations... »

Il écarta les pans de son manteau d'un geste théâtral et révéla, à côté de la crosse du P.-M., un tatouage qui lui encerclait le nombril et qui représentait le symbole du clan d'Assöl : le scorpion. Chacun de ses gestes faisait saillir ses muscles sous sa peau brune et glabre.

« Dans vingt jours, tu seras toi aussi un scorpion d'Assöl, Chinois, et ton dard frappera sans pitié... Fiche le camp, maintenant ! »

Il n'eut pas besoin de le répéter deux fois. Wang se précipita hors de la maison, bouscula au passage le deuxième exécuteur resté à l'extérieur et rejoignit le quai en trois enjambées. Là, il esquissa quelques pas vacillants avant de tomber à genoux, de se cramponner au bord irrégulier du tablier, de basculer le haut du corps au-dessus du cours impétueux de la Nysa et de vomir enfin tripes, bile et boyaux. Il resta un long moment dans cette position, tremblant de rage, de désespoir et d'épuisement, indifférent à la neige qui le recouvrait comme un linceul.

« Tu as croisé un fantôme ? »

Les rideaux flétris de ses paupières tombaient sur les yeux inquisiteurs de grand-maman Li, qui luisaient dans l'entrelacs de ses rides comme des braises sous un fagot de sarments. Assise sur une antique chaise à bascule, le seul bien qu'elle eût hérité de son père, elle tirait avec fureur sur une cigarette dont l'extrémité incandescente lui rosissait le visage, rejetant de volumineux nuages de fumée par les narines et la bouche. Elle était vêtue de son éternelle veste rouge fermée par des attaches de bois et d'un pantalon étroit de couleur noire. Elle avait rassemblé ses cheveux gris en un strict chignon maintenu par une broche de cuir. Elle dépassait à peine le mètre quarante et pourtant, elle semblait occuper davantage d'espace qu'un lutteur de sumo-no, une lutte très populaire dans Grand-Wroclaw.

La maison de grand-maman Li n'était pas plus luxueuse que les autres – et même un peu moins car elle n'avait plus la force de combler les multiples lézardes qui couraient sur les murs et le plafond – mais il y régnait une telle propreté, un tel ordre qu'on avait l'impression, en poussant la porte, de pénétrer dans un havre de confort et de paix. Elle s'arrangeait pour égayer son intérieur de fleurs qu'elle cueillait dans quelque mystérieux endroit connu d'elle seule. Des tapis aux couleurs éclatantes dissimulaient les panneaux métalliques rongés par la rouille, et les lattes de bois du plancher, régulièrement cirées, brillaient avec autant d'éclat que si elles sortaient de l'atelier d'un menuisier. Des bâtonnets d'encens, dont elle semblait posséder une réserve inépuisable, brûlaient à toute heure du jour et de la nuit et interdisaient à la puanteur extérieure de s'inviter dans les lieux.

Wang referma soigneusement la porte, tira la tenture intérieure derrière lui, s'approcha de la vieille femme et se pencha pour lui embrasser les mains, rituel qu'il accomplissait chaque fois qu'il franchissait le seuil de la maison.

« Tu es aussi blanc que la neige », soupira-t-elle en écrasant sa cigarette dans un cendrier en forme de conque.

Elle se privait parfois de manger pendant plusieurs jours, mais elle ne pouvait se passer de ses dix ou douze cigarettes quotidiennes. Elle y consacrait l'essentiel des quelques yuans que lui rapportaient ses connaissances en acupuncture. C'était pour subvenir à ses besoins que

Wang avait tenté de dérober un sac entier des précieux paquets dans les entrepôts d'Assöl. La contrebande de tabac importé des lointaines provinces de Mandchourie et du Kazakhstan valait d'énormes profits aux néo-triades, autant et même davantage que les trafics de nourriture et d'opium. Les clans y rajoutaient des substances légèrement psychotropes qui augmentaient à la fois la sensation d'euphorie et la dépendance.

Wang s'était efforcé de fumer, comme tous les garçons de son âge, mais ses premières expériences tabagiques s'étaient soldées par de nombreux désagréments, migraines, nausées, vertiges, qui l'avaient dégoûté à tout jamais de la cigarette.

« Ton énergie est dominée par l'eau, les émotions, la passivité, dit encore la vieille femme. Où est donc passé le jeune bois qui me transmet un peu de sa sève ? Qui donc s'est permis d'éteindre le soleil vigoureux qui éclaire le crépuscule de ma vie ? »

Wang lâcha les mains de grand-maman Li, se redressa et se dirigea vers la cuisinière massive qui trônait sous l'une des deux fenêtres de la pièce. Il n'eut pas besoin de soulever le rond central de la plaque de fonte pour se rendre compte que le feu n'y était pas allumé. Pourtant, grand-maman Li avait déjà bourré le fourneau de papier, de brindilles, de morceaux de cageots, et elle avait acheté quelques bûches – à quel prix ? – qu'elle avait empilées contre le mur. Un réflexe entraîna Wang à poser les mains sur le tuyau coudé qui s'élevait d'un côté du meuble métallique, mais il ne perçut que le froid de l'aluminium anodisé. Il en fut déçu, car il était transi jusqu'aux os et il avait espéré se réchauffer dans la douce tiédeur de la maison familiale.

« Il ne fait pas encore assez froid, murmura grand-maman Li sans se retourner. L'hiver promet d'être rude et je dois économiser le bois.

– Le charbon brûle moins vite que les bûches, dit Wang d'un air farouche. Je me débrouillerai pour t'en procurer. »

Grand-maman Li se leva à son tour et pressa l'unique interrupteur de la pièce principale. Pendue au bout de son fil, l'ampoule s'emplit d'une lumière maladive. Le vent s'engouffrait en mugissant dans les tôles du toit et les flocons crissaient contre les rares vitres intactes des fenêtres.

« La centrale d'Opole ne fournira pas assez d'électricité pour tout le monde, soupira la vieille femme. Encore heureux qu'elle ne fonctionne pas à l'énergie nucléaire, comme les anciennes centrales d'Ukraine, de Tchéquie, de Slovaquie, de Hongrie... Celles-là sont tombées en panne l'une après l'autre et ont contaminé la République jusqu'à la frontière turque !

– Cela s'est passé il y a plus de cent ans, grand-mère...

– Le nucléaire est un dragon qui ravage la terre et les cieux pendant cent mille ans ! Si les autorités de Pékin ne sont pas encore venues remettre de l'ordre en Silésie, c'est parce qu'elles craignent la contamination, et non les parrains des néo-triades. La zone comprise entre les pays nordiques et la Turquie a été déclarée sinistrée. Les gens l'ont oublié, par ici, mais les rares anciens s'en souviennent. Ils sont les dépositaires de la mémoire, comme dans les temps très reculés où nos ancêtres vivaient sous le ciel du Guangxi ou du Guangdong. Le grand-père de mon père a vu les gens tomber comme des mouches, foudroyés par des maladies inconnues. Il a participé aux opérations de purification génétique, au cours desquelles des millions d'hommes et de femmes contrefaits, monstrueux, ont été pourchassés et brûlés dans de gigantesques fours. »

Envahi d'un sombre pressentiment, Wang se retourna et dévisagea grand-maman Li.

« Pourquoi est-ce que tu me racontes tout cela maintenant ?

– Pour que tu saches...

– A quoi cela me servira-t-il ?

– A mieux connaître les hommes, à mieux comprendre les lois de la Survie.

– Le Tao de la Survie ne m'a conduit qu'à devenir un exécuteur d'un clan mongol ! cria Wang avec colère.

Un tueur chargé d'émasculer les hommes, de violer les femmes, de massacrer les enfants ! »

Du plat de la main, il frappa le tuyau de la cuisinière. Des particules de suie dégringolèrent en pluie à l'intérieur du tube d'aluminium. Grand-maman Li se rapprocha de lui à petits pas. Elle ne levait pratiquement pas les pieds, elle glissait sur le parquet avec la même légèreté qu'une araignée d'eau. Elle lui saisit l'avant-bras, le contraignit à la fixer dans les yeux. Il fut traversé par l'impression fugitive de faire face à une fillette prématurément vieillie.

« Cela ne sera pas, Wang ! déclara-t-elle d'une voix forte. Jamais mon petit-fils n'entrera au service de ce porc mongol !

– Je n'ai pas trente mille yuans à lui donner, grand-mère, et je ne tiens pas à finir crucifié sur une table ou une porte... »

Il s'abstint de lui dire qu'il craignait les représailles d'Assöl davantage pour elle que pour lui. A plusieurs reprises, il lui avait suggéré de quitter Grand-Wroclaw et de partir pour une province du Sud, Serbie, Bulgarie ou Albanie, mais elle lui avait répondu que jamais elle n'abandonnerait la terre où reposaient ses ancêtres, que les vivants étaient tenus par le devoir sacré de veiller sur les âmes des morts, que le chaud soleil des régions du Sud ne réchaufferait pas ses vieux os aussi bien que la flamme de l'éternité. Elle lui avait demandé de perpétuer la tradition lorsqu'elle aurait gagné l'au-delà, mais le culte des ancêtres ne revêtait aucune signification à ses yeux. Seuls quelques anciens s'obstinaient à respecter cette coutume, importée par les soldats de la première vague de conquête de la Russie et des autres pays de l'Ouest.

Wang était pourtant le dernier maillon de la chaîne familiale : sa mère, la fille unique de grand-maman Li, était morte en le mettant au monde et, deux années plus tard, une épidémie de grippe ukrainienne avait emporté son père, un Cantonais du nom de Ho. Sa grand-mère s'était donc chargée de son éducation, lui apprenant à lire, à écrire, à compter, lui inculquant quelques notions d'histoire et les principes de base du Tao de la Survie. Dans une pièce obscure de la maison, au milieu d'un autel décoré de guirlandes de fleurs artificielles, brillait en permanence une flamme minuscule qui symbolisait l'âme de sa mère et que grand-maman Li s'acharnait à entretenir malgré le coût exorbitant de l'huile. Bien qu'elle eût appris la prière rituelle à son petit-fils, ce dernier n'allait jamais se recueillir devant l'autel familial. A ses yeux, cette flamme ne représentait rien d'autre qu'un gaspillage d'argent et un fatras de croyances inutiles. Il n'avait aucun souvenir de ses parents, pas même une gravure ou une photo, et ce n'étaient pas quelques minutes passées devant un laraire et quelques bâtonnets d'encens qui les ressusciteraient dans son esprit. Il estimait par ailleurs ce genre de pratique incompatible avec le Tao de la Survie.

« Il arrive au plus vaillant des guerriers d'être trahi par ses forces, déclara soudain grand-maman Li. Alors il n'a pas d'autre ressource que de se tourner vers les âmes de ses ancêtres et de les supplier d'intervenir. Le jour où tu auras besoin de leur protection, tu seras bien heureux de les avoir honorées... »

Cette façon qu'avait la vieille femme d'épouser le cours de ses pensées surprenait toujours autant Wang. Il leur arrivait de rester plusieurs heures sans dire un mot, écoutant les hurlements du vent ou le crépitement de la pluie sur les tôles, et, tout à coup, elle répondait à la question qu'il venait de se poser dans son for intérieur. Il la soupçonnait de s'adonner à des pratiques magiques ou d'absorber des herbes qui procurent la clairvoyance. Elle avait d'ailleurs acquis une réputation de magicienne – de sorcière pour les langues de vipère – dans Grand-Wroclaw, et ils étaient nombreux à changer de côté lorsqu'ils venaient à la croiser dans les ruelles de l'agglomération.

« Ni la flamme de ma mère ni la protection des aïeux ne paieront l'amende au Mongol ! » cria Wang d'une voix tremblante de colère.

La pression des doigts de grand-maman Li se resserra sur son poignet. Des doigts d'une force étonnante en regard de leur finesse et de leur fragilité apparente.

« Ils ont répondu à mes prières et m'ont donné leur conseil, affirma-t-elle en détachant chacun de ses mots. Tu dois partir, Wang. »

Il se recula d'un pas, comme frappé par une invisible balle.

« Partir ? C'est toi qui me demandes de partir ? Toi qui ne veux à aucun prix quitter le territoire de tes ancêtres !

– Il ne s'agit pas de moi...

– Je ne partirai pas sans toi ! »

Les yeux de Wang n'étaient plus que deux minces fentes qui jetaient des éclairs. L'énervement se traduisait chez lui par un abaissement des paupières, une avancée des pommettes et une crispation des lèvres. Autant il ressemblait à sa mère en temps ordinaire, autant les traits de son père émergeaient lorsqu'il se mettait en colère.

« Les ancêtres ne t'ordonnent pas de t'établir dans une quelconque province du Sud, reprit grand-maman Li, mais de te rendre à Most, en Bohême.

– Most ? s'étonna Wang. Qu'est-ce que j'irais y faire ? »

A peine eut-il posé cette question qu'un brouillon de compréhension se forma dans son esprit. Grand-maman Li marqua un long temps de pause avant de répondre, comme pour donner un tour solennel à ses paroles :

« Ce que font tous les autres : tu attendras l'ouverture de la porte du R.E.M. pour t'introduire en Occident. »

Wang repoussa délicatement la vieille femme, qu'il dominait de deux bonnes têtes, et se dirigea d'un pas machinal vers la fenêtre opposée. La blancheur éclatante qui s'était déposée sur la ruelle et les maisons voisines l'éblouit. Une dentelle de givre s'accumulait sur les rebords des vitres. La neige continuait de tomber, mais les flocons n'étaient plus que de fines particules de poussière blanche éparpillées par les bourrasques.

« Les ancêtres ont perdu la boule s'ils se figurent que

je vais te laisser seule face aux tueurs d'Assöl ! gronda Wang en se retournant avec vivacité.

– N'insulte pas nos morts. Ils nous guident de là-haut sur les voies tortueuses de la destinée.

– Ces stupides fantômes ne se rendent même pas compte qu'ils couperont la dernière branche familiale en m'expédiant derrière le rideau... On ne revient pas de l'Occident.

– Si tu continues de les honorer dans ton cœur, ils te protégeront jusqu'à ce que le R.E.M. se soit abaissé... »

Wang s'absorba dans la contemplation des colonnes hachées de fumée noire qui s'élevaient des toits enneigés. La solution proposée par grand-maman Li se frayait un chemin dans son esprit : mieux valait tenter l'aventure de l'Occident plutôt que rester à Grand-Wroclaw et subir la loi d'Assöl ou de ses lieutenants. L'envie l'avait parfois effleuré de passer de l'autre côté du rideau, mais il l'avait systématiquement refoulée, de peur que les sbires du Mongol ne cherchent à se venger sur la vieille femme (et les paroles des deux exécuteurs rencontrés quelques minutes plus tôt sur le quai le confortaient dans cette crainte).

« Le R.E.M. ne s'est pas baissé depuis deux siècles, grand-mère, protesta-t-il d'un ton radouci. Je ne vois pas pourquoi il le ferait maintenant. Tu es en train de me jouer un tour à ta façon. C'est toi qui me pousses à me réfugier à l'Ouest, pas les aïeux... Je ne peux pas accepter ton sacrifice.

– Qui parle de sacrifice ? répliqua grand-maman Li d'une voix sèche. J'ai été un bien piètre maître si tu ne me crois pas capable d'appliquer les principes que je t'ai moi-même enseignés ! Assöl et ses porcs ne m'effraient pas. Et les ancêtres sont plus malins que tu l'imagines : de l'autre côté du rideau, tu auras davantage de chances de survivre, et donc de perpétuer la famille et les traditions, que si tu t'enracines dans la terre de Grand-Wroclaw.

– Qui te dit que je ne perdrai pas la vie aussitôt que j'aurai franchi le seuil de la porte de Most ? »

Un pâle sourire effleura les lèvres rainurées de grand-maman Li. Elle était si menue, si fragile, dans le halo ténu de la lampe, qu'elle semblait avoir été déposée là par un imperceptible souffle de vent.

« L'inconnu est parfois la seule source d'espérance, petit Wang. Ta tête ne vaudra bientôt plus un yuan à Grand-Wroclaw. Le Tao de la Survie t'enseigne de découvrir de nouveaux horizons lorsque tes ennemis sont plus nombreux que tes amis. »

Wang s'avança vers grand-maman Li, s'accroupit devant elle et l'enlaça tendrement. Bien qu'il en mourût d'envie, il évita de la serrer, sa fragilité cristalline s'accommodant mal des étreintes brutales. Il resta un long moment enfoui dans sa tiédeur, dans son odeur. De ses vêtements s'exhalaient depuis toujours les mêmes fragrances de santal, de musc et de savon. Il ne lui avait jamais dit qu'il l'aimait, parce que les garçons ne s'abaissaient jamais à dévoiler leurs sentiments dans les rues de Grand-Wroclaw, mais il prenait conscience en cet instant qu'elle avait été pour lui bien davantage qu'une grand-mère, bien davantage qu'un maître du Tao de la Survie : elle avait endossé les rôles de mère, de père, de sœur, elle l'avait nourri de sa chaleur, de sa tendresse, elle lui avait prodigué ses conseils, elle s'était privée de nourriture pour qu'il achève sa croissance dans les meilleures conditions, elle l'avait veillé sans relâche lors des épidémies de grippe kazakhe et russe, elle lui avait donné ses couvertures au plus fort de l'hiver, elle s'était démenée auprès des marchands de la place du 10-août-2102 pour lui procurer des vêtements chauds... Elle avait même soudoyé la tenancière d'un bordel coréen pour qu'il fût initié aux choses de l'amour le jour de ses quinze ans (il avait subi plusieurs assauts au cours de la nuit, trois filles ayant absolument tenu à se rafraîchir l'âme avec sa virilité insatiable et maladroite).

Il se rendait compte qu'il ne lui avait jamais témoigné la gratitude qu'elle méritait. C'était maintenant que la séparation paraissait inéluctable que les mots se bousculaient dans sa gorge, que les larmes lui montaient aux yeux.

Grand-maman Li lui caressa les cheveux. Il eut l'impression que deux oiseaux songeurs lui ensorcelaient le crâne.

« Un camion partira cette nuit de l'extrémité sud du quai de la Nysa. Le chauffeur est un Polonais.

– Un catholique ? » balbutia Wang.

Les larmes roulaient maintenant sur ses joues. Il pleurait sans honte devant grand-maman Li parce qu'elle acceptait tout de lui, y compris ses manifestations de faiblesse.

« On peut avoir confiance en lui : il a reçu le baptême selon le rite de Jean-Paul V, le pape de l'Eglise clandestine sino-russe, et ces gens-là préféreraient se faire arracher les yeux, la langue et les bourses plutôt que de trahir la parole donnée. Tous les mardis, il vient de Lodz pour approvisionner les marchés de Grand-Wroclaw en viande, en légumes et en fruits. Le mercredi, il prend la direction de la Bohême afin de recharger en minerai dans le massif de l'Erzgebirge. Il te déposera dans les faubourgs de Most. Une fois sur place, tu te débrouilleras pour te glisser dans le flot des candidats à l'émigration. J'ai de nouveaux vêtements pour toi : ce forban de Ming a bien voulu me céder un pantalon épais, une veste de laine, un manteau de cuir d'occasion et des chaussettes montantes pour une somme de cent yuans et quelques séances d'acupuncture. Il n'a pas encore quarante ans mais, par chance, ses articulations sont déjà celles d'un vieillard.

– Je ne veux pas te quitter, grand-mère, gémit Wang. Tu es ma seule famille... ma seule lumière... »

Grand-maman Li entoura de ses bras les épaules de son petit-fils agenouillé et le berça doucement.

« Je ne t'ai pas enseigné le Tao de la Survie pour te retenir près de moi. Le jour est venu de prendre ton envol. Je m'assoirai devant la porte de la maison et j'attendrai ton retour...

– On ne revient pas de l'Occident.

– Je crois que tu reviendras, petit Wang, et que ton retour annoncera des jours nouveaux...

– Assöl...

– Il n'osera pas me toucher : il me gardera en vie comme ces chèvres qu'on attache à un piquet pour attirer le seigneur tigre... »

Ils restèrent enlacés, unis dans un même souffle, pendant un temps que Wang aurait été incapable d'évaluer. Lorsqu'il rouvrit les yeux, des ténèbres profondes assiégeaient la lumière vacillante de la lampe.

CHAPITRE II

L' ERZGEBIRGE

Choisis de t'engager sur les chemins aventureux plutôt que de suivre le troupeau dans la plaine. Je ne parle pas seulement des sentiers qui bordent les précipices ou des routes qui traversent la zone sinistrée, mais également des voies de la destinée. Elles t'entraîneront dans les recoins les plus noirs de ton âme, là où tu rencontreras tes pires adversaires, là où tu puiseras la force de survivre dans ta haine et ton dégoût de toi-même.

Le Tao de la Survie de grand-maman Li.

L'aube se levait sur le moutonnement blanc de l'Erzgebirge. Le camion avait roulé toute la nuit sur des routes au bitume défoncé et remplacé, sur de larges portions, par des pierres grossièrement jointes. La neige n'avait cessé de tomber, rendant par moments la visibilité quasi nulle. Au plus fort de la tempête, le chauffeur, un Polonais roux et moustachu du nom de Piotr Lekzinski, avait dû immobiliser son véhicule sur les bas-côtés et attendre une accalmie pour repartir.

Wang n'avait pas trouvé le sommeil malgré sa fatigue et le ronronnement lancinant du moteur. Son chagrin et ses remords d'avoir abandonné grand-maman Li s'étaient conjugués pour le maintenir dans un état de veille douloureux. Envahi par la pénible sensation de s'être enfui comme un voleur, comme un lâche, il doutait d'avoir embrassé une dernière fois sa grand-mère. Pourtant, au travers du cuir, ses doigts palpaient l'objet qu'elle avait glissé dans la poche de son manteau lors de leur ultime étreinte, un « porte-bonheur » dont il n'avait même pas eu la curiosité de savoir ce qu'il représentait.

Il se souvenait d'être sorti de la maison aux environs de vingt-deux heures et d'avoir remonté le quai jusqu'à son extrémité sud, dans le quartier de la Wzychska. Il avait été traversé par l'espoir insensé d'apercevoir une dernière fois le visage de la petite Luang, mais les rares silhouettes qu'il avait rencontrées, enveloppées dans de larges manteaux, enfouies sous des capuches ou des cagoules, s'étaient évanouies dans l'anonymat de la nuit. Une entrevue, même courte, avec Luang aurait peut-être adouci l'amertume de la séparation avec grand-maman Li, mais il ne savait pas où habitait la jeune femme, la Wzychska s'étendait sur des centaines de kilomètres carrés et il aurait fallu un miraculeux concours de circonstances pour que leurs chemins se croisent en plein cœur des ténèbres. Il avait craint à tout instant de tomber sur les hommes du clan d'Assöl, même si ces derniers n'avaient guère l'habitude de s'aventurer dans le quartier coréen. Il avait été soulagé d'apercevoir, garé contre les piles du quai, le camion bâché dont le moteur tournait déjà et dont les phares éclaboussaient les murs des masures environnantes.

Piotr, un géant de presque deux mètres, l'avait accueilli sans dire un mot. D'un geste de la main, il lui avait ordonné de s'asseoir à la place du passager, s'était signé à trois reprises et avait glissé sa grande carcasse dans l'étroit espace compris entre la banquette et le volant. Ils avaient traversé la banlieue sud de Grand-Wroclaw, caractérisée par des taudis de plus en plus misérables et des montagnes de détritus (les résidants de ces quartiers n'avaient probablement pas les moyens de payer la redevance aux néo-triades taiwanaises qui géraient l'enlèvement des ordures ménagères). Piotr avait foncé droit devant lui, le pied calé sur la pédale d'accélérateur, ne ralentissant pas aux intersections. Des ombres surprises, affolées, s'étaient égaillées dans les faisceaux mouvants des phares.

« Cramponner ! avait hurlé le Polonais. Si m'arrêter, eux sauter dans camion, égorger nous comme poulets ! »

Deux heures plus tard, ils étaient sortis de Grand-Wroclaw et avaient pris la route de Liberec, la première ville de Bohême. Piotr avait enfin pu ralentir et laisser souffler le moteur.

« Plus de quatre cent mille kilomètres... Commencer fatiguer. »

« Camion » était un grand mot pour désigner le tas de ferraille rouillée et grinçante qui s'était lancé à l'assaut de la Krkonose, la barrière rocheuse séparant la sous-province de Silésie et la sous-province de

Bohême. Les chutes de neige s'étaient intensifiées au fur et à mesure qu'ils avaient gagné en altitude, et les roues avaient patiné sur les congères en formation.

Piotr avait sorti un flacon de la poche intérieure de sa canadienne et l'avait tendu à Wang.

« Ça pour te réchauffer ! »

Il parlait un frenchy approximatif, comme tous les Polaks. Entre eux, ils continuaient d'employer la langue de leurs ancêtres, un jargon rocailleux, guttural, que ni les vagues d'invasions successives ni les lois d'interdiction idiomatique de la R.P.S.R. n'étaient parvenues à éradiquer. La vodka avait coulé dans la gorge de Wang comme une traînée de feu et lui avait soutiré une nouvelle coulée de larmes. Ensuite, Piotr s'était claquemuré dans un silence renfrogné, se signant chaque fois que le camion hurlait sa peine sur la pente verglacée. Les dégâts causés par la guerre n'avaient jamais été réparés. D'étroits ponts de bois, provisoires depuis deux siècles, enjambaient des gouffres insondables. Les sapins et les rochers surgissaient dans les lumières des phares comme des spectres figés. On devinait parfois, sous la couche de neige, la forme caractéristique d'un char, d'une Jeep, d'un hélicoptère ou d'un avion abattu, vestiges des terribles combats qui avaient opposé l'armée de la R.P.S.R. aux troupes du Pacte de Prague. Les yeux fermés, la nuque plaquée sur la cloison métallique de la cabine, Wang avait en vain cherché le sommeil.

Le camion suivait à présent une route droite et large qui longeait le massif de l'Erzgebirge. La neige avait cessé de tomber mais le vent continuait de soulever des tourbillons de poudreuse. Çà et là, d'interminables cheminées surgissaient des collines et se jetaient dans les nuages bas. Elles appartenaient probablement aux mines métallifères dont avait parlé grand-maman Li, ces exploitations de plomb, de zinc, de cuivre, que l'ancien gouvernement tchèque avait d'abord fermées à cause de leur faible rentabilité et que les autorités de l'axe Pékin-Moscou avaient rouvertes pour subvenir aux besoins de la R.P.S.R. Les néo-triades en avaient repris le contrôle et avaient contraint des milliers de Bohémiens ou de déportés à travailler pour leur compte. Elles revendaient les précieux minerais aux plus offrants, y compris au gouvernement religieux de la Grande Nation de l'Islam.

« Labem », déclara Piotr en désignant les rares colonnes de fumée qui s'élevaient dans la lumière craintive du petit jour.

Ils roulèrent encore deux kilomètres sur la route principale, puis ils s'engagèrent dans un chemin transversal où d'autres roues avaient déjà tracé leurs sillons dans le manteau neigeux. Le camion s'engouffra dans une cour intérieure dont les palissades de tôle entouraient une bâtisse en brique jaune. Trois autres véhicules, également bâchés, équipés de plaques minéralogiques immatriculées à Warszawa, la capitale de la province de Pologne, étaient alignés devant une véranda surmontée d'une enseigne aux trois quarts effacée.

« Manger maintenant ! fit Piotr en coupant le moteur. Là restaurant polonais, compatriote, amie... »

Lorsqu'ils pénétrèrent dans la salle de restaurant, trois hommes assis devant le comptoir poussèrent des exclamations, se levèrent et vinrent à tour de rôle donner une accolade au camionneur. Ils étaient vêtus des mêmes vareuses à col fourré, des mêmes gants de cuir souple, des mêmes bottes rembourrées. Leurs yeux couleur de ciel pâle donnaient à Wang l'impression d'être environné d'une meute de chats siamois sauvages. Il ne comprenait rien à ce qu'ils disaient – ils ne faisaient d'ailleurs aucun effort pour s'exprimer en frenchy, trop heureux de converser dans leur dialecte ancestral – mais l'odeur de friture et la vue des assiettes fumantes posées sur le zinc lui rappelèrent qu'il mourait de faim.

Les lambris peints des murs et le carrelage de pierres blanches habillaient la maison d'un charme désuet. Une dizaine de tables rondes et leurs chaises attendaient, propres et rangées, une improbable affluence. La bise matinale qui sifflait sous la porte et dans les interstices des fenêtres ne troublait pas la tendre quiétude diffusée par un poêle de fonte.

Une femme blonde, vêtue d'une robe noire, surgit d'une porte qui s'ouvrait sur les cuisines à l'extrémité du bar. La sévérité de son chignon et l'austérité de ses vêtements offraient un contraste saisissant avec la sensualité débordante de ses lèvres, de ses yeux, de ses gestes. Elle avait cette corpulence propre aux femmes d'âge mûr qui n'ont jamais recouvré leur sveltesse après leurs grossesses. Wang trouva très attirante cette chair luxuriante, généreuse, bien différente de la minceur presque souffreteuse de Luang ou des autres filles de Grand-Wroclaw. Elle contourna le comptoir et vint se jeter en riant dans les bras de Piotr. Puis elle s'avança vers Wang et lui effleura la joue d'un revers de main, un contact furtif qui couvrit sa peau de frissons.

Il dévora les quatre œufs – des œufs, un véritable festin –, les haricots blancs et les morceaux de pain qu'elle lui servit sur le zinc. Il but à gorgées prudentes le breuvage noir et brûlant qu'elle lui présenta comme un mélange de café, de céréales torréfiées, de chicorée, et qui avait le même arrière-goût d'amertume que le thé préparé par grand-maman Li.

« Un peu café, beaucoup céréales, beaucoup chicorée... »

Les bras croisés, adossée au meuble du bar, elle le regarda manger avec une tendresse empreinte de tristesse. Ses yeux semblaient avoir été blanchis par le chagrin comme ces étoffes trop souvent plongées dans les eaux de lavage.

A la fin du repas, elle entraîna Piotr de l'autre côté du comptoir et disparut avec lui par la porte de la cuisine. Les rires égrillards des autres camionneurs informèrent Wang qu'elle entretenait des relations plus qu'amicales avec l'homme de Lodz. Il en conçut un vif dépit, non parce qu'il éprouvait un quelconque sentiment de jalousie envers Piotr, mais parce que leur départ tranchait ce lien de tendresse qui l'avait uni pendant quelques instants à cette mère de rencontre.

Il remarqua, posée sur une étagère, une boîte grise

couverte de poussière et pourvue d'un écran de verre opaque et légèrement rebondi. Il s'en approcha et distingua, collés sur une planche comme des papillons rares, des boutons carrés dont les lettres ou les chiffres incrustés à demi effacés n'étaient plus que d'incompréhensibles hiéroglyphes. La boîte ressemblait aux téléviseurs qui trônaient dans les appartements privés d'Assöl mais, bien qu'elle fût dépourvue de socle mobile, elle appartenait selon toute vraisemblance à la famille des ordinateurs. Grand-maman Li prétendait que la Terre avait connu une période merveilleuse où les êtres humains pouvaient instantanément échanger d'un continent à l'autre, du Nord au Sud, de l'Ouest à l'Est. Puis, juste avant la guerre, les gouvernements avaient lancé des croisades contre les réseaux de communication devenus incontrôlables. Les habitants de la Chine populaire avaient été invités par décret à se dessaisir de leurs téléphones et de leurs écrans, téléviseurs ou ordinateurs. Pendant plus de vingt ans, les milices de la Nouvelle Révolution culturelle s'étaient répandues comme des nuées de sauterelles sur tout le territoire, avaient fouillé les maisons dans leurs moindres recoins et, investies de tous les pouvoirs, avaient orchestré une répression sanglante contre les réactionnaires, dénoncés par leurs antennes, leurs paraboles ou leurs voisins. Les rares appareils qui avaient échappé aux destructions massives ne captaient plus d'image ni de son depuis bien longtemps – grand-maman Li prétendait que l'Occident aurait de toute façon brouillé les ondes hertziennes si d'aventure les autorités de l'axe Pékin-Moscou étaient parvenues à rétablir le système des émissions télévisées – mais ils étaient devenus des articles de décoration très recherchés, de véritables symboles de richesse et de puissance. L'amie de Piotr prenait des risques inconsidérés à exposer son ordinateur de manière aussi ostensible. Elle ne se rendait pas compte que ce genre d'objet attisait toutes les convoitises, que les membres des néo-triades auraient massacré père et mère pour en posséder un ou pour l'offrir au parrain de leur clan.

Le couple fit sa réapparition une heure plus tard. Les trois autres camionneurs étaient partis et le poêle commençait à donner des signes de refroidissement. La femme avait gagné en beauté, en luminosité, ce que Piotr avait perdu en ardeur. Ce qui se traduisait chez lui par une recrudescence de fatigue se transformait chez elle en un abandon magnifique. Il ne connaissait probablement pas ce précepte du Tao de la Survie qui ordonnait aux hommes de ne répandre leur semence que dans les ventres qu'ils souhaitaient féconder. « Méfie-toi des voleuses d'énergie, ces femmes qui ne cherchent qu'à t'égarer dans leur vallée de merveilles... »

Wang voulut payer les trois yuans de son repas mais, d'un geste péremptoire, le Polonais refusa son argent.

« Grand-maman Li déjà payer... »

Grand-maman Li... S'était-elle réveillée comme chaque matin à quatre heures ? Avait-elle honoré les ancêtres et l'âme de sa fille disparue ? Etait-elle descendue à la cave pour s'occuper des germes de soja ? Wang s'efforça de chasser la vieille femme de ses pensées, craignant de céder à la tentation de rebrousser chemin s'il s'attardait dans ses souvenirs. L'hôtesse prit congé de lui en lui ébouriffant les cheveux, se détacha à regret de Piotr après une longue étreinte et leur remit à chacun un petit sac de toile empli de victuailles.

Piotr se servit d'une manivelle pour lancer le moteur épuisé par sa randonnée nocturne.

« Christina bonne amie... se justifia le Polonais lorsqu'ils eurent regagné la route principale. Elle perdre son mari et ses deux enfants cinq ans plus tôt. Epidémie choléra. Bientôt mariés elle et moi, faire nouveaux enfants... Pour l'instant, vivre dans le péché... Que Notre-Seigneur Jésus-Christ pardonne... »

Il se signa après avoir prononcé ces paroles. Ils traversèrent la ville de Labem, dont le centre historique était en ruine et qui ressemblait comme une sœur aux bidonvilles de Grand-Wroclaw. Elle s'incrustait telle une lèpre hideuse sur le plateau qui longeait le massif du Krusné Hory, le nom local de l'Erzgebirge. Les rares câbles électriques, portés par des poteaux à demi effondrés, ne desservaient qu'une partie des baraques de tôle et de toile, encore plus misérables qu'en Silésie. L'hygiène était ici un luxe inaccessible, comme en témoignaient les visages et les mains noircis des hommes et des garçons qui se dirigeaient par un sentier surélevé vers l'entrée d'une mine. Des femmes et des fillettes de cinq ou six ans, emmitouflées dans des couvertures trouées, faisaient la queue devant une sorte d'échoppe où des commerçants chinois – sans doute rackettés par les néo-triades – vendaient des bidons d'eau chaude et des produits de première nécessité.

L'atmosphère de désolation qui régnait sur les lieux et la résignation de ces gens frappèrent Wang. Les trois principes ayant motivé la fondation de la R.P.S.R., la fraternité, l'égalité et la probité, ne signifiaient pas grand-chose dans les provinces de l'Ouest. Grand-maman Li parlait avec respect du fondateur de la République, Jiang Guang-Mai, le président chinois qui, en 2068, avait délivré les peuples mongol, kazakh, nordiques et européens de l'Est du joug du tyran Igor Vladeski, mais elle n'avait aucune estime pour ses successeurs de l'axe Pékin-Moscou, des affairistes corrompus dont l'offensive militaire contre l'Occident s'était soldée par la mort ou la déportation de millions d'hommes et de femmes.

Le grand rêve humanitaire de Jiang Guang-Mai s'était transformé en un véritable cauchemar. Ces femmes et ces fillettes qui piétinaient dans la neige pour acheter à un prix exorbitant quelques litres d'eau chaude ne disposaient même pas de poêle, de cheminée ou de plaque électrique pour faire fondre un peu de glace. La blancheur de leur peau, la finesse de leurs traits et l'azur de leurs yeux indiquaient qu'elles étaient autochtones, mais l'incurie du gouvernement central et l'implacable loi des néo-triades les condamnaient à une vie misérable sur le territoire de leurs ancêtres. Wang avait parfois honte d'être un « bridé », un « Jaune ». Il ne s'était jamais senti chez lui en Silésie, mais il n'avait jamais trouvé le courage d'entreprendre le voyage vers son lointain pays d'origine.

Piotr s'arrêta dans une station-service pour faire le plein de gazole. Le métier de pompiste n'était visiblement pas de tout repos, car le Thaïlandais qui vint les servir portait P.-M. et cartouchière en bandoulière et jetait d'incessants coups d'œil par-dessus son épaule. Le Polak paya sans sourciller les cent cinquante yuans affichés sur le compteur de la pompe, une somme pourtant faramineuse pour quelques litres d'un pétrole grossièrement distillé.

Jusqu'à Most, Wang n'eut pas l'impression de sortir de la ville. La mer noire et brune des baraquements s'étalait de chaque côté de la route verglacée. Sur la gauche, parsemée de flaques sombres et d'écumes neigeuses, elle recouvrait entièrement le plateau, à droite, ses vagues tumultueuses se brisaient sur les versants de l'Erzgebirge. Il tenta d'apercevoir le R.E.M. au-dessus des crêtes découpées, mais les nuages et les tourbillons blancs occultaient l'horizon.

« Pas possible voir rideau en hiver, intervint Piotr, comme s'il avait deviné les intentions de son passager. En été, quand ciel dégagé, alors possible... Grand-maman Li dire toi passer en Occident... »

Wang acquiesça d'un hochement de tête. Le grondement assourdissant du moteur ne facilitait pas la conversation. Le ventilateur diffusait dans la cabine un souffle tiède imprégné d'une odeur d'huile brûlée.

« Difficile passer, beaucoup de monde vouloir... Problème avec néo-triades, hein ? »

Le Polonais actionna la manette d'ouverture de la vitre, se pencha au-dehors et cracha bruyamment. Il ne resta pas longtemps dans cette position mais lorsqu'il se redressa, des particules de givre parsemaient sa moustache et ses cheveux.

« Nous, les Polonais de Warszawa, préparer armée secrète pour guerre contre néo-triades... Beaucoup patriotes, beaucoup armes... Bientôt, reprendre contrôle de notre pays, proclamer indépendance et demander Jaunes de retourner dans leur pays... Notre-Seigneur Jésus-Christ venir en aide. »

Ils surent qu'ils étaient arrivés dans le centre de Most lorsque les espaces se resserrèrent et que le trafic, de plus en plus dense, contraignit Piotr à rouler au ralenti. Les camions, les voitures, les tracteurs, les vélos-taxis et les charrettes, tirées par des chevaux ou des bœufs, se pressaient en grand nombre dans les ruelles sinueuses. Les coups de klaxon, les mugissements et les invectives composaient un fond sonore assourdissant. Des enfants de sept ou huit ans couraient le long du camion, grimpaient sur le marchepied, frappaient à trois reprises sur la vitre et sautaient en hurlant dans la neige molle. Au travers du verre maculé de taches, Wang apercevait leurs yeux brillants, leurs dents blanches, leur crâne rasé, les paumes de leurs mains. Le jeu pouvait se terminer de la pire des manières, car ils risquaient, en retombant, de perdre l'équilibre et de rouler sous les roues, mais ni les brusques coups de volant de Piotr ni les accélérations subites et rageuses du camion sur les portions de route dégagées ne les dissuadaient de poursuivre leur dangereux manège.

« Sales gosses ! grommela le Polonais. Déjà écraser quatre mais eux continuer jeu stupide. »

Ils débouchèrent une heure plus tard sur une immense place circulaire où des centaines de commerçants avaient dressé des étals sommaires – des planches posées sur des tréteaux pour la plupart – protégés par des bâches. Le camion, englué dans la multitude, n'avançait plus maintenant qu'au rythme des piétons qui se pressaient devant les éventaires. Wang vit que la plupart des commerçants étaient originaires des provinces d'Asie. Un dicton silésien disait que les Jaunes vendraient leur propre fille à un amateur de chair fraîche, leur propre femme à un amateur de chair mûre, leur propre mère à un amateur de chair rance et le cadavre d'un ancêtre à un nécrophile. Au milieu des

Chinois, des Mongols, des Coréens, des Thaïlandais et des Laotiens, se distinguaient cependant quelques ressortissants des provinces du Sud, Bulgares, Macédoniens, Albanais, reconnaissables à leurs cheveux bouclés et à leurs yeux de braise profondément enfoncés sous les arcades saillantes.

« Place Jiang-Guang-Mai, commenta Piotr. Ici tout vendre, tout acheter. Alcool, cigarettes, opium, nourriture, thé, café, vêtements, bois, charbon, livres, outils... Femmes, petites filles, petits garçons... Néo-triades tout contrôler... »

Les hommes armés jusqu'aux dents qui déambulaient au milieu de la foule, déjà nombreuse malgré l'heure matinale, illustraient parfaitement les propos du Polonais. Le brouhaha submergeait les bâches, ponctué des cris des marchands et des colporteurs.

Il fallut plus d'une demi-heure à Piotr pour parcourir un quart de la circonférence de la place. Il perdit patience, tourna dans une rue un peu plus calme qui s'enfonçait entre les habitations proches, immobilisa le camion.

« Partir par là ou perdre toute ma journée ! Toi traverser la place et prendre la direction de l'Erzgebirge. Suivre jusqu'au bout la route de la porte. Tout droit. Marcher vingt kilomètres et aller de l'autre côté de la montagne, près de l'Allemagne... D'accord ? »

Wang hocha la tête.

« Pas beaucoup parler, hein ? reprit Piotr avec un sourire. Peut-être mieux comme ça : silence valoir de l'or. Au revoir et bonne chance. »

Le Polak tendit la main à son passager. Wang la saisit et, plus ému qu'il ne voulait le laisser paraître, la pressa avec ferveur.

« Merci, dit-il simplement.

– Dire merci grand-maman Li. Moi voir elle une seule fois mais comprendre tout de suite qu'elle grande par l'esprit. Ne pas oublier cadeau de Christina. Manger pour un jour... »

Wang glissa le sac de toile à l'intérieur de son manteau de cuir. Il présuma que les pickpockets pullulaient dans ce genre d'endroit et, pour prévenir tout risque, il décida de transférer le porte-bonheur de grand-maman Li dans sa poche intérieure. Il se rendit alors compte qu'elle lui avait confié le petit éléphant en métal doré posé sur l'autel familial à côté de la flamme de sa mère. Il ne savait pas grand-chose de cette statuette cabossée, écaillée, sinon qu'elle était indissociable de l'histoire de sa famille. Elle avait échoué sur la ligne Oder-Neisse II à l'issue d'un long périple à travers les steppes mongoles, sibériennes ou russes, et elle avait relié symboliquement les générations qui s'étaient succédé sur les rives de la Nysa. Elle n'avait aucune valeur marchande mais, persuadé que sa perte marquerait l'extinction définitive de sa lignée, elle lui parut soudain inestimable. Il vérifia du bout des doigts l'étanchéité de sa poche intérieure.

« Adieu », cria-t-il en ouvrant la portière.

Piotr ne répondit pas. Des nuages d'envie et de tristesse troublaient le bleu délavé de ses yeux. Il appartenait à une armée secrète prête à en découdre avec les terribles néo-triades mais jamais il n'aurait eu le courage ou l'inconscience d'affronter le mystère occidental (de toute façon, l'amour de Christina le retenait de ce côté-ci du R.E.M.). Il fixa le rétroviseur extérieur jusqu'à ce que la silhouette de son passager eût disparu dans le grouillement humain de la place Jiang-Guang-Mai. Bien que ce jeune Chinois descendît de l'un de ces soldats qui s'étaient abattus sur la Pologne comme une nuée d'insectes malfaisants, il commençait à éprouver pour lui un sentiment chaleureux, fraternel. Il n'avait jamais ressenti une telle affection pour ses frères de l'A.L.S.P., l'Armée de libération de la sainte Pologne, des compatriotes pourtant, des hommes qui avaient la même religion, la même langue et la même couleur de peau que lui.

Fatigué, engourdi de sommeil, Wang mit un temps fou à traverser la place. Accroché tous les deux mètres par les camelots, il lui fallait jouer des épaules et des coudes pour se frayer un passage au milieu de la cohue.

De temps à autre, il se retrouvait bloqué dans l'allée par les grappes humaines suspendues aux boniments des marchands ou des joueurs de bonneteau. Des liasses de yuans volaient de main en main à une vitesse stupéfiante. Il ne distinguait pas beaucoup de femmes parmi les badauds mais il entrevoyait, entre les tentures suspendues à des tubes métalliques, de grossières estrades où étaient alignées des jeunes filles vêtues de robes transparentes. Une fraction de seconde, leurs yeux agrandis par la frayeur se posaient sur lui et leurs lèvres bleuies par le froid lui adressaient un sourire timide. Certaines d'entre elles n'étaient pas encore entrées dans l'adolescence. Il fut surpris de compter davantage d'Asiatiques que de Blanches parmi ces marchandises vivantes, non que la race jaune lui parût à l'abri de ce genre de turpitude, mais jusqu'alors il avait cru que les néo-triades répugnaient à vendre les enfants de leur propre communauté. Les négociants, des Mongols ou des Chinois, faisaient grimper les enchères entre les acheteurs potentiels, des Coréens pour la plupart. La virginité de ces fillettes se vendrait à un prix d'or – et plusieurs fois de suite – dans les bordels environnants, puis, lorsqu'elles auraient subi les assauts brutaux des mineurs pendant quatre ou cinq ans, on leur rendrait leur liberté. Elles seraient alors jetées à la rue et iraient grossir le lot de ces femmes fanées qui mendiaient leur subsistance contre quelques passes dans une chambre sordide.

Wang avait souvent été abordé par les anciennes pensionnaires des maisons closes dans les rues de Grand-Wroclaw. Des Ukrainiennes, des Biélorusses, des Silésiennes. Il leur avait donné un ou deux yuans pour leur repas du soir mais jamais il n'avait accepté leurs propositions. Après sa première expérience offerte par grand-maman Li, il avait cessé de fréquenter les claques, préférant l'amour tendre et sauvage dans l'inconfort des chars abandonnés à l'amour vénal dans le luxe frelaté des chambres d'abattage. Il se méfiait de surcroît des maladies vénériennes colportées par les prostituées et dont certaines, comme le sida-viris, une résurgence du redoutable fléau qui avait frappé le monde deux siècles plus tôt, pouvaient emporter un homme en moins de six jours.

La neige s'était transformée en une boue jaunâtre, collante. Une bagarre éclata à quelques pas de lui entre une escouade des néo-triades et une bande de vagabonds rendus fous par l'opka, une boisson à base de vodka et d'opium. Il ne dut qu'à ses réflexes, pourtant émoussés par sa nuit de veille, de ne pas être emporté par la tourmente. Dès les premiers signes d'agitation, il se jeta sur le côté et se tint allongé contre la bâche d'un étalage. C'est dans cette position qu'il vit les néo-triadins sortir leurs P.-M. et ouvrir le feu sur leurs adversaires, armés de couteaux ou de barres de fer. Des balles sifflèrent autour de lui, transpercèrent la bâche, brisèrent les bocaux et les bouteilles d'un étal voisin, ricochèrent sur le sol, se perdirent dans les allées adjacentes. Des odeurs de métal surchauffé et de sang se diffusèrent dans l'air humide et froid.

Des corps tombèrent comme des quilles à moins de deux mètres de Wang. Recroquevillé, les bras croisés sur la nuque, il entendit des gémissements de peur, des suppliques, des ricanements, il vit le canon d'un P.-M. se poser sur le front d'un blessé, l'index presser la détente, une rafale brève, sèche, disloquer le crâne du malheureux.

Il sembla à Wang que d'autres crépitements résonnaient un peu plus loin, d'autres cris, d'autres râles, d'autres rires, que des hommes emportaient les cadavres, que le calme supplantait peu à peu la confusion engendrée par la fusillade.

Une main se posa sur son épaule comme une serre de rapace.

« C'est fini, métèque. Tu peux te relever. »

L'homme qui s'adressait à lui n'avait pas encore rengainé son P.-M. Des traits carrés, de longs cheveux blonds, un teint rose, des yeux aussi clairs et froids qu'un ciel de janvier. Probablement un mercenaire venu de Suède, de Norvège ou du Danemark pour grossir les rangs d'une néo-triade. Les pays nordiques avaient été détruits à plus de quatre-vingts pour cent par les sept bombes nucléaires lancées en 2064 par Igor Vladeski, le chef suprême de la Grande Russie. Les rares survivants s'étaient réfugiés d'abord en Estonie puis avaient essaimé à travers les autres provinces baltes jusqu'en Pologne et en Tchéquie. Grand-maman Li prétendait que les radiations avaient infecté leurs chromosomes jusqu'à la cinq millième génération et que la folie les guettait aux alentours de leur trentième année.

« Fous le camp avant que je fasse exploser ta sale gueule de Chinetoque ! »

Wang ne chercha pas à savoir si son interlocuteur avait passé le cap de la trentaine, il se releva et s'éloigna sans demander son reste. La fusillade avait eu le mérite de dégager l'allée et il sortit de la place sans jeter un regard sur les diverses marchandises étalées sur les éventaires.

Wang n'eut pas besoin de demander son chemin au sortir des faubourgs de Most : il lui suffit de suivre l'interminable file des hommes, des femmes et des enfants qui s'étirait sur le versant. La route droite dont lui avait parlé Piotr se transforma rapidement en un étroit sentier de montagne. Bordé de cabanes et de palissades en bois, il grimpait en louvoyant à l'assaut du massif. Les incessants piétinements transformaient la neige en une chape dure, glissante.

De peur de geler sur place, Wang ne s'était pas arrêté pour sortir son sac et manger un sandwich au fromage et un œuf dur. L'amie de Piotr avait eu la bonne idée de prévoir une Thermos emplie de café. Il but le breuvage amer et bouillant à petites gorgées, indifférent aux regards envieux qui se posaient sur lui. Devant certaines bicoques, des panneaux posés à la verticale proposaient nourriture, boissons, vêtements ou chambres aux marcheurs. Les tarifs affichés étaient d'autant plus absurdes que les candidats à l'exode, vêtus de manteaux ou de vestes rapiécés, n'avaient visiblement pas les moyens de s'offrir le moindre morceau de pain (jusqu'à dix yuans le sandwich au jambon de chèvre).

Wang commençait à se ressentir de la fatigue. Il peinait pour suivre l'allure de ceux qui le précédaient. Au fur et à mesure que ses membres s'engourdissaient, que ses épaules s'alourdissaient, cette promenade à travers l'Erzgebirge lui paraissait de plus en plus absurde et l'idée s'enracinait en lui de rebrousser chemin, de retrouver la tiédeur de la maison familiale, d'enfouir son visage dans les mains de grand-maman Li. Le clan d'Assöl lui paraissait beaucoup moins redoutable que l'atmosphère de procession funèbre qui régnait sur ce massif gelé. Après tout, le boulot d'exécuteur en valait bien un autre. On s'habituait sans doute à châtrer les récalcitrants, à décapiter les enfants, à éventrer les femmes. Etait-ce vraiment pire que d'extirper une dent cariée ou d'amputer un membre gangrené ? Et surtout, il pourrait veiller sur grand-maman Li, il empêcherait ces porcs mongols de s'en prendre à elle, il réchaufferait ses vieux jours, il l'aiderait à passer dans le monde des esprits, il honorerait son âme sur l'autel des ancêtres, il prendrait une épouse pour assurer la lignée...

Sans même s'en rendre compte il s'était arrêté de marcher. Il lança un regard désespéré sur la crête du massif, ensevelie sous un manteau de nuages noirs, sur les silhouettes qui progressaient en silence entre les chalets. Grand-maman Li lui avait pourtant interdit de revenir sur ses pas : « De l'autre côté du R.E.M., le Tao de la Survie te permettra de réaliser de grandes choses ; ici, il ne te servirait qu'à te ménager un sursis de quelques années. Si tu respectes ta grand-mère et l'âme de ta mère, ne remets pas les pieds à Grand-Wroclaw avant d'avoir accompli ton destin. »

Avant de partir, il s'était immergé un long moment dans les yeux de la vieille femme mais, même s'il n'était pas parvenu à sonder ses véritables intentions, il ne pouvait se départir de l'impression d'avoir été dupé. Elle ne lui avait parlé de la grandeur de son destin que pour lui insuffler l'énergie nécessaire à son voyage, elle aurait dit et fait n'importe quoi pour l'éloigner de

Grand-Wroclaw, pour le soustraire aux griffes d'Assöl le Mongol.

Il s'assit sur un large poteau planté le long d'une palissade et but une nouvelle gorgée de café. Sa décision était prise : dès qu'il aurait repris des forces, il retournerait sur ses pas, il sauterait dans un camion à destination de la Silésie – il disposait encore de cinquante yuans, largement de quoi payer le voyage –, il réoccuperait auprès de grand-maman Li la place qu'il n'aurait jamais dû abandonner. Le Tao de la Survie ne conseillait-il pas à ses adeptes de suivre les chemins secrets de leur intuition ? C'était à lui, Wang, fils unique de Ho et de Mai, de prendre sa propre vie en main, de tordre le cours de sa destinée.

Fort de ses nouvelles résolutions, il ouvrit son sac, en extirpa un sandwich au salami, mordit avec une belle ardeur dans les tranches de pain noir. Le froid passait au travers de ses bottes humides et lui engourdissait les pieds. Des flocons isolés, annonciateurs de nouvelles chutes de neige, se faufilèrent dans l'échancrure de sa chemise et tracèrent des arabesques glacées sur son cou. Les marcheurs pressaient maintenant l'allure, de peur d'être surpris par la tempête au beau milieu du massif.

Perdu dans ses pensées, il ne prêta d'abord aucune attention à la forme sombre qui s'effondrait de l'autre côté du sentier, au pied d'une palissade. Puis il se rendit compte qu'elle continuait de s'agiter sur le sol et que, si certains prenaient la peine de l'enjamber ou de l'esquiver, d'autres la heurtaient ou la piétinaient sans ménagement. Il lui sembla percevoir des gémissements entre les sifflements rageurs du vent. Il rangea le reste de son sandwich et la Thermos dans son sac, se releva, traversa le sentier et, indifférent aux invectives de ceux dont il entravait la progression, se plaça de manière à protéger le corps allongé dans la neige.

C'était une jeune fille, âgée de seize ou dix-sept ans. Une Chinoise des hauts plateaux du Xizang, probablement, de celles qu'on appelait également les Tibétaines. Jolie. Très jolie. Vêtue d'un manteau de peau retournée, d'un pantalon bouffant et de bottes fourrées. Le capuchon avait glissé sur ses épaules et la noirceur de sa chevelure, déployée autour de son visage comme un soleil gisant, contrastait avec la pâleur de son teint. Son absence d'expression alarma Wang, qui la saisit par les épaules, la redressa et la secoua brutalement.

« Tu ne dois pas rester ici ! Relève-toi ! »

Elle se laissait rudoyer sans réagir, visiblement à bout de forces. Des éclats de neige se détachaient de ses vêtements, de ses cheveux. Son cou, d'une finesse extraordinaire, semblait incapable de soutenir sa tête. Elle ne portait, sous son manteau, qu'une simple tunique de coton écru. En état d'hypothermie, dépouillée de toute volonté, elle s'en allait tranquillement vers le monde des esprits.

Les flocons tiraient maintenant un rideau hermétique sur l'Erzgebirge. Aveuglés, affolés, les émigrants se bousculaient sur le sentier et certains d'entre eux, poussés par ceux qui les suivaient, heurtaient Wang de plein fouet. Il risquait à son tour d'être piétiné s'il ne dégageait pas le passage. Il glissa les bras autour de la taille et des épaules de la fille, la souleva, suivit le flot humain jusqu'à l'extrémité de la palissade et s'engouffra sous la terrasse d'un chalet. Il reposa son fardeau sur une banquette à moitié défoncée, appuyée contre un tas de bûches. Les yeux tendus d'un voile terne, elle le regardait sans le voir et il devait la retenir du genou pour l'empêcher de basculer sur le côté. Il farfouilla dans son sac, en sortit le reste de son sandwich et la Thermos, dévissa le bouchon, se pencha sur elle, lui entrouvrit les lèvres du pouce et de l'index, lui versa quelques gouttes de café dans la bouche. La chaleur du liquide ne provoqua aucune réaction dans un premier temps. Des rigoles du liquide noirâtre lui dégoulinèrent sur le menton, se répandirent sur le col de son manteau. Il insista, envahi par le désir soudain et violent de la ramener à la vie. Bien qu'il la rencontrât pour la première fois de sa vie, il avait l'impression de la connaître plus intimement que la petite Luang. Il posa la Thermos sur l'accoudoir de la banquette et la gifla, timidement au début, puis de plus en plus fort, jusqu'à ce que la marque de ses doigts s'imprime sur ses joues blêmes.

« Réveille-toi ! Réveille-toi ! »

L'hiver venait pourtant à peine de s'installer, et le mercure n'était pas descendu au-dessous de moins dix degrés centigrades. En général, le froid attendait les mois de décembre, janvier et février pour emporter les plus faibles.

« Eh, le Chinetoque ! Tu peux pas rester sous cette terrasse si t'es pas client ! »

Wang se retourna. Une grosse femme, une autochtone, le fixait avec méchanceté. Ses yeux globuleux, ses lèvres minces et ses cheveux frisés, saupoudrés de neige, lui donnaient une certaine ressemblance avec la gorgone de pierre du centre historique de Grand-Wroclaw. Le contraste n'était pas très heureux entre le fichu rose jeté sur ses épaules, sa robe d'un marron sale et ses bottes d'un bleu électrique.

« Cette fille ne se sent pas bien, répondit Wang. Laissez-lui au moins le temps de récupérer !

– Chez moi, on paie pour récupérer ! Et c'est vingt-cinq yuans la chambre sans chauffage, quarante yuans la chambre avec ! Elles ont toutes l'électricité. Si tu ne veux pas payer, fous le camp !

– Et si je refuse de bouger ? »

Un sourire affleura la face bouffie de son interlocutrice.

« Je t'envoie Zerko, mon mari. Lui, il tire avant, il discute après ! Il n'aime pas beaucoup les parasites de ton espèce... »

Tout en hochant la tête, Wang lança un bref regard à la jeune Tibétaine, couchée en chien de fusil sur la banquette. La raison lui commandait de l'abandonner à son sort, de repartir vers Most, de regagner Grand-Wroclaw aussi vite que possible, mais une force mystérieuse le clouait sur place.

« Tu te décides, le Jaune ? » gronda la grosse femme.

Des ombres fantomatiques fendaient la tempête de neige quelques mètres plus loin.

« Une chambre avec chauffage... » murmura-t-il d'une voix sourde.

Il savait que ces quelques mots signaient son arrêt d'exil définitif mais ils étaient sortis malgré lui de sa bouche.

« Montre-moi d'abord les quarante yuans ! dit la femme d'un air méfiant.

– A l'intérieur, répliqua Wang.

– A ton aise. Gare à toi si tu t'es foutu de moi... »

La chambre n'était qu'un réduit sombre et sale, mais la Bohémienne n'avait pas menti sur un point : le tube d'eau chaude qui traversait la pièce, alimenté par un poêle central, diffusait une chaleur agréable, suffisante en tout cas pour que Wang pût se défaire de son lourd manteau de cuir et de sa veste de laine. Il avait allongé la Tibétaine tout habillée sur un côté du large lit et tiré sur elle deux couvertures qu'il avait dénichées dans un placard. Elle s'était endormie mais ses joues légèrement roses montraient que la vie circulait de nouveau dans ses veines. L'enfance apparaissait en filigrane sur ses traits apaisés. Sa beauté avait la pureté et la fragilité du cristal. Malgré sa fatigue, Wang, étendu à ses côtés, resta un long moment éveillé avant de sombrer à son tour dans le sommeil.

Une vague sensation de mouvement le réveilla. La pièce était plongée dans une obscurité profonde, impénétrable. Il lança la main à la recherche de l'interrupteur mural, vissé sur la cloison de lambris. Il le tourna et l'ampoule d'une applique s'emplit d'une lumière tremblante (la centrale électrique de la sous-province de Bohême était apparemment sujette aux mêmes sautes d'humeur que celle de la sous-province de Silésie).

Adossée à la tête du lit, la fille grignotait le reste du sandwich qu'il avait entamé quelques heures plus tôt. Surprise, éblouie, elle avait suspendu ses gestes et le regardait avec de l'effroi dans les yeux.

Wang se redressa et s'adossa à son tour aux montants métalliques de la tête de lit. Les odeurs entremêlées de renfermé, de charbon brûlé et de vieux bois lui soulevèrent le cœur. Il entendit les hurlements du vent et les subtils crissements des flocons sur les planches du chalet, sur les vitres de l'unique fenêtre occultée par des bouts de carton.

La Tibétaine baissa les yeux et resta immobile, comme paralysée par la présence de ce compagnon qu'elle voyait pour la première fois de sa vie (dans un lit, de surcroît, ce qui donnait un tour encore plus inquiétant à la rencontre).

« Continue de manger, dit Wang d'une voix douce. J'avais gardé ce reste de sandwich pour toi. Il y a aussi du café mais je ne sais pas s'il est encore chaud... »

Il la laissa se restaurer pendant deux minutes, puis ajouta :

« Tu te demandes sûrement ce que tu fous dans cette piaule... »

Elle hocha la tête sans cesser de mâcher.

« Je t'ai ramassée dans la neige et je t'ai portée jusqu'ici. Quarante yuans, c'est cher la chambre, mais je ne pouvais pas te laisser crever dehors... Tes ancêtres sont originaires du Xizang, n'est-ce pas ?

– Mon père... Il est parti à vingt ans du Tibet pour s'établir en Hongrie. »

Elle parlait un frenchy parfait, n'était son accentuation particulière des labiales. Sa voix était grave, chaude, différente des timbres généralement criards des femmes asiatiques.

« Depuis combien de temps n'avais-tu pas mangé ? demanda Wang.

– Trois jours... Je n'ai plus un yuan.

– Pourquoi veux-tu passer en Occident ?

– Mes parents ont refusé de me vendre à un parrain coréen. Il les a tués, a lancé ses hommes à mes trousses, mais j'ai réussi à m'enfuir... »

Ils gardèrent le silence pendant quelques instants, contemplant distraitement les lambris noueux qui vêtaient les murs et le plafond.

« Je n'ai pas de quoi te rembourser... » commença-t-elle.

Elle avala la dernière bouchée du sandwich, dégrafa les boutons de son manteau et remonta sa tunique sur sa poitrine, dévoilant des seins droits, fermes, ponctués de fines aréoles brunes. Exactement comme les aimait Wang.

« Je n'ai que mon corps à t'offrir... »

L'espace d'une demi-seconde, il fut tenté d'accepter la proposition – elle éveillait en lui un désir beaucoup plus fort que la petite Luang – mais l'image de grand-maman Li lui traversa l'esprit et il refusa d'exploiter la situation pour extorquer quelques instants de plaisir à cette fille.

« Comment t'appelles-tu ?

– Lhassa... comme l'ancienne capitale du Tibet... »

Il lui effleura délicatement les cheveux.

« Est-ce que tu as déjà fait l'amour, Lhassa ? »

Les yeux de la Tibétaine s'emplirent de larmes.

« Je ne suis plus vierge. J'ai été agressée par une bande de Hongrois de Budapest. Une vingtaine. Ils m'ont violée à tour de rôle... Je n'ai pas pu marcher ni même m'asseoir pendant des semaines... Blancs ou Jaunes, ils se valent tous...

– Tu crois que les hommes sont meilleurs en Occident ?

– Je ne sais pas... »

Wang enveloppa d'un regard lourd de désir et de regrets les seins de la fille. Un frisson monta de son sacrum, lui parcourut toute la colonne vertébrale.

« Couvre-toi maintenant, ou je ne réponds plus de rien ! »

Elle rabattit sa tunique sur sa poitrine, referma son manteau et s'allongea de nouveau sous les couvertures. Après avoir éteint la lumière, Wang se recoucha mais, tourmenté par la pensée qu'il ne reverrait plus jamais grand-maman Li, il mit du temps à s'endormir.

CHAPITRE III

LHASSA

La femme est la meilleure amie et la pire ennemie de l'homme. Sa meilleure amie lorsqu'elle l'exhorte à développer ce qu'il a de plus noble en lui, sa pire ennemie lorsqu'elle le pousse à se vautrer dans ses bas instincts. Sa meilleure amie lorsqu'elle lui donne des forces, sa pire ennemie lorsqu'elle lui vole son énergie. Sa meilleure amie lorsqu'elle l'aime avec sincérité, sa pire ennemie lorsqu'elle s'aime à travers lui. Demande-toi, ô toi qui t'exerces à l'art difficile de la survie, si la femme que tu tiens dans tes bras est ton amie ou ton ennemie.

Le Tao de la Survie de grand-maman Li

Le vent du nord avait balayé les nuages mais le soleil de l'après-midi ne parvenait pas à réchauffer Wang et Lhassa. Ils avaient marché bon train depuis l'aube, contournant les corps effondrés dans la neige fraîche, emportés par le froid de la nuit ou animés encore par un souffle de vie. Certains gisaient à moitié dévêtus sous les branches basses des sapins, dépouillés de leur manteau, de leur chandail, de leurs vivres, de leur baluchon. Les vivants s'étaient abattus comme des charognards sur les mourants, récupérant leurs vêtements, leur argent, leurs provisions. Wang ne s'en formalisa pas : il ne voyait dans ces pillages qu'une forme de sélection, une illustration de la règle implacable qui poussait les plus résistants à se nourrir des plus faibles, comme les prédateurs, en éliminant les éléments vulnérables des troupeaux, préservaient l'équilibre naturel et assuraient leur propre pérennité. Les détrousseurs ne faisaient qu'appliquer, sans le savoir, les principes de base du Tao de la Survie.

Il avait acheté quatre sandwichs avec ses derniers yuans, composés de pain rassis, de fromage insipide et d'une matière grasse et rance assimilable à du beurre. Il en avait donné un à Lhassa, en avait mangé un et avait gardé les deux autres pour l'après-midi. Son comportement, il s'en rendait compte, allait à l'encontre de l'enseignement de grand-maman Li. En partageant ses médiocres ressources avec la Tibétaine, il aliénait une bonne partie de ses chances. Il n'avait plus les moyens de se payer une chambre ou une couverture au cas où l'attente se prolongerait devant la porte de Most.

Tenaillé par la faim, il luttait contre la tentation de plonger la main dans son sac de toile et de dévorer l'un des deux sandwichs restants, conscient qu'il devait à tout prix épargner ses maigres réserves en prévision de la nuit. L'apport calorique de ces bouts de pain durci par le gel ne suffirait probablement pas à combattre la froidure nocturne, mais il lui permettrait peut-être de gagner de précieuses heures de sursis.

Lhassa peinait pour soutenir le rythme. Le voile de pâleur tiré sur ses traits traduisait à la fois son asthénie et son épuisement. Au réveil, elle avait confié à Wang qu'elle ne s'était pas alimentée entre Brno et Most, un voyage qu'elle avait effectué à bord d'un camion bâché et qui avait duré près de quatre jours. Elle n'avait pas raconté de quelle manière elle s'y était prise pour soudoyer le chauffeur slovaque mais il avait décelé dans ses yeux des larmes qui en disaient bien davantage qu'un long discours. Elle n'avait plus prononcé un seul mot depuis qu'ils avaient quitté la chambre sous le regard torve de l'hôtesse bohémienne. De temps à autre, il la distançait sans s'en rendre compte et devait l'attendre au milieu du sentier, exposé aux baisers mordants de la bise. Il éprouvait pour elle des sentiments contradictoires. Les bouffées de colère succédaient aux flambées de désir, le mépris se mêlait à la compassion, sa générosité se teintait de regrets. Elle avait la beauté fallacieuse des démons qui hantaient les récits de grand-maman Li, ces esprits grinçants qui se métamorphosaient en créatures de rêve pour entraîner les humains sur la pente du malheur. Et pourtant, il ne pouvait se résoudre à l'abandonner à son sort, comme lié à elle par un sortilège.

Ils rattrapaient maintenant les retardataires au milieu du massif, des femmes et des hommes qui portaient leurs enfants, des vieillards qui menaçaient de s'effondrer à chaque pas, des silhouettes assises dans la neige qui secouaient lentement la tête en signe de renoncement. Des Jaunes pour la plupart, comme si une force mystérieuse poussait les descendants de l'armée d'occupation à perpétuer le grand rêve de leurs ancêtres. Emmitouflés dans des couvertures trouées, dans des manteaux rapiécés, dans des pelisses élimées, dans des écharpes aux couleurs passées. Coiffés de chapeaux, de passe-montagnes, de bonnets coniques. De pauvres bougres chassés de leurs taudis par la politique de terreur des néo-triades et par l'incurie des « roupis de la R.P.S.R. », ainsi que les surnommait grand-maman Li (peut-être une allusion à la roupie, la monnaie des Indes réunifiées, ou encore une inversion de « ripou », tiré lui-même de « pourri », le frenchy avait parfois d'étranges détours).

Bien que la neige l'eût recouvert en grande partie, les limites du sentier restaient parfaitement visibles. Il serpentait entre les rares sapins, les promontoires rocheux et les formes indistinctes des épaves abandonnées là depuis deux siècles. Wang ne prêta aucune attention aux regards implorants ou désespérés qui le prenaient pour cible. Il saisit Lhassa par le bras et, à coups d'épaule ou de coude, se fraya un passage parmi le flot de plus en plus dense des marcheurs. Il glissa sa main libre dans la poche de son manteau de cuir et agrippa le manche de son couteau à cran d'arrêt. Il avait vu, lors de son excursion en Poméranie, à quelles extrémités le désespoir poussait les foules. Le chauffeur slave lui avait même assuré, après avoir craché sur le plancher de la cabine, que les populations déportées de certaines provinces en étaient réduites à pratiquer le cannibalisme. Le Tao lui recommandait de se méfier comme du sida-viris des réactions imprévisibles de ces hommes et de ces femmes éparpillés sur les pentes verglacées de l'Erzgebirge.

Avant d'entamer la descente sur l'autre versant du massif, le sentier traversait une large étendue plane jonchée de grosses pierres et délimitée de deux côtés par des haies ajourées de sapins. La neige y avait été tellement piétinée qu'elle avait la consistance de la glace et qu'elle se parsemait par endroits de bandes de terre ou de roche nues. Wang et Lhassa se mêlèrent aux émigrants massés le long d'un bord dégagé pour contempler le panorama.

Une exclamation de stupeur émerveillée s'échappa des lèvres entrouvertes de Wang. Sur les bords de la Nysa, il n'avait jamais appréhendé la réalité des fragments furtifs, bleutés, grésillants, qui trouaient les nuages, la brume, la pluie ou les fumées toxiques, mais ici, sur le toit de la sous-province de Bohême, le R.E.M. lui apparaissait dans toute sa majesté, proclamant la puissance de l'Occident et l'emplissant de vertige. La bise colportait son murmure délicat, aussi envoûtant et menaçant que le chant des sirènes de *l'Odyssée,* une histoire de l'Antiquité grecque rapportée par grand-maman Li. Il se confondait sur les côtés avec les paysages enneigés, d'autant que le soleil miroitait sur les étendues immaculées qui bordaient l'Erzgebirge, blessait le regard et empêchait de discerner les détails. Fasciné, Wang leva les yeux et tenta de distinguer le faîte de la muraille électromagnétique, mais il perdit rapidement ses points de repère et, comme elle était d'une indéfinissable teinte gris-bleu, de surcroît parcourue de frémissements scintillants qui ressemblaient à des éclairs prolongés, il en retira l'impression que la moitié du ciel s'était effondrée sur la terre.

« On ne voit pas de porte... » murmura Lhassa.

Wang s'arracha à sa contemplation pendant quelques secondes et la dévisagea d'un air réprobateur.

« Une porte de bois ou de fer ne résisterait pas plus de quelques secondes à la densité des particules électromagnétiques... »

Elle l'irritait en cet instant précis, et il regrettait d'avoir déboursé quarante yuans pour lui offrir quelques heures de chaleur. Elle ne lui avait pas seulement coûté de l'argent d'ailleurs, elle lui avait volé du temps, de l'énergie. Il se raisonna toutefois pour ne pas la planter sur cette plate-forme rocheuse et poursuivre sa route seul. Peut-être parce qu'elle incarnait une autre forme d'adaptation, plus habile et plus efficace que les démonstrations intempestives de méfiance ou de force, qu'elle dissimulait une détermination peu commune sous sa douceur et sa faiblesse apparentes.

Peut-être parce qu'elle lui rappelait grand-maman Li.

Il observa, au pied du R.E.M., les essaims de minuscules points noirs agglutinés dans les ruelles d'une agglomération. La bise dispersait les panaches de fumée qui s'échappaient des constructions. La ville de Most s'était reconstituée en partie de l'autre côté du massif. Des camions équipés d'éperons d'acier traçaient des lignes sombres et parallèles au rempart occidental. Quelques véhicules les suivaient au ralenti, à demi noyés sous les gerbes de poudreuse soulevées par ces licornes obstinées. Entre septembre et avril, les intempéries rendaient impraticables les routes qui traversaient l'Erzgebirge et contraignaient les chauffeurs à effectuer d'importants détours par les vallées ou par les gorges artificielles qu'avaient creusées les armées de la R.P.S.R. et du Pacte de Prague.

Wang et Lhassa eurent besoin d'une bonne partie de l'après-midi pour atteindre le bas du versant et franchir les quelques kilomètres de plaine qui les séparaient de l'agglomération. La nuit tombait lorsqu'ils s'engagèrent dans la rue principale, éclairée par des lampes à pétrole, des lanternes ou de simples torchères. Les hommes avaient visiblement renoncé à tirer les fils électriques de ce côté-ci de l'Erzgebirge, d'une part parce que l'implantation et l'entretien d'un réseau de câbles et de poteaux auraient représenté un investissement colossal dans une nature aussi hostile, d'autre part – c'était sans doute la raison principale de leur renonciation – des rumeurs tenaces prétendaient que l'Occident détruisait toute installation électrique qui s'approchait de trop près du R.E.M.

L'effervescence qui régnait dans ces rues grouillantes rappela à Wang l'animation de la place Jiang-Guang-Mai de Most ou des marchés bihebdomadaires des quartiers vietnamiens de Grand-Wroclaw. Toutes sortes de marchandises s'étalaient dans les devantures des magasins, de simples cabanes de planches qui se transformaient la nuit en hôtels, en tripots, en bordels. Les légumes enrobés de neige – une forme primaire de congélation – et les pains aussi durs que du bois y côtoyaient les vêtements, les couvertures, les tentes, les réchauds, les lampes, les couteaux, les pistolets coréens – plus dangereux pour celui qui pressait la détente que pour celui qui se tenait devant le canon –, les allumettes, les bûches de sapin ou encore les sacs de charbon. Des femmes mendiaient des restes de nourriture sur le pas des portes ; des hommes offraient aux passants quelques heures de plaisir avec leur fille ou leur femme en échange d'un repas ou d'une nuit dans une chambre chauffée ; des enfants faméliques maraudaient autour des étalages dans l'espoir d'y chaparder des morceaux de sucre ou des fruits confits ; des adolescents abrutis d'opka erraient comme des fauves au milieu de la cohue, déclenchant des bagarres aux moindres bousculades.

Wang reconnut la patte des néo-triades à la manière dont étaient agencées les boutiques, à la manière, également, dont était orchestrée la surveillance, discrète mais omniprésente. Les néo-triadins, reconnaissables à leurs longs manteaux de cuir, à l'impassibilité de leurs traits et à leur allure féline, déambulaient par groupes de trois ou quatre entre les éventaires. Il ne s'agissait pas pour eux d'établir un semblant d'ordre dans ces ruelles fourmillantes mais de veiller aux intérêts de leur clan. L'argent des immigrants ne devait tomber dans aucune autre escarcelle que celle des parrains, et les petits malins qui tentaient d'exploiter à leur profit le désespoir des candidats à l'exode étaient éliminés sans pitié.

A l'angle formé par l'artère principale et une ruelle transversale, Wang et Lhassa découvrirent le corps d'un homme crucifié sur les planches d'un chalet. Les flammes d'une torchère proche et tourmentée par le vent l'éclairaient par intermittence. Il vivait encore comme en attestaient ses mouvements de tête et ses râles prolongés. Son sang gelé avait cessé de couler des plaies de ses chevilles et de ses poignets, et les têtes plates des clous disparaissaient sous des dentelles de givre empourprées. Ses bourreaux lui avaient laissé ses vêtements, non par compassion mais dans le but moins noble de prolonger son agonie. Les passants filaient sans accorder un regard au supplicié, comme s'ils craignaient que ce simple contact visuel n'attirât sur eux le malheur.

Un grésillement permanent, caractéristique, sous-tendait le brouhaha. Le R.E.M. disparaissait dans les ténèbres, mais des frémissements lumineux trahissaient de temps à autre sa présence.

Lhassa se serra instinctivement contre Wang. Il lui entoura les épaules de son bras et la maintint contre lui pendant quelques secondes. Il perçut très nettement ses tremblements sous la double épaisseur de leurs manteaux. S'il ne lui procurait pas rapidement de la nourriture et un abri, elle ne passerait pas la nuit. L'idée ne l'effleura même pas de l'abandonner, comme sur le toit de l'Erzgebirge. Peut-être les ancêtres lui avaient-ils envoyé cette fille pour accomplir sa destinée ? Peut-être leurs vies s'entrelaçaient-elles comme des guirlandes de lierre autour d'une grille ?

Il se rendit compte qu'il commençait à employer les mêmes tournures de pensée que grand-maman Li. La vieille femme s'était débrouillée pour l'habiter maintenant qu'elle ne pouvait plus l'héberger.

« Combien pour la fille ? »

Wang leva les yeux sur l'homme qui se tenait devant eux, titubant, les jambes légèrement écartées, une bouteille d'opka à la main. Le col fourré et remonté de son manteau de laine dissimulait en partie son visage, mais ses cheveux noirs et frisés, ses sourcils fournis, ses joues bleuies par la barbe et ses yeux renfoncés dénotaient ses origines albanaises, roumaines ou bulgares. Ses vêtements et ses bottes au luxe ostentatoire n'étaient pas ceux d'un immigrant, mais d'un trafiquant, d'un joueur, d'un commerçant peut-être.

« Deux heures avec cette fille ! grogna l'homme d'une voix pâteuse. J'ai du fric... »

Il but au goulot de sa bouteille, renversa la moitié de la rasade sur ses manches et son col, tapota l'une de ses poches.

« Tous ces connards ne demandent qu'à être plumés... Combien pour cette fille ?... Combien ? »

Le ton était devenu agressif. Il avait visiblement l'habitude de considérer ses désirs comme des ordres. Tout en se plaçant devant Lhassa pétrifiée, Wang se demanda comment aurait réagi grand-maman Li dans une telle circonstance. Autour d'eux, des ombres furtives traversaient les halos dansants des torchères. Aucune étoile ne luisait dans la voûte céleste d'un noir profond, indéchiffrable. Le vent répandait une humidité annonciatrice de nouvelles chutes de neige.

« Deux cents yuans... » dit soudain Wang.

Lhassa lui lança un regard incrédule, ouvrit la bouche pour protester mais, d'une pression soutenue des doigts sur l'avant-bras, il lui intima l'ordre de se taire. La douleur la fit grimacer. Il entrevit une stupeur résignée dans ses yeux en forme d'amande qui restèrent un long moment rivés sur lui avant de se poser sur une congère boueuse.

« Je suppose que tu n'as pas de piaule à ta disposition, maugréa l'homme. Je te donne cent yuans pour la fille, je garde cent yuans pour la piaule.

– A condition que tu me laisses la piaule après... » rétorqua Wang.

L'homme remonta son manteau, déboutonna sa braguette, extirpa son sexe du fouillis de ses vêtements et urina au beau milieu de la ruelle.

« C'est un plaisir de discuter affaires avec toi, le bridé ! » s'exclama-t-il avec un rire étranglé.

La longueur de sa miction montrait qu'il n'avait pas éclusé qu'une seule bouteille d'opka. Lhassa fixait d'un air absent ce jet fumant qui creusait un trou dans la neige et éclaboussait ses bottes. Elle semblait s'être retirée d'elle-même, comme incapable de supporter le marchandage sordide dont elle faisait l'objet.

« Je préfère te prévenir qu'elle sera dans un sale état lorsque je te la rendrai, ajouta l'homme en secouant vigoureusement sa virgule de chair. Et tu devras attendre dans le couloir que j'en aie fini avec elle.

– Ça me va. Du moment que je la récupère vivante... »

L'homme, un Bulgare du nom de Penev, les entraîna vers le Kyoto, un bâtiment de quatre étages situé à l'écart de l'agglomération. Tout en cheminant, il expliqua à Wang que la porte du R.E.M. était restée fermée depuis plus de sept mois et qu'au lendemain de chaque ouverture de nombreux émigrants étaient retrouvés morts de ce côté-ci du rempart avec un orifice bien rond et bien net au milieu du front.

« Je serais un petit débrouillard de ton espèce, je préférerais faire fortune dans ces taudis plutôt que de tenter ma chance en Occident, poursuivit le Bulgare. Mon dernier associé, un fils de pute de Thaï, a été coupé en petits morceaux par deux exécuteurs venus de Slovénie. Je cherche quelqu'un d'autre, un Jaune de préférence pour endormir la méfiance de cette maudite engeance asiatique... Qu'est-ce que t'en dis ?

– Faut voir... » répondit évasivement Wang.

Il surveillait du coin de l'œil les réactions de Lhassa, craignant qu'elle ne profite du moindre relâchement de sa part pour prendre la fuite. Elle paraissait éteinte toutefois, dépouillée de toute volonté. Il s'en voulait de lui imposer cette épreuve, d'autant qu'elle réveillait probablement des scènes pénibles dans son esprit, mais la proposition de Penev leur permettrait, si tout se déroulait conformément à ses prévisions, de gagner de l'argent et une chambre pour la nuit. Grand-maman Li bénissait souvent les maladies, les rhumatismes et les multiples travers de ses semblables : ils lui donnaient l'occasion d'exercer ses talents et d'obtenir des faveurs.

La foule se clairsemait au fur et à mesure qu'ils se rapprochaient du Kyoto. Crachés par les ténèbres, des flocons surgissaient comme des papillons dans les lueurs des torchères et absorbaient peu à peu le vacarme des rues animées. Des silhouettes s'agitaient dans les replis d'obscurité, des ombres rôdaient en quête de pillage, des rixes éclataient entre les murs pour une couverture, pour un morceau de carton, pour un quignon de pain. Wang raffermit sa prise sur le manche de son couteau. Penev, quant à lui, marchait sans aucune précaution particulière. Il s'arrêtait tous les vingt mètres pour lamper une rasade d'opka, tous les cinquante mètres pour purger sa vessie, tous les cent mètres pour écarter d'un coup de pied un corps allongé dans la neige.

Ils atteignirent le bâtiment sans encombre, s'engouffrèrent dans un vestibule éclairé par une dizaine de lanternes accrochées à une antique roue de charrette pendue au plafond. Posé sur ses pieds arqués, un poêle central imprégnait l'air d'une âcre odeur de bois brûlé. L'hôtel était tenu par un Japonais, l'un des rares descendants du peuple de l'ancien empire du Soleil-Levant englouti dans les eaux du Pacifique en l'an 2022. Il tendit une clef au Bulgare avant même que ce dernier n'ait eu le temps de prononcer le moindre mot, geste qui dénotait une relation de confiance entre les deux hommes. Cette familiarité ennuya Wang, mais il lui fallait s'adapter en permanence, comme l'eau quittant son lit et se glissant dans de nouvelles failles.

Ils montèrent au deuxième étage, parcoururent un étroit couloir sombre et lambrissé, s'arrêtèrent devant une porte de bois massif que le Bulgare, de moins en moins maître de ses gestes, eut toutes les peines du monde à ouvrir.

Lhassa eut un mouvement de recul lorsque Penev l'invita à entrer dans la chambre. Une lampe à huile dispensait une lumière tamisée dans la pièce spacieuse meublée d'un large lit, d'une table, de deux chaises et d'une caisse posée à la verticale qui servait de table de chevet. Un tuyau d'aluminium la traversait de part en part sous le plafond et répandait une agréable tiédeur.

La Tibétaine resta tétanisée sur le seuil de la porte, incapable de mettre un pied devant l'autre. Son corps tout entier se révoltait à l'idée que cet homme à la bouche et au regard cruels s'apprêtait à lui faire subir le même sort que les Hongrois de Budapest. Elle percevait de nouveau des ahanements, des cris, des rires, et ses entrailles se nouaient, sa vessie se gonflait de peur. Elle lança un regard éperdu à Wang, statufié sur le côté de l'embrasure, mais aucune expression ne vint altérer les traits du Chinois. Il la vendait sans aucun remords apparent à ce butor enivré. Il n'avait pas été mû par un quelconque sentiment de compassion lorsqu'il l'avait sauvée du froid mais par l'intérêt. Il l'avait simplement considérée comme un placement. Une bonne affaire : les quarante yuans qu'elle lui avait coûté à la sortie de Most lui en rapportaient d'ores et déjà cent.

Penev posa la bouteille d'opka sur la table, déboutonna son manteau et le jeta sur le dossier d'une chaise. Puis il se rapprocha à pas chancelants de Lhassa et lui assena une gifle retentissante.

« Joue pas les mijaurées avec moi, petite pute ! » gronda-t-il, les yeux hors de la tête.

Les jambes de la Tibétaine flageolèrent mais il la rattrapa au vol avant qu'elle ne s'affaisse et, dans le même mouvement, la projeta vers le lit sur lequel elle s'effondra après avoir traversé la pièce et renversé une chaise au passage.

« D'abord l'argent ! » fit Wang.

Penev se planta au milieu de l'embrasure, les bras et les jambes écartés. Wang distingua alors, dans l'entrebâillement de sa veste de laine, la crosse métallique d'un pistolet glissé dans sa ceinture.

« J'ai l'habitude de payer après, ricana le Bulgare. Et seulement si je m'estime satisfait... »

Les lèvres déformées par un rictus, il claqua la porte au nez de son interlocuteur interdit, qui perçut le crissement caractéristique d'un verrou coulissant dans sa gâche.

Wang vit des ombres s'agiter de l'autre côté du rectangle lumineux de la fenêtre. Elles restaient trop imprécises pour qu'il eût la possibilité de reconnaître Lhassa ou le Bulgare, mais il pensait avoir localisé la bonne chambre parmi les autres fenêtres éclairées du deuxième étage. Il regrettait amèrement de s'être servi de la jeune femme pour attirer Penev dans un piège. Sa colère se conjuguait à l'inquiétude et à la jalousie –

l'idée le révulsait que cet immonde porc des Balkans pût forcer l'intimité de Lhassa – pour le porter au paroxysme de la tension nerveuse. Son sang bouillait dans ses veines, et il ne sentait ni les morsures de la bise ni les baisers glacés des flocons.

Le tenancier du Kyoto ne lui avait accordé aucune attention lorsqu'il avait dévalé l'escalier et traversé le vestibule au pas de course. La curiosité étant l'une des principales causes de mortalité dans cette époque troublée, la conversation du Japonais se limitait à quelques phrases stéréotypées du genre : Combien de nuits ? Avec ou sans chauffage ? Cent, deux ou trois cents yuans, payables d'avance... Il ne s'étonnait jamais des frasques ou des débordements de ses hôtes, et il se contentait de brûler les cadavres que ses femmes de ménage, des Malaises dont on avait coupé la langue, trouvaient dans les armoires, dépecés ou enveloppés dans un drap.

Enfoncé dans la neige jusqu'aux genoux, Wang avait contourné la bâtisse et repéré la chambre du Bulgare en se fiant à ses souvenirs de l'intérieur de l'hôtel. Il s'astreignit à respirer lentement pour rétablir le calme en lui, observa le mur, remarqua qu'un tuyau d'évacuation des eaux de pluie passait à moins d'un mètre de la fenêtre. Les lumières falotes des autres ouvertures révélaient le délabrement des attaches métalliques qui rivaient la gouttière aux planches ou aux briques de la façade et soulevaient de sérieux doutes sur leur capacité à supporter un poids de soixante-quinze kilos. Il n'avait pas d'autre choix que de courir le risque. Il glissa machinalement la main dans la poche de son manteau, palpa le manche de son couteau, effleura le petit éléphant familial et entreprit l'escalade.

Un tremblement inquiétant parcourut la gouttière lorsqu'il se hissa au-dessus du sol à la force de ses bras. La froidure du zinc lui engourdit les doigts. Les flocons crachés par les ténèbres se faufilèrent dans le col de son manteau. Il s'efforça de rester collé au mur pour éviter d'entraîner le tuyau dans un irréversible mouvement de bascule, et cela le contraignit à progresser avec une lenteur exaspérante. Il eut besoin de cinq minutes pour atteindre le premier étage. Un cri provenant des ruelles environnantes s'évanouit dans la nuit. Du coin de l'œil, il aperçut par une fenêtre proche cinq silhouettes assises autour d'une table ronde et d'autres qui allaient et venaient dans la pièce. Des joueurs, des gardes du corps armés jusqu'aux dents, des serveuses vêtues de tuniques transparentes. Asiatiques pour la plupart. Des parrains ou des commerçants, qui remettaient en jeu les sommes colossales rapportées par les trafics, les rackets, la prostitution.

Un collier s'arracha de son orifice et le tuyau s'écarta du mur dans un grincement sinistre. Wang eut le réflexe de resserrer les cuisses autour du cylindre métallique, de lancer la main devant lui et d'agripper une vis oubliée dans une planche du mur. La tête fraisée lui écorcha la pulpe des doigts, mais il ne relâcha pas sa prise et il tira de toutes ses forces pour éviter de partir en arrière. Il eut l'impression d'abandonner des lambeaux de peau sur la tige filetée. Il serra les dents pour ne pas hurler, pour ne pas révéler sa présence aux tueurs rassemblés dans la chambre voisine. Il reprit l'escalade dès que se furent atténuées les oscillations de la gouttière, veillant à répartir son poids sur les saillies des planches, sur les angles des briques ou sur les diverses et nombreuses irrégularités du mur.

La neige tombait dru lorsqu'il atteignit le deuxième étage. Aveuglé par les flocons, il tendit le bras sur sa gauche, empoigna le rebord de la fenêtre, lâcha le tuyau qui s'affaissa dans une série de grincements, se suspendit dans le vide, effectua son rétablissement à l'aide de sa main libre. Il posa une fesse sur l'étroite avancée de briques, colla son nez sur un carreau et observa l'intérieur de la chambre. Le spectacle qu'il y découvrit l'horrifia : le Bulgare entièrement nu avait retiré la ceinture de son pantalon et en frappait Lhassa recroquevillée sur le lit. Il s'interrompait de temps à autre, saisissait d'un geste nerveux la bouteille posée sur la table, avalait une lampée d'opka et, les yeux exorbités, recommençait à fouetter la Tibétaine. Il n'avait pas pris le temps de la déshabiller entièrement, il lui avait seulement dénudé les épaules et le dos. Son sexe court, noueux, violacé, formait avec son bas-ventre un angle droit qui dénotait la violence de son désir. A chacun des coups qu'il portait, il crachait des insanités dans un mélange de frenchy et de bulgare. Wang ne distinguait pas le visage de Lhassa mais, aux convulsions qui la secouaient de la tête aux pieds, il devina qu'elle pleurait. Il s'évertua à calmer ses propres tremblements et suivit ce conseil de grand-maman Li qui recommandait à l'homme sage d'éteindre le feu de sa colère avant de se lancer dans la bataille. Il devrait fracturer la vitre pour se faufiler dans la pièce. Le bruit alerterait le Bulgare, qui aurait largement le temps de se ruer sur le pistolet posé sur la table à côté de la bouteille. Il lui fallait faire preuve de patience, attendre le moment où Penev, suffisamment excité par la séance de flagellation, se coucherait sur Lhassa pour la violer.

Des crampes envahirent rapidement les muscles de Wang, tétanisés par l'inconfort de sa position et la température glaciale de la nuit. Le Bulgare s'assit sur une chaise et, les yeux plissés, contempla les rayures dessinées par sa ceinture sur la peau tendre de Lhassa. Puis il but une nouvelle rasade d'opka, s'assura machinalement de la rigidité de son membre, lâcha la ceinture, se releva et se dirigea vers le lit. La Tibétaine n'opposa aucune résistance lorsqu'il entreprit de lui retirer ses bottes, son pantalon, son collant de laine et sa culotte de coton gris. Il lança les vêtements par-dessus son épaule, lui glissa le bras sous le ventre, lui souleva le bassin, lui écarta les jambes d'un geste brutal, examina un long moment son sillon vulvaire et son anus crûment exhibés.

Wang comprit que Penev n'avait pas l'intention de plonger son pic dans la vallée de jade de la jeune fille mais de s'introduire dans sa cavité interdite. D'après grand-maman Li, la nature était une magnifique organisatrice, et stupides étaient les hommes qui violaient ses lois en obligeant leurs compagnes à les accueillir dans leur fondement. Est-ce que ces mêmes hommes recevaient leurs invités dans la fosse à merde de leur maison ?

Penev humecta son index de salive et le promena entre les fesses de Lhassa. Ce contact la poussa à se cabrer mais il l'immobilisa d'une tape sur le dos, la saisit par les hanches, s'agenouilla derrière elle, empoigna son sexe pour le guider vers l'entrée de ses reins.

C'est le moment que choisit Wang pour intervenir. Il sortit son couteau de sa poche, pressa le bouton d'ouverture de la lame, brisa le carreau de l'avant-bras, dégagea rapidement les éclats pointus restés coincés dans le mastic, engagea la tête et une épaule dans le passage. Galvanisé, tendu vers son but, il oublia la neige, le froid, les crampes. Le Bulgare releva la tête mais, engourdi par l'opka, ne réagit pas tout de suite. Puis il reconnut le jeune Chinois qui lui avait vendu deux heures de plaisir avec cette fille, entrevit les éclats de lumière accrochés par la lame d'un couteau, prit conscience qu'il devait défendre sa vie. Il se jeta sur le côté, roula sur lui-même, retomba de l'autre côté du lit, se rétablit sur ses jambes et se précipita vers la table. Wang bondit droit devant lui pour lui couper le chemin. Les deux hommes se télescopèrent de plein fouet et tombèrent tous les deux sur le plancher. Le Bulgare alla percuter la cloison opposée et Wang heurta un pied de la table qui se renversa dans un fracas de tonnerre. La bouteille se brisa dans sa chute, répandit son contenu dans les interstices des lattes. Le pistolet glissa sur une distance de trois mètres avant de s'immobiliser contre une plinthe.

Penev se redressa, chercha son arme des yeux, ne la repéra pas tout de suite. Son regard halluciné et la crispation de ses traits composaient un tableau étrange avec son pénis tumescent, que ni l'interruption brutale de son coït ni l'imminence du danger n'étaient parvenues à dégonfler. Il saisit une botte à portée de main et la lança sur Wang, qui l'esquiva d'un retrait du buste. Le Bulgare aperçut enfin le pistolet, gisant quelques mètres plus loin. Les vapeurs d'alcool et d'opium s'étaient désormais dissipées, et il avait recouvré toute sa lucidité, toute sa combativité. Il feignit de se réfugier dans la venelle comprise entre le lit et la cloison, puis il effectua une brusque volte-face et s'élança en direction de la porte.

Son stratagème ne surprit pas Wang, qui avait fait semblant de donner dans le panneau mais avait déjà modifié ses appuis pour préparer sa contre-attaque. Il fondit sur son adversaire à la vitesse d'un oiseau de proie et, d'un geste précis, lui planta son couteau entre les omoplates. Penev passa les bras par-dessus ses épaules, comme un dormeur agacé par la piqûre d'un insecte, mais Wang, esquivant sans difficulté ses gesticulations forcenées, lui enfonça la lame jusqu'à la garde. Le fer crissa sur les vertèbres du Bulgare, qui esquissa quelques pas hésitants avant de s'effondrer contre la cloison. Assis sur le plancher, les jambes écartées, il fixa son assassin d'un air incrédule, comme s'il trouvait incongru d'avoir été vaincu par un de ces fils de pute de Jaunes. Il lança la main en direction du pistolet, sans conviction toutefois – c'était l'expression d'un regret plutôt qu'une véritable intention –, entrouvrit la bouche, libéra un long soupir et glissa comme un sac vide sur le plancher. Son sexe resta un moment dressé comme un doigt accusateur avant de perdre de sa superbe et de se recroqueviller sur le coussin de ses bourses.

Tout en reprenant son souffle, Wang essuya la lame de son couteau sur la chemise du Bulgare. L'intensité du combat l'avait vidé de ses forces, déjà entamées par sa sous-alimentation, par sa longue journée de marche et par son escalade. Son sang cognait en cadence sur sa veine jugulaire et ses tympans.

Il s'adossa à la cloison pour ne pas défaillir. A ses pieds, Penev se vidait de son sang dans un borborygme prolongé. Il sentit sur son front la brûlure du regard de Lhassa qui, assise sur le lit, avait rabattu sa tunique sur ses cuisses. Il perçut dans ses yeux de la colère, du soulagement et de la reconnaissance.

Des bruits de pas retentirent dans le couloir, vibrèrent sur le plancher et les cloisons. L'effroi figea les traits de la Tibétaine. Wang se redressa, glissa la lame de son couteau dans sa manche, se rapprocha lentement de la porte, s'accroupit, ramassa le pistolet. Une arme massive, lourde, de fabrication balkanique sans doute. Il se releva, débloqua le cran de sécurité – un système identique à celui des armes coréennes, en nettement moins souple – et se plaqua contre le mur du fond.

Des coups sourds ébranlèrent la porte.

« Penev ? »

Wang reconnut la voix du tenancier japonais.

« Les voisins du dessous se plaignent du boucan et je ne tiens pas à avoir d'ennuis avec eux... »

Le Japonais observa quelques secondes de pause avant de tambouriner à nouveau sur le panneau de bois.

« Penev ? »

La poignée pivota autour de son axe mais le verrou empêcha la porte de s'ouvrir. Wang refoula à grand-peine une montée de panique. S'il n'intervenait pas dans les plus brefs délais, le gérant du Kyoto risquait fort de donner l'alerte et le pistolet du Bulgare ne suffirait pas à contenir une escouade d'exécuteurs des néo-triades (il ne savait même pas si le magasin de l'arme contenait un chargeur plein).

Nouvelle grêle de coups de poing sur la porte.

« Penev ?

– Je me suis cassé la gueule... » se risqua Wang en essayant d'imiter la voix grave et l'accent rocailleux du Bulgare.

Le temps de silence qui ponctua ces paroles lui parut interminable.

« Et la fille ? s'enquit enfin le Japonais.

– Elle descend dans dix minutes... Suis crevé... »

Un rire sardonique transperça la porte.

« C'est toi qui crèves les filles d'habitude ! »

Cette réflexion fit prendre conscience à Wang que non seulement le Bulgare n'avait jamais envisagé de lui payer les deux cents yuans convenus mais que son intention avait été de torturer Lhassa – comme toutes les femmes qui avaient la mauvaise fortune de se retrouver seules en sa compagnie – jusqu'à la mort.

« Plus un bruit maintenant, ajouta le Japonais à voix basse. Ou je ne t'autoriserai plus à jouer les bouchers dans mon hôtel... »

Wang grogna une onomatopée qui pouvait passer pour un acquiescement. Les pas du Japonais décrurent peu à peu et le silence retomba lentement sur la pièce, troublé par les éclats de voix des joueurs de la chambre inférieure et les sifflements du vent qui s'engouffrait par la vitre brisée.

Lhassa sortit du Kyoto et retrouva Wang à l'angle du bâtiment. La neige tombait en abondance et lapait tous les bruits. Le Japonais n'avait pas adressé la parole à la Tibétaine lorsqu'elle était passée devant le comptoir. Il ne l'avait même pas regardée, plongé dans la lecture d'un vieux livre aux pages couvertes d'idéogrammes.

Ils avaient posé le cadavre du Bulgare sur le lit, l'avaient recouvert d'un drap et avaient épongé, à l'aide de ses vêtements, le sang sur le parquet. Ils avaient trouvé plus de quatre cents yuans dans les poches de son manteau, ainsi qu'un bistouri et un rasoir, des instruments aux lames parfaitement aiguisées qui lui servaient probablement à écorcher et dépecer ses victimes.

Wang n'avait pas songé un seul instant à rebrousser chemin, comme cet argent le lui aurait permis : il avait maintenant franchi le point de non-retour, il avait coupé le cordon avec grand-maman Li. Il s'habituait à l'absence physique de la vieille femme, d'autant qu'elle vivait à l'intérieur de lui avec une intensité qui semblait s'accroître au fur et à mesure qu'il s'éloignait de Grand-Wroclaw.

Il lui avait suffi de se suspendre au rebord de la fenêtre et de se laisser tomber sur quatre mètres pour sortir de l'hôtel. Il avait roulé dans la neige épaisse et molle qui avait amorti sa chute. Il s'était relevé sans dommage, avait contourné le bâtiment et attendu Lhassa à l'angle de la ruelle la plus proche. Le marché avec le

Bulgare s'était avéré aussi fructueux que dangereux : ils y avaient gagné, outre quelques frayeurs, quelques bosses et quelques plaies, une arme à feu et quatre cents yuans, une réserve qui leur permettrait de parer au plus pressé et de voir venir. Ils avaient été dignes du Tao de la Survie, dignes de grand-maman Li.

Ils trouvèrent une chambre dans un petit hôtel crasseux situé en plein cœur de l'agglomération. La réceptionniste, une minuscule Thaïlandaise aux cheveux gris, leur réclama soixante-dix yuans pour un réduit sombre et enfumé. Wang paya sans sourciller, conscient qu'il ne trouverait peut-être aucune autre chambre libre dans cet amoncellement de cabanes surpeuplées. La pièce était équipée d'un vieux poêle, d'une réserve de charbon, et tout ce qui lui importait, c'était de passer la nuit bien au chaud.

Quelques minutes plus tard, il passa le pistolet du Bulgare dans sa ceinture et ressortit après avoir prié Lhassa de bloquer la porte avec une chaise et de n'ouvrir à personne d'autre que lui. Elle lui demanda de lui procurer des cigarettes, une requête qui le surprit et l'émut à la fois, car il avait souvent effectué ce genre d'emplettes pour grand-maman Li. Il se rendit dans une épicerie proche, acheta un paquet de biscuits, des fruits confits, de l'eau purifiée – dix yuans le litre, une véritable fortune –, des beignets dégoulinants de graisse et un tube de pommade antiseptique censée favoriser la cicatrisation des plaies. Il enfouit le tout dans les poches intérieures de son manteau. Il trouva des cigarettes de marque kazakhe dans un débit de tabac et de boissons, commanda deux thés dans des verres de terre cuite et regagna tranquillement l'hôtel, dont le nom, le *Nakhon*, s'estompait sur l'enseigne de bois éclairée par une lanterne.

Il lut un grand soulagement sur le visage de Lhassa lorsqu'elle lui ouvrit la porte. Ils commencèrent leur repas par les beignets, probablement parce que leur corps réclamait de la graisse pour se défendre contre les rigueurs de l'hiver. Le thé avait un goût rance prononcé mais les coulées brûlantes dans leur œsophage et dans leur estomac leur firent le plus grand bien. Ils grignotèrent encore des fruits confits dont la saveur sucrée s'accompagnait d'une flaveur persistante de bicarbonate de soude, puis, lorsqu'ils furent rassasiés, Wang proposa à Lhassa d'enduire ses blessures de pommade. Elle acquiesça d'un hochement de tête, se débarrassa de son manteau, de sa tunique, et s'allongea docilement sur le lit.

Se remémorant les séances de soins que grand-maman Li administrait à ses patients, il dévissa le tube, déposa des larmes de substance jaune et grasse en divers points du dos de la Tibétaine et, de la pulpe des doigts, commença à répartir l'embrocation par petits mouvements circulaires. Elle se crispa lorsque la pommade entra en contact avec ses chairs à vif. La ceinture du Bulgare avait lacéré son épiderme et les frottements de sa tunique avaient entraîné la formation de cloques séreuses. Wang s'efforçait de rendre ses mains aussi légères que des oiseaux, aussi impalpables que les songes. Le contact avec la peau de Lhassa l'emplissait de trouble. Non seulement il ne regrettait plus de l'avoir relevée dans le sentier de l'Erzgebirge, mais il ne pouvait plus envisager de vivre sans elle. La folie de Penev avait eu cet incontestable mérite de lui révéler toute l'importance qu'elle avait prise dans son existence. De la même manière que grand-maman Li lui avait insufflé la force de partir, de quitter le nid familial, Lhassa lui donnait la force de poursuivre sa route.

Il la massa avec une telle délicatesse qu'elle finit par s'assoupir sous le ballet ensorcelant de ses doigts. Il lui retira ses bottes, son pantalon, la recouvrit d'un drap à la propreté douteuse et d'une couverture de laine d'où s'exhalait une entêtante odeur de poussière. Il se déshabilla à son tour, éteignit la lampe à huile, se glissa dans le lit, écouta les hurlements du vent, le ronflement du feu dans le charbon et les subtils crissements des flocons contre la vitre de la minuscule lucarne.

Wang ne se lassait pas de contempler la cannelure intime de Lhassa, en partie voilée par une toison clairsemée. Pendant deux jours, ils n'avaient quitté la chambre que pour aller acheter de la nourriture, du thé, ou satisfaire leurs besoins organiques dans le cabinet de toilette – un grand mot pour un placard équipé d'une cuvette ébréchée, d'un lavabo écaillé et d'une douche qui vomissait par saccades une eau jaune et tiède.

Ils ne s'étaient pas aimés tout de suite, ils s'étaient apprivoisés avec une méfiance et un effarouchement propres aux enfants meurtris par la vie. Ils s'étaient peu à peu rapprochés dans le lit, s'étaient caressés de leur chaleur, de leur souffle. A l'aube du deuxième jour, Wang avait osé glisser les bras autour de la taille de Lhassa et l'avait attirée contre lui. Elle avait résisté dans un premier temps, parce que ce contact avait ravivé les anciennes terreurs, puis elle s'était abandonnée sur son épaule. De même, elle avait eu un brusque mouvement de retrait lorsque le sexe tendu de Wang lui avait frôlé le ventre. Du membre des hommes, elle gardait le souvenir d'une lame offensante, cuisante. Une arme brutale dont s'étaient servis les Hongrois de Budapest pour la poignarder et la déchirer.

Des larmes brûlantes et silencieuses avaient roulé sur ses joues. Wang avait léché ses pleurs comme pour s'abreuver de sa détresse. Au bout d'une heure, elle s'était de nouveau rapprochée de lui et avait réveillé son désir. Elle avait accepté le contact avec cette excroissance tressautante, palpitante, aussi dure que du bois. Leurs lèvres s'étaient spontanément jointes et ils s'étaient embrassés avec timidité, comme des explorateurs s'aventurant en territoire inconnu.

La journée entière leur avait été nécessaire pour se risquer en caresses et en baisers plus affirmés, plus audacieux. Ils avaient été interrompus par l'intrusion intempestive de la réceptionniste thaïlandaise, venue réclamer avec force ses soixante-dix yuans quotidiens – maligne, elle avait retiré toute clef et tout verrou aux portes, de sorte qu'elle pouvait s'introduire à n'importe quel moment dans la chambre de ses clients et les faire expulser sans délai au cas où ils refuseraient de s'acquitter de leur dû.

Ils avaient dormi l'un contre l'autre la deuxième nuit, et à l'aube du troisième jour, c'était elle qui avait pris l'initiative, elle qui l'avait invité à lui faire l'amour. Elle s'était déployée comme une corolle sous les premiers rayons du soleil. Elle l'avait couvert de ses mains, de ses lèvres, de sa langue, de son haleine, elle s'était faufilée sous lui comme une anguille. Il s'était retrouvé perché sur elle, planté en elle, sans bien se rendre compte de ce qui lui arrivait.

Elle avait creusé les reins, remué le bassin avec lenteur. Il avait alors vraiment pris conscience qu'elle l'avait accueilli. Il n'avait jamais ressenti un tel sentiment de plénitude, ni avec la petite Luang ni avec les autres femmes. C'était comme si le ventre chaud de Lhassa était parfaitement adapté au diamètre, à la longueur, à la sensibilité de son membre. La taille de sa verge n'avait d'ailleurs rien d'exceptionnel, même si les prostituées des bordels coréens de Grand-Wroclaw lui avaient assuré qu'il possédait « un engin aussi grand que celui des Blancs, peut-être aussi gros que celui des Noirs de la Grande Nation de l'Islam, bien plus dur en tout cas... » (il les soupçonnait d'affirmer la même chose à tous leurs clients pour flatter leur vanité et leur soutirer quelques yuans supplémentaires), mais elle suffisait largement à combler la faille intime de Lhassa, qui l'enserrait comme une main à l'incomparable velouté. Il avait ressenti la légère crispation de sa partenaire lorsqu'il avait commencé à bouger en elle. Il avait compris qu'elle gardait des séquelles du terrible traitement que lui avaient réservé les Hongrois de Budapest, qu'elle avait encore besoin de douceur, de tendresse. Il s'était évertué à la rassurer, à la cajoler, attentif à ses réactions, à ses hésitations.

Elle n'avait pas atteint l'orgasme lors de leur première union. Ni lors de la deuxième. Wang avait retardé jusqu'à l'insoutenable la montée de sa propre jouissance. Il avait cru deviner qu'avertie par un mystérieux sixième sens, elle s'était ouverte encore plus et lui avait planté ses ongles dans le dos pour l'entraîner sur la pente irréversible du plaisir. Il avait eu la sensation de se projeter tout entier, de se dissoudre en elle.

« Ça ne t'a pas plu... » avait-il soupiré après avoir repris son souffle.

Elle lui avait caressé tendrement les cheveux.

« Ne me demande pas l'impossible, avait-elle répondu d'une voix songeuse. Celle qui revient de l'enfer a besoin de temps pour réapprendre à rire... »

Elle s'était en revanche exécutée de bonne grâce lorsqu'il avait exprimé le désir de contempler l'entrée de sa vallée de jade. Elle s'était assise contre la tête du lit, avait glissé un coussin sous ses fesses et écarté les jambes. Comme un enfant collé à la devanture d'une confiserie, il n'avait pu détacher son regard de sa conque magnifique dont le rose nacré, rehaussé par les liserés du duvet noir, s'harmonisait à la perfection avec le cuivre de sa peau.

Le jour se frayait un difficile passage dans la pénombre de la chambre. Wang se leva pour ajouter un peu de charbon dans le poêle.

« Je t'ai mal jugé, murmura Lhassa, toujours assise sur le lit. J'ai vraiment cru que tu m'avais vendue à ce monstre bulgare... »

Elle tirait voluptueusement sur une cigarette dont elle secouait les cendres dans la boîte de fruits confits. Elle ne fumait pas beaucoup, deux ou trois cigarettes par jour, mais elle l'accomplissait comme un rituel immuable, grave, quasi mystique.

Accroupi près du tas de charbon, il reposa la petite pelle sur le sol et suspendit ses gestes. Les braises jetaient des lueurs rougeoyantes par la porte du poêle entrouverte.

« Est-ce que le chauffeur slovaque qui t'a transportée de Brno à Most t'a... t'a... ? »

Elle recracha un épais nuage de fumée par la bouche et les narines.

« Il voulait seulement que je me déshabille et que je

me caresse devant lui. Il ne pouvait pas me faire de mal : les néo-triades lui avaient coupé le... »

La porte s'ouvrit soudain et livra passage à la réceptionniste thaïlandaise. Un sourire entendu apparut sur ses lèvres lorsque ses yeux chafouins se posèrent alternativement sur Wang et Lhassa, tous les deux aussi nus que des vers.

Il s'aperçut tout à coup qu'il avait dépensé sans compter depuis qu'ils s'étaient enfermés dans cette chambre, et il se demanda s'il lui restait suffisamment d'argent pour régler une nuit supplémentaire. L'exploration de leurs sens et la découverte de leur amour naissant avaient mobilisé toute leur énergie. Ils avaient oublié qu'un univers hostile les attendait de l'autre côté de cette pièce.

« Vous n'êtes tout de même pas venus jusqu'à Most pour passer votre lune de miel ? gloussa la Thaïlandaise. Y a des endroits nettement plus agréables pour ça ! »

Wang ne voyait pas où elle voulait en venir. Lhassa s'était hâtivement recouverte du drap mais lui n'avait pas d'autre choix que de rester accroupi pour soustraire ses attributs virils au regard narquois de la réceptionniste.

« La porte ! soupira la petite femme d'un ton excédé. Elle s'ouvre ! »

Lhassa fut la plus prompte à réagir.

« Quelle porte ? demanda-t-elle en écrasant sa cigarette dans la boîte.

– La porte de Most ! La porte du R.E.M. ! »

CHAPITRE : IV

LA PORTE DE MOST

Savoir transformer les circonstances négatives en situations positives, savoir faire le mort devant un grand danger, comme les renards devant l'homme, sont deux des secrets. Savoir perdre pour mieux gagner ou donner pour mieux recevoir ou s'abandonner pour mieux agir est la marque des grands stratèges du Tao de la Survie. Parfois le vent attise le feu, parfois le feu s'éteint dans l'eau, parfois l'eau s'efface devant le vent. Parfois le vent éteint le feu, parfois le feu évapore l'eau, parfois l'eau terrasse le vent.

Le Tao de la Survie de grand-maman Li

« Pourquoi nous avez-vous prévenus ? demanda Wang à la Thaïlandaise. Votre intérêt, c'est de garder vos clients le plus longtemps possible... »

Ils s'étaient rhabillés à la hâte et avaient entassé les provisions restantes dans le sac de toile que Christina, la restauratrice polonaise, avait remis à Wang. Il avait glissé le pistolet dans la poche intérieure de son manteau, un emplacement qu'il estimait à la fois plus sûr et plus facile d'accès que la ceinture de son pantalon. Ils se tenaient à présent tous les trois sur le seuil de la porte. La rue charriait un flot tumultueux et ininterrompu d'hommes, de femmes et d'enfants qui se dirigeaient au pas de course vers le R.E.M.

« Voyez comme ils se précipitent vers le mirage occidental ! soupira la petite femme en désignant la multitude d'un geste du bras. Vous êtes comme tous ceux-là, des êtres sans espoir, sans racine, sans projet. Des Jaunes égarés dans un pays de Blancs... A quoi me servirait-il de vous garder dans cette chambre contre votre gré ? A faire de toi un mendiant, un tueur ? A faire d'elle une prostituée ? Je préfère que vous alliez transporter vos malheurs et vos poux ailleurs ! »

Wang saisit les mains de la Thaïlandaise et les baisa avec ferveur.

« Que vos ancêtres vous gardent... »

Elle le dévisagea d'un air où la tendresse se mêlait à la pitié. Les fleurs stylisées qui ornaient sa veste matelassée avaient été effacées par les nombreux lavages. D'elle émanait la même odeur de détergent que de grand-maman Li.

« Prie plutôt les tiens : la rumeur court en ville qu'un jeune couple formé d'un Chinois et d'une Tibétaine a assassiné un Bulgare pour le détrousser. Le problème est que ce Bulgare était l'ami d'un parrain et que ses hommes se sont postés de chaque côté de la porte du R.E.M. pour filtrer les émigrants... »

La gorge de Wang devint sèche, douloureuse. Ils avaient vécu dans une bulle d'amour et de chaleur pendant trois jours mais les paroles de la petite femme le ramenaient brutalement à la réalité. Il sentit le poids du regard de Lhassa sur sa nuque.

« La porte du R.E.M. restera ouverte pendant trois ou quatre heures, ajouta la Thaïlandaise. J'espère que vos ancêtres se montreront cléments : j'aimerais que tous mes clients vous ressemblent... »

Elle se détourna avec brusquerie et disparut à petits pas rapides dans la pénombre du vestibule. Wang comprit alors qu'elle les avait tenus à l'écart des néo-triades pendant trois jours, une protection qu'avaient permise la densité de population et le chaos qui régnait sur l'agglomération mais que rendaient caduque l'ouverture de la porte du R.E.M. et le départ des milliers de candidats à l'exode. La Thaïlandaise savait que les exécuteurs des néo-triades passeraient au crible la ville désertée au cas où ils ne retrouveraient pas le couple meurtrier parmi les émigrants, et elle se hâtait de se débarrasser de ses deux hôtes encombrants avant qu'on ne les découvre chez elle et qu'elle ne subisse le châtiment de ceux qui contrevenaient aux intérêts des parrains. Sa générosité s'arrêtait là où risquaient de commencer les ennuis. Elle appliquait à sa manière les principes du Tao de la Survie.

« Qu'est-ce qu'on fait ? » demanda Lhassa.

Sa voix fut absorbée par le tumulte environnant, ponctué de hurlements, de piaillements, de gémissements. C'était maintenant un troupeau aveugle, furieux, qui fonçait dans les ruelles de la petite agglomération, qui faisait trembler les façades de bois ou de brique. Ils surgissaient de partout à la fois, comme ces hordes de rats qui avaient submergé Grand-Wroclaw quelques années plus tôt et qui avaient laissé derrière eux des squelettes et des ruines. Les hommes portaient des sacs, des baluchons, des valises fermées par des ficelles, des objets aussi encombrants qu'inutiles. Les femmes avaient juché sur leurs épaules leurs plus jeunes enfants. Des vieillards incapables de soutenir le rythme perdaient l'équilibre, sombraient dans le cœur de la multitude, roulaient comme des bûches sous les pieds de cette hydre à mille têtes. Tous ceux-là avaient survécu au froid, à la faim, à la férocité de leurs semblables, mais alors qu'ils touchaient au but, alors que le grand rêve occidental était enfin sur le point de se concrétiser, de nouvelles sélections s'opéraient, continuaient d'éliminer les plus faibles. Des adolescents coupaient par les perrons ou les porches des constructions, sautaient par-dessus les balustrades, se réinséraient dans le flot lorsqu'ils se heurtaient à un mur ou à une palissade, recommençaient leur manège un peu plus loin.

« Qu'est-ce qu'on fait ? » insista Lhassa.

La peur plissait son front, tordait sa bouche, arrondissait ses yeux. Pour avoir eu affaire aux néo-triades dans la province de Hongrie, elle savait qu'elles ne lâchaient pas facilement le morceau. Elle était parvenue à leur échapper une première fois grâce à la complicité inattendue d'un exécuteur qui l'avait laissée partir au lieu de la ramener au parrain, mais rien ne prouvait que la chance se représenterait une deuxième fois.

Les nuages gris et bas occultaient la partie supérieure du R.E.M., dont le scintillement teintait de bleu les toits enneigés. Le vent colportait son grésillement et soulevait des tourbillons de poudreuse sur les rebords des fenêtres.

Wang saisit Lhassa par la main.

« Nous aurons plus de chances de passer inaperçus dans la cohue... »

Le courant humain les conduisit à la sortie de l'agglomération et les entraîna vers le R.E.M., situé à trois kilomètres des dernières habitations. Wang se haussa sur la pointe des pieds mais, bien qu'il mesurât plus d'un mètre quatre-vingts, il ne réussit pas à distinguer une quelconque ouverture dans la muraille brillante. De hautes bordures de neige encadraient la route, probablement dégagée quelques heures plus tôt par un chasse-neige.

A plusieurs reprises, les poussées désordonnées de la foule avaient failli le séparer de Lhassa mais, agrippant fermement la main de la Tibétaine, il avait réussi à la maintenir près de lui. Des voix criaient que les bousculades étaient inutiles, qu'il y avait de la place pour tout le monde en Occident, mais ces protestations n'apaisaient en rien l'inquiétude et la fièvre de ceux qui suivaient et qui craignaient d'arriver trop tard. Il y avait quelque chose de dérisoire, d'absurde, dans la progression forcenée de cette multitude. Ils se ruaient vers la porte du R.E.M. avec une rage désespérée qui traduisait mieux que tout discours la faillite de la R.P.S.R. Ils ne connaissaient rien du monde occidental, refermé sur lui-même depuis presque deux siècles, ils n'étaient même pas certains de parvenir en vie de l'autre côté du rideau, mais ils préféraient courir le risque de mourir dans le passage plutôt que de ployer un jour de plus sous le joug des néo-triades.

Une femme enceinte s'effondra devant Wang. L'homme qui l'accompagnait, un Chinois du Nord, voulut retourner sur ses pas pour l'aider à se relever, mais l'impétueux courant l'emporta avant qu'il n'ait eu le temps de lui porter secours. Ni ses glapissements ni ses gesticulations ne réussirent à juguler le fleuve humain. Fou d'inquiétude et de colère, il flotta un long moment à la surface des vagues comme une bille de bois, le visage tourné vers l'endroit où sa compagne avait disparu, puis le moutonnement l'engloutit à son tour.

Tout en s'efforçant de suivre le rythme et de garder son équilibre sur un sol de plus en plus glissant, Wang scrutait le ciel dans l'espoir que les nuages lourds, immobiles, se déchireraient bientôt et déverseraient sur la plaine leurs myriades de papillons blancs. En réduisant la visibilité, les flocons leur faciliteraient la tâche, à Lhassa et à lui. Toutefois, il ne voyait aucune silhouette menaçante sur les congères qui bordaient la route et il se demandait si la réceptionniste du *Nakhon* n'avait pas grossi le danger : les Thaïlandais étaient originaires d'une province du Sud, des Méridionaux réputés pour leur paresse, leur faconde et leur sens de l'exagération. Ne prétendaient-ils pas que leur pays, le Muang Thaï, recensait des milliers de temples du Bouddha et des millions d'éléphants ? Grand-maman Li disait d'eux qu'il fallait systématiquement diviser par trois leurs vantardises, leurs heures de travail et leurs prix.

L'allure se réduisait au fur et à mesure que le R.E.M. se rapprochait. Wang ne discernait toujours pas de passage ou d'ouverture dans la muraille électromagnétique, au point qu'il commençait à douter de la réalité de la porte. Les émigrants étaient tellement impatients de quitter l'enfer de la R.P.S.R. qu'une simple rumeur avait peut-être suffi à les jeter sur cette route.

Tassés par le brusque ralentissement, ils rencontraient des difficultés grandissantes à bouger, à respirer. Les malaises se multipliaient tout au long de la file, agitée par endroits de mouvements convulsifs. Les cris, les lamentations, les vitupérations dominaient à présent le grondement sourd des pas sur la neige et le grésillement musical du R.E.M. Des femmes tentaient désespérément de dégager leurs enfants prisonniers des mâchoires de ce gigantesque étau.

Wang avait l'impression que ses pieds ne touchaient plus le sol. Il sentait contre son flanc le corps de Lhassa, si fragile qu'il semblait sur le point de se briser à chaque mouvement. Le pistolet, comprimé contre sa poitrine, lui meurtrissait les côtes. De temps à autre, l'homme qui le précédait – un Birman ou un Vietnamien – se retournait pour lui jeter un regard courroucé pardessus son épaule.

Ils progressèrent ainsi pendant deux heures, avec une lenteur exaspérante, abandonnant derrière eux des hommes ou des femmes à demi asphyxiés, enjambant ou piétinant des obstacles qui étaient peut-être des corps. Certains tentaient d'escalader les congères pour échapper à l'étouffement, mais ils s'enfonçaient jusqu'aux hanches dans la neige molle dont ils ne se dégageaient qu'au prix de contorsions forcenées. Ils devaient ensuite jouer des coudes, des épaules ou des poings pour reprendre leur place au sein de la colonne.

Wang comprit les raisons du ralentissement lorsqu'il aperçut les bâches de camions garés en travers de la route. Il tendit le cou, vit qu'un barrage avait été dressé quelques centaines de mètres plus loin, que des hommes déployés entre les véhicules obligeaient chaque candidat à l'émigration à passer et à se découvrir devant eux.

Sa respiration se suspendit. Ses yeux se posèrent brièvement sur Lhassa, qui n'eut pas besoin de regarder devant elle pour comprendre qu'ils se précipitaient dans la nasse tendue par les néo-triades. De nouveau, l'ombre de la peur recouvrit la Tibétaine. Ses ongles se fichèrent dans le poignet de Wang. Comme lui, elle avait espéré que la réceptionniste du Nakhon avait exagéré le danger, que les âmes des morts ou la déesse de la fortune les protégeraient jusqu'à leur passage en Occident, mais le regard affolé de son compagnon l'informait qu'elle n'avait pas encore fini de payer le prix de ses fautes. Le karma était tout ce qui lui restait des vagues notions de religion que lui avaient enseignées ses parents. Elle y recourait systématiquement dans les moments difficiles parce que, de manière paradoxale, l'évocation de sa propre responsabilité dans les malheurs qui la frappaient l'aidait à surmonter les épreuves. Elle s'était raccrochée à la croyance qu'elle n'avait pas subi le viol collectif des Hongrois de Budapest, mais qu'elle l'avait appelé, qu'elle l'avait provoqué. Cette conviction lui permettait d'estimer qu'elle restait maîtresse de son destin, qu'elle n'était pas le jouet d'un tyran absurde et cruel qui avait pour nom le hasard, qu'elle pouvait donc améliorer les conditions de son existence future en acceptant de purger son âme de ses erreurs passées.

Cependant, tandis que le fleuve humain l'emportait inexorablement vers le barrage des camions, elle se révoltait de toutes ses forces à la perspective de finir clouée sur une porte ou sur un mur. Sa rencontre avec Wang l'avait en partie réconciliée avec la vie – avec elle-même puisqu'elle se voulait responsable de sa vie. Avait-elle donc commis de si grands crimes au cours de ses vies antérieures pour que le sort s'acharnât sur elle avec tant de férocité ?

Wang distinguait maintenant très nettement les bâches et les ridelles des camions, répartis sur une aire dégagée de vingt mètres de diamètre, beaucoup plus nombreux qu'il ne l'avait cru dans un premier temps. Ils avaient été disposés de façon à former trois goulets étroits par lesquels s'écoulait lentement la multitude. Des groupes de quatre ou cinq néo-triadins, armés de P.-M. ou de pistolets coréens, arrêtaient les femmes et les hommes à l'entrée des passages, les contraignaient à retirer leur bonnet ou leur passe-montagne, les dévisageaient, les interrogeaient et, s'ils avaient un doute sur leur identité, appelaient à la rescousse un petit homme qui venait à son tour les examiner. Wang crut reconnaître la silhouette rondouillarde du tenancier du Kyoto, la seule personne de l'agglomération qui les eût aperçus, Lhassa et lui, en compagnie de Penev. Le Japonais secouait la tête au bout de quelques secondes d'observation soutenue puis se dirigeait de son allure dandinante vers un autre groupe.

Les flocons se mirent à tomber, mais en quantité insuffisante pour créer un début de confusion. Pardessus les lignes brisées des bâches, Wang aperçut une forme sombre et arrondie au milieu du R.E.M.

La porte de l'Occident.

La proximité du but chassa sa peur, raffermit sa détermination. Malgré la pression de la foule, il parvint à glisser la main dans la poche de son manteau et à caresser le petit éléphant que lui avait remis grand-maman Li. Il ne cherchait pas à se défendre de ce réflexe, qu'il eût jugé puéril dans les rues de Grand-Wroclaw – qui eût paru puéril à tout adepte du Tao de la Survie – mais qui, dans la circonstance, lui donnait l'impression de se relier à une tradition vieille de plusieurs milliers d'années et de l'emplir de la force du pachyderme.

Tirant Lhassa derrière lui, il se fraya un passage vers la rive du fleuve humain, indifférent aux hurlements, aux insultes, aux poings dressés, aux yeux furibonds qui s'épanouissaient dans leur sillage. Il leur fallut presque un quart d'heure pour parcourir la dizaine de mètres qui les séparait des bas-côtés. Là, Wang escalada la pente abrupte de la congère et tira Lhassa vers lui. D'un geste du bras, il lui fit signe qu'ils devaient effectuer un large détour s'ils voulaient éviter le barrage établi par les néo-triades. Elle acquiesça d'un mouvement de tête, bien qu'elle commençât à s'enfoncer dans la neige tendre. Une marche de plusieurs centaines de mètres dans ces conditions avait toutes les chances de se transformer en un chemin de croix. Elle lisait de l'étonnement, de la pitié dans les visages qui se tournaient vers eux. Les autres ne comprenaient pas pourquoi ce garçon et cette fille refusaient au dernier moment de se laisser porter par le courant jusqu'au seuil de l'Occident. Les lueurs de soupçon qui s'allumaient dans les yeux de certains montraient qu'ils avaient établi le lien entre cet absurde renoncement et la présence des néo-triadins dans les parages.

Wang et Lhassa s'éloignèrent de la route et suivirent une direction parallèle au R.E.M. Ils s'enlisèrent jusqu'à la taille dans la neige qui avait la consistance d'une boue molle. Les abondantes chutes des jours précédents s'étaient conjuguées au déblaiement des camions pour couvrir la terre d'un manteau épais, instable, et chacun de leurs pas leur coûtait une énergie folle. Le silence absorbait la rumeur de la foule et leurs propres ahanements.

Wang jetait de fréquents coups d'œil en direction des camions alignés, dont il distinguait les bâches et les toits, pour s'assurer que les néo-triadins ne les avaient pas repérés. La partie supérieure de la porte du R.E.M. lui apparaissait également, une bouche noire, ronde et mate qui évoquait l'entrée d'un tunnel à flanc de montagne. Elle lui semblait minuscule vue d'ici, mais étant donné la distance entre le barrage et la muraille électromagnétique, elle devait être monumentale.

La neige s'infiltrait dans ses bottes et lui engourdissait les pieds. Les quatre-vingts yuans qui lui restaient ne leur seraient d'aucun secours sur cette étendue désolée. Il perçut un gémissement derrière lui, se retourna, vit que Lhassa, frigorifiée, exténuée, éprouvait des difficultés grandissantes à s'arracher de la poudreuse. Il apercevait au second plan la plaine blanche traversée par le ruban sombre de la route, le ciel anthracite, la perspective fuyante du rideau électromagnétique. Il comprit qu'ils n'auraient aucune chance d'arriver avant la fermeture de la porte s'ils persistaient dans leur projet de contourner le barrage. Non seulement ils perdraient toutes leurs chances de passer en Occident, mais ils risquaient d'y laisser leur peau.

Il leur fallait changer de stratégie. S'adapter. Reprendre l'initiative.

Les proies ne songent jamais à attaquer leurs prédateurs, parce qu'elles sont victimes de leur instinct, de leur conditionnement – qu'elles ignorent les lois du Tao de la Survie, aurait ajouté grand-maman Li. Et pourtant, qu'un troupeau de buffles se regroupe et fonce d'un même élan sur la horde de lions qui les traque, et ces derniers n'auraient pas d'autre choix que de prendre la fuite.

La peur est mauvaise conseillère, songea Wang. Grand-maman Li n'avait pas redouté de se retrouver seule face aux tueurs d'Assöl parce qu'elle possédait une force intérieure bien plus efficace que la grande muraille de Chine, ce monument venu du fond des âges qui avait été aux trois quarts détruit par les missiles et les bombes des armées russe et chinoise. Il prit conscience à ce moment que l'enseignement de la vieille femme reposait en totalité sur l'affranchissement de la peur. Il n'avait pas quitté la maison familiale de Silésie pour se jeter dans la gueule de prédateurs humains qui tiraient leur supériorité de la crainte qu'ils inspiraient. Planté dans la neige jusqu'aux cuisses, il observa de nouveau les camions, mais en modifiant son point de vue, en le tournant résolument vers l'offensive.

« Je n'en peux plus... » murmura Lhassa dans un souffle.

Ses expirations sifflantes et son teint aussi blanc que la neige environnante indiquaient qu'elle avait puisé au plus profond d'elle-même pour combler ses quelques mètres de retard. Les trois jours de repos dans la tiédeur de la chambre du Nakhon n'avaient pas suffi à la requinquer. Elle avait encore besoin de temps pour recouvrer l'intégralité de ses moyens physiques, et ce n'était certainement pas l'épreuve imposée par ce détour qui améliorerait sa santé. Elle avait les mêmes lèvres exsangues et la même absence d'expression dans les yeux que lorsque Wang l'avait ramassée sur le sentier de l'Erzgebirge.

Le vent jouait dans les mèches qui dépassaient de son col relevé. Il la saisit par les épaules et la secoua avec rage.

« Résiste, articula-t-il d'une voix forte. Nous allons couper par là. »

Il désigna les camions d'un mouvement du bras. Elle le fixa d'un air incrédule, presque coléreux. Sa réaction, rassurante, montrait qu'elle se chauffait encore au feu de la vie.

« Ils ne nous attendent pas de ce côté, poursuivit Wang. Ils ont concentré toute leur surveillance sur la route, sur les émigrants...

– Ils nous remarqueront lorsque nous nous rapprocherons des camions ! objecta-t-elle d'une voix faible. Je préfère encore mourir de froid plutôt qu'être clouée sur une porte...

– Je préfère ne pas mourir du tout ! Et notre meilleure chance de rester en vie, c'est de nous emparer d'un camion. » Il tapota la légère bosse formée par le pistolet du Bulgare sous le cuir de son manteau. « Si nous échouons, nous ne tomberons pas vivants entre leurs mains... »

Ils se dévisagèrent mutuellement pendant plus d'une minute, comme si chacun cherchait à éprouver la détermination de l'autre. Le silence ouaté buvait le grondement diffus du fleuve humain, le grésillement de la muraille électromagnétique, les sifflements du vent, les aboiements des néo-triadins. Les flocons tiraient une trame ajourée et mouvante sur le fond scintillant du R.E.M.

Les mains glacées de Lhassa se glissèrent dans celles de Wang.

« Donne-moi ton couteau, dit-elle d'une voix douce mais ferme. S'il t'arrive quelque chose avant que tu n'aies eu le temps de me tuer, je veux avoir la possibilité de le faire moi-même. »

Il hocha la tête d'un air grave, extirpa son couteau de sa poche, déclencha le mécanisme d'ouverture de la lame, le tendit à la Tibétaine, qui contempla pendant quelques secondes l'acier effilé avant de s'en emparer.

« Je suis prête maintenant », murmura-t-elle d'un air farouche.

Malgré les reflets, Wang, allongé dans la neige, distinguait une silhouette à travers la vitre de la portière. Le camion, un véhicule gris parsemé de taches de rouille et équipé de hautes roues crantées, fermait le barrage. Son museau écrasé, tourné vers le R.E.M., touchait l'aile avant du camion voisin et la ridelle métallique de son hayon arrière disparaissait en partie dans la bordure de neige qui entourait l'espace dégagé. Les autres camions formaient une haie d'une vingtaine de mètres de largeur, ouverte en trois endroits pour canaliser la multitude. Le Japonais du Kyoto courait toujours d'un groupe à l'autre, sans cesse interpellé par les néo-triadins dont la nervosité grandissante se traduisait par un comportement irascible. Les moindres hésitations des émigrants, en rangs de plus en plus épars, entraînaient des bousculades et des coups de crosse. A plusieurs reprises, des hommes et des femmes roulèrent à terre, le front ou le nez ensanglanté, pour la seule raison qu'ils ne s'étaient pas découverts assez vite.

Comme l'avait présumé Wang, la surveillance n'était

pas aussi stricte à l'extrémité du barrage. Lhassa et lui avaient pu s'approcher sans déclencher l'alerte. Ils avaient franchi les derniers cinquante mètres en rampant, une allure qui réclamait finalement moins d'efforts que la marche, le poids du corps étant mieux réparti sur la neige instable. Ils avaient dû en revanche mobiliser une grande partie de leur énergie pour lutter contre le froid qui s'insinuait par le cou, par les poignets, par la taille, par les jambes, et ils avaient dans ce but ingurgité leurs dernières provisions. Ils s'étaient ensuite débarrassés du sac de toile, devenu plus gênant qu'utile.

Les sentinelles qui avaient reçu la consigne de se poster dans les cabines pour surveiller les environs n'avaient visiblement pas envisagé que quelqu'un pût couper par la plaine enneigée. Wang discernait les yeux mi-clos et les traits détendus de l'homme confortablement renversé contre le dossier du siège du passager. Le froid l'avait probablement engourdi, puisque le moteur ne tournait pas et que, par conséquent, le chauffage ne fonctionnait pas.

Wang plongea la main dans la poche intérieure de son manteau et dégagea le pistolet. Ses doigts étaient tellement gourds qu'il dut s'y reprendre à trois reprises pour armer le chien. A ses côtés, Lhassa s'efforçait de tenir d'une main ferme le manche du couteau. Il lança un coup d'œil sur sa droite, guettant le moment propice. Celui-ci se présenta quelques minutes plus tard lorsque, à dix mètres de là, un début d'échauffourée éclata entre les néo-triadins et les candidats à l'exode, qui craignaient que la porte du R.E.M. ne se referme d'un moment à l'autre et qu'exaspérait la perte de temps représentée par ce contrôle. Les rafales brèves et rageuses des P.-M. couchèrent une dizaine de corps et déclenchèrent un début d'affolement dans les rangs des émigrants. Pendant quelques secondes, une confusion totale régna sur l'aire dégagée, des impulsions de panique divisèrent la multitude en courants antagonistes, les claquements des armes se mêlèrent aux glapissements, aux hurlements, aux gémissements.

« Maintenant ! » s'écria Wang.

Il se releva et, pointant le pistolet sur la vitre de la portière, se dirigea au pas de course vers le camion. Il ne chercha pas à savoir si Lhassa le suivait, il resta concentré sur son but, attentif aux réactions du factionnaire. Ce dernier ne bougeait toujours pas, indifférent au vacarme qui s'élevait quelques mètres plus loin (peut-être ne l'entendait-il pas, le froid ayant anesthésié ses sens ?).

Wang se hissa d'un bond sur le marchepied, s'accrocha à la tige du rétroviseur extérieur pour assurer sa position, leva la tête à hauteur de la vitre. Trois secondes lui furent nécessaires pour accoutumer son regard à la pénombre de la cabine. Il se rendit alors compte qu'il n'y avait pas qu'un homme dans l'étroit habitacle mais deux. Le premier, celui qui occupait le siège passager, le plus proche de lui donc, continuait de fixer le pare-brise d'un air torve. Un Coréen ou un Taiwanais, un P.-M. Tokaru posé sur les cuisses. La bouteille à moitié vide qui dépassait de la boîte à gants fournissait une explication plausible à son apathie.

Le deuxième semblait en revanche parfaitement réveillé. Alerté par le bruit, il avait tourné la tête en direction de la portière passager. Des lueurs vives brillaient par les minces fentes de ses yeux. Un Mongol, peut-être un Bouriate. Wang distingua également la bouche ronde et noire du canon qu'il braquait sur lui de sa main gauche, par-dessus le volant.

Il se baissa en un geste instinctif.

« Couche-toi ! » hurla-t-il à l'intention de Lhassa.

La vitre vola en éclats. Des morceaux de verre lui dégringolèrent sur la tête, sur les épaules, sur les mains. Des balles crépitèrent en pluie sur le métal de la portière, qui se gondola par endroits. Le Mongol appuya sans discontinuer sur la détente de son arme tout en crachant des insanités à l'intention de son acolyte abruti d'alcool. Le cœur de Wang, accroupi sur le marchepied, martela sa cage thoracique. Il lança un coup d'œil par-dessus son épaule, entrevit la silhouette figée de Lhassa allongée à côté de la roue, raffermit sa prise sur la crosse de son pistolet. Son index tremblait, heurtait le pontet, perdait régulièrement le contact avec la détente. La portière se hérissait de points d'impact mais les balles ne la traversaient pas. Le Mongol continuait de hurler, autant pour ranimer son voisin assoupi que pour donner l'alerte, mais ses beuglements et les staccatos de son pistolet-mitrailleur se perdaient dans le déluge sonore qui submergeait le barrage.

Avec l'énergie du désespoir, Wang domina sa peur, repoussa la tentation de sauter dans la neige et de prendre ses jambes à son cou. La proximité du tireur et le bouclier offert par l'épaisse carrosserie restaient pour l'instant ses meilleurs atouts. Le Mongol serait tôt ou tard obligé de cesser le tir, soit pour recharger le magasin de son arme, soit pour vérifier qu'il avait touché sa cible. Wang décida donc d'attendre et leva le canon de son pistolet à la verticale, juste sous la vitre brisée. Il sentait le long de son flanc droit les vibrations des balles qui s'écrasaient sur le métal. Des mouvements agitèrent la cabine, provoquèrent de légers grincements dans les suspensions fatiguées du véhicule.

Le P.-M. s'arrêta d'aboyer. Bien que le vacarme environnant n'eût pas baissé d'intensité, Wang eut la brusque sensation de se retrouver à l'intérieur d'une bulle de silence. Un silence qui ne lui offrait plus aucun point de repère, qui paraissait donc plus menaçant que le fracas des armes. Il se demanda si le Mongol n'avait pas choisi de sortir par l'autre portière et de contourner le camion pour venir l'ajuster. Il n'osa pas bouger cependant, de peur de donner à son adversaire des informations sur ses propres mouvements. Puis l'idée s'imposa qu'il lui fallait transformer le silence en allié, attirer le Mongol sur son propre territoire.

Il se baissa tout en continuant de surveiller la vitre et en maintenant le canon de son arme pointé vers le haut, puis il émit une plainte prolongée et déchirante semblable à celle que poussent les agonisants. Il n'obtint aucune réaction dans un premier temps, mais il continua de gémir, s'interrompant de temps à autre pour détecter d'éventuels bruits à l'intérieur de l'habitacle ou autour du camion.

« Je l'ai eu, ce putain de bridé ! s'exclama une voix enrouée. Jette donc un coup d'œil par la vitre... »

Nouveau moment de silence, pendant lequel Wang ne commit pas l'erreur de suspendre ses lamentations.

« Faut que je fasse tout moi-même, bordel de Dieu ! reprit la voix enrouée. Ce fils de pute de Taiwanais a éclusé presque toute la bouteille d'opka... »

Une nouvelle série d'oscillations agita le camion. Wang se tint à l'affût, le doigt crispé sur la détente. C'est à ce moment qu'il se souvint qu'il n'avait pas vérifié le chargeur du pistolet. Il prit conscience qu'il avait bien mal appliqué l'enseignement de grand-maman Li puisque son imprévoyance le conduisait à jouer sa vie à la roulette bulgare.

Il entrevit un mouvement au-dessus de lui. Le canon court d'un Tokaru crissa contre le bord de la vitre brisée, puis un visage s'aventura à l'extérieur avec circonspection. Wang aperçut le menton de l'homme, ses moustaches qui tombaient de chaque côté de ses lèvres brunes, ses narines d'une largeur insolite, les reliefs de ses arcades sourcilières.

Il voulut presser la détente mais son index, tétanisé, refusa de lui obéir. Le guidon de son pistolet heurta la poignée de la portière. Le Mongol, averti par ce léger frottement de sa présence sur le marchepied, baissa les yeux et, dans le même mouvement, le canon de son P.-M. Une décharge d'adrénaline électrisa Wang, qui eut l'impression de perdre tout contrôle sur lui-même, de laisser un autre Wang, plus instinctif, moins inhibé par la peur, agir à sa place. Une secousse lui parcourut le bras et une chaleur intense se dégagea de la crosse. Il comprit qu'il avait tiré – une ou plusieurs balles, il aurait été incapable de le dire – lorsqu'il vit la tête du Mongol venir à sa rencontre et s'affaisser avec une étrange douceur contre la portière. Des rigoles pourpres s'écoulèrent le long du métal cabossé. Il se releva avec prudence, prit le temps de vérifier que leur fusillade n'avait pas attiré l'attention des autres néo-triadins, s'aperçut que sa balle avait traversé la tête de son adversaire du menton jusqu'au sommet du crâne, où elle avait creusé une cavité de cinq centimètres de diamètre. Sous ses apparences rudimentaires, le pistolet balkanique dissimulait une efficacité redoutable. Contrairement aux Tokaru, plus légers et plus maniables, il aurait sans doute perforé la carrosserie du camion comme une vulgaire feuille de papier.

Le Taiwanais n'avait toujours pas bougé, perdu dans ses rêves – le fameux *slasch* promis par les trafiquants d'opka. Il était plongé dans un tel coma que le Mongol avait été obligé de s'agenouiller sur le siège du conducteur et de se pencher au-dessus de lui pour atteindre la vitre du côté passager. Les effluves douceureux du sang se mêlaient aux odeurs de métal fondu, d'alcool et d'opium.

« Ecarte-toi ! » ordonna Wang à Lhassa.

Il ouvrit la portière et sauta en arrière après que la Tibétaine se fut relevée et éloignée de quelques pas. Le cadavre du Mongol resta une poignée de secondes en suspension avant de s'effondrer comme une masse dans la neige, où il sema une partie de sa cervelle et des fleurs empourprées. Wang remonta sur le marchepied, tira par le bras le Taiwanais qui se laissa tomber sans résistance. Puis il récupéra les deux P.-M., aida Lhassa à grimper dans la cabine, referma la portière, se glissa sur le siège du conducteur, posa les armes sur le tableau de bord, chercha la clef de contact sous le volant. Le chauffeur slave qui l'avait emmené deux ans plus tôt jusqu'au port de Swinouiscie lui avait dispensé quelques rudiments de conduite. Il lui avait même confié le volant sur une portion de route assez droite, libérant un rire tonitruant chaque fois que son élève maltraitait le levier de vitesse.

Wang se remémora tous les gestes... Tourner la clef de contact, enfoncer la pédale d'accélération... Le moteur ne démarra qu'à la troisième tentative... Appuyer sur la pédale d'embrayage, tirer le levier de vitesse sur la gauche puis le pousser vers l'avant pour enclencher la première. Nerveux, il lâcha trop précipitamment l'embrayage, et le camion fut agité par une violente secousse avant de caler. Il tourna de nouveau la clef, mais le moteur refusa de partir. Une puanteur d'essence envahit la cabine. D'un revers de main, il écrasa les gouttes de sueur qui lui perlaient sur le front.

Lhassa poussa un cri qui l'entraîna à relever la tête. Il aperçut des silhouettes menaçantes qui accouraient dans leur direction. Il s'empara d'un Tokaru, désamorça le cran de sûreté, lâcha une première rafale. Le pare-brise vola en éclats et deux hommes roulèrent dans la neige. Il obtint l'effet recherché car les autres s'égaillèrent comme une volée de moineaux et se jetèrent sous les roues des véhicules les plus proches. Il tendit le deuxième P.-M. à Lhassa, qui s'en saisit avec le même enthousiasme que si elle effleurait un serpent.

« Le cran... Pose l'index sur la détente et appuie... Comme ça... »

Il mimait les gestes tout en lui expliquant. La moue désapprobatrice de la Tibétaine, la façon qu'elle avait de manipuler l'arme du bout des doigts l'exaspérèrent.

« J'ai besoin que tu les tiennes en respect pendant que je démarre ce putain de camion ! explosa-t-il tout à coup. Descends si tu ne tiens pas à la vie ! Je me débrouillerai sans toi ! »

Il tira une nouvelle salve par le pare-brise béant, puis, sans plus se soucier de ce qui se passait dehors, s'acharna sur la clef de contact. Le moteur toussa, hoqueta, se lança enfin après avoir donné l'impression de rendre définitivement l'âme. Wang écrasa l'accélérateur de tout son poids pour l'empêcher de s'étouffer. Lorsqu'il lui eut arraché un ululement rageur, il débraya, passa la première, desserra le frein à main. Le camion s'ébranla dans une succession de cahots, arracha l'aile du véhicule voisin dans un fracas de tôle froissée, déboucha sur un espace dégagé de cinq ou six mètres de profondeur. La hauteur des congères interdisant de couper par la plaine, Wang n'avait pas d'autre choix que de remonter le barrage jusqu'à l'endroit d'où repartait la route. Il passa en seconde pour soulager le moteur qui protestait contre la brutale montée en régime. Malgré les sculptures des pneus, il rencontrait les pires difficultés à maîtriser les brusques dérobades du train arrière et il devait donner d'incessants coups de volant pour récupérer les travers. Les heurts contre les hayons, les ailes ou les capots des autres camions alignés brinquebalaient Lhassa d'un côté sur l'autre. Les courants d'air, les flocons s'engouffraient par les vitres brisées. Des éclats de verre volaient à travers la cabine, percutaient les cloisons métalliques en égrenant leurs notes cristallines.

Les néo-triadins se risquèrent hors de leurs abris et se déployèrent dans l'espace dégagé.

« Tire ! » hurla Wang à l'intention de Lhassa.

L'ordre agit sur elle comme un électrochoc, la sortit de la léthargie qui l'avait envahie depuis qu'elle s'était engouffrée dans cette cabine imprégnée d'une odeur de mort. Elle remisa le couteau à cran d'arrêt dans sa poche, s'agrippa d'une main à la barre métallique qui longeait le montant de la portière, posa de l'autre le Tokaru sur le bord du pare-brise, pressa la détente en imprimant un mouvement circulaire à son poignet. Ses rafales ininterrompues soulevèrent de petites gerbes de neige sur le sol, frappèrent des néo-triadins aux jambes, au bassin, au ventre, à la poitrine. En cet instant, elle ne pensait plus qu'elle se ménageait des lendemains karmiques difficiles, elle ne songeait qu'à sauver sa peau, comme ce jeune Chinois que le destin – ou sa volonté inconsciente – avait placé sur sa route et dont l'énergie animale commençait à déteindre sur elle. Galvanisée par l'action, elle éprouvait une euphorie grandissante à grossir le fleuve de larmes et de sang de l'humanité. Elle se vengeait des multiples désastres qui avaient jalonné sa courte existence. Elle était en cet instant la terrible Kali, la déesse sanguinaire que certaines peuplades du Xizang, lasses de subir la domination chinoise, avaient jadis empruntée au panthéon hindouiste.

Elle ne relâcha pas sa pression sur la détente jusqu'à ce que le chargeur du P.-M. se fût entièrement vidé. Elle jeta l'arme par la vitre de la portière, se pencha sur sa gauche, saisit le pistolet du Bulgare, tendit le bras, tira plusieurs fois de suite en direction des ombres qui tentaient de se jucher sur le capot.

Quelques balles perdues ricochèrent sur le pare-chocs et les ailes. L'une fusa à quelques centimètres de sa tête et se ficha dans le panneau de bois qui séparait la cabine du plateau.

Wang accéléra encore. Les conseils du chauffeur slave lui revenaient en mémoire avec une acuité surprenante... Ne pas freiner sur la neige ou la glace, ne pas donner de coups de volant intempestifs, récupérer les dérapages en douceur... Il voyait dans son rétroviseur des hommes courir le long de la bâche, se suspendre aux ridelles. Il distinguait maintenant l'entrée de la route, le long ruban des émigrants qui s'étirait jusqu'à la bouche semi-circulaire de la porte du R.E.M. Il oublia les consignes de son instructeur slave et donna un coup de frein assez sec pour contraindre ses poursuivants à lâcher prise. Les roues arrière chassèrent immédiatement et engagèrent le camion dans une impressionnante dérive. Il percuta de plein fouet la congère de la bordure. La neige amortit le choc, l'empêcha de repartir dans une nouvelle glissade. Wang réussit à le ramener en douceur au centre de l'espace dégagé, à le stabiliser, puis réaccéléra progressivement. Un rapide coup d'œil au rétroviseur l'informa que sa manœuvre avait réussi à le débarrasser des hommes accrochés aux montants métalliques.

D'autres silhouettes se dressaient devant lui, de plus en plus denses, émigrants ou néo-triadins qui s'écartaient au dernier moment pour éviter d'être renversés par le pare-chocs. Il roula sur des corps, faucha une femme qui, tétanisée, n'eut pas le réflexe de se jeter sur le côté, essuya une nouvelle grêle de coups de feu qui criblèrent le bouclier avant.

Il ne ralentit pas pour amorcer son virage et s'engager sur la route. Tout en maintenant le pied appuyé sur l'accélérateur, il donna un brutal coup de volant sur sa gauche. Le camion partit en crabe, poussa un cadavre sur plusieurs mètres, emboutit la congère qui se dressait à l'intersection de la route et de l'aire dégagée. Sous la violence du choc, Lhassa lâcha la barre verticale et fut projetée contre le montant de la portière. Le pistolet lui échappa des mains, bondit par le pare-brise, glissa sur le capot et disparut dans la neige.

Wang contrebraqua, rétrograda, fit patiner l'embrayage. Les roues soulevèrent de somptueuses gerbes de glace tandis que le moteur libérait un miaulement rauque. Le véhicule vibra de toute sa carcasse et, pendant d'interminables secondes, parut incapable de s'arracher à son inertie. Wang aperçut, par la vitre de la portière, des néo-triadins qui convergeaient au pas de course dans leur direction. Il se tourna vers Lhassa pour lui demander de les tenir en respect mais il se rendit compte qu'une corolle pourpre ornait le front de la Tibétaine, affalée sur son siège. L'espace d'une fraction de seconde, il crut qu'elle avait été touchée par une balle.

Le camion s'ébranla enfin dans un grincement lugubre, prit peu à peu de la vitesse. Wang passa en troisième puis, tout en jetant de fréquents coups d'œil sur la route, saisit d'une main le Tokaru que la dernière secousse avait ramené de son côté, enfonça à coups de crosse la vitre encore intacte de la portière gauche, sortit le bras, tourna l'arme vers l'arrière et pressa sans discontinuer la détente. Bien que les chocs successifs eussent partiellement brisé le rétroviseur extérieur, il put se rendre compte que les rafales du P.-M., même imprécises, avaient obligé les néo-triadins à cesser la poursuite. Il prit alors le temps d'observer Lhassa, se rendit compte qu'elle respirait encore et que sa blessure était superficielle. Rassuré, il se concentra sur sa conduite, accéléra encore, passa en quatrième. Les silhouettes gesticulantes diminuèrent rapidement dans le rétroviseur étoilé. Le grondement du moteur avertissait de son passage les émigrants qui s'égrenaient sur la route et qui, terrorisés à l'idée que les néo-triades eussent organisé une expédition punitive au dernier moment, se pétrifiaient sur les bas-côtés.

Lhassa reprit connaissance au moment où Wang s'arrêta pour ramasser des femmes et des enfants exténués par leur longue marche dans le froid. Au bout d'un kilomètre, il avait acquis la certitude que les néo-triades ne lanceraient pas leurs camions à ses trousses et, alarmé par les grincements inquiétants qui montaient du capot, il avait ralenti l'allure. Il avait alors remarqué l'épuisement de certains émigrants, avait estimé qu'il leur restait plus de deux kilomètres à parcourir – les distances lui avaient semblé plus courtes à première vue, mais il avait été trompé par l'absence de relief et la blancheur uniforme – et il avait décidé de les faire profiter de son véhicule.

Il se pencha par la vitre, fit signe aux émigrants de monter dans le plateau bâché, mais ils marquèrent un temps d'hésitation avant d'obtempérer, craignant que cette invitation ne dissimule de mauvaises intentions. Les parrains étaient tout à fait capables d'orchestrer ce genre de mise en scène pour alimenter leur trafic de viande humaine, que ce fût pour approvisionner les réseaux pédophiles de l'axe Pékin-Moscou ou pour fournir les bordels qui fleurissaient dans les provinces de l'Ouest. Puis, rassurés par le visage de Wang dont la jeunesse et l'innocence apparente semblaient incompatibles avec ce genre de pratique, ils s'entassèrent dans le plateau après avoir abaissé la ridelle arrière. Le grésillement des particules électromagnétiques couvrait désormais le ronronnement du moteur.

« Comment te sens-tu ? » demanda Wang à Lhassa pendant que s'effectuait l'embarquement.

La Tibétaine esquissa un pâle sourire. Le sang de sa plaie s'était répandu sur son nez, sur ses joues, sur le haut de son manteau.

« Nous sommes passés... »

Elle avait prononcé ces mots avec de l'extase dans la voix. Elle se redressa et fixa la porte du R.E.M., cette bouche monstrueuse qui avalait sans relâche les minuscules silhouettes humaines disséminées sur la route.

CHAPITRE V

LES CHAMBRES À GAZ

Le sommeil est un état dangereux pour l'imprévoyant. Les loups qui rôdent dans la nuit exploitent l'inconscience du dormeur pour le dépouiller, pour le dépecer. Cependant, si tu en déduis que l'adepte du Tao de la Survie doit dormir d'un seul œil, tu commets une erreur : le manque de repos finirait par le conduire à sa perte, car celui qui ne rêve pas perd peu à peu toute énergie, toute vigilance. L'homme prévoyant aura pris soin d'éloigner le danger avant de s'allonger et de fermer les paupières. Les portes verrouillées, les volets clos, la pièce inspectée de fond en comble, la femme ou le compagnon inconnu renvoyé, il pourra enfin plonger sans remords dans la paix du sommeil.

Le Tao de la Survie de grand-maman Li

Un trait lumineux jaillit des hauteurs du R.E.M. et percuta le sol gelé à quatre mètres du pare-chocs. Le tir, le troisième en une poignée de secondes, s'était dangereusement rapproché de sa cible.

« Il faut abandonner le camion ! » cria Lhassa.

Wang hocha la tête et freina tout en donnant un coup de volant sur sa gauche pour éviter le cratère noir et fumant foré par le rayon. Il comprenait maintenant pourquoi les néo-triades n'avaient pas lancé les autres camions du barrage à ses trousses : elles avaient probablement été échaudées par la destruction de véhicules qui s'étaient aventurés trop près du rideau.

Wang coupa le moteur, récupéra le P.-M., se rendit à l'arrière du camion, expliqua aux émigrants qu'ils devraient parcourir les derniers mètres par leurs propres moyens. Ils ne protestèrent pas, conscients d'avoir été favorisés par rapport à ceux qui avaient effectué tout le trajet à pied. Ils descendirent, jetèrent au passage un regard inquiet sur l'arme de leur jeune chauffeur à l'air farouche, se fondirent dans la multitude qui se resserrait de nouveau au fur et à mesure qu'elle se rapprochait de la porte.

Malgré les nuages bas, malgré la neige qui tombait désormais en abondance, le R.E.M. se dressait devant eux dans toute sa majesté. Du ciel il n'avait pas seulement la couleur mais, bien qu'il fût vertical, bien qu'il fût délimité en bas par le tapis neigeux et en haut par le manteau nuageux, il donnait la même impression d'infini, d'insondable. Ses émulsions ressemblaient à des insectes photogènes et fourmillants, et son grésillement se transformait en un bourdonnement grave qui évoquait la rumeur d'un gigantesque essaim. D'une cinquantaine de mètres de hauteur – pourquoi si haute ? se demanda Wang, une ouverture de trois mètres aurait largement suffi... –, la porte ne s'embarrassait d'aucun chambranle, d'aucun fronton, d'aucune fioriture. C'était une sorte de tunnel de vide qui s'ouvrait dans l'activité électromagnétique comme les eaux de la mer Rouge s'étaient écartées devant Moïse et le peuple d'Israël (grand-maman Li avait lu les passages les plus spectaculaires de la Bible à son petit-fils dans le but de le familiariser avec la notion de miracle et de lui fournir une explication tout à fait personnelle sur la supériorité technologique de l'Occident). Ses perspectives fuyantes se perdaient dans une pénombre lointaine, un détail qui surprit Wang car il s'était toujours figuré que le R.E.M. n'était guère plus épais qu'une vulgaire muraille en pierre.

Lhassa marchait à ses côtés, les yeux craintivement levés sur cette immense bouche d'où semblait s'exhaler le grondement qui s'amplifiait maintenant de manière inquiétante. La plaie de son front avait cessé de saigner, mais le sang séché avait collé quelques-unes de ses mèches sur ses tempes et ses joues. Elle essuyait d'un revers de manche distrait les flocons qui se déposaient furtivement sur ses cils ou ses lèvres. De temps à autre, elle se tournait vers Wang et lui souriait, mais ses traits restaient imprégnés de tristesse. De même, lorsqu'il la regardait, il se sentait envahi d'une étrange nostalgie et des larmes lui venaient aux yeux. La certitude s'enracinait en lui qu'il serait bientôt séparé d'elle, que l'occasion ne se représenterait pas de sitôt de poser la tête sur sa poitrine, de s'abreuver à la source de sa bouche, de se blottir dans la tiédeur de son ventre.

Tout autour d'eux, les visages étaient graves et les échanges se limitaient au strict nécessaire. Les femmes ne prenaient plus le temps de donner le sein aux nourrissons affamés dont les hurlements leur déchiraient les tympans. Les semelles crissaient sur la neige fraîche. L'espoir d'une vie meilleure – ou moins mauvaise – les avait poussés à quitter leur taudis mais l'angoisse leur labourait le ventre au moment de franchir le seuil du paradis promis. Les rumeurs alarmantes, qu'ils avaient oubliées pour braver les mille périls de leur voyage, leur revenaient soudain en mémoire : l'esclavage, les jeux du cirque, les chambres à gaz, les prélèvements biologiques, les zoos humains... Il était certes trop tard pour faire marche arrière mais la peur entravait chacun de leurs mouvements, rendait leurs gestes fébriles, abandonnait dans leur bouche un goût de fiel. Les familles se regroupaient spontanément, mues par l'instinct grégaire, ce réflexe venu du fond des âges qui resurgissait dès que des êtres humains se trouvaient confrontés à une situation inhabituelle.

Wang et Lhassa avançaient main dans la main, la gorge trop sèche pour prononcer le moindre mot. Leurs doigts s'entrelaçaient avec force, comme si chacun cherchait à imprimer sa marque sur la chair de l'autre. Ils se sentaient de plus en plus minuscules devant cette gueule à la fois effrayante et fascinante. Wang se demanda si cette démesure n'avait pas été voulue par l'Occident pour dissuader les ressortissants de la R.P.S.R. de tenter une quelconque action militaire ou terroriste de l'autre côté du R.E.M. La voûte et les parois concaves du tunnel étaient formées d'émulsions électromagnétiques plus denses, comme repoussées et maintenues sur les côtés par un flux d'une densité supérieure.

Comme la plupart de leurs compagnons d'exode, le Chinois et la Tibétaine marquèrent un temps d'hésitation avant de franchir le seuil de la porte. Au pied du rideau, le grondement – ce doux murmure que les habitants de Grand-Wroclaw percevaient au bord de la Nysa les soirs d'été – devenait assourdissant. La chaleur intense qui s'en dégageait faisait fondre la neige sur un rayon de plus de deux cents mètres et révélait une terre boueuse, jonchée de pierres. On s'y enfonçait jusqu'aux chevilles, au point que certains y abandonnèrent une ou deux chaussures.

Sous le R.E.M., le sol, habillé d'un revêtement lisse et

souple, restait en revanche parfaitement sec. Une dizaine de mètres à l'intérieur du tunnel, le grondement se transformait en un chuchotement à peine audible, et les myriades de particules en suspension sur les côtés et sur la voûte ressemblaient à des abeilles folles et muettes. Elles diffusaient une lumière bleutée qui maintenait la pénombre à distance.

Wang tourna la tête et embrassa d'un ultime regard le paysage enneigé. Il tenta d'apercevoir l'Erzgebirge, cette barrière montagneuse derrière laquelle s'étendait la Bohême puis, au-delà, la Silésie de son enfance, mais les flocons tiraient sur l'horizon un voile hermétique d'où les émigrants jaillissaient comme des spectres. La tempête ne lui laissait même pas le loisir de se raccrocher à ses souvenirs, de s'apitoyer sur lui-même. Il glissa la main dans sa poche, caressa le petit éléphant, secoua la tête pour chasser la nostalgie qui commençait à le gagner, puis, sur les talons de Lhassa, il s'engagea dans le passage.

Il eut l'impression de pénétrer dans la cathédrale catholique de Grand-Wroclaw, un bâtiment qui avait survécu par miracle – le miracle était décidément une spécialité judéo-chrétienne – aux différentes guerres qui avaient secoué cette partie du monde entre 1939 et 2089. Même silence feutré, même clair-obscur, même sensation d'oppression, d'écrasement. Le monument gothique et délabré de Grand-Wroclaw était certes moins démesuré que le ventre du R.E.M., mais ils se ressemblaient par le défi qu'ils paraissaient jeter à la face du monde. Ils proclamaient, chacun à leur manière, l'invincibilité du dieu et de la technologie de l'Occident. Les armées d'occupation de l'axe Pékin-Moscou s'étaient brisées sur l'un et l'autre. Ni leurs chars ni leurs avions ni leurs fantassins n'avaient réussi à franchir le rideau, et la cathédrale avait résisté à la volonté des autorités d'éradiquer la religion catholique des provinces de l'Ouest. L'Eglise clandestine polonaise, très vivace, recrutait même des adeptes dans les communautés asiatiques des bords de la Nysa. Avec le zèle qui caractérise les nouveaux convertis, ces derniers portaient la parole du Christ dans les immenses baraquements bordant les villes historiques. Ils prêchaient l'amour du prochain, un concept incompatible avec les intérêts des néo-triades qui, en représailles, les clouaient sur les portes ou les murs des cabanes. Du christianisme, les clans n'avaient retenu que la crucifixion du prophète Jésus, un supplice pratique parce qu'il durait longtemps, qu'il ne coûtait qu'une poignée de clous et que l'agonie des suppliciés décourageait d'autres idéalistes de saper les fondements d'un régime basé sur la terreur et le profit.

Lhassa interrogea du regard Wang qui, d'un geste du bras, lui fit signe de continuer. Ils marchèrent environ trois cents mètres dans un silence de plus en plus pesant, troublé seulement par le claquement des semelles, les froissements des vêtements humidifiés par la neige et les soupirs de fatigue des émigrants. Les parois, distantes d'une cinquantaine de mètres à l'entrée du tunnel, se resserrèrent et le plafond perdit progressivement de la hauteur.

Wang estima qu'ils avaient franchi le R.E.M. proprement dit lorsque le passage se transforma en un couloir aux cloisons et à la voûte tapissées d'une matière métallique. Le silence était ici sépulcral, et de nombreux émigrants se retournaient pour jeter un coup d'œil vers le demi-cercle décroissant de l'entrée, d'où fusait un flot de lumière diurne absorbé par la pénombre.

La main de Lhassa s'insinua de nouveau dans celle de Wang. Sans cesser de marcher, il lui entoura les épaules et la pressa contre lui.

Plus loin, des lampes serties dans le métal dispensaient à intervalles réguliers un éclairage brutal, presque aveuglant. Le grondement produit par les pas des émigrants enflait, se répercutait sur les parois du boyau. Quelques-uns, claustrophobes ou incapables de dominer leur épouvante, entreprirent de rebrousser chemin. Comme ils allaient à contre-courant, qu'il leur fallait le double, voire le triple de temps pour parcourir le tunnel en sens inverse, la peur d'arriver trop tard, de se retrouver prisonniers des particules électromagnétiques les rendait nerveux, presque hystériques. Des femmes furent séparées de leur mari, des enfants de leurs parents, et des hurlements se répandirent tout au long de la colonne.

Wang craignit qu'une flambée de panique n'embrase la multitude. Il débloqua le cran de sûreté du P.-M. et se tint prêt à lâcher une rafale à la moindre alerte. Comme ces troupeaux de vaches sauvages que traquaient les chasseurs dans les plaines de Poméranie, les hommes ne s'arrêteraient de courir que lorsqu'ils verraient l'un des leurs rouler sur le sol. Déjà des frémissements agitaient l'immense corps étiré dans le couloir, et les insultes crépitaient comme des braises annonciatrices de l'incendie. Il agrippa Lhassa par la poche de son manteau, la maintint plaquée contre lui. Les hommes et les femmes qui revenaient sur leurs pas les bousculèrent au passage mais ne parvinrent pas à les séparer.

Ils progressèrent ainsi sur une distance que Wang évalua à un kilomètre. Il constata que les intervalles diminuaient entre les lampes, des appliques carrées aux verres opaques, et il en déduisit qu'ils se rapprochaient du but. Ils foulaient maintenant un carrelage blanc qui lui rappela l'hôpital de Grand-Wroclaw, où grand-maman Li avait été admise pour soigner une péritonite. « Hôpital » était d'ailleurs un grand mot pour désigner ce grand bâtiment qui tombait en ruine et n'était guère plus propre que les cabanes des bords de la Nysa. Elle avait dû payer plus de mille yuans, soit la totalité de ses économies, pour s'acquitter des frais occasionnés par l'opération, et, comme les néo-triades contrôlaient également la santé publique des provinces de l'Ouest, elle n'avait pas eu d'autre choix que de vider le bas de laine familial patiemment constitué. Aucun chirurgien, aucun médecin en exercice n'omettait de verser sa cotisation aux tontines néo-triadines, qui ne servaient pas à subvenir aux besoins des personnes en difficulté mais à négocier des concessions, des autorisations, des protections. Quant à ceux qui n'avaient pas les moyens de consulter un praticien diplômé d'une quelconque université de la R.P.S.R., ils se soignaient avec les médecines populaires – acupuncture, plantes, minéraux, massages – qui connaissaient un regain de faveur spectaculaire. A la condition d'éviter les charlatans qui pullulaient dans les bas-fonds, ils ne s'en portaient d'ailleurs pas plus mal.

Des hommes s'insultèrent, en vinrent aux mains, mais à aucun moment ces feux larvés ne dégénérèrent en un brasier dévorant.

Ils atteignirent une immense salle nue, carrelée du sol au plafond. Wang comprit d'où venaient les pleurs et les gémissements qu'il avait perçus quelques minutes plus tôt. Les bouches d'entrée de deux couloirs se découpaient sur le mur du fond. Au-dessus de celle de droite, un panneau lumineux portait la mention : « Femmes et enfants mâles de moins de treize ans seulement. » Au-dessus de celle de gauche, un panneau symétrique indiquait : « Hommes de plus de treize ans seulement. »

Des hommes avaient essayé de suivre leur épouse et leurs enfants dans le passage réservé aux femmes, des femmes avaient tenté de s'engager dans le couloir des hommes pour rejoindre leur mari, mais une voix avait aussitôt retenti, annonçant la neutralisation imminente des éléments indisciplinés. Certains avaient passé outre l'avertissement : mal leur en avait pris puisqu'un rayon lumineux avait jailli du plafond et leur avait frappé la gorge ou la poitrine. Troués comme de vulgaires feuilles de papier, ils s'étaient effondrés sur le sol et la vision de leurs cadavres, d'où s'exhalait une suffocante odeur de viande grillée, était désormais la meilleure des dissuasions pour d'autres émigrants tentés par l'insoumission.

Des scènes déchirantes se jouaient dans la salle. D'aucuns retardaient jusqu'à l'extrême limite le moment de la séparation, formaient de petits groupes épars, compacts, sur lesquels venaient s'agglutiner les nouveaux arrivants, d'autres créaient des courants antagonistes au sein de la foule parce qu'ils voulaient une dernière fois contempler les leurs avant qu'un couloir ne les avale, d'autres enfin perdaient patience, se frayaient un chemin à coups d'épaule ou de poing, renversaient des valises, des sacs, des baluchons qui éclataient et répandaient leur contenu par terre, fripes, objets de décoration, conques, boîtes de nourriture, livres anciens, photos jaunies des ancêtres, cartouches de cigarettes...

La tête de Lhassa se nicha avec légèreté sur l'épaule de Wang. Ils demeurèrent un long moment enlacés sans dire un mot, les yeux clos, étreints par l'émotion, isolés de la multitude braillarde par la chaleur qui se dégageait de leurs deux corps. Il sentit couler sur son cou les larmes brûlantes de la Tibétaine et il ne chercha pas à contenir ses propres larmes. Il n'était plus dans Grand-Wroclaw, où toute manifestation de tendresse était considérée comme un aveu de faiblesse, mais au seuil de l'Occident, et il devait se dépouiller de ses vieux réflexes comme de vêtements trop longtemps portés.

Il respira l'odeur et l'haleine de Lhassa. Il se souvint avec une acuité douloureuse de la douceur et de la saveur de sa bouche, de son ventre, de sa peau, et il eut le sentiment déchirant d'être chassé d'un paradis à peine entrevu. Des vagues de sanglots lui soulevaient la poitrine, mais il lui restait encore trop de fierté pour donner le spectacle de sa détresse à ses compagnons d'exil. Lhassa, qui craignait comme lui que ces couloirs ne les séparent à jamais, tremblait de tous ses membres. Il lui saisit le menton entre le pouce et l'index, lui releva doucement la tête, se plongea dans ses yeux noyés de larmes. Il lui adressa un sourire tellement crispé qu'il eut la sensation de grimacer, puis il extirpa le petit éléphant de la poche de son manteau.

« Je te le confie... » murmura-t-il dans un souffle.

Elle manifesta sa réprobation d'un froncement de sourcils.

« Tu n'en as pas le droit ! protesta-t-elle d'une voix vibrante. Ta grand-mère te l'a donné pour le remettre à tes enfants et nous ne sommes pas certains de nous revoir...

– Je n'aurai pas d'enfant avec une autre femme que toi ! »

Après s'être détournée pendant quelques secondes pour masquer son désarroi, elle puisa au plus profond d'elle-même la force de continuer.

« On dit que les Occidentales sont les plus belles femmes du monde, bredouilla-t-elle. Tu en trouveras sûrement une à ton goût...

– Où que tu sois je te retrouverai, Lhassa. Je te remets cet éléphant parce que tu fais déjà partie de ma famille. Il te donnera sa force, il te protégera jusqu'à ce que nous soyons réunis. Un jour, tu le poseras sur l'autel de notre maison. Grand-maman Li approuverait mon choix. Prends-le. S'il te plaît. »

Lhassa acquiesça d'un hochement de tête, se haussa sur la pointe des pieds, déposa un baiser furtif sur les lèvres de Wang. Elle referma les doigts sur la statuette, l'enfouit dans la poche de son vêtement, se détacha à regret de lui et, réprimant ses sanglots, recula lentement vers la bouche d'entrée du couloir réservé aux femmes et aux enfants. En lui confiant le symbole de sa lignée, ce jeune Chinois, qu'elle ne connaissait que depuis quatre jours et qu'elle ne reverrait peut-être jamais, lui avait offert le plus merveilleux des cadeaux : l'espérance.

Après que Lhassa eut disparu dans le couloir, Wang demeura pendant plusieurs minutes incapable de penser, d'esquisser le moindre geste. Figé, ballotté d'un côté sur l'autre par les courants contradictoires, il ne dut de sortir de sa torpeur qu'à l'irascibilité d'un Vietnamien qu'une brusque poussée de la foule l'envoya percuter de plein fouet. L'homme commença à l'agonir d'injures et à montrer les poings avant d'apercevoir le canon du P.-M. et de recouvrer instantanément son calme.

Wang secoua la tête pour se ressaisir puis, sans accorder un regard au Vietnamien pétrifié, il se dirigea d'un pas décidé vers l'entrée de son couloir. C'est alors seulement qu'il se rendit compte que Lhassa avait oublié de lui rendre son couteau à cran d'arrêt. Quelle importance ? Là où il allait, les armes blanches, des alliées très précieuses dans les ruelles mal fréquentées de Grand-Wroclaw, n'étaient probablement d'aucune utilité.

« Entrez dans les cabines après vous être entièrement dévêtus. Ne gardez rien sur vous, ni arme, ni argent, ni objet de quelque nature que ce soit. »

La voix métallique semblait tomber du plafond de la pièce dans laquelle Wang venait d'entrer. Plus petite que la salle précédente, elle était également moins haute. Une indéfinissable et tenace odeur flânait dans l'air confiné, masquant les effluves nauséabonds qui montaient des vêtements, des chaussures et des objets entassés pêle-mêle contre les murs. Entièrement nus, les mains posées sur le bas-ventre, les épaules voûtées, les hommes se répartissaient en files devant une rangée de portes qui s'ouvraient toutes les trois ou quatre minutes et avalaient un groupe de dix personnes avant de se refermer dans un chuintement prolongé. Les émigrants n'étaient plus en cet instant que des individus anonymes, seulement différenciés par leurs caractéristiques morphologiques ou raciales. Quelques Blancs parmi les Jaunes, des Slaves, des Polaks ou des Baltes à la peau claire, presque translucide, dont les poils blonds contrastaient avec l'épiderme olivâtre et la toison sombre des ressortissants des Balkans, Albanais, Bulgares ou Yougoslaves. Ceux-là, les Méditerranéens, baissaient piteusement la tête, peut-être parce que, noyés dans la masse des Asiatiques à la peau glabre et aux cheveux lisses, et dans l'impossibilité de revêtir leurs habituelles parures, ils se sentaient atteints dans leur intégrité. Tous avaient en commun d'éprouver un sentiment d'infériorité, cette humiliation particulière des hommes qu'on dénude pour les dépouiller de leur individualité.

Wang n'échappa pas à cette détestable sensation de vulnérabilité lorsqu'il retira ses vêtements. Lui qui ne s'estimait pas particulièrement pudique, il eut besoin de temps pour se retourner et s'insérer dans l'une des files. Personne ne songea à ramasser le P.-M. Tokaru dont il avait enclenché le cran de sûreté. Il se demanda si Lhassa réussirait à passer le petit éléphant familial en Occident. Elle pouvait toujours le cacher dans ses cheveux ou dans... dans... L'image de sa cannelure intime lui revint en mémoire et un frisson lui parcourut tout le corps. Il se pinça le scrotum pour enrayer la montée de son désir. Puis, comme les autres, il plaça ses mains en paravent devant son bas-ventre et riva ses yeux sur le carrelage, les levant de temps à autre sur le dos maigre et les fesses tombantes de l'homme qui le précédait.

Il se rapprocha avec une lenteur exaspérante de la porte, qui continuait de s'ouvrir et de se refermer à un rythme régulier. On se jetait des regards à la dérobée de part et d'autre, non pas pour se jauger ou pour s'étalonner, mais pour se réconforter aux lueurs de bienveillance qui traversaient parfois les yeux de ses compagnons d'exil. Dans cet état d'extrême dénuement, ils se raccrochaient aux moindres signes extérieurs d'encouragement. Certains étaient couverts de plaies scrofuleuses qui menaçaient de nécroser et de dégénérer en gangrène, d'autres souffraient d'une maladie de peau appelée l'angiomite Tchernobyl, une tumeur qui se déclarait subitement sous les aisselles ou sur les aines, qui se développait à une vitesse foudroyante et entraînait la mort en quelques mois, d'autres enfin présentaient tous les symptômes de la malnutrition, côtes et hanches saillantes, ventre creux, jambes squelettiques, absence de fesses. C'étaient de bien piètres représentants de l'humanité qui apparaissaient à la porte de l'Occident.

Wang se remémora les paroles de Penev, affirmant que certains émigrants étaient retrouvés morts le lendemain de l'ouverture de la porte avec un petit trou au milieu du front, et il se demanda lesquels de ceux-là seraient éliminés. Pour quelle raison les Occidentaux accueillaient-ils ces misérables contingents en provenance de la R.P.S.R. ? Avaient-ils un besoin urgent de serviteurs ou d'esclaves comme le prétendaient certains ? d'organes de remplacement comme l'affirmaient d'autres ? de reproducteurs, de ventres ? Peut-être Wang finirait-il sur une table d'opération et lui prélèverait-on le cœur, le foie, les poumons, les reins, les testicules ? Peut-être survivrait-il en morceaux dans plusieurs corps occidentaux ? Un aspect du Tao de la Survie que n'avait sûrement pas envisagé grand-maman Li.

De temps à autre, l'homme qui le précédait se retournait et le fixait d'un regard où se mêlaient l'intérêt et l'effroi. Un Chinois sans âge, au visage aussi ridé qu'une pomme blette. Ses lèvres s'étiraient en un sourire qui dévoilait des dents jaunes et déchaussées. Il ne parlait pas, comme s'il craignait de déclencher les foudres des invisibles dieux qui tenaient son sort dans le creux de leur main. Personne ne se risquait à parler, d'ailleurs, et seuls des sanglots étouffés et les ordres débités en boucle par la voix métallique troublaient le silence mortuaire qui ensevelissait la pièce. Chacun prenait conscience qu'il jouait dorénavant sa vie sur le bon vouloir d'une minorité retranchée depuis deux siècles de l'autre côté d'un infranchissable rempart. Des prières enfantines venaient mourir sur les lèvres des Slaves et des Balkaniques, qui se signaient furtivement et se figeaient dans une attitude de recueillement. Les Asiatiques en appelaient à la protection des ancêtres, récitaient des mantras ou des formules destinées à éloigner les mauvais esprits.

Wang, lui, pensait à grand-maman Li et à Lhassa. Curieusement, il confondait parfois l'une et l'autre, comme si elles étaient les faces d'une même pièce. Il s'imaginait dans les bras de grand-maman Li et se retrouvait allongé sur le ventre de Lhassa ; il respirait l'odeur de Lhassa et humait les senteurs de musc, de santal et de savon de grand-maman Li ; il serrait délicatement la vieille femme contre lui et les seins de la Tibétaine s'écrasaient sur son torse. L'éléphant familial était passé de l'une à l'autre comme un témoin. Lhassa avait pris le relais de grand-maman Li, épuisée par la vie, pour devenir la gardienne de son foyer, la gardienne de son existence. Il n'avait jamais cru aux ancêtres jusqu'à présent, mais l'intrusion de la Tibétaine dans sa vie constituait peut-être, sinon une preuve formelle, du moins une présomption de leur présence et de leur bienveillance.

La porte s'ouvrit en libérant un grondement sourd. Wang tenta d'apercevoir quelque chose par l'entrebâillement mais il ne distingua rien d'autre qu'un pan de mur gris. Il fut le dernier du groupe à pénétrer dans un corridor étroit et sombre. La porte se referma automatiquement derrière lui comme si, doué d'intelligence, son mécanisme se mettait en branle dès qu'une dizaine d'hommes en avaient franchi le seuil.

Ils marchèrent à la file indienne pendant quelques minutes, foulant un sol lisse, inhalant un air chargé d'humidité. Ils arrivèrent bientôt dans une sorte de vestibule éclairé où flottaient des écharpes de vapeur et une forte odeur de chlore.

« Veuillez écarter les jambes, lever les bras et rester sur place jusqu'à l'interruption des jets. »

La voix, féminine, était aussi impersonnelle que celle qui leur avait ordonné de se déshabiller. Wang distingua les minuscules aspersoirs qui criblaient le plafond bas et le haut des murs. Des orifices d'évacuation recouverts de grilles parsemaient le sol carrelé et légèrement déclive où s'écoulaient des rigoles fumantes.

L'eau se déversa soudain dans un vacarme de cataracte. Brûlante, cinglante. Le crâne, les épaules et le dos lardés de milliers de piqûres, Wang dut en appeler à toute sa volonté pour respecter les consignes édictées par la voix. Les jets étaient de toute façon si nombreux et si denses qu'il n'y avait aucun endroit où se réfugier dans la pièce, que la seule solution pour leur échapper était de rebrousser chemin. Or, malgré la douleur, aucun membre du groupe ne songeait à faire demi-tour, d'une part parce qu'ils étaient allés trop loin pour envisager de renoncer, d'autre part parce que l'image des corps transpercés dans les couloirs de séparation des sexes les en aurait de toute façon dissuadés. Les bras levés, les jambes écartées, ils se résignèrent à endurer la violence de ces projections dont certaines, horizontales, leur fouettaient douloureusement les parties génitales.

Au travers de la buée, Wang s'aperçut que son voisin, le Chinois sans âge, tremblait de tous ses membres. Probablement avait-il dilapidé ses forces dans sa longue marche entre l'agglomération et le R.E.M. Peut-être aussi couvait-il l'une de ces maladies invisibles mais incurables qui proliféraient dans les provinces de la R.P.S.R. contaminées par le dragon nucléaire. Wang fut tenté un moment de le soutenir, mais la crainte d'être frappé par un rayon lumineux le retint de baisser son bras.

La douche se prolongea pendant un moment qui leur parut interminable. L'odeur de chlore se fit omniprésente, écœurante, et les plaies en voie de cicatrisation se rouvrirent, se remirent à saigner, devinrent cuisantes sous l'action des produits antiseptiques. Réveillées, les égratignures de Wang se transformèrent en morsures vivaces. Il avait l'impression que ses bourses avaient éclaté sous les chocs répétés et qu'elles s'étaient vidées de leur contenu. Il n'osait pas baisser les yeux sur son bas-ventre, de peur de découvrir un spectacle hideux. Les paupières closes, les dents serrées, il s'efforçait de maintenir ses bras levés malgré les échardes vives qui lui transperçaient les épaules et la nuque. Pour se donner du courage, il se raccrochait à la pensée que l'Occident n'aurait pas nettoyé les émigrants avec une telle méticulosité pour les découper en petits morceaux. Grand-maman Li lui avait toujours affirmé qu'on lavait les gens qu'on aimait et qu'on laissait moisir dans leur crasse ceux qu'on détestait. Mais elle avait sûrement inventé ce dicton pour inciter son petit-fils à prendre le bain hebdomadaire auquel il tentait par tous les moyens de se soustraire. L'image de la vieille femme lui revint en mémoire, ses cheveux gris, ses paupières fripées, ses yeux à la fois chargés de malice et de bonté, son allure silencieuse, aérienne, ses sempiternels veste rouge et pantalon noir. Il se souvint de ses mains enchanteresses qui se promenaient sur son corps d'enfant, de sa voix douce qui lui racontait les légendes de la Chine ancienne et les histoires de la Bible des chrétiens. A nouveau, il regretta de l'avoir laissée seule face au clan d'Assöl le Mongol.

Les jets s'interrompirent enfin. Ils eurent besoin de deux ou trois minutes pour reprendre leurs esprits. La peau du seul Blanc du groupe, un homme dont les cheveux d'un blond cendré dénotaient les origines baltes ou nordiques, avait viré franchement au rouge, alors que les épidermes cuivrés des Asiatiques s'ornaient de stries et de plaques rosâtres. Du sang dilué continuait de se répandre sur les cuisses ou le torse de quelques-uns. Les bruits d'écoulement décrurent progressivement dans le silence restauré.

Etourdi, Wang avait la sensation d'avoir effectué un séjour prolongé dans l'une des bétonnières rouillées qui peuplaient les chantiers fantômes de la R.P.S.R. Il observa son voisin, le Chinois sans âge qui ne tenait sur ses jambes que par un miracle sans cesse renouvelé de volonté. Il ressentit un respect infini pour cet homme qui se battait jusqu'à l'extrême limite de ses forces, qui repoussait jusqu'à l'inéluctable le moment de son agonie. Il lui adressa un sourire, une marque de sympathie qui n'infléchirait certes pas le cours des choses mais qui lui apporterait un peu de chaleur dans ce labyrinthe de cauchemar. Lorsque son vis-à-vis eut surmonté sa souffrance pour lui rendre son sourire, Wang fut étreint par une telle émotion qu'il dut se détourner pour dissimuler son trouble. De même il préféra mettre sur le compte du froid les frissons qui le parcoururent de la tête aux pieds.

Le mur du fond commença à s'escamoter dans un grincement, s'ouvrant sur un large passage entièrement capitonné d'une matière brillante semblable à du métal souple. Des plafonniers dispensaient un éclairage tamisé aux dominantes rouges.

Wang perçut d'abord une odeur indéfinissable, qui évoquait les relents froids des poêles à bois de Grand-

Wroclaw. Une vague senteur d'oxyde de carbone, de combustion. Puis il remarqua que le sol, traversé de reflets changeants, roulait sur lui-même dans un ronronnement assourdi. Ce mouvement perpétuel évoqua dans son esprit les trottoirs roulants que décrivait grand-maman Li dans ses chroniques de l'ancien temps.

« Veuillez avancer sur le pont anesthésique », ordonna la voix féminine.

Après quelques secondes d'indécision et bien qu'ils n'eussent aucune idée de ce qu'était un pont anesthésique, ils s'engagèrent dans ce nouveau passage. Même s'il progressait à vitesse réduite, le revêtement mobile faillit déséquilibrer Wang, qui dut transférer le poids de son corps vers l'avant pour accompagner le déplacement et rester debout. Le Chinois sans âge marqua un instant d'hésitation, pendant lequel il posa un pied sur le couloir en mouvement et laissa l'autre sur le carrelage humide de la douche. Trop épuisé ou trop malade pour réagir, il n'eut pas le réflexe de ramener sa jambe restée en arrière.

« Veuillez avancer sur le pont anesthésique. »

La répétition de l'ordre ne suffit pas à le tirer de sa torpeur, et ses jambes continuèrent de s'écarter dans une succession de craquements.

« Veuillez avancer sur le pont anesthésique. »

Le ton de la voix surgie de nulle part était devenu nettement comminatoire. Wang repoussa de l'épaule les hommes qui l'encadraient et qui contemplaient leur compagnon écartelé sans qu'un semblant d'intérêt ne s'éveille dans leurs yeux, regagna en deux bonds l'entrée du passage, agrippa le bras du Chinois sans âge et le hissa sur le tapis roulant d'une traction à la fois puissante et soutenue. Lorsqu'il l'eut relevé, il le maintint contre lui pour l'empêcher de s'affaisser. Il se rendit alors compte que sa chair était étrangement froide, que ses yeux s'étaient tendus d'un voile fixe et terne. Epouvanté, il ne le laissa pas retomber, il le garda contre lui pour accompagner son âme dans les premiers instants de son ultime voyage.

Les plafonniers cessèrent peu à peu de briller et une obscurité opaque les enveloppa, accentua la sensation de vitesse, amplifia leur frayeur. Le fardeau de Wang se fit de plus en plus lourd, comme si le corps de son compatriote s'installait progressivement dans l'inertie de la mort. L'odeur de carbone se précisait, désagréable, obsédante, comparable aux effluves qui empestaient les couloirs de l'hôpital de Grand-Wroclaw.

Wang rencontra des difficultés grandissantes à ordonner ses pensées.

Anesthésie... N'était-ce pas le mot qu'avaient employé les médecins de la R.P.S.R. lorsqu'ils avaient opéré grand-maman Li ? N'était-ce pas le mot scientifique pour désigner le sommeil artificiel ?

L'Occident était en train de les endormir. De les empoisonner.

Des millions d'hommes étaient morts dans des chambres à gaz lors d'un conflit qui avait embrasé le monde au XXe siècle. Moins que les cent ou deux cents millions de Sino-Russes contaminés par le dragon nucléaire et brûlés dans les gigantesques fours de purification génétique, mais les victimes des persécutions nazies ne présentaient pas d'autres tares que celles d'appartenir à un même peuple, à une même religion.

Grand-maman Li disait que le traitement réservé aux Juifs par les nazis était le triste résumé de toutes les horreurs qu'un être humain était capable de faire à un autre être humain. Les purges nucléaires avaient, selon elle, davantage relevé de la peur et de l'ignorance que de la nécessité absolue de débarrasser la terre de ses éléments infectés.

Le cadavre du Chinois échappa aux mains de Wang. Ses muscles ne lui obéissaient plus. Il eut la vague impression que ses jambes se dérobaient sous lui, qu'il s'allongeait sur une surface froide et mouvante. Il discerna encore la tache blonde de la chevelure du Blanc étendu devant lui. Une fumée amère lui irritait la gorge.

Grand-maman Li se penchait sur lui, le visage éclairé d'un merveilleux sourire. Il tendit le bras pour le toucher, mais il ne parvint pas à l'atteindre. Elle décrut rapidement dans son champ de vision, lui tendit un objet qu'il identifia comme le petit éléphant doré de l'autel familial.

Il vit encore l'œil, la main et l'aréole brune d'un sein de Lhassa avant de couler à pic dans une eau froide et noire où il perdit toute notion d'espace et de temps.

CHAPITRE VI

LE CHALLENGEUR

Les J.U.*, nos Jeux uchroniques modernes, semblent être les descendants naturels des* J.O.*, les Jeux olympiques, qui, entre 1896 et 2020, se tenaient tous les quatre ans dans une ville organisatrice choisie parmi les quelque cent cinquante pays participants. Mais les* J.U. *doivent également leur formule actuelle à la Coupe de l'America, une compétition nautique qui mettait aux prises le meilleur des challengeurs, vainqueur d'un tournoi préliminaire, au défendeur, le vainqueur des régates de l'édition précédente. Il n'est certes plus question de voiliers – bien que le thème des* J.U. *de 2104, les deuxièmes du nom, fût les guerres maritimes du XVIII*e *siècle –, mais nous avons conservé de cette épreuve la notion de défi, alors que les* J.O.*, où concouraient un ensemble d'athlètes de toutes races et de toutes nationalités, symbolisaient un idéal de fraternité qui n'a malheureusement pas survécu à la partition du monde.*

Editorial de Jacquin Legrand,
rédacteur en chef de *Total Sens*,
quotidien français en sensorama

Des dix mille hommes qui lui avaient été attribués – contre sept mille à son adversaire anglais, mais ces derniers étaient équipés d'armes de jet, arcs, arbalètes ou frondes –, Frédric Alexandre en avait perdu plus de la moitié. Un sacrifice qu'il n'avait pas programmé : après une succession d'escarmouches en rase campagne à l'issue desquelles aucun des deux challengeurs n'avait pris l'avantage, l'Anglais avait commandé la retraite de son armée dans un château fortifié et laissé le pont-levis baissé dans le but évident – trop évident – d'inviter son adversaire à en découdre à l'intérieur des bâtiments. Un terrain propice aux corps à corps, *a priori* favorable aux soldats d'Alexandre, armés de lances et de glaives.

Le Français avait perdu l'usage des boucliers lors de sa rencontre avec le magicien des runes. Il trouvait personnellement désolant qu'on fasse intervenir l'irrationnel dans un tournoi d'une telle importance – les magiciens et leurs sentences hasardeuses étaient générateurs d'un chaos incompatible avec la stratégie militaire classique – mais il n'avait pas d'autre choix que d'inclure dans son jeu ces données inhérentes aux combats de type MM.

Il soupçonnait le défi anglais d'avoir influencé le C.O.J.U., le Comité officiel des Jeux uchroniques, pour imposer le thème *merveilleux/médiéval* aux finalistes du tournoi des challengeurs. Le concurrent de Grande-Bretagne, un homme de plus de soixante-dix ans, avait rencontré les pires difficultés à se sortir de la poule de six (il n'avait dû sa qualification qu'à une étourderie du représentant de Catalogne qui, convaincu de sa victoire, avait omis d'achever un bataillon ennemi fourvoyé dans un désert de sable) et, en demi-finale, il avait remporté une victoire à la Pyrrhus sur son adversaire grec (mille cinq cents soldats survivants sur une armée de douze mille membres).

Frédric Alexandre, quant à lui, avait vaincu les cinq challengeurs de la poule préliminaire avec une facilité déconcertante (le combat contre l'Autrichien, thème 1939-1945, n'avait duré par exemple qu'une poignée de minutes) et avait laminé Pier Jeunest, un autre Français, en demi-finale. Cela faisait plus de soixante-dix ans que la France n'avait pas remporté les J.U., et Alexandre était devenu l'espoir de toute une nation, excédée de voir le trophée lui échapper sans cesse et orner les vitrines des sièges des autres défis occidentaux. Avant de s'enfermer dans le sensor de l'immeuble des défis français, en haut des Champs-Elysées, Alexandre avait reçu des milliers de messages d'encouragement sur son sensor portable. La SF 1, la grande chaîne nationale sensorama, retransmettait en intégralité la finale du tournoi, et l'Occident tout entier se passionnait pour l'affrontement entre les deux prétendants européens, y compris les U.S.A. qui supputaient les chances de l'un ou l'autre candidat face à Hal Garbett, le détenteur du trophée depuis dix-huit ans.

L'Amérique dépensait des sommes folles pour garder sa suprématie uchronique. L'axe Paris-Londres-Bonn lui avait imposé des conditions humiliantes en contrepartie de l'extension du R.E.M. sur le continent nord-américain : les U.S.A., autrefois maîtres du monde, n'avaient plus que deux voix à l'O.N.O., l'Organisation des nations occidentales, contre quatre à la France, à la Grande-Bretagne et à l'Allemagne. Ils avaient en outre perdu leur droit de veto, réservé aux trois nations majeures de l'Europe, et n'avaient pas réussi à dissuader l'O.N.O. d'imposer le français comme langue officielle de l'Occident : et pourtant, ce n'était pas parce que le rideau électromagnétique avait été inventé par un physicien français du nom de Philippin-Claude

Dursheim que les autres nations devaient se battre avec une langue à la syntaxe aussi *crazy* que ce *fucking frenchy* !

Bref, l'Amérique, bafouée dans son orgueil, trouvait dans les J.U. une excellente occasion de restaurer son prestige écorné. Elle entretenait une véritable armée de stratèges, entraînés depuis l'enfance aux guerres virtuelles et destinés à prendre le relais du glorieux Hal Garbett lorsque le moment serait venu pour lui de se retirer. Elle exploitait également le retentissement des victoires de son représentant en exerçant une pression soutenue sur la Grande-Bretagne, sur les deux autres membres mineurs de l'O.N.O., le Canada et Israël, ainsi que sur les six membres tournants pour qu'elle soit réintégrée dans le cercle des nations majeures et que, dans le même temps, la langue anglaise soit rétablie dans ses prérogatives.

Le président Emilian Freux, délégué pour la France à l'O.N.O., avait convoqué Frédric Alexandre après sa victoire en demi-finale pour l'entretenir de ses préoccupations :

« L'enjeu des prochains J.U. dépasse le simple prestige sportif, mon cher Frédric – me permettez-vous de vous appeler Frédric ? Nous avons impérativement besoin d'une victoire sur ce Hal Garbett pour rabaisser le caquet des Américains. Les neuf succès consécutifs de leur champion leur ont monté à la tête. »

Emilian Freux s'était levé et s'était dirigé vers la fenêtre de son bureau du palais de l'Elysée. Avant l'entrevue, il avait renvoyé tous ses conseillers et refermé la porte surchargée de dorures du sensor présidentiel. On ne connaissait pas son âge exact mais certains de ses biographes prétendaient qu'il avait dépassé les cent vingt ans. Les mauvaises langues – les langues de l'opposition – disaient de lui qu'il avait subi plus de vingt greffes d'organes, qu'il ne restait pratiquement aucun élément d'origine dans ce corps d'apparence svelte et jeune. Sa chevelure, qu'il avait gardée blanche, était sa seule concession à la vieillesse, peut-être parce que les cheveux blancs restaient un gage de sagesse pour l'électorat. La rumeur le dotait également d'une virilité exubérante, préhistorique, révélatrice en tout cas d'un déséquilibre hormonal ou génétique. Des journalistes en mal de scandales racontaient qu'il entretenait un réseau chargé de lui fournir des adolescents des deux sexes en provenance de la Grande Nation de l'Islam ou de la R.P.S.R. Toutefois, ces bruits ne l'avaient pas empêché de remporter six scrutins consécutifs et de battre le record de longévité présidentielle.

« Ils ont presque convaincu les représentants anglais à l'O.N.O. qu'ils tirent leur supériorité uchronique de la pratique de la langue anglaise, avait repris Emilian Freux. Ils ont même formé des commissions scientifiques qui étudient le rapport entre l'intelligence et la structure du langage et, le croiriez-vous ? leurs experts affirment que le français conduit à un appauvrissement de l'intellect ! Nos propres spécialistes soutiennent le contraire, évidemment, mais le travail de sape des Américains commence à porter ses fruits : les Canadiens et les Israéliens sont d'ores et déjà acquis à leur cause, contre la promesse de devenir à terme des membres majeurs de l'O.N.O., et les Anglais ont pratiquement basculé dans leur clan. Rien d'étonnant à cela, me direz-vous, car l'Angleterre a de tout temps noué des liens privilégiés avec son ancienne colonie, mais nous risquons de perdre dans l'histoire notre plus ancien et fidèle allié : l'Allemagne. Et avec elle, les membres tournants sous son contrôle, l'Autriche, la Suisse, le Benelux... Seules l'Italie, les Caraïbes et la Grèce nous ont assurés de leur indéfectible soutien.

– La France garde son droit de veto... » avait avancé Frédric Alexandre d'une voix hésitante, impressionné par le décorum élyséen et cette intimité avec le premier des Français.

Emilian Freux avait hoché la tête et, après avoir contemplé le jardin du palais pendant une bonne minute, s'était retourné, fixant son vis-à-vis avec une étrange ardeur. Le bleu turquoise de ses yeux jurait avec le jaune vif de son pourpoint à jupe et le pourpre de sa casaque. Le thème choisi par le défendeur conditionnait la mode vestimentaire pendant les deux années qui suivaient les J.U. : Hal Garbett avait opté pour les guerres d'Italie du XVIe siècle lors du dernier défi lancé par le Catalan José-Maria Cortar et, à l'issue de sa victoire – écrasante, deux mille soldats contre une vingtaine à la fin des combats –, les grands couturiers parisiens et londoniens avaient décliné toute une gamme de vêtements inspirés de l'époque de François Ier et Charles Quint.

« Dans l'actuelle constitution de l'O.N.O., mon cher Frédric... Nous sommes parvenus jusqu'à présent à repousser toute demande de réforme des institutions, mais un point de règlement stipule qu'elles peuvent être modifiées à la requête de deux des trois membres majeurs. Imaginez un instant que l'Allemagne bascule dans le camp des anglophones... Savez-vous également que les mouvements pour la suppression du R.E.M. ont noyauté le gouvernement des U.S.A. ? Qu'arriverait-il si les agents de la subversion arrivaient au pouvoir et supprimaient le droit de veto ? Ils ouvriraient en grand les portes de l'Occident aux hordes fanatiques de la G.N.I., aux populations faméliques de la R.P.S.R... Ils déclencheraient un chaos dont nous ne nous relèverions pas. »

Le président avait marqué un moment de pause, comme pour laisser à son interlocuteur le temps de s'imprégner de ses paroles.

« Tels sont les enjeux de votre challenge, mon cher Frédric. Si vous venez à bout de cet Anglais à la face aussi rouge que le cul d'un babouin, ce dont je ne doute pas, vous ne lancerez pas seulement un défi à Hal Garbett, mais également aux millions d'anglophones prêts à nous réduire à la portion congrue et à faire du français une langue morte. »

Emilian Freux s'était penché par-dessus le bureau Louis XVI et avait enveloppé Alexandre d'un regard bienveillant. La soie de son haut-de-chausse avait crissé contre le bois doré.

« On m'a dit le plus grand bien de vous, mon cher Frédric. Et la manière dont vous avez balayé vos adversaires en poule préliminaire et en demi-finale a justifié le choix des responsables du défi français. J'ai consulté mon sensor personnel pour en apprendre un peu plus sur vous : vous vous êtes intéressé à la stratégie à l'âge de dix ans, vous vous êtes inscrit dans un club de Tours et vous avez remporté votre premier tournoi quelques jours plus tard. Votre père, un stratège de niveau régional, a exigé toutefois que vous terminiez vos études d'histoire avant de vous engager dans les tournois de sélection. Vous êtes, à vingt-deux ans, le plus jeune de nos challengeurs. Le plus brillant également... »

Pour l'heure, la situation du plus jeune des challengeurs français n'avait rien de brillant... Crispé à l'intérieur du sensor, il tentait de délivrer ses hommes de la cour intérieure du château. Des grêles de flèches et de pierres s'abattaient sur les casques et les cottes de mailles, des hectolitres de poix fondue et d'huile bouillante se déversaient des meurtrières du chemin de ronde, des centaines de corps jonchaient l'herbe et les pavés disjoints. L'odeur du sang, accentuée par les amplificateurs olfactifs, le faisait suffoquer. Les transmetteurs, reliés directement à son cerveau par les canaux temporaux, mettaient un temps fou à expédier ses ordres jusqu'aux relais virtuels.

Il n'avait pas cru l'Anglais capable d'une telle subtilité. Il avait pris le grand carré noir au centre des bâtiments pour une friche cyber, un terrain neutre où ses soldats pourraient se réfugier en cas de nécessité, mais il s'était rendu compte, un peu tard, qu'il avait expédié son armée dans une cour intérieure cernée par l'ennemi. Il s'était demandé s'il n'avait pas été trompé par une bugue du programme MM ou, plus grave, si son adversaire n'avait pas installé un logiciel de déconfiguration des décors, mais il n'avait pas eu d'autre choix, lorsqu'il avait essuyé les premières salves, que de battre piteusement en retraite. Le carré noir s'était transformé tout à coup en une terrible nasse où ses soldats, privés de bouclier – se pouvait-il également que l'Anglais, piètre stratège mais technicien hors pair, eût « influencé » la sentence du magicien des runes ? – avaient été décimés par centaines. Les chiffres du compteur de vies défilaient à une vitesse alarmante. De neuf mille cinq cent quarante-trois unités devant l'entrée du château, l'armée d'Alexandre était brutalement passée à quatre mille, puis à trois mille cinq cents, alors que l'armée de l'Anglais comptait toujours plus de six mille membres. Encore heureux que le challengeur français ait eu la prudence de laisser un bataillon de deux mille hommes à l'extérieur du bâtiment.

Il élargit au maximum l'objectif du sensor pour avoir une vision d'ensemble de la cour. Quelques-uns de ses soldats, pilotés par leurs automatismes de survie, avaient réussi à s'enfuir, mais la plupart étaient tombés sous la grêle de flèches et de pierres décochées par les adversaires postés sur le chemin de ronde. Des crampes envahissaient les bras de Frédric, tétanisés par la tension. Il avait déjà affronté des situations difficiles au cours des tournois de sélection mais jamais il n'avait perdu autant d'éléments d'un seul coup, même lors des combats qui avaient pour thème les guerres du XXe siècle, les plus meurtrières.

Le comportement de l'Anglais le déroutait d'autant plus qu'il ne correspondait pas à son profil psychologique. Frédric avait eu le temps d'assister sur son sensor portable aux fins de parties de l'autre poule, et il avait remarqué que le représentant de la Grande-Bretagne, un vieux routier des tournois, optait systématiquement pour les batailles rangées, un choix qui privilégiait la force brute et qui trahissait une réticence à se lancer dans des stratégies plurielles. Ou il avait habilement masqué son jeu, ou il bénéficiait d'une assistance illégale, toujours est-il qu'il s'était dérobé au dernier moment dans la plaine et qu'il s'était réfugié dans l'enceinte fortifiée du château.

Alexandre avait vu dans cette reculade une occasion inespérée de briser l'avantage que conféraient à son adversaire les armes de jet et d'exploiter sa propre supériorité numérique. Il avait commis une erreur de débutant en se précipitant dans le piège. Il ne pouvait même pas réclamer l'annulation de la partie – la déconfiguration d'un décor était en théorie un motif recevable d'annulation – car jamais au cours de l'histoire des J.U., le bureau n'avait invalidé la victoire d'un finaliste du tournoi des challengeurs.

Il transpirait à grosses gouttes sous les ventouses des capteurs collées sur son torse, son bassin et ses membres. Une diaphorèse mal venue, révélatrice de son désarroi. Il ne portait aucun vêtement à l'intérieur du simulateur, car les étoffes amoindrissaient la qualité de la réception, et les millions de télésensoreurs, enfermés pour les uns dans leur sensor personnel ou familial, agglutinés pour les autres dans les stadoramas, ne devaient perdre aucune de ses émotions, aucune de ses pulsions. Il imaginait les réactions de désappointement de son père, effondré dans son appartement des bords de la Loire, l'air navré de sa mère, qui ne s'était jamais passionnée pour les J.U. mais qui le considérait avec orgueil quoi qu'il fît, la désillusion des supporteurs français, la déception du président Freux et des autres membres du gouvernement, l'allégresse des Anglais, la satisfaction des Américains... Une telle responsabilité pesait sur ses épaules ! Les jours précédant la finale, les quotidiens télésens de Paris avaient réveillé la fibre patriotique qui sommeillait en chaque Français en employant des mots, des images et des émotions qui n'avaient plus été sensorés depuis l'accession des partis de la Souveraineté nationale au pouvoir au début du XXIe siècle : « Souviens-toi de Jeanne d'Arc, Alexandre ! » « Boute l'Anglais hors de France ! » « C'est l'honneur de la nation qui est en jeu ! » « Un siècle de disette nationale à effacer, Frédric ! »

Cette pression lui fut tout à coup insupportable et sa main glissa machinalement vers le bouton d'abandon. Il lui restait un peu moins de trois mille soldats, soit largement au-delà du seuil critique – les compétiteurs abandonnaient en général en dessous de mille unités, même si certains, comme le Catalan José-Maria Cortar, allaient jusqu'à l'extinction complète de leur armée – mais sa combativité, cette rage de vaincre qu'il avait su déployer lors des tournois précédents, cette maîtresse indispensable à tout stratège ambitieux, avait choisi ce moment pour le quitter.

Deux mille sept cent treize... Les chiffres du compteur de vies poursuivaient leur ronde échevelée. La sueur et l'affolement perturbaient les impulsions cérébrales d'Alexandre, et ses soldats, passés en panique automatique, se ruaient en désordre vers l'étroit goulet du pont-levis sans se rendre compte qu'ils facilitaient le travail des archers. Des frissons de triomphe parcouraient sans doute en ce moment l'Anglais et ses millions de compatriotes connectés au Channel A, le télésens officiel de Grande-Bretagne. L'index de Frédric s'immobilisa au-dessus du carré lumineux serti dans le matériau composite du tableau de bord. Il lui suffisait de le frôler pour entériner sa défaite et interrompre la partie.

Deux mille cinq cent vingt et un... Les rares survivants avaient maintenant évacué la cour intérieure du château et rejoint le bataillon resté à l'extérieur. Leur configuration S.A.C.U. – survie automatique en cas d'urgence – s'était suspendue et ils restaient figés en attendant les nouveaux ordres de leur stratège. Certains présentaient des blessures profondes à la tête, à la poitrine, d'autres avaient perdu un bras, une jambe.

Pitoyable spectacle qu'une armée en déroute. Frédric ressentait maintenant ce que tous ses adversaires avaient éprouvé lorsqu'ils l'avaient rencontré. Un sentiment d'échec, une terrible humiliation.

Deux mille quatre cent soixante-huit... Le programme MM continuait d'éliminer ceux qui avaient perdu trop de sang ou dont les organes vitaux avaient été touchés. Frédric élargit le champ de vision, s'aperçut que l'ennemi commençait à descendre du chemin de ronde par les escaliers intérieurs pour se rassembler devant le pont-levis.

L'image de Delphane lui vint tout à coup à l'esprit : il n'oserait plus la revoir s'il essuyait un revers cuisant. Il l'avait combattue lors d'un tournoi régional et, s'il l'avait écrasée en moins d'une heure (il ne lui avait pas fait de cadeau en choisissant le thème Préhistoire, qui s'accommodait assez mal avec la sensibilité féminine), il était tombé sous son charme lorsqu'elle lui avait été présentée. Elle portait ce jour-là une chemise à encolure carrée qui mettait en valeur la finesse de son cou et une robe moirée dont la couleur vert émeraude s'accordait à merveille avec sa longue chevelure brune. Il l'avait rencontrée une seconde fois à l'occasion d'un déplacement à Toulouse, où elle résidait, et ils s'étaient échangé les codes confidentiels de leurs sensors personnels. Ils avaient progressivement augmenté les durées de leurs connexions, au point de passer des heures immergés dans leurs émotions respectives. Au bout de trois mois de cette relation cérébrale, ils avaient franchi un palier supplémentaire dans leur exploration réciproque en activant le TL, le télésens-libido. Le premier échange avec Delphane n'avait pas été aussi intense que l'avait espéré Frédric. C'était sa première expérience dans le domaine et on lui avait raconté tant de merveilles à ce sujet qu'il s'était attendu à des sensations vertigineuses, à des réactions autrement plus bouleversantes que ces frissons, certes agréables, qui étaient montés de son bas-ventre et s'étaient diffusés dans l'ensemble de son corps. Elle lui avait alors avoué que la mésaventure survenue à sa mère, plongée depuis plus de dix ans dans un coma sensoriel à l'issue d'une séance intensive de TL, avait entraîné une inhibition de sa propre libido. Il lui avait promis de faire preuve de patience, de l'aider dans la mesure de ses moyens à vaincre ce blocage.

Un serment qui ne l'avait pas empêché de s'introduire dans un télésens de sexualité libre. De ces plongées dans le monde du plaisir paroxystique, il avait ramené une grande lassitude et un vague sentiment de culpabilité. Cette baisse de vitalité s'était traduite par des pertes de concentration et des erreurs inhabituelles lors des tournois suivants.

Un mois avant le tournoi des challengeurs, Delphane lui avait proposé de passer quelques jours avec lui sur une plage déserte des Landes. Elle désirait, avait-elle affirmé, expérimenter l'amour physique avec lui. Il lui avait demandé si elle appartenait à l'un de ces mouvements passéistes qui prônaient le retour à la vie naturelle. Elle lui avait répondu qu'elle cherchait seulement à résoudre son problème pour lui donner satisfaction et que l'amour physique déclencherait peut-être le choc nécessaire à son épanouissement.

Il avait des doutes sur sa capacité à la pénétrer : son pénis ne s'était jamais tendu comme dans ces antiques vidéos du XXe siècle où les femmes s'aidaient de la bouche et des mains – des pratiques rétrogrades, animales, selon les adeptes de l'Eglise catholique de la Nouvelle Réforme – pour déclencher l'érection de leurs partenaires masculins. Il s'était caressé dans la solitude de sa chambre mais il n'avait pas obtenu d'autre résultat qu'un léger gonflement des corps caverneux et une douleur prolongée au niveau du bas-ventre. Il avait prétexté l'imminence du tournoi des challengeurs et l'omniprésence des reporteurs télésens pour décliner l'invitation de Delphane, mais c'était bel et bien de ses propres insuffisances qu'il avait eu peur. Il s'était ouvert de ses préoccupations à son père, qui lui avait confié qu'il n'avait pas eu besoin de rapports physiques pour apprécier sa femme à sa juste valeur.

« Jamais je ne l'ai approchée en plus de trente ans de mariage. Elle-même n'a jamais souhaité être... être... enfin tu me comprends. Le sensorama est à la fois plus pratique, plus hygiénique, plus subtil. De plus, il permet d'expérimenter autant de relations que de partenaires disponibles. Le tout sans aucun risque. N'oublie pas que les sida-mutatis ont failli éradiquer l'humanité de la surface de la terre. Tu es un pur produit de la C.A.O., la conception assistée par ordinateur, et tu ne t'en portes pas plus mal. Méfie-toi de cette fille : tu es une célébrité maintenant, et elle a peut-être été chargée par un mouvement réactionnaire de te convertir au passéisme. Ces gens-là ne se contentent pas de faire des enfants comme dans l'ancien temps, ils œuvrent en secret pour la neutralisation du R.E.M... »

Delphane, une prosélyte de l'universalisme ? Il n'y croyait pas, non parce que les mouvements universalistes épargnaient les jeunes filles de bonne famille – c'était même le contraire, les jeunes filles de bonne famille compatissaient volontiers aux malheurs des peuples tenus à l'écart de l'Occident par le rideau électromagnétique – mais parce qu'il n'avait pas envie de la perdre.

Or il la perdrait sûrement s'il se laissait tailler en pièces par ce maudit Anglais. Que ce dernier eût déconfiguré le décor pour l'attirer dans un piège n'avait aucune espèce d'importance ! Il devait reprendre empire sur lui-même, recouvrer son calme, ses réflexes stratégiques. Il lui restait deux mille quatre... deux mille trois cent quatre-vingt-dix-huit soldats après tout, et l'Anglais, fort de ses sept mille hommes, ferait tôt ou tard preuve de suffisance. Il lui fallait agir de manière rationnelle, commencer par le plus urgent : organiser la retraite de ses troupes, regagner une friche cyber. Il disposait encore de deux temps morts de quinze minutes, pendant lesquels il pourrait réfléchir, préparer une riposte appropriée, chercher une solution dans l'une des grandes batailles historiques qu'il avait mémorisées depuis l'âge de sept ans. Même si les télésens l'avaient surnommé Alexandre le Grand, en référence à ce jeune conquérant grec qui avait fait trembler l'Asie avec une poignée de soldats, ses préférences stratégiques allaient à César, Cortés, Napoléon et Patton.

Il se redressa sur le siège du sensor, rajusta ses canaux temporaux d'un geste résolu et ordonna, d'une pensée claire et forte, le repli de ses soldats vers une friche cyber.

Delphane sortit du sensor familial et se dirigea vers la cuisine, où elle se servit un verre d'eau vitale. Frédric avait subi un revers cinglant dans la cour de ce château, – d'aucuns auraient jugé cet échec définitif, mais elle voulait croire qu'il avait encore une petite chance de retourner la situation – et elle profitait du temps mort de quinze minutes pour se dégourdir les jambes. Elle était seule dans l'appartement du centre de Toulouse, son père et sa belle-mère ayant préféré suivre la finale chez leurs amis de Mirande, dans le Gers. Elle pouvait donc déambuler entièrement nue dans les couloirs et les différentes pièces où, grâce à la régulation domotique, régnaient une propreté et un ordre parfaits. Avant de se glisser dans le sensor, elle s'était entièrement dévêtue pour couvrir son corps de capteurs – une pratique rigoureusement interdite, l'abus sensoriel pouvant dégénérer en schizophrénie ou en coma. Elle avait reçu comme autant de coups de poignard les peurs, les hésitations, les doutes de Frédric, amplifiés par le télésens. Elle n'était pas entrée dans son cerveau – les télésens étaient régis par un code déontologique qui, officiellement du moins, protégeait les pensées des individus – mais, comme les millions de télésensoreurs occidentaux qui avaient sélectionné le canal SF 1, elle avait perçu avec une acuité douloureuse la détresse du challengeur français. Parce qu'elle avait vécu un début d'aventure sensorielle avec lui, cette retransmission la bouleversait, réveillait en elle des sensations à la fois exaltantes et pénibles. Ses réactions organiques, montées d'adrénaline, frémissements, débuts de nausée, se conjuguaient à ses élans affectifs pour la maintenir dans un état d'excitation proche de l'hystérie. Jamais elle n'avait vécu un tournoi avec une telle intensité, ni en tant que participante ni lors des défis ultimes entre le challengeur et le défendeur, où les soldats virtuels étaient remplacés par des soldats réels, où les télésensoreurs étaient en prise directe avec la souffrance et la mort.

On était en octobre, et bien que le régulateur domotique eût déclenché la climatisation depuis l'aube, Delphane transpirait à grosses gouttes. Elle se versa un peu d'eau sur le visage et sur la poitrine. Les rigoles fraîches se faufilèrent entre ses seins, dévalèrent son ventre, ses jambes, retombèrent en pluie autour d'elle. Les détecteurs d'humidité se mirent instantanément en action et le parquet aspirant lapa les flaques en une fraction de seconde. Elle contempla rêveusement le plomb fondu du ciel par la fenêtre de la cuisine, les toits de tuile des immeubles proches, le rail suspendu de l'aérotrain, les deux tours météo, la place du Capitole déserte. De rares silhouettes – seuls les inconscients ou les marginaux ignoraient que la finale du tournoi des challengeurs se déroulait aujourd'hui, qu'elle concernait de surcroît un Français, événement qui ne s'était pas produit depuis une cinquantaine d'années – s'agitaient dans les zones d'ombre. Habituellement animée, la ville rose s'étiolait sous le soleil. L'été, installé depuis le mois de mars, ne s'interromprait que le premier décembre pour un intermède hivernal de trois mois. La neige recouvrirait alors les massifs des Alpes, des Pyrénées, des Vosges, du Centre, et les Français pourraient s'adonner aux joies de la glisse jusqu'à la fin de février. Delphane aurait personnellement souhaité que les météorologues abaissent la température estivale à partir de septembre, mais ses parents, amateurs de chaleur, avaient justement choisi de s'installer à Toulouse pour bénéficier de la canicule pendant les deux cent quatre-vingts jours d'été. Elle envisageait de déménager plus tard dans une région tempérée comme la Bretagne ou la Touraine, où les températures oscillaient entre vingt-cinq et trente degrés (contre trente-huit de moyenne en Midi-Pyrénées).

Le carillon musical du sensor déroula ses harmoniques dans le silence mortuaire de l'appartement. Elle ne bougea pas dans un premier temps, se demandant quel correspondant pouvait bien se manifester en ce jour de fierté nationale. Puis, intriguée, elle reposa le verre sur la table et se dirigea vers le salon.

Le sensor, un modèle assez ancien mais encore performant, occupait la moitié de la pièce. Une lumière verte clignotait au-dessus de l'une des quatre portes de sa façade jaune et gris. Des couleurs assorties à la décoration de l'appartement – c'était du moins ce qu'affirmait Martale, la femme qui occupait dorénavant la place de la mère de Delphane, plongée dans un coma sensoriel depuis plus de dix ans.

Cette communication lui était destinée, puisque la lumière s'était allumée sur le fronton de la porte de gauche, celle qui portait son nom au-dessus de la poignée de laiton. Elle n'avait pourtant pas donné son code confidentiel à grand monde : son père, Frédric Alexandre, Natach et Valérielle, ses deux meilleures amies, quelques membres de sa famille, le responsable local du mouvement universaliste...

Elle s'engouffra dans la cabine, s'installa sur le siège, posa le casque sur sa tête, abaissa la visière sur ses yeux, coupa le canal SF 1 et, sans prendre le temps de poser les capteurs principaux sur sa peau ni de refermer la porte, pressa l'interrupteur de communication simultanée. Cette succession de gestes l'avait de nouveau recouverte d'une pellicule de sueur. Elle devait se contorsionner comme une anguille pour décoller son dos, ses fesses et ses cuisses du faux cuir du fauteuil (Martale avait voulu marquer son territoire et sa différence en imposant ce revêtement synthétique insupportable en toute saison, collant les neuf mois d'été, glacé les trois mois d'hiver).

Le visage de son père emplit la visière du casque. Cheveux noirs, yeux bleus, peau hâlée : on lui donnait quarante ans, il en avait quatre-vingts. Ses sourcils froncés et son front plissé trahissaient une perplexité qu'il s'efforçait de dissimuler sous un sourire crispé.

« Ton cher Frédric n'est pas à la hauteur, Delph ! »

Elle avait perçu très nettement la déception dans la voix grave qui avait jailli des haut-parleurs intégrés du casque. Les derniers modèles de sensor dispensaient les usagers du port du casque, dont les inconvénients, volume, poids, inconfort, étaient plus nombreux que les avantages, meilleur isolement sensoriel, fiabilité. Mais, alors même qu'elle n'appartenait pas à la famille, Martale s'opposait avec une rare énergie au renouvellement du récepteur familial, âgé pourtant de plus de cinquante ans.

« L'autre est en train de l'écraser ! reprit le père de Delphane. Tu m'avais pourtant assuré qu'il ne ferait qu'une bouchée de cet Anglais... »

Elle n'avait pas besoin de se raccorder aux capteurs de base pour se rendre compte qu'il bouillait de rage contenue. Elle se souvint qu'il avait parié plusieurs milliers d'ox sur la victoire du challengeur français et qu'il risquait de perdre à la fois une somme importante et la considération de Martale dans l'aventure.

« Ce n'est pas encore fini... murmura-t-elle dans un souffle.

– Moins de trois mille hommes contre presque sept mille, répliqua-t-il. Plus de bouclier. Des épées et des lances contre des arcs, des frondes et des arbalètes. On ne peut pas dire que ton petit chéri soit en position de force... »

Elle détestait cette façon qu'il avait d'appeler Frédric son « petit chéri ». Il n'avait pas encore pris conscience qu'elle était devenue une femme, qu'elle le quitterait bientôt pour s'installer avec l'homme de son choix – peut-être celui-là serait-il justement Frédric Alexandre s'il continuait de s'intéresser à elle en dépit de sa notoriété croissante, s'il s'ouvrait à d'autres réalités qu'au monde factice des J.U...

« Il aura la possibilité de retourner la situation tant qu'il lui restera des soldats, argumenta-t-elle en écrasant d'un revers de main une goutte de sueur qui se faufilait dans le pli de son aine.

– Tu dois être la seule à y croire dans le pays ! J'espère au moins que tu n'as pas forcé sur les capteurs. Je ne tiens pas à attirer l'attention des contrôleurs télésens... »

Elle se contenta de lui adresser son sourire le plus candide. Il hocha la tête d'un air résigné.

« Nous passerons la nuit à Mirande, reprit-il. Nous rentrerons à Toulouse par l'aérobus de quinze heures. Je te quitte : la partie va reprendre. »

Lorsqu'il eut coupé la communication, Delphane releva la visière et, pensive, resta un moment immobile. Puis elle ramassa les capteurs qui gisaient sur le plancher du sensor – tu ne prends aucun soin du matériel ! aurait sifflé Martale –, les répartit sur son corps en commençant par la poitrine, en suivant par le ventre et en terminant par les cuisses, referma la porte et pressa le commutateur de SF 1. Après avoir rabattu la visière, elle tenta de s'installer le plus confortablement possible sur le fauteuil. Elle eut l'impression que chaque mouvement sur le faux cuir lui arrachait des lambeaux de peau.

Elle perçut d'abord une bande sensorama qui annonçait le prochain défi entre Hal Garbett, le tenant américain, et le vainqueur du tournoi des challengeurs. La SF 1 avait obtenu du C.O.J.U. l'autorisation de passer des extraits des combats des derniers défis, conservés en mémoire, et Delphane sensora des scènes terribles où des hommes décapités se vidaient de leur sang, où d'autres agonisaient dans d'atroces souffrances. La plupart des combattants étaient des Noirs et des Arabes de la Grande Nation de l'Islam, des Asiatiques de la R.P.S.R., des Mexicains ou des Brésiliens de l'AmSud. Elle ressentit une douleur physique tellement brutale qu'elle faillit perdre connaissance. Une suffocante odeur de sang lui agressa les narines. Un linceul de sueur glacée la recouvrit de la tête aux pieds, un symptôme annonciateur d'un début de coma sensoriel. Submergée par une vague de panique, elle eut le réflexe d'arracher les capteurs de ses cuisses et de son ventre. La violence de ses perceptions s'atténua aussitôt. Elle libéra un soupir de soulagement, consciente qu'elle avait échappé au pire.

« L'abus sensoriel n'est pas seulement dangereux, il est également puni par la loi. »

L'avertissement, un peu tardif, défilait à présent en boucle et occultait les corps agonisants qui environnaient Delphane. Les télésensoreurs recherchaient des sensations de plus en plus fortes, rajoutaient sans cesse des capteurs pour amplifier les chocs émotionnels, et les états pathologiques, schizophrénie, coma, maladie de Brendelroth, s'étaient multipliés de manière inquiétante lors des derniers J.U. Sommé par le conseil de l'O.N.O. de trouver une parade à cet accroissement de la dépendance sensorielle, le Comité uchronique avait à son tour demandé aux télésens de prévoir un terminal de surveillance chargé de détecter et de réprimer les excès. Les quatre grands sensoramas occidentaux, la SF 1, le Channel A, la ZDB allemande et la Holysens américaine, s'étaient d'abord opposés à cette directive mais, comme le C.O.J.U. les avait menacés d'offrir l'exclusivité des Jeux à des télésens un peu plus coopératifs, ils n'avaient pas eu d'autre choix que de s'incliner. Cependant, les terminaux de surveillance n'étaient pas encore tout à fait au point, et il y avait fort à parier que le futur défi ferait encore de nombreuses victimes parmi la population. Cette bande-annonce, destinée à sensibiliser les télésensoreurs sur les risques de surdose, avait atteint son but puisque Delphane se promit de réduire la quantité de capteurs lors des prochains J.U. (et cela même si Frédric était le challengeur appelé à défier Hal Garbett).

Elle sensora d'abord un grand calme à la fin du temps mort, preuve que Frédric avait mis à profit ce repli dans la friche cyber pour reprendre le contrôle de lui-même et préparer sa riposte. Elle voyait exactement ce qu'il voyait : les troupes de l'Anglais rassemblées au beau milieu d'une plaine encadrée de forêts. Après avoir éliminé plus des deux tiers de l'armée ennemie, le représentant de la Grande-Bretagne était revenu à sa tactique favorite, l'affrontement en terrain découvert. Il ne risquait pas grand-chose, puisque ses hommes étaient trois fois plus nombreux que les adversaires, qu'il bénéficiait de surcroît de l'avantage conféré par les armes de jet. Il lui suffisait d'attendre que le challengeur français sorte de son abri cyber pour le cribler de projectiles et achever le travail commencé dans la cour du château. Ce n'était plus vraiment de la stratégie mais du massacre, et de l'autre côté de la Manche on s'apprêtait à savourer la déroute de ce *bloody froggy* dont on avait eu très peur les jours précédant la finale. Les Anglais célébreraient ce triomphe sur les Français avec d'autant plus de plaisir qu'ils sautaient sur le moindre prétexte pour ranimer la haine cordiale qui perdurait entre les deux pays depuis plus de douze siècles et qui s'était considérablement accrue depuis que les mangeurs de grenouilles avaient imposé le frenchy comme langue officielle de l'O.N.O.

Delphane se déplaça avec Frédric dans le cœur de la forêt, respira d'âpres odeurs d'humus. Elle comprit qu'il était en train d'inspecter les lieux avant de disposer ses hommes. Le carré noir visible sur un coin de la visière-écran indiquait que son armée était toujours à l'abri dans la friche cyber. A l'intérieur, le chronomètre officiel, frappé du sigle du C.O.J.U., indiquait le reliquat de temps avant la reprise des hostilités. La friche s'effacerait dans une vingtaine de secondes et les soldats d'Alexandre apparaîtraient à l'endroit où il les aurait disposés. Les compétiteurs profitaient des interruptions pour redéployer leurs troupes à l'abri du regard de leur adversaire et, souvent, lorsque aucun des deux protagonistes n'avait pris l'avantage, ils tentaient de forcer la décision en changeant totalement de stratégie. Hal Garbett était passé maître dans l'art d'exploiter les cinq temps morts impartis aux deux concurrents des J.U. – contre trois aux finalistes du tournoi des challengeurs.

Delphane sensora la tension qui envahissait Frédric au fur et à mesure que se rapprochait le moment du combat. Elle ne la ressentait plus comme une manifestation de panique, une crispation ou un blocage psychologique, mais comme une expression de sa volonté reconquise, de sa détermination. Il préparait un coup, une de ces initiatives géniales qui différenciaient les grands stratèges des médiocres tacticiens. Elle transpira de nouveau dans l'atmosphère moite du sensor. Le faux cuir du fauteuil lui martyrisa le dos et les fesses. Les capteurs réagissaient aux modifications physiologiques de Frédric, les transmettaient aux millions de télésensoreurs qui se les appropriaient et les convertissaient en émotions.

Le carré noir disparut de l'écran et Delphane se retrouva soudain derrière un soldat de l'armée de Frédric, reconnaissable à son casque conique à nasal et à la croix bleue peinte sur son haubert. Elle aperçut, au-delà d'un tronc d'arbre, l'armée de l'Anglais, regroupée au milieu de l'espace dégagé, placée en carré afin de surveiller les quatre côtés et d'éviter les attaques de revers. Frédric élargit son champ de vision, et Delphane vit qu'il avait réparti ses troupes en files d'une centaine de soldats. Cinq de ce côté-ci, et probablement cinq sur les autres côtés, soit la totalité de ses hommes. Elle ne comprit pas où il voulait en venir. Elle estimait que les assauts de ces colonnes dérisoires se briseraient sur les traits des archers adverses comme des vaguelettes se fracassant sur une digue.

Elle sensora nettement la décharge d'adrénaline qui électrisa le corps de Frédric. Elle eut elle-même l'impression d'être traversée par un courant à haute tension.

Le challengeur français déplaça sa focale de manière à obtenir une vue d'ensemble du champ de bataille. L'armée de l'Anglais, immobile, attentiste, devint une île sombre au milieu d'un océan de verdure. C'est à ce moment seulement que Delphane devina les intentions de Frédric. Mais elle n'eut pas le temps d'approfondir sa réflexion, elle ressentit une forte chaleur au niveau du cerveau, de la gorge, happée par un tourbillon de sensations fortes.

Les vingt colonnes d'Alexandre surgirent de la forêt et attaquèrent simultanément. Il avait configuré ses soldats de façon qu'ils restent en file indienne quoi qu'il arrive. Il avait de surcroît neutralisé leur survie automatique pour gagner en vivacité et les empêcher de rebrousser chemin. Les cent hommes – cent dix-neuf exactement, plus dix-huit autres qu'il avait laissés à couvert dans la forêt – de chaque groupe calquaient leur course sur le premier de la file, qui avançait en louvoyant pour esquiver les flèches des archers, les traits des arbalétriers et les pierres des frondeurs. Puisque le magicien des runes lui avait supprimé les boucliers métalliques, il avait choisi d'utiliser des boucliers humains. Les soldats placés en tête de colonne protégeaient ceux qui les suivaient. S'ils étaient touchés par un projectile et s'effondraient sur le sol, ceux qui venaient immédiatement derrière prenaient le relais. L'objectif était d'atteindre coûte que coûte l'armée de l'Anglais et, une fois sur place, d'engager le corps à corps en exploitant l'avantage représenté par les glaives et les lances.

Le temps que chaque colonne parcoure les cent mètres qui la séparaient de l'ennemi, des dizaines de soldats furent couchés par les traits des arbalètes, et les chiffres du compteur de vies d'Alexandre recommencèrent à s'affoler. Mais il ne céda pas à la panique cette fois-ci, il maintint sa configuration mentale et le sensor exécuta ses consignes sans l'ombre d'une hésitation. Les minces colonnes continuèrent d'avancer en effectuant de brusques crochets qui déroutaient les tireurs. Elles ondulaient comme les vingt tentacules d'un poulpe géant que rien ne semblait devoir arrêter, même si les projectiles ennemis les amputaient régulièrement d'un segment d'elles-mêmes.

Frédric avait eu l'idée de transformer ses maigres troupes en banderilles en repensant aux corridas de l'ancienne Espagne catholique, dont les matadors n'affrontaient pas les taureaux avec des armes volumineuses mais avec des capes et de fines lames de Tolède. Il avait estimé que ces assauts vifs, déroutants, auraient sur l'armée de l'Anglais, groupée, massive, le même effet que les mouvements d'une cape sur un taureau.

Les colonnes opérèrent bientôt la jonction et, comme les archers, les arbalétriers et les frondeurs n'étaient pas rompus aux combats de près, les hommes d'Alexandre ne rencontrèrent aucune difficulté à s'enfoncer dans leurs rangs. Là, sous les impulsions de leur stratège, ils se répandirent comme des loups féroces parmi leurs six mille sept cents adversaires dont les armes ne leur étaient d'aucune utilité dans ces circonstances. Les glaives sifflèrent, décapitèrent, éventrèrent, les lances transpercèrent, les poignards égorgèrent. L'Anglais, à son tour paniqué, mit du temps à réagir, comme l'avait escompté le challengeur français.

Il semblait à Frédric capter les millions de frémissements d'espoir qui parcouraient l'échine des télésensoreurs connectés à la SF 1. Galvanisé, il ne relâcha à aucun moment sa concentration, lança d'incessantes impulsions de meurtre à ses soldats, sema une confusion telle dans les troupes de l'Anglais que ses hommes passèrent à leur tour en configuration automatique de survie et qu'ils se télescopèrent les uns les autres en essayant de s'enfuir.

Cinq mille deux cent vingt-neuf... deux cent douze... cent trente-trois... cinquante-six... quatre mille neuf cent quatre-vingts... Ils ne songeaient plus à se défendre, car l'Anglais, taureau fasciné par les mouvements de la cape, était incapable de prendre une décision. Le premier jugement de Frédric sur son rival était le bon : excellent technicien sensor, médiocre stratège, mal à l'aise dans un environnement chaotique.

Quatre mille six cent quatre-vingts...

Le moment était venu de porter l'estocade. Frédric ordonna à la moitié de ses hommes de se disposer en cordon tout autour de la mêlée dans le but de se resserrer progressivement comme les mailles d'un filet et d'empêcher les adversaires de prendre la fuite. L'Anglais avait été bien imprudent d'utiliser ses trois temps morts : il en avait probablement profité pour changer les configurations du décor et souffler sa sentence au magicien des runes, mais il payait au prix fort cette utilisation frauduleuse. Il ne pouvait plus se réfugier dans une friche cyber et redéployer son armée d'une manière plus adaptée à ses caractéristiques.

Quatre mille deux cent treize...

Le programme MM étant très riche en sensations olfactives, l'odeur du sang se faisait de plus en plus lourde, de plus en plus oppressante. Elle agissait désormais comme un puissant stimulant sur Frédric qui, martyrisant son correcteur de focale, piquait comme un vautour sur le champ de bataille, survolait pendant quelques secondes un soldat dont la lance ou l'épée se levait avec une régularité de métronome, reprenait de la distance, vérifiait que l'armée ennemie restait confinée à l'intérieur du cordon formé par les siens, effectuait une nouvelle et vertigineuse plongée sur un autre combattant. Cette manière qu'il avait de multiplier les angles et les effets avait concouru à forger sa réputation de virtuose, de Mozart de la stratégie.

Trois mille quatre cent quarante-neuf... Il avait presque rétabli l'équilibre numérique. L'idée que les millions de télésensoreurs anglais étaient sur le point de perdre leur flegme légendaire le réjouit mais il ne commit pas l'erreur de relâcher sa vigilance.

« Vous nous avez fichu une trouille monumentale, Frédric ! »

Emilian Freux s'avança vers le challengeur, les bras écartés, le visage éclairé d'un large sourire. Ebloui par les lumières artificielles des lampes, exténué par la violence de l'effort cérébral qu'il venait de fournir, Frédric eut besoin de dix bonnes secondes pour se souvenir qu'il était entièrement nu face à la vingtaine d'hommes et de femmes aux plumages flamboyants qui s'étaient engouffrés dans le salon du sensor du défi français. Il reconnut les membres les plus éminents du gouvernement français, ainsi que la haute responsable de la SF 1, une femme d'une cinquantaine d'années à la robe jaune et aux cheveux blonds enfouis sous un chaperon bleu. Embarrassé, il plaça ses mains en paravent sur son bas-ventre.

« Ne soyez donc pas pudibond, monsieur le challengeur ! » s'exclama le président.

Et, sans autre forme de protocole, Emilian Freux le saisit dans ses bras et le serra à le décoller du plancher. Les deux hommes furent bientôt environnés d'une nuée pépiante, parfumée, colorée, où les congratulations se mêlaient aux considérations stratégiques de bas étage.

« Tout à fait génial, le coup des colonnes !

– Ces culs de babouins en ont pour cent ans à se remettre d'une telle défaite ! »

L'Anglais n'avait pas cherché à contester la supériorité d'Alexandre. Abandonnant toute notion de *fighting spirit* cher aux îles Britanniques, il avait renoncé sitôt franchi le seuil des mille unités.

On ne laissa pas au vainqueur le temps de se rhabiller ni même de sécher sa sueur, on le pressa de questions sur l'épisode de la cour intérieure du château. Il expliqua qu'une déconfiguration du décor s'était produite à ce moment-là, qu'il pensait pénétrer dans une friche cyber et utiliser son deuxième temps mort pour placer ses soldats, qu'il s'était retrouvé dans cette cour fermée où l'Anglais lui avait tendu un piège. De même, il leur fit part de ses soupçons sur l'intervention du magicien des runes dont la sentence avait déséquilibré les forces en présence de manière un peu trop flagrante.

« Accusez-vous le défi anglais de tricherie ? demanda le président d'un air grave.

– Je ne l'accuse pas. Je vous fais seulement part de mes doutes...

– Nous demanderons officiellement au C.O.J.U. une enquête sur cette finale. Et si vos soupçons s'avèrent exacts, nous exigerons que l'Angleterre soit exclue des J.U. pendant une décennie ! Mais nous aurons le temps d'y songer plus tard. Le peuple français réclame Frédric Alexandre, son héros. Alexandre le Grand ! Mais pas dans cette tenue, cela va de soi ! Nous vous convions d'abord à un dîner au Palais, puis vous descendrez les Champs-Elysées à bord de la voiture solaire présidentielle. La capitale vous réservera un accueil triomphal, soyez-en sûr. Il vous restera ensuite trois mois pour préparer votre défi contre Hal Garbett. Vos soldats ne seront pas virtuels, cette fois-ci, et les êtres de chair et de sang sont moins faciles à manier que les personnages des sensoramas. Vous devrez prendre votre temps pour faire votre choix parmi les immigrants de la R.P.S.R. et de la G.N.I. Nous vous adjoindrons une armée d'assistants, de morphopsychologues, de spécialistes en ressources humaines. La France entière sera derrière vous, Frédric. »

La deuxième accolade présidentielle irrita Alexandre, qui avait un besoin urgent d'une douche pour se délasser et de silence pour reconstituer ses réserves nerveuses. Emilian Freux sembla deviner les pensées de son vis-à-vis.

« Laissons notre jeune ami prendre un peu de repos avant le dîner, ajouta-t-il rapidement. Le chef du protocole viendra vous chercher dans une heure. Cela vous convient-il ? »

Frédric acquiesça d'un hochement de tête.

Lorsque la petite troupe eut vidé les lieux, il passa dans l'appartement que le défi français avait mis à son entière disposition après sa victoire en demi-finale – avant, il n'avait eu droit qu'à une chambre située à l'étage inférieur, comme les trois autres candidats français. Les lumières vertes et jaunes de son sensor personnel clignotaient au-dessus de la porte, lui indiquant qu'on cherchait à entrer en contact simultané avec lui – ses parents, sans doute – et que des messages encombraient la mémoire de son appareil.

Il se rendit près de la fenêtre qui donnait sur les Champs-Elysées, écarta légèrement les rideaux, vit que la foule s'était déjà rassemblée de chaque côté de la plus belle avenue du monde. Des fusées de fête explosaient au-dessus des toits, ornaient le ciel assombri de dentelles lumineuses. Des cris et des rires se mêlaient aux pétarades des feux d'artifice. Ces manifestations de liesse populaire, la rapidité avec laquelle les Parisiens avaient réagi le réjouirent et l'interloquèrent en même temps. Il imagina la fierté de ses parents et son cœur se gonfla d'orgueil. Puis il fut traversé par l'envie de sensorer la douceur de Delphane.

Il repoussa à plus tard le moment de la douche, négligea les appels, les messages, s'installa sur le siège de la cabine, referma la porte sur lui, plaça les connecteurs cérébraux dans ses canaux temporaux – le principal inconvénient du métier de stratège, c'étaient ces petits trous qu'on leur perforait de chaque côté du front et qu'ils devaient reboucher avec des temporons de matière synthétique entre les tournois – et composa le code confidentiel de Delphane.

Elle avait attendu son appel et, dès qu'ils entrèrent en connexion, ils se fondirent l'un dans l'autre avec une intensité rarement ressentie. Elle ne lui rappela pas la requête qu'elle lui avait adressée quelques jours plus tôt, mais une impulsion le poussa à lui promettre qu'ils s'affronteraient bientôt comme dans ces temps anciens où les hommes et les femmes ne craignaient pas de se prouver physiquement leur amour.

CHAPITRE VII

LE TROISIÈME ŒIL

Parfois, les circonstances t'obligent à te faire tout petit. Le Tao de la Survie ne te demande pas de jouer les fiers-à-bras, comme ces imbéciles qui se croient obligés de prouver leur courage en clamant leur colère à la face de leurs bourreaux, il te recommande d'observer les usages de ceux qui te sont momentanément supérieurs, de tirer le meilleur parti de l'environnement et des circonstances. Garde le sens de l'honneur enfoui dans les profondeurs de ton esprit, revêts-toi d'une armure d'humilité, de lâcheté s'il le faut, et, dans le même temps, rassemble les forces mises à ta disposition par les ancêtres.

Le Tao de la Survie de grand-maman Li

Wang s'examina un long moment dans le miroir mural de la salle de douches. Cela faisait maintenant trois jours qu'il était sorti de son anesthésie, recouvert d'un drap de coton, allongé sur un lit superposé, et il commençait tout juste à s'habituer au petit œil rouge et brillant serti au milieu de son front. Les premiers temps, il avait éprouvé une gêne à l'intérieur de son crâne qui l'avait maintenu dans un état nauséeux. De même, son corps avait réagi par des excrétions inhabituelles et violentes, vomissements, diarrhées, saignements.

Il avait d'abord cru qu'il avait contracté le sida-viris avec la petite Luang ou avec Lhassa, puis il avait constaté que les autres présentaient les mêmes symptômes que lui et il en avait déduit que ce dérèglement physiologique était lié à la présence de ce témoin lumineux dans son os frontal. Il n'avait pas reconnu, parmi ses compagnons de captivité, les neuf hommes – huit puisque l'un était mort dans ses bras – qui se trouvaient avec lui au moment où il avait perdu connaissance.

De l'Occident, Wang n'avait vu pour l'instant que les murs et le carrelage blancs des trois pièces, un dortoir, un réfectoire et une salle de douches, où on l'avait enfermé en compagnie de cinq ou six cents émigrants. Jeunes pour la plupart, en bonne santé apparente. Une majorité de Jaunes, quelques Slaves, quelques Nordiques, quelques Balkaniques. Tous dotés du même rubis flamboyant enchâssé un centimètre au-dessus de la barre des sourcils. Qu'ils fussent originaires des provinces de l'Ouest ou du continent asiatique, ils passaient de longs moments à s'observer dans l'un des nombreux miroirs qui ornaient les murs des trois pièces. Ils s'étaient en revanche accoutumés à leur nudité, et c'était sans la moindre pudeur qu'ils se lavaient ou satisfaisaient leurs besoins organiques sur les cuvettes alignées le long d'un mur de la salle de douches. Ils ne cherchaient même plus à dissimuler leurs érections, mécaniques ou provoquées, et certains ne se gênaient pas pour se masturber en public – un exhibitionnisme peut-être révélé ou accentué par l'opération au cerveau qu'ils avaient subie pendant leur sommeil artificiel. La deuxième nuit – la nuit équivalait dans cet endroit à l'extinction des lumières –, trois d'entre eux avaient tenté de coincer Wang contre un mur pour le violer, mais il s'était dégagé à coups de pied et de poing, fracassant le nez de l'un, brisant les côtes d'un autre, frappant le troisième au bas-ventre. Cette démonstration de force ne lui avait pas seulement ménagé une certaine tranquillité, elle lui avait également valu l'admiration d'une poignée d'adolescents qui s'étaient regroupés autour de lui pour se placer sous sa protection. Ils s'étaient débrouillés pour occuper les lits voisins du sien et s'arrangeaient pour s'installer à sa table au réfectoire.

Les repas étaient servis par des hommes à la peau noire qui ne parlaient pas le frenchy, qui ne répondaient pas aux questions en tout cas, et qui portaient eux-mêmes un œil rouge au milieu du front. Vêtus de vestes et de pantalons bleus, coiffés de toques blanches, ils surgissaient d'une porte coulissante en poussant des chariots couverts de plats, d'assiettes, de verres, de couverts, et regardaient cette multitude dénudée se jeter sur la nourriture avec des lueurs ironiques ou méprisantes dans les yeux. Leurs cheveux crépus, leur nez large, leurs lèvres épaisses et ourlées de rose fascinaient Wang, qui avait entendu parler des Noirs de la Grande Nation de l'Islam mais n'en avait jusqu'alors jamais vu.

La G.N.I. avait fermé ses frontières au début du XXIe siècle et, comme elle ne disposait pas d'un rideau protecteur équivalant au R.E.M., elle avait massé ses troupes sur les frontières espagnole, turque, africaine, arabe, azérie, iranienne, afghane et pakistanaise. Constituée à la suite de la grande migration de la Nation des Noirs d'Amérique, en l'année 2049, elle s'était peu à peu recouverte d'un voile de mystère qu'elle ne levait qu'en de très rares occasions. Grand-maman Li prétendait que la loi coranique obligeait les femmes à rester calfeutrées dans leur maison, autorisait les lapidations en cas d'adultère, prohibait l'alcool, le jeu, les images, considérait la technologie occidentale comme une manifestation du diable, ordonnait de trancher la main des voleurs et de séparer les mécréants de leur tête. Elle n'autorisait qu'un seul livre, le Coran, et retirait les enfants à leurs parents à l'âge de sept ans pour les enfermer dans des écoles sacrées. L'Islam avait repris l'Espagne, hormis la Catalogne, à l'Occident, avait conquis tout le continent africain et s'était étendu jusqu'à la frontière des Indes, qui n'avaient dû de conserver leur souveraineté territoriale et religieuse qu'à leur parapluie nucléaire. Il régnait sur une population estimée à plus de six milliards d'individus, car il interdisait toute forme de contraception et favorisait une progression explosive de la démographie. Grand-maman Li soupçonnait le gouvernement religieux de La Mecque, qui avait renversé la famille régnante des Séoud en l'an 2051, d'encourager cette politique nataliste pour lancer des vagues massives de soldats-suicides, les hezbollahs, à l'assaut de l'Occident et de la R.P.S.R.

Wang se demandait si la dizaine de Noirs qui leur apportaient les repas et dont les rires tonitruants éclataient comme des fleurs sonores dans le brouhaha du réfectoire étaient originaires d'Amérique, le pays mythique qui avait dominé le monde au XXe siècle, ou s'ils descendaient des rares rescapés de la population africaine décimée par les virus mutants du sida. L'Occident était d'ailleurs suspecté d'avoir déclaré une guerre virale à l'Afrique pour la vider de ses populations autochtones et s'emparer de ses immenses richesses minérales, mais la grande migration des Noirs d'Amérique d'une part, le déploiement militaire des fanatiques islamistes d'autre part avaient contrecarré ses projets.

Deux Balkaniques avaient jugé bon de profiter de l'ouverture de la porte coulissante pour s'engouffrer dans le couloir et tenter de s'aventurer hors de leur prison, mais leur rubis frontal avait tout à coup cessé de briller, leurs yeux s'étaient révulsés et ils s'étaient affaissés silencieusement sur le carrelage.

Foudroyés.

Wang avait compris que ce témoin lumineux n'était pas seulement un signe extérieur d'appartenance, une manière sophistiquée de marquer les émigrants, mais qu'il était relié à un système de surveillance et permettait d'éliminer à tout moment les insoumis, les fauteurs de troubles. On leur avait greffé une sorte d'interrupteur vital dans le crâne – une minibombe peut-être –, qu'un invisible gardien actionnait à la moindre incartade. Une servitude autrement plus angoissante que l'appartenance au clan d'Assöl. Les hommes du Mongol gardaient leur liberté en dehors de leurs heures de service, tandis que les émigrants restaient sous le contrôle total et permanent de l'Occident.

Les Noirs avaient hoché la tête d'un air navré avant d'enlever les cadavres. La porte s'était refermée sur eux dans un crissement qui avait retenti comme une complainte funèbre dans le silence pesant. Après coup, Wang avait jugé qu'il avait échappé au pire en se battant avec les trois hommes qui avaient tenté de le violer, et cela même si le déclenchement des hostilités n'avait pas relevé de sa responsabilité. Il s'était promis de se tenir à carreau, de ne rien faire qui pût attirer l'attention sur lui. Il avait prié ses jeunes admirateurs de garder leurs distances, d'éviter les regroupements ostensibles, et ils s'étaient exécutés avec d'autant plus de zèle que sa parole avait à leurs yeux valeur de doctrine.

Ils avaient chargé Tzeu, un Chinois qui n'avait pas encore atteint ses treize ans, de garder le contact et de prendre les ordres. Il s'acquittait de sa tâche avec un sérieux qui divertissait autant qu'il agaçait Wang. Haut comme trois pommes, aussi maigre qu'un chat écorché, entièrement glabre, Tzeu s'approchait de temps à autre de lui sous la douche, au moment des repas, avant l'extinction des feux, et lui demandait à voix basse s'il avait de nouvelles instructions à leur donner.

« Ne vous faites pas remarquer, lui répondait invariablement Wang.

– Et si les autres nous embêtent... », insistait Tzeu.

Son cheveu sur la langue, sa voix aiguë, son visage rond ruinaient les efforts qu'il déployait pour paraître plus vieux que son âge. Il avait triché dans la salle de séparation du R.E.M., échappant à sa mère et à ses sœurs pour suivre ses camarades des faubourgs de Szczecin dans le couloir des hommes. Il avait perdu dans l'affaire sa famille et ses amis, qu'il n'avait pas retrouvés parmi ses compagnons de captivité, mais il s'était rapidement intégré à une nouvelle bande. Une faculté d'adaptation qui dénotait une aptitude certaine à la survie.

« Ils ne vous embêteront pas : ils ont trop peur qu'on éteigne leur troisième œil !

– Ils ont bien essayé de te... de te... »

Il évitait de prononcer les mots qui lui blessaient la bouche. Son témoin lumineux était de la même taille et de la même forme arrondie que les autres, mais il paraissait nettement plus grand au milieu de son front en partie occulté par des mèches rebelles.

« Ils savent maintenant ce qu'ils risquent... »

A la fin de chaque entretien, Tzeu levait des yeux timides sur Wang, le genre de regard qu'un petit garçon porte sur un grand frère, et hésitait quelques secondes avant de poser la question qui lui brûlait les lèvres.

« Qu'est-ce qu'ils vont faire de nous ?

– Je n'en sais pas davantage que toi. Nous sommes en vie, c'est l'essentiel...

– Et ma mère ? Et mes sœurs ? Qu'est-ce qu'elles sont devenues ? »

Les paupières de Tzeu, déjà lourdes, s'abaissaient encore un peu plus sur ses yeux larmoyants.

« Si nous sommes en vie, il n'y a aucune raison qu'elles ne le soient pas... »

Wang tentait de se rassurer lui-même en prononçant ces mots. Il éprouvait au sujet de Lhassa la même inquiétude que son jeune compatriote – doublement compatriote puisqu'il était originaire de Chine et venait de la province de Pologne – vis-à-vis des siens.

Il s'était habitué à l'absence physique de grand-maman Li, car la flamme de la vieille femme continuait de brûler à l'intérieur de lui mais, bien qu'elle n'eût partagé son existence que pendant quatre jours, Lhassa lui manquait à un point tel qu'il lui semblait avoir été amputé d'une partie de lui-même. Comme ces hommes qui viennent de perdre une jambe ou un bras et qui gardent l'impression d'avoir encore l'usage de leur membre sacrifié, il lui arrivait de ressentir la présence de la Tibétaine derrière lui, de se retourner dans l'espoir insensé de la découvrir adossée à un mur ou assise sur l'un des lits superposés du dortoir. Elle l'avait marqué dans sa chair comme les chirurgiens occidentaux l'avaient marqué de ce voyant rouge qu'il garderait probablement jusqu'à la fin de ses jours. Il n'aurait pas de trêve tant qu'il ne l'aurait pas retrouvée. Il ne pouvait pas imaginer que l'Occident l'eût dépecée comme un animal d'abattage pour récupérer ses organes.

« Tu n'as pas de famille ? »

Tzeu n'avait visiblement pas envie de mettre fin à la conversation. Il était resté assis sur le lit de Wang qui, après avoir tiré le drap sur lui, tentait vainement de trouver le sommeil. La température était agréable dans les trois pièces, mais l'extinction des lumières entraînait un refroidissement sensible qui rendait indispensable cette fine couverture de coton. Des dizaines de points rouges criblaient les ténèbres, bougeaient parfois comme des étoiles filantes, se rassemblaient par endroits, disparaissaient et réapparaissaient au gré des mouvements des dormeurs.

« Mes parents sont morts, dit Wang d'une voix enrouée. Ma grand-mère est restée à Grand-Wroclaw.

– Pourquoi est-ce que t'es passé en Occident ?

– Des problèmes avec un Mongol...

– Les Mongols, ils veulent toujours commander ! On n'arrêtait pas de se battre avec la bande de Kubilay à xSzczecin. Il affirmait qu'il descendait de Gengis khan. Moi je dis qu'il n'était même pas capable de descendre de son lit sans se casser la figure ! »

Le rire de Wang domina brièvement les ronflements, les soupirs, les chuchotements, les froissements et les grincements de sommier qui s'élevaient alentour.

« Qu'est-ce qui a poussé ta famille à émigrer, Tzeu ? »

Le petit Chinois observa un long moment de silence avant de répondre.

« Ma mère a préféré passer de l'autre côté du R.E.M. plutôt que de vendre ses deux dernières filles aux Coréens.

– Et ton père ? »

Nouvelle pause, plus longue que la précédente.

« Il... il s'est pendu avec sa ceinture... Il avait de plus en plus besoin d'argent pour se fournir en opka. Il a vendu mes deux sœurs aînées à Chul-Baek, un Coréen. Il a dépensé l'argent en moins d'un mois. On l'a retrouvé un matin pendu dans la cuisine. Ma mère ne l'a pas détaché : elle lui a planté un couteau dans le ventre, elle nous a réveillés, elle a ramassé nos affaires et on est partis vers la porte de Most.

– Vous avez fait tout le voyage à pied ? »

Tzeu commença à répondre mais, après qu'il eut reniflé à plusieurs reprises, sa voix aigrelette se brisa en sanglots. Wang se redressa et lui posa la main sur l'épaule.

« Rien ne t'oblige à me parler de tout ça... », murmura-t-il.

Tzeu pleura silencieusement pendant plusieurs minutes, puis il ravala ses larmes et s'efforça de remettre un peu d'ordre dans ses pensées.

« Des camions nous ont emmenés jusqu'en Bohême... Des chauffeurs polonais, hongrois, ukrainiens... Ils s'enfermaient avec maman dans la cabine avant de nous emmener. Maman refusait de monter dans les camions de ceux qui voulaient s'enfermer avec les filles. On a mis six jours pour arriver à Most. Là-bas, maman a trouvé une chambre dans un hôtel tenu par un Laotien. On devait sortir toute la journée pour lui laisser le temps de gagner de l'argent et de payer la nuit suivante. J'ai retrouvé des copains de Szczecin dans les rues, on a volé des cigarettes et des beignets aux étalages. Un soir, je suis revenu trop tôt, je l'ai trouvée dans le lit avec un Blanc. Il s'est levé, il s'est approché de moi, il m'a balancé une claque. Maman a hurlé, alors il l'a frappée à son tour. Le Laotien a voulu nous virer, mais maman lui a promis que ça ne se reproduirait plus. Le lendemain, le R.E.M. s'est ouvert et on a marché jusqu'à la porte de l'Occident... »

Tzeu se tut, comme épuisé par sa longue tirade. Il avait vidé d'un seul coup un sac un peu trop lourd à porter pour ses frêles épaules et, comme ces animaux qu'on débâte à l'issue d'une dure journée de labour, il restait figé, incapable d'esquisser le moindre geste.

« J'ai abandonné ma mère... ajouta-t-il dans un souffle.

– Et moi ma grand-mère, renchérit Wang.

– Et moi je voudrais que vous fermiez vos gueules ! » gronda une voix menaçante à quelques pas de là.

D'une pression de la main sur le bras, Wang invita Tzeu à regagner sa place. Glacé de peur et de désespoir, le petit Chinois se laissa tomber dans l'allée et, les bras tendus devant lui pour déceler les obstacles, se dirigea vers son lit.

« La qualité baisse d'année en année... » soupira l'homme dont les vêtements extravagants le faisaient ressembler à un oiseau au plumage multicolore.

Il s'épongeait régulièrement le front avec un mouchoir de dentelle dont le parfum capiteux se répandait dans l'air confiné du dortoir. Il passait en revue les émigrants alignés devant les lits, s'arrêtait de temps à autre pour examiner l'un d'eux avec attention. Des trois hommes qui l'accompagnaient, l'un portait des vêtements aux formes identiques mais aux couleurs un peu moins vives, les deux autres étaient sanglés dans de stricts costumes bleu marine. Les Noirs de service les suivaient à distance, ponctuant les paroles des visiteurs de gloussements et de commentaires à voix basse.

« Ce ne sont pas les meilleurs éléments de la R.P.S.R. qui passent en Occident, mais les miséreux, les parias, le rebut, dit un homme au costume bleu marine. Les autres sont recrutés par les néo-triades.

– Espérons que la porte de Saragosse nous livrera des hommes un peu plus... un peu plus robustes que ceux-là ! s'exclama l'homme au plumage extravagant. Nous devons en recruter plus de vingt mille en un mois.

– Vingt mille ? Les défis ne portent que sur des armées de dix mille hommes...

– Nous avons tout crédit pour constituer les meilleures troupes possible. Hal Garbett possède l'avantage sur Frédric Alexandre d'avoir participé à neuf défis. Il peut compter sur un capitaine de champ et des officiers expérimentés. En outre, les portes de San Antonio et de Phoenix lui fournissent plus d'hommes qu'il ne lui en faut... »

Tout en devisant, ils s'étaient engagés dans l'allée de Wang. Une voix avait surgi dix minutes plus tôt d'un invisible haut-parleur et avait ordonné aux émigrants de se tenir debout, les bras le long du corps, devant leurs lits respectifs. Bien qu'ils ne fussent pas voisins, Tzeu s'était placé aux côtés de Wang et n'avait pas voulu réintégrer sa position initiale malgré les gestes et les mimiques de ce dernier.

« Celui-ci est encore un enfant ! »

Les quatre hommes s'étaient arrêtés devant le petit Chinois et l'observaient d'un air à la fois intrigué et amusé. Ils paraissaient coincés entre deux âges. Ils ne présentaient aucune caractéristique des vieux de la R.P.S.R. – peau fripée, taches brunes, cheveux blancs, silhouette affaissée – mais Wang eut l'impression qu'ils avaient dissimulé leur sénilité derrière un paravent juvénile, comme ces poussières qu'on glisse sous le tapis pour donner au visiteur une illusion de propreté. De même, les vêtements excentriques que portaient deux d'entre eux semblaient totalement inadaptés à l'environnement. Le panache de leur chapeau plat tremblait à chacun de leurs mouvements. Leurs traits fins, presque féminins, et la forme de leurs yeux ne laissaient planer aucun doute sur leur appartenance à la race blanche, mais leur teint hâlé – cireux aurait été un terme plus approprié – les différenciait assez nettement des Blancs des provinces de l'Ouest de la R.P.S.R.

« Est-ce que ces gens parlent le français ? » s'enquit l'homme au plumage chatoyant.

Ses interlocuteurs aux costumes bleu marine lui décochèrent des regards interdits.

« Vous n'avez jamais eu la curiosité de sensorer les reportages satellite sur le deuxième monde ? demanda l'un d'eux d'un ton cassant.

– J'ai bien d'autres choses à faire qu'à me plonger dans ce genre de programmes ! répliqua l'autre, pincé. Je ne suis pas l'un de ces fanatiques qui réclament le rapprochement entre les peuples et l'abaissement du R.E.M. Je crois encore, Dieu merci, au grand Occident voulu par les fondateurs de la souveraineté chrétienne. Voulu par le grand Charlemagne ! Qu'ont-ils fait d'intéressant, d'ailleurs, les Jaunes, les Noirs, les musulmans, les Slaves, les Sud-Américains, depuis qu'ils ont été privés de contacts avec l'Occident ? Quels ont été leurs progrès technologiques ? Quel a été leur apport au monde ? Vous n'avez toujours pas répondu à ma première question...

– Si vous aviez sensoré un reportage satellite, vous sauriez qu'on parle frenchy sur un vaste territoire qui s'étend de la ligne Oder-Neisse II jusqu'à Moscou et, du nord au sud, des pays Baltes jusqu'à la Turquie.

– Le résultat des émissions subliminales, je suppose... Elles n'ont malheureusement pas réussi à convertir les résidants de la G.N.I. au français. Il faut dire que l'arabe est une langue vivace, défendue avec une rare énergie par des fanatiques.

– Je constate avec plaisir que vous avez conservé quelques notions d'histoire... »

L'ironie patente de son interlocuteur exaspéra l'homme vêtu de couleurs éclatantes qui, après avoir cherché en vain un exutoire pour déverser sa fureur, haussa les épaules et se tourna vers Tzeu.

« Quel âge as-tu ? demanda-t-il d'une voix tranchante.

– Treize ans, mentit Tzeu avec aplomb.

– Tu en parais à peine onze...

– Je suis petit pour mon âge !

– Je crois plutôt que tu essaies de m'abuser... »

L'espace de quelques secondes, Wang craignit que le voyant lumineux du petit Chinois ne s'éteigne. Il se rendit compte avec amertume que leurs geôliers occidentaux – car l'Occident n'était ni un refuge ni un pays d'accueil, mais bel et bien une enceinte carcérale – avaient parfaitement mené leur affaire en leur greffant cet œil supplémentaire. Un œil qui ne voyait pas mais qui luisait comme une menace permanente, comme une épée de Damoclès dont le fil risquait de se rompre à tout instant. Les Noirs de service étaient la preuve vivante qu'on pouvait s'habituer à cette contrainte, mais à quel prix ? On perdait probablement, à vivre en permanence sous le regard de ses maîtres, toute combativité, toute estime de soi-même. Le travail d'exécuteur pour le clan d'Assöl l'aurait certes obligé à commettre des crimes abominables, mais il aurait bénéficié à chaque moment de son libre arbitre, et la liberté, même illusoire, était son bien le plus précieux. Pourquoi grand-maman Li avait-elle insisté pour l'expédier de l'autre côté du R.E.M. ? Avait-elle donc perdu sa clairvoyance ?

Tzeu lui adressa un bref regard, comme pour puiser un peu de courage dans ses yeux. La peau du petit Chinois était aussi hérissée que celle d'une poule.

« J'aurais trop peur de mourir si je mentais, monsieur... »

La remarque arracha un sourire à son interlocuteur empanaché.

« Je vois que tu as parfaitement assimilé le rôle de ton V.F.

– Mon... V.F. ?

– Ton voyant frontal, la partie visible de l'émetteur-récepteur qu'on t'a glissé dans le cerveau. Certains le surnomment le rubis des immigrants, l'œil du diable, l'interrupteur... On lui donne bien d'autres noms mais ils ne me viennent pas à l'esprit. Il brillera jusqu'à la fin de ton existence, et j'espère pour toi que tu vivras longtemps. L'Occident est accueillant pour ceux qui savent respecter ses lois. »

Tzeu se tortilla sur place, les mains crispées sur son bas-ventre, comme s'il était pris d'un besoin pressant.

« Qu'est-ce que vous allez faire de nous, monsieur ? »

Une question qu'ils avaient tous envie de poser mais que seul un enfant inconscient était en mesure de formuler.

« Vous passerez bientôt des tests d'aptitude à l'issue desquels vous recevrez votre affectation.

– C'est quoi une affect... une affectation ?

– L'Occident vous protégera, vous nourrira, vous soignera en contrepartie de votre travail. Un marché équitable, tu ne crois pas ?

– Et... ma mère ? Et mes sœurs ? »

Des larmes avaient perlé au coin des paupières de Tzeu. Son vis-à-vis l'enveloppa d'un regard froid où ne brillait aucune lueur de bienveillance ou de compassion.

« Nous ne recevons pas les immigrants pour reconstituer leur vie de famille, lâcha-t-il d'un ton sec. L'expérience nous a enseigné que les problèmes surgissaient dès que les clans se reformaient. Nous prônons l'intégration par l'immersion totale. Dans un passé pas si lointain, les immigrants regroupés en ghettos ont failli causer la perte des pays qui les avaient accueillis.

– Est-ce que je pourrai les revoir un jour ? » insista Tzeu.

De grosses larmes roulaient maintenant sur ses joues.

« Peut-être... si tu as la chance de les croiser au cours de tes éventuels voyages. Cela dépendra des circonstances, de ton travail... de leur travail. Ont-elles seulement survécu à l'implantation de leur V.F. ? Plus d'un quart des émigrants ont une réaction de rejet qui entraîne une rupture d'anévrisme ou une embolie foudroyante. »

Les cadavres retrouvés en Bohême avec un petit trou au milieu du front, songea Wang.

« Nous conservons la majeure partie des corps dans nos banques d'organes et nous renvoyons l'excédent de l'autre côté du R.E.M.. Si j'en crois les rapports de l'O.O.S., l'Organisation occidentale de la santé, les néo-triades se chargent d'acheminer les cadavres jusqu'à Moscou, où les organes coûtent de véritables fortunes... »

Ces paroles semaient des graines d'épouvante dans l'esprit des émigrants. La plupart d'entre eux avaient abandonné des êtres chers au moment du passage et ils prenaient conscience qu'ils ne les reverraient peut-être jamais. Ils garderaient certes l'espoir d'être un jour réunis aux leurs mais, pour peu que le hasard – ou les ancêtres, ou le karma, ou la Vierge Marie – se montre défavorable, ils seraient rongés par une terrible incertitude jusqu'à la fin de leurs jours.

Le carrelage parut tout à coup glacé à Wang, qui serra les dents pour ne pas se laisser tomber sur son lit. Passé les premiers instants de découragement, il se promit de mettre tout en œuvre, de fouiller chaque recoin de l'Occident si nécessaire, pour retrouver Lhassa.

Les Occidentaux se détournèrent de Tzeu et l'examinèrent avec une attention soutenue. Il eut l'impression d'être une vache ou un porc exposé sur le marché aux bestiaux de Grand-Wroclaw. Ils l'observaient avec l'œil du maquignon, et il s'attendait qu'ils lui soulèvent les bourses comme des paysans polonais palpant les testicules d'un taureau ou d'un verrat. Leur regard l'offensait, mais la légère vibration de son front lui rappelait que le rapport des forces n'était pas en sa faveur, qu'il devait faire preuve de la même faculté d'adaptation que l'eau se glissant dans un nouveau lit.

Ce fut l'un des deux hommes au costume bleu marine qui rompit le silence. « Celui-ci fera une bonne recrue : il m'a l'air assez vigoureux. »

Ses dernières syllabes, exagérément accentuées, hachaient ses phrases et donnaient à son frenchy, une langue pourtant musicale, une tournure martiale. L'homme aux vêtements excentriques glissa les doigts de sa main gauche dans l'échancrure carrée et dentelée qui bordait le col de son pourpoint.

« Un sur vingt mille ! soupira-t-il. Nous ne sommes pas au bout de nos peines...

– J'en vois d'autres ici qui sont incorporables, monsieur. Et puis ce camp est le premier que nous visitons ! La patience ne semble pas être la principale de vos qualités...

– Le président Freux en personne m'a chargé d'établir un premier rapport. Nous n'avons que trois mois pour préparer le défi, nous n'avons pas de temps à perdre.

– Vous, les Français, vous êtes toujours pressés. Un bon organisateur sait prendre son temps.

– Si nous avions pris notre temps entre 2080 et 2088, l'Occident ploierait aujourd'hui sous le joug sino-russe ! Et l'Allemagne aurait été la première occupée ! »

La colère enflamma les joues et le front de l'homme au costume bleu marine.

« Les nations occidentales ont payé un lourd tribut à l'invention du R.E.M., gronda-t-il. En sacrifiant leur langue, elles ont perdu leur âme.

– Aucune loi ne vous interdit de parler l'allemand...

– En privé seulement. La première langue étudiée à l'école est le français, les communications officielles se font en français, les principaux télésens émettent en français. Or le rapport Kinshall...

– Ne revêt aucune valeur ! Notre propre commission d'experts a démontré que l'anglais ou l'allemand ne sont pas supérieurs au français dans la structuration cérébrale. La victoire de Frédric Alexandre en finale des challengeurs montre mieux que toute analyse que l'intelligence stratégique n'est pas l'apanage des Anglo-Saxons.

– Les adversaires n'étaient pas d'un excellent niveau... L'Anglais a cru trop tôt sa victoire arrivée. J'étais connecté au Channel A et j'ai sensoré sa perte de concentration bien avant la contre-attaque des colonnes d'Alexandre.

– C'est un effet de rhétorique vieux comme le monde

que de contester la qualité des adversaires pour diminuer les mérites du vainqueur.

– Peut-être, mais votre Alexandre n'a aucune chance contre Hal Garbett.

– Votre sens de la solidarité européenne me va droit au cœur, mais il est encore un peu tôt pour présumer de la défaite de notre challengeur. Et puis ce n'est ni le lieu ni le moment d'en débattre : nous donnons une piètre image de l'Occident à nos hôtes. Pour l'heure, nous devons nous préoccuper du recrutement.

– Les fiches sensor de ces messieurs vous attendent dans la salle de contrôle. Elles seront plus fiables que vos impressions visuelles.

– Il existe encore des critères que ne peuvent estimer les analyses sensorielles, monsieur... »

Ayant prononcé ces mots, l'homme retira son chapeau, tourna les talons et, d'une allure dandinante qui le faisait ressembler à un paon, se dirigea vers l'entrée du réfectoire.

Les tests de sélection commencèrent le lendemain. Des hommes vêtus d'uniformes bleu marine vinrent chercher les immigrants par groupes de trente. L'Occident était tellement confiant dans sa technologie qu'il n'avait pas éprouvé le besoin d'armer ses gardiens.

On ne revoyait plus ceux qui quittaient le camp – les immigrants avaient retenu des paroles des Occidentaux que ces trois grandes pièces fermées s'appelaient un camp. Comme les départs s'effectuaient environ toutes les deux heures et que le lit de Wang était placé parmi les derniers, il se passa trois jours avant que son tour ne vienne de quitter les lieux. Trois jours pendant lesquels Tzeu ne le lâcha pas d'une semelle, craignant visiblement d'être séparé de celui qu'il avait adopté comme son grand frère.

L'incertitude engendra une inquiétude, une tension, une agressivité qui dégénérèrent en altercations, en rixes. Wang se tint autant que possible à l'écart des mêlées. Il s'allongeait sur son lit dès que se manifestaient les premiers signes de nervosité et attendait tranquillement que les choses se tassent avant de se risquer dans les allées. Il avait recommandé à Tzeu de calquer son attitude sur la sienne et le petit Chinois poussait le mimétisme jusqu'à se rendre en même temps que lui dans la salle de douches pour se laver ou satisfaire ses besoins organiques.

Les voyants frontaux de deux hommes s'éteignirent à l'issue de ces bagarres. Un Lituanien et un Tchétchène, deux hommes massifs qui semblaient correspondre aux critères de sélection des Occidentaux. Peut-être fallait-il voir dans leur élimination une conséquence prévisible de leur agressivité, dirigée souvent contre leurs compagnons de captivité les plus faibles. Les Occidentaux avaient évoqué un recrutement militaire pourtant, et l'agressivité était une qualité très recherchée chez un soldat.

Wang avait cru deviner qu'ils ne parlaient pas d'une véritable guerre – protégé par l'infranchissable R.E.M., l'Occident ne craignait pas les agressions extérieures – mais d'une compétition mettant aux prises deux stratèges, une sorte de gigantesque partie d'échecs où les pions étaient des hommes et l'échiquier un champ de bataille.

Des hurlements provenant de la salle de douches déchirèrent le silence. Une nouvelle bagarre. Moins les immigrants étaient nombreux et plus ils se montraient irritables, une réaction d'exaspération provoquée par l'inactivité, par la promiscuité, par l'attente.

En un réflexe, Wang chercha Tzeu du regard. Il ne le vit pas sur son lit, ni sur un autre, ni dans l'allée. Inquiet, il se redressa et tenta de repérer la silhouette du garçon parmi les adolescents regroupés dans le passage qui séparait le dortoir de la salle de douches. D'autres immigrants sautèrent de leur lit et remontèrent au pas de course vers la source du vacarme. Wang hésita avant de leur emboîter le pas, tiraillé entre son désir de conserver l'anonymat et la peur qu'il ne soit arrivé quelque chose à Tzeu. Il guetta pendant quelques secondes l'apparition du petit Chinois, mais il dut se résoudre au pire, d'autant que les adolescents, affolés, se tournaient vers lui pour lui adresser de grands signes. Le Tao de la Survie n'obligeait pas ses adeptes à voler au secours des plus faibles, que la loi de l'évolution condamnait à disparaître tôt ou tard, mais Tzeu lui avait fait confiance en lui relatant l'histoire de sa famille, en se plaçant sous son aile protectrice. Wang n'avait rien demandé à personne et le sens de l'honneur, de l'amitié étaient des concepts illusoires qui conduisaient le plus souvent les hommes à leur perte. Tzeu s'était fourré dans les ennuis parce qu'il avait transgressé les lois élémentaires de la survie et il n'y avait aucune raison que d'autres pâtissent de son imprévoyance.

Des éclats de voix se mêlaient maintenant aux glapissements stridents qui faisaient vibrer les montants métalliques des lits superposés.

Le visage bouleversé du petit Chinois traversa l'esprit de Wang. Il se dit alors que la survie passait peut-être aussi par l'estime de soi-même, repoussa le drap d'un geste sec, sauta dans l'allée et bondit vers la salle de douches. Il fendit énergiquement les grappes des immigrants agglutinés dans l'entrée et vit quatre hommes s'acharner sur un Thaïlandais d'une trentaine d'années, recroquevillé entre deux cuvettes. Leurs vociférations couvraient ses cris aigus qui s'achevaient en râles prolongés.

Wang chercha Tzeu des yeux, l'aperçut de l'autre côté entre deux Nordiques, minuscule îlot de terre brûlée coincé entre deux icebergs. Des gouttes d'eau parsemaient sa peau, accrochaient des éclats de lumière. Probablement était-il en train de se laver lorsque la bagarre avait éclaté. Adossé au mur, immobile, il attendait que le calme revienne pour traverser la pièce et regagner le dortoir. Lorsque leurs regards se croisèrent, Wang lut à la fois de l'étonnement, de la complicité et de la gratitude dans les yeux du petit Chinois. Soulagé, il prit conscience qu'il n'avait pas à se faire de souci pour Tzeu, dont les ressources semblaient inépuisables.

Il ne commit pas l'erreur de séparer les antagonistes. D'une part parce que l'issue de cette bagarre n'avait aucune influence sur l'estime qu'il se portait à lui-même, d'autre part, et c'était la raison principale de sa neutralité, parce que l'homme allongé sur le sol avait cessé de vivre.

« Où est-ce qu'on va ? demanda Tzeu.

– Garde ton énergie au lieu de poser des questions idiotes », répondit Wang à voix basse.

Ils s'étaient engagés dans le couloir sur les talons des cinq hommes en uniforme bleu marine qui leur donnaient des ordres en frenchy mais parlaient entre eux une langue rude et gutturale similaire au polak. Ils avaient laissé sur leur gauche les cuisines. Les Noirs, regroupés devant la porte, leur avaient adressé des sourires amicaux qui traduisaient une certaine solidarité entre immigrés. Une vingtaine d'unités seulement constituaient leur groupe, le dernier à quitter le camp. Des quatre hommes qui avaient massacré le Thaïlandais dans les douches, deux avaient été éteints sur-le-champ, l'un avait trouvé mystérieusement la mort au cours de la nuit suivante et deux gardiens étaient venus chercher le quatrième quelques heures plus tôt.

Ils marchèrent en silence dans le couloir gris. Des appliques rondes serties dans les murs dispensaient une lumière sale. Les voyants frontaux rougeoyaient comme des braises dans la pénombre.

A l'extrémité du corridor, une porte coulissante s'ouvrit sur une courette inondée de soleil. Eblouis, ils eurent besoin de quelques minutes pour accoutumer leurs yeux à la clarté du jour. Il régnait à l'extérieur une température agréable qui rappela à Wang l'été silésien. Une douce chaleur se dégageait du sol de béton, montait dans ses jambes, et l'air tiède s'enroulait en écharpes bienfaisantes autour de son corps.

Un grésillement familier l'entraîna à tourner la tête. Il aperçut, par-dessus les murs et les toits des bâtiments, le rempart bleuté du R.E.M. dont la partie supérieure se confondait avec l'azur du ciel. Il se souvint qu'il avait quitté la Bohême sous le froid et la neige, et il se demanda si son anesthésie n'avait pas duré plusieurs mois. Grand-maman Li disait des Occidentaux qu'ils se croyaient autorisés à modifier les saisons et prolonger la vie au-delà du raisonnable. « Ils sont tellement imbus de leur science qu'ils se prennent pour des dieux, mais les dieux respectent les lois de la création... »

« Alignez-vous au centre de la cour ! » aboya un gardien.

Devant eux se dressait un ensemble de bâtiments carrés, massifs, qui paraissaient indestructibles. Les portes elles-mêmes, métalliques, dépourvues de vitres, donnaient une impression de solidité à toute épreuve.

« On dirait les bunkers de la ligne Oder-Neisse ! » s'exclama Tzeu.

La remarque du garçon amusa les gardes.

« Ce sont nos ancêtres allemands qui ont construit les bunkers de la frontière polonaise ! déclara l'un d'eux. Cette ligne fortifiée était conçue pour arrêter les blindés de la R.P.S.R. mais elle n'a jamais servi.

– Pourquoi est-ce qu'il fait chaud ici alors qu'il fait froid de l'autre côté ? »

Le garde s'approcha de Tzeu et le fixa pendant quelques secondes d'un regard dédaigneux. Wang trouva insupportables cette suffisance, cette arrogance, cette façon qu'avait l'Allemand d'exploiter la supériorité de l'adulte sur l'enfant, la supériorité du Blanc sur le Jaune, la supériorité du vêtu sur le dénudé.

« Faut retourner là-bas si tu préfères vivre huit mois de l'année dans la neige ! ricana le garde.

– Vous savez bien que je ne peux plus revenir dans mon pays avec ça dans la tête », soupira Tzeu en désignant son voyant frontal.

L'Allemand éclata de rire et se retourna vers ses confrères, eux-mêmes hilares. Wang avait l'impression très nette qu'ils prolongeaient cette halte dans la cour dans le seul dessein de jouir pendant quelques instants de l'ivresse que leur procurait le pouvoir. Ils n'avaient pas besoin d'inspecter les immigrants alignés puisque ces derniers étaient nus, ils voulaient seulement éprouver ce sentiment exaltant de tenir la vie d'autres êtres humains dans le creux de leur main. Les exécuteurs des clans ressentaient certainement la même griserie – en plus fort, parce qu'ils allaient jusqu'au bout de leurs intentions – lorsqu'ils couchaient leurs victimes en joue. Grand-maman Li avait raison sur ce point : les Occidentaux n'étaient pas des dieux, pas davantage que les hommes de main des parrains, car les dieux ne connaissent pas le mépris.

On les introduisit dans le bâtiment par l'une des portes blindées après les avoir fait patienter pendant une quinzaine de minutes. Là, les gardiens les conduisirent dans une salle d'attente et leur ordonnèrent de s'asseoir sur des bancs scellés dans le sol.

Une lumière crue tombait des néons, éclaboussait les murs de béton brut, hérissés de pointes de fer d'une longueur de cinquante centimètres. Les odeurs corporelles, exaltées par la transpiration, s'immisçaient dans les relents d'oxydation et de poussière.

Les gardiens vinrent chercher les membres du groupe un à un et disparurent avec eux par une deuxième porte métallique. Tzeu pressentit que l'heure de la séparation était arrivée et se serra contre Wang jusqu'à le toucher, jusqu'à lui transmettre sa chaleur par sa hanche et sa cuisse gauches.

« J'sais pas où ils vont nous expédier, chuchota-t-il. J'espère qu'on se reverra un jour... »

Wang lui ébouriffa les cheveux.

« N'oublie jamais que la vie est ton seul bien, Tzeu.

– J'aurais du mal à l'oublier ! J'ai plus de famille, plus de maison, plus de vêtements. Tout ce qui me reste, c'est ce drôle de truc au milieu du front.

– Tu auras bientôt des vêtements, une maison. Et si la chance est avec toi, tu retrouveras peut-être ta mère et tes sœurs... »

Le petit Chinois posa la tête sur le flanc de Wang. Il ne pleurait pas mais sa détresse exsudait par les pores de sa peau. Il ne regimba pas lorsqu'un garde lui secoua l'épaule et lui intima l'ordre de le suivre. Il ne prononça pas un mot, laissant à son regard le soin de parler pour lui. Il marcha à reculons jusqu'au bout de la travée, les yeux rivés dans les yeux de Wang. Son troisième œil brillait d'un éclat insolite, comme s'il avait déjà appris à se servir de son voyant frontal pour proclamer son espoir dans des jours meilleurs.

CHAPITRE VIII

L'ALLEMAGNE

Parfois les circonstances te proposent le choix entre tuer ou être tué. Dis-toi alors que l'Univers éprouve ta détermination pour faire de toi son soldat. Deviens le feu, transforme la terre en métal, forge la lame avec laquelle tu combattras. Ne faiblis pas au moment de donner le coup de grâce, car la survie ne fait pas bon ménage avec la clémence et l'adversaire gracié est beaucoup plus dangereux que l'adversaire mort. L'ennemi que tu n'auras pas achevé te vouera une haine implacable car non seulement tu l'auras humilié, mais tu l'auras empêché de gagner le monde des esprits, où il comptait se rendre pour goûter enfin le repos.

Le Tao de la Survie de grand-maman Li

Trois hommes et une femme, installés dans de confortables banquettes, fixaient Wang avec la même attention que des entomologistes examinant un insecte. Debout au centre de la pièce, il sentait sur son crâne, son front et ses épaules la chaleur des projecteurs dont la lumière crue le contraignait à cligner des paupières. Pour autant qu'il pouvait en juger, ses vis-à-vis masculins étaient vêtus de longues tuniques bariolées resserrées à la taille, de manteaux à col retourné et aux manches ouvertes dont l'amplitude avait quelque chose d'absurde, de collants blancs ou gris serrés aux genoux par de fines bandes de satin ou de soie, de chaussures percées de fentes qui laissaient entrevoir le tissu de la doublure, de chapeaux plats et empanachés. La tenue de la femme paraissait en comparaison beaucoup plus sobre. Sa robe d'un bleu soutenu et parsemée de bandes argentées s'ouvrait à partir de la taille sur un jupon brodé qui conservait sa rigidité en toutes circonstances (ce qui l'obligeait à de savantes contorsions lorsqu'elle voulait changer de position sur la banquette). Ses cheveux qu'on devinait roux disparaissaient sous une sorte de casque métallique arrondi et plaqué sur sa nuque. Des paillettes d'or réchauffaient ses yeux d'un bleu très pâle, presque blanc.

Wang avait estimé qu'il ne servait à rien de se montrer prude devant eux et il s'était efforcé de se détendre, d'adopter une attitude naturelle, les jambes légèrement écartées, les bras tombant souplement le long du corps. Mais leurs regards insistants, silencieux, finissaient par le brûler autant que la lumière des projecteurs, et les muscles de ses jambes et de son cou se contractaient à nouveau.

« Votre première impression, Aliz ? fit un des trois hommes en se tournant vers la femme.

– Mon examen morphopsychologique confirme l'analyse sensor, répondit la femme sans cesser d'observer Wang. Excellente vitalité, bonne coordination motrice, sens de l'initiative... Il ferait sans doute une excellente recrue mais il y a le problème de l'âge...

– Quel rapport entre l'âge et le défi ?

– Le sensor l'estime âgé de seize ou dix-sept ans, or un point de règlement stipule que les participants aux J.U. doivent avoir atteint leurs dix-huit ans. Cette règle a été décidée à l'issue des J.U. de 2118, les dixièmes du nom, au cours desquels des âmes sensibles, dont la reine Elizabeth III, furent choquées par l'utilisation massive des enfants.

– Les critères d'évaluation ne sont peut-être pas les mêmes pour la race jaune... »

La femme se leva et s'approcha de Wang, à demi enivré par les effluves de son parfum. Le froissement de sa robe et de sa jupe sur le carrelage domina pendant quelques secondes le grésillement des lampes des projecteurs. Il s'aperçut que son casque métallique n'était pas un simple ornement mais une plaque sertie de boutons et rivée à son occiput par des fixations aussi fines que des aiguilles.

« Je suppose que personne ici ne souhaite offrir au défendeur américain un motif recevable d'annulation, dit-elle sans se retourner.

– Les Anglais ont déconfiguré un décor et influencé le magicien des runes lors de la finale mais le C.O.J.U. n'a donné aucune suite à la plainte du défi français, objecta un des trois hommes.

– Le C.O.J.U. est actuellement présidé par Joss Van der Saar, un Bénéluxien proche des anglophones. Croyez bien qu'une plainte formulée par Hal Garbett serait étudiée avec la plus grande attention...

– Insinuez-vous que le Comité roule pour les anglophones ?

– Je n'insinue rien : avant de me confier cette mission, le conseiller Blachon, le bras droit du président Freux, m'a affirmé que nous sommes devenus minoritaires au Comité d'organisation des Jeux. Les anglophones ne feront aucun cadeau à Frédric Alexandre, car l'Allemagne attend le résultat du défi pour se déterminer. Si Hal Garbett sort vainqueur des prochains J.U., les Allemands s'allieront avec les Anglais pour demander une modification de la constitution de l'O.N.O., élever les Etats-Unis au rang de membre majeur bénéficiant du droit de veto, rétablir l'anglais comme langue officielle... »

Elle tourna autour de Wang avec la même circonspection qu'une hyène autour d'un fauve blessé. Bien qu'il perçût son souffle entre ses omoplates, il ne ressentait pas sa présence autant que grand-maman Li. La vieille femme ne mesurait qu'un mètre quarante mais elle avait une manière bien à elle d'occuper tout l'espace.

L'Occidentale revint se placer devant lui et le dévisagea avec une morgue qui voulait probablement traduire son sentiment de supériorité. Le tissu de sa robe évasée lui effleura le bas-ventre et les cuisses. Elle avait des traits réguliers, une peau blanche et lisse qui étaient sans doute des critères de beauté recherchés de ce côté-ci du R.E.M., mais il avait la très nette impression que cette enveloppe de chair ne renfermait que du vide.

« Quel est ton nom ? demanda-t-elle du ton naturellement autoritaire et condescendant de ceux qui s'adressent à des inférieurs.

– Wang. »

Il ne jugea pas nécessaire de décliner son nom complet, Wang Zangkun, parce que les Blancs de la R.P.S.R. étaient perdus dès qu'un patronyme asiatique dépassait les deux syllabes, et il supposait que les Occidentaux rencontraient les mêmes difficultés que les Polonais ou les Tchèques à saisir les subtilités onomastiques chinoises.

« Ton nom est facile à retenir. Tu pourras donc le

garder. Je le communiquerai au fichier sensor à la fin de notre entretien. Est-ce que tu connais ton âge ?

– Pas exactement. Entre dix-huit et dix-neuf sans doute... »

Wang se demanda aussitôt quel ancêtre malveillant lui avait suggéré cette réponse. La mère d'un de ses amis avait organisé une petite réception le 15 février de l'année passée pour célébrer son seizième anniversaire. Il savait pertinemment qu'il n'avait pas atteint ses dix-sept printemps, mais l'orgueil, la volonté de montrer à ses interlocuteurs qu'il valait mieux que ce qu'ils croyaient, l'avaient poussé à se vieillir d'une ou deux années supplémentaires. Ce mensonge, il en était conscient, allait à l'encontre des lois élémentaires de la survie, dans la mesure où il risquait de l'expédier dans ces drôles de guerres que ses examinateurs appelaient tantôt les J.U., tantôt le défi. Il aurait échappé à l'incorporation en se contentant de dire la vérité mais une intuition profonde lui soufflait que son destin était étroitement lié à ces jeux auxquels l'Occident semblait attacher une telle importance.

« Le problème est résolu ! s'exclama un des trois hommes.

– Pas si vite ! rétorqua la femme. La plupart des Sino-Russes ne connaissent pas leur date de naissance. Celui-ci n'échappe pas à la règle puisqu'il *estime* son âge entre dix-huit et dix-neuf ans. Imaginons maintenant que le défi américain demande une analyse cellulaire pour les dix mille hommes de Frédric Alexandre...

– Ça ne s'est jamais produit en plus de cent ans... Pourquoi les Américains le feraient-ils ?

– Ils peuvent soupçonner le défi français de fournir à ses soldats des produits interdits, des médicaments qui anesthésient la douleur ou stimulent l'agressivité...

– Jamais depuis la création des Jeux uchroniques un défi n'a été condamné pour tricherie !

– Et pourtant nos techniciens sensor ont parfaitement reconstitué la fraude anglaise lors de la finale des challengeurs. Preuve que l'intérêt des J.U. a débordé du cadre de la stratégie sportive. Dans l'ombre des anglophones, de nombreux vautours guettent l'occasion de déployer leurs ailes : les multinationales se sont reformées en secret en dépit des lois antitrust. Elles poussent le gouvernement américain à manœuvrer l'O.N.O. pour autoriser de nouveau la publicité, les cigarettes, les boissons gazeuses, le sucre blanc, la production intensive, la restauration rapide...

– Les commissions scientifiques du XXIe siècle ont pourtant démontré la nocivité de ce genre de...

– Plus de cent ans se sont écoulés depuis les lois consuméristes de 2096 ! Donnez-moi quelques secondes pour consulter le fichier des entreprises... »

Elle demeura un moment immobile, les yeux fixes. Wang devina qu'elle se servait de son casque pour puiser des informations dans un monde invisible, un peu comme un chaman contactant les esprits à l'aide des plantes et des incantations.

« Coca-Cola, par exemple, a survécu en créant des boissons énergétiques à base de céréales, reprit-elle tout à coup, mais la firme n'a jamais cessé de produire son célèbre Coca pour en arroser le deuxième monde, l'AmSud, la G.N.I., et même la R.P.S.R. de l'autre côté de la ceinture nucléaire... Elle attend avec impatience le retour des Américains dans le cercle des membres majeurs de l'O.N.O. pour inonder de nouveau le marché occidental. Elle rêve de devenir le partenaire publicitaire des J.U. Si les anglophones réussissent à attirer l'Allemagne dans leur camp, ce ne sera pas seulement notre langue qui sera balayée mais également toutes les valeurs auxquelles elle est rattachée.

– Comme vous y allez ! Les J.U. n'ont pas pris une telle importance qu'ils...

– Il suffit de nous regarder pour se rendre compte de leur importance ! coupa la femme d'une voix sèche. L'Occident s'arrête de vivre pendant les deux ans qui s'écoulent entre les Jeux, au point même que certains membres de l'O.N.O. réclament leur périodicité annuelle à cor et à cri. Ils conditionnent la mode, ils font vivre directement ou indirectement près d'un tiers de la population occidentale, ils rassemblent plus d'un milliard de télésensoreurs, ils constituent les principaux sujets d'inspiration des musiciens, des sculpteurs émotionnels, des auteurs dramatiques, des concepteurs sensorama... Qui pourrait encore contester leur influence ? Qui pourrait nier que leur retentissement est supérieur aux assemblées annuelles de l'O.N.O. ? »

Elle s'interrompit, se retourna et dévisagea un à un les trois hommes comme pour mesurer sur eux l'impact de son discours. Ils semblaient avoir oublié Wang qui, saisi d'un besoin pressant de vider sa vessie, se demandait avec inquiétude combien de temps encore durerait cette entrevue.

« Nous avons besoin d'un porte-parole prestigieux, messieurs, reprit-elle en martelant chacune de ses paroles. Et nous devons tout mettre en œuvre pour que Frédric Alexandre soit celui-là.

– Sa tâche ne sera pas facile contre Hal Garbett...

– Nous avons précisément été choisis pour l'épauler. Et, si nous commençons à céder au découragement trois mois avant l'ouverture des Jeux, nous ferions preuve d'honnêteté en présentant notre démission ! »

Deux de ses interlocuteurs baissèrent la tête comme des enfants pris en faute, le troisième fixa avec obstination le plafond de béton.

« Pour en revenir à ce garçon, il nous reste la solution de le présélectionner et de vérifier son âge par une analyse cellulaire au cas où Frédric Alexandre le retiendrait dans l'équipe définitive.

– Les analyses cellulaires coûtent de véritables fortunes ! »

L'homme avait relevé la tête avec une telle vivacité que le panache de son chapeau trembla pendant quelques secondes.

« Nous avons tout crédit. Je ne voudrais pas passer à côté des bons éléments pour réaliser des économies de bouts de chandelle.

– Un million d'Ox l'analysent... Votre conception des bouts de chandelle est tout à fait personnelle, Aliz !

– Les Américains n'hésiteront pas à demander dix mille contrôles s'ils le jugent nécessaire. Le conseiller

Blachon me l'a répété à trois reprises lors de notre dernier entretien : pas de restriction budgétaire ! »

L'homme se leva à son tour et s'avança vers elle d'une allure dandinante. Du coq il n'avait pas seulement le plumage coloré et la démarche, il avait le même port de tête, la même crête, la même façon de se dresser sur ses ergots. Son parfum formait avec celui de sa partenaire un mélange capiteux, où dominaient les essences de rose et de jasmin.

« Etes-vous certaine, Aliz, que ce garçon vaille qu'on se donne toute cette peine ? »

Elle examina Wang de la tête aux pieds, s'attardant sur son torse et son bas-ventre.

« Quelque chose me dit qu'il tiendra un rôle essentiel dans la stratégie d'Alexandre... murmura-t-elle d'une voix songeuse.

– Je ne savais pas que la morphopsychologie conduisait à la voyance », ironisa l'homme.

Elle lui décocha un regard venimeux mais se contint pour ne pas lui jeter sa colère à la face.

« Appelez ça une intuition féminine... »

Le nez collé à la vitre du compartiment, Wang contemplait les immeubles et les maisons des faubourgs de Dresde, la première grande agglomération depuis le R.E.M. Une carte et des informations s'étaient affichées sur l'écran serti dans la tablette noire de son siège.

Dresde, ancienne capitale de la Saxe, traversée par l'Elbe, 500 000 habitants, dévastée en février 1945 par les bombardements aériens alliés, rasée en juin 2063 par les missiles du tyran Igor Vladeski. Le palais baroque du Zwinger (1720) est le seul monument qui ait échappé à la destruction. La ville a été entièrement rebâtie selon les plans de Gunther Bädauer, un architecte bavarois qui a également participé à la reconstruction de Berlin...

L'aérotrain suspendu à son rail n'avait mis que quinze minutes pour parcourir la quarantaine de kilomètres qui séparaient le camp de l'agglomération. Tout au long du voyage, Wang avait observé la campagne allemande avec une attention soutenue. Il avait d'abord été frappé par la propreté des villages traversés, par la beauté des maisons aux murs blancs et aux toits de verre effilés, par les couleurs uniformes et la régularité des champs cultivés. Il avait aperçu de gros engins aux allures d'insectes qui retournaient la terre, creusaient des sillons rectilignes ou brûlaient les chaumes. Il avait distingué les silhouettes des chauffeurs à l'intérieur des cabines entièrement vitrées, et la petite lumière rouge qui brillait entre leurs sourcils l'avait informé de leur statut d'immigrés.

L'aérotrain avait également traversé des forêts profondes, transpercées de colonnes de lumière qui paraient de magie les frondaisons, le couvert et les clairières. En Silésie, en Poméranie ou dans d'autres régions de la province de Pologne, les forêts n'étaient que d'inextricables fouillis de ronces et d'arbres torturés qui donnaient un sentiment d'oppression, parfaite illustration des malheurs endurés depuis deux siècles par les populations sino-russes.

D'autres machines, moins volumineuses, dépourvues de pilote, besognaient entre les troncs majestueux, aspiraient les feuilles tombées sur la mousse, coupaient les ronces et les branches basses, s'immobilisaient dès qu'elles détectaient une présence humaine ou animale. Des hommes, des femmes et des enfants, aussi blonds que les Baltes de la R.P.S.R., se promenaient dans les allées poudrées d'or, s'allongeaient sur la mousse pour goûter les caresses de l'air et du soleil, pique-niquaient sur des tables de pierre ou de bois dressées sur les berges d'étangs à l'eau limpide.

L'atmosphère paisible qui se dégageait de ces scènes bucoliques avait émerveillé Wang. De l'autre côté du R.E.M., les Sino-Russes s'entassaient dans des taudis, crevaient de froid et de faim, respiraient un air insalubre, se disputaient les produits de première nécessité comme des chiens enragés, vivaient dans la terreur des néo-triades. Ce n'étaient pas une poignée de kilomètres et une muraille électromagnétique qui séparaient l'Occident et la R.P.S.R., mais un gouffre temporel de plusieurs siècles.

L'aérotrain émettait un ronronnement à peine perceptible, comme respectueux lui aussi de la sérénité environnante. Le ratio vitesse/bruit n'était pas non plus en faveur des vétustes camions qui sillonnaient les routes défoncées de la province de Pologne. Aussi polluants, rouillés, tapageurs et lents que cet élégant serpent suspendu était propre, silencieux et rapide, ils paraissaient tout droit surgis d'une préhistoire mécanique.

Wang s'était tordu le cou pour observer le tube métallique – ou fabriqué dans une matière à l'apparence métallique – d'une cinquantaine de centimètres de diamètre, suspendu vingt mètres au-dessus du sol et soutenu à intervalles réguliers par des piliers élancés qui s'écartaient au passage de l'aérotrain et se fondaient harmonieusement dans les paysages traversés. Les wagons et la motrice étaient accrochés à ce rail aérien par des anneaux qui l'effleuraient à peine. Il effectuait de larges boucles pour contourner les collines, les arbres géants ou les bâtiments qui se dressaient devant lui. Il filait parfois entre de larges terrasses d'immeubles où patientaient des hommes, des femmes, des familles entières assis sur des bancs ou sur leurs propres bagages. Des gares sans doute, puisque s'y croisaient plusieurs rails qui repartaient dans d'autres directions et que des appareils à l'arrêt vomissaient ou avalaient leurs cargaisons de voyageurs.

Wang n'avait pas revu Tzeu au sortir de la petite salle où l'avaient reçu les quatre membres de la cellule de liaison morphopsycho – ainsi s'étaient-ils définis au moment de se prononcer sur son affectation. Les gardes l'avaient escorté jusqu'à une salle de douches où il avait pu se laver et purger enfin sa vessie. Ils lui avaient remis ensuite des chaussures, des sous-vêtements et une combinaison de coton. Il lui avait semblé accéder de nouveau au statut d'être humain en s'habillant. Le cuir rigide des chaussures montantes lui comprimait encore les doigts de pieds. Il s'était ensuite restauré dans un immense réfectoire où étaient attablés des centaines d'hommes, vêtus comme lui de combinaisons écrues. Il avait reconnu quelques-uns de ses compagnons de captivité du premier camp, des Jaunes, des Baltes, des Balkaniques, mais il n'avait pas repéré Tzeu ou d'autres adolescents de son groupe. Il avait constaté qu'il était un des plus jeunes du lot, sinon le plus jeune, et il s'était senti comme un agneau au milieu d'une horde de loups. Le regard agressif que lui avait jeté le Birman assis à ses côtés lui avait fait prendre conscience que la survie ne serait pas facile dans un tel environnement, où le voyant frontal n'avait peut-être pas la même valeur de dissuasion que dans l'espace confiné du camp.

Les gardes avaient ensuite regroupé tous les hommes dans un immense hangar et, après les avoir comptés, les avaient répartis dans les wagons d'une trentaine d'aérotrains. Une voix était tombée du plafond pour leur expliquer qu'ils se rendraient d'abord jusqu'à Dresde, où un « subterraneus », un train souterrain à grande vitesse, les transporterait, via Francfort, Paris et Bordeaux, jusqu'au camp d'entraînement du défi français situé au bord de l'Atlantique. Elle avait ajouté que les moindres tentatives de désertion seraient immédiatement sanctionnées par l'extinction du V.F., équivalente à l'arrêt définitif des fonctions vitales, avait-elle cru bon de préciser. On avait attribué un siège à Wang, qui n'en avait plus bougé jusqu'au départ de l'aérotrain. Son voisin, un homme massif au teint, aux cheveux et aux yeux délavés – un Ukrainien peut-être – s'était assoupi et avait produit, avec sa bouche et ses narines, toutes sortes de bruits incongrus, des sifflements, des ronflements, des soupirs, des chuintements. On disait de l'Ukraine qu'elle avait essuyé la plus grande catastrophe nucléaire du XXe siècle, qu'elle avait été aux trois quarts détruite par le passage des blindés de la R.P.S.R. au milieu du XXIe siècle, qu'elle avait subi une épidémie de sida-viris et une série de tremblements de terre au début du XXIIe. On soupçonnait donc ses habitants de présenter des tares physiologiques et psychologiques que semblait illustrer le sommeil agité du voisin de Wang.

Le verre et le métal étaient les deux matériaux principaux qui avaient servi à la reconstruction de Dresde. Le soleil couchant teintait de rouge les innombrables toits dont les différentes inclinaisons et la flamboyance donnaient aux voyageurs l'impression de se promener à l'intérieur d'un rubis géant. La ville avait visiblement été conçue en fonction des transports en commun. Des rails suspendus traversaient la plupart de ses rues et de ses places, surplombaient des arbres aux somptueux feuillages pourpre et or, des fontaines, des tonnelles, des massifs fleuris. Des grappes humaines se pressaient sur les terrasses de certains bâtiments qui servaient de quais d'embarquement.

Même si l'aérotrain filait à une vitesse trop élevée pour qu'il eût le temps de bien les observer, Wang se rendit compte que bon nombre des habitants de Dresde portaient le même genre de vêtements que les Occidentaux de la cellule morphopsycho. Les couleurs étaient plus sobres, les parures moins nombreuses, mais les formes restaient les mêmes : tuniques resserrées à la taille, collants, rubans, manteaux courts et amples, chapeaux à panache pour les hommes ; bustiers droits à encolure carrée, robes évasées ouvertes sur le devant, jupons blancs ou translucides, coiffures recouvrant l'arrière de la tête et une partie des joues pour les femmes. Wang remarqua également que la plupart d'entre eux n'étaient guère à l'aise dans leur tenue, mal adaptée à l'étroitesse des portes et des couloirs des appareils. La largeur et la rigidité apparentes des jupes et des manteaux les empêchaient de se présenter de front sur les marchepieds et allongeaient considérablement la durée des embarquements.

Wang repéra parmi eux des hommes et des femmes habillés de pantalons droits, de chemises, de vestes ou de combinaisons nettement plus fonctionnels. Ceux-là se faufilaient avec aisance au milieu de leurs compatriotes empesés et cette mobilité supérieure, probablement assimilée à une provocation par les autres, engendrait des tensions, des prises de bec, des bousculades. Wang entrevit également des points lumineux sur les fronts de certaines silhouettes vêtues de combinaisons semblables à la sienne, et qui se tenaient en retrait au fond du quai, attendant patiemment leur tour de s'introduire dans les compartiments.

Des nuages enflammés paressaient dans le cuivre étincelant du ciel. L'aérotrain fila entre les toits ensanglantés pendant une dizaine de minutes, puis piqua subitement vers le bas, au point que les passagers furent saisis par l'angoissante sensation de tomber en chute libre. Plaqué sur le dossier de son siège, Wang vit défiler par la vitre la façade de verre d'un immeuble. Il se rendit compte que le wagon ne s'était pas décroché du rail, comme il l'avait cru dans un premier temps, mais qu'il restait parallèle au tube métallique, lui-même perpendiculaire au sol.

Wang eut encore le temps d'apercevoir des silhouettes qui déambulaient entre des arbres aux troncs couverts de mousse, puis l'aérotrain plongea dans un tunnel éclairé par des lampes que la vitesse transformait en comètes échevelées. Les parois incurvées du souterrain amplifiaient le ronronnement de la motrice. Des rampes lumineuses s'allumèrent au bout de quelques secondes sur le plafond du wagon et révélèrent des mains crispées sur les dossiers des sièges, des visages déformés par l'anxiété.

Les yeux du voisin de Wang, réveillé en sursaut, papillonnaient d'un point à l'autre, cherchaient un endroit rassurant où se poser. D'incompréhensibles phrases venaient mourir sur ses lèvres, des prières en langue ukrainienne probablement. Ces gens-là passaient leur temps à invoquer la Vierge Marie, la mère de Jésus-Christ, le dieu des chrétiens – ou le fils du dieu des chrétiens, lequel était également le père et le Saint-Esprit, le concept de la Sainte Trinité n'était pas facile à saisir pour un païen, à moins de faire le rapprochement avec la trinité hindoue, Brahma, Vishnu et Siva, les principes de création, de conservation et de destruction.

Après une interminable plongée dans les entrailles de

Dresde, l'allure de l'aérotrain se réduisit dans un grincement horripilant et il pénétra au ralenti dans une immense excavation éclairée par des centaines de néons. Il s'engagea entre deux quais de béton et s'immobilisa à l'extrémité du rail, au grand soulagement de l'Ukrainien qui se fendit d'un énorme soupir et lança un regard expressif à Wang.

« Veuillez sortir des wagons après l'ouverture des portes et vous diriger vers la tête du quai. »

La voix avait surgi d'invisibles haut-parleurs disséminés dans le matériau composite des cloisons. Une tenace odeur d'urine émanait de l'Ukrainien. Wang se demanda s'il souffrait d'une incontinence récurrente ou passagère. Il se tenait en tout cas dans une position qui dissimulait aux regards la braguette de sa combinaison.

Les portes s'ouvrirent dans une série d'exhalaisons prolongées et les passagers, encore étourdis par le dénouement inattendu et brutal de leur voyage, descendirent des wagons. Placé en milieu de convoi, Wang se fondit dans le flot qui l'emporta vers ce qu'il supposait être la tête du quai. Il ne distinguait rien d'autre devant lui que les dos et les nuques des hommes qui le précédaient. De temps à autre, il levait la tête et tentait de sonder du regard la voûte de l'excavation, où régnait une lourde odeur minérale, mais l'éclat des néons l'empêchait de discerner un plafond ou des murs. Un silence sépulcral absorbait les murmures des motrices et les claquements des semelles sur les dalles de béton.

Les voyants frontaux brillaient dans la pénombre comme des milliers de lucioles. Provenant des différents quais, une vingtaine pour autant que pouvait en juger Wang, les immigrants convergeaient en essaims compacts vers des bouches étroites et rondes découpées sur une paroi convexe et lisse. Ils s'engouffraient ensuite dans des passages rectilignes qui débouchaient, une cinquantaine de mètres plus loin, sur une nouvelle plateforme.

Dix bonnes minutes furent nécessaires à Wang pour se frayer un passage au milieu de la cohue et s'approcher d'une forme allongée et grise. Il mit du temps à s'apercevoir que ce serpent géant était un train. Ses wagons n'étaient pas dissociés les uns des autres comme les antiques tortillards qui traversaient les provinces de l'Ouest en crachant d'imposants panaches de fumée noire mais, fabriqués dans un métal souple, ils épousaient les sinuosités du rail unique et profilé dans laquelle ils étaient emboîtés. Il s'agissait vraisemblablement du « subterraneus » dont on leur avait parlé lors du départ du camp. Interdits, effrayés pour certains à la perspective de passer plusieurs heures dans le ventre de la terre – dans la plupart des traditions, la mort allait de pair avec l'ensevelissement –, bon nombre d'émigrants restaient figés devant les portes ouvertes tous les dix mètres sur le flanc arrondi et d'où fusaient des rayons de lumière vive.

Wang estima que l'indécision des premiers rangs risquait d'engendrer une indescriptible cohue et, s'extirpant de la mêlée à coups de coude et d'épaule, il s'introduisit sans hésitation dans un compartiment.

Une allée centrale séparait des rangées de deux sièges d'un côté et de trois de l'autre. Comme ils étaient inoccupés, il ne se pressa pas pour choisir sa place. D'épais capitons d'une matière et d'une couleur indéfinissables recouvraient les cloisons, le plafond et le plancher. Il opta pour la première travée du compartiment, car le large espace compris entre les sièges et la porte lui permettrait d'allonger les jambes. En outre, il n'aurait pas les lumières des appliques latérales dans les yeux.

A peine se fut-il assis qu'une voix, retentissant dans son dos, le fit tressaillir.

« Excellent choix ! J'ai fait exactement le même... »

Il se retourna avec vivacité et découvrit le visage souriant d'un Asiatique. Un homme d'une taille et d'une carrure moyennes, assez jeune d'allure mais dont les mèches grises sur les tempes et les rides profondes trahissaient un âge avancé. Son voyant frontal teintait de rouge ses sourcils et ses pommettes.

« Zhao Guofeng. On m'appelle couramment Zhao, dit-il en tendant la main par-dessus le dossier du siège. Je viens de la province de Slovaquie... »

Wang hésita un petit moment, puis il se dit qu'il ne risquait pas grand-chose à répondre au salut de son interlocuteur et il lui serra la main, une main étonnamment sèche et ferme.

« Wang, murmura-t-il entre ses dents serrées. Je viens de Grand-Wroclaw, en Pologne. »

Zhao hocha la tête à trois reprises.

« Mes affaires m'ont parfois conduit à Grand-Wroclaw. Une agglomération bien plus importante que Bratislava, l'ancienne capitale de la Slovaquie. Me permettez-vous de prendre place à vos côtés ? »

Son frenchy châtié et ses manières distinguées indiquaient qu'il appartenait à une classe sociale supérieure. Or Wang ne connaissait pas d'autre classe supérieure que les clans fondés par les parrains des néo-triades. Zhao s'assit sur le siège voisin et contempla un moment la foule massée sur le quai par la porte ouverte.

« Peur, superstition, lâcheté... Comment s'étonner après ça que l'Occident nous ait dominés avec une telle aisance ? lâcha-t-il d'un ton méprisant. Mes ancêtres ne valaient guère mieux : ils ont quitté leur Yunnan natal pour faire partie de ces vagues ridicules qui se sont écrasées sur l'infranchissable digue du R.E.M. L'Occident aurait voulu déraciner la majeure partie de la population sino-russe qu'il ne s'y serait pas pris autrement. Et ces ânes de l'axe Pékin-Moscou se sont empressés de donner dans le panneau. Connais-tu l'origine de tes ancêtres, Wang ?

– Guangxi et Guangdong... »

Des lueurs vives s'allumèrent dans les yeux de Zhao. Wang s'étonna qu'un homme de cet âge ait été retenu pour participer aux jeux de guerre des Occidentaux.

« Nous sommes tous les deux des Sudistes... Je donnerais n'importe quoi pour fumer une cigarette. »

Wang avait remarqué que le manque de tabac accentuait les rides de grand-maman Li et la faisait paraître plus vieille que d'habitude. C'était cette observation qui l'avait poussé à dérober un sac entier de cigarettes dans les entrepôts d'Assöl et qui, par voie de conséquence, l'avait conduit sur la route de Most. Il se demandait à présent si tout cela n'avait pas été voulu par sa grand-mère, si elle ne s'était pas débrouillée pour le placer dans les conditions d'un inéluctable exil. Qui pouvait savoir ce qui se tramait dans l'esprit de la vieille femme ?

« J'ai essayé de passer deux paquets à la porte de Most, soupira Zhao, mais ils n'ont pas résisté à la douche de bienvenue... Je présume qu'on ne fume pas en Occident.

– Pourquoi avez-vous quitté la Slovaquie ? » demanda Wang au bout d'un petit moment de silence.

Un sourire désabusé se dessina sur les lèvres brunes et craquelées de Zhao.

« La décadence et la barbarie de la R.P.S.R. commençaient à me donner la nausée. J'avais envie de respirer l'atmosphère de l'autre monde, de recouvrer la foi en l'homme et en ses possibilités, de comprendre pourquoi les Occidentaux ont réussi là où nous avons échoué. J'avais envie de rencontrer des gens qui mangent à leur faim, qui jouissent d'une bonne santé, qui maîtrisent la technologie. Je voulais contempler le paradis après avoir vécu les cinquante premières années de ma vie en enfer.

– Le paradis n'est pas pour nous ! se récria Wang en désignant son voyant frontal.

– Je n'ai jamais prétendu que nous avions notre place dans l'éden occidental. Chaque peuple a sa propre définition du bonheur et je constate que les Sino-Russes n'ont pas trouvé la leur. Le malheur est d'ailleurs inscrit dans l'accotement de ces deux mots : sino et russe. Comme si Chinois et Russes avaient les mêmes racines, la même vision du monde... Jiang Guang-Mai a commis une regrettable erreur en lançant ses troupes à l'assaut de la Russie d'Igor Vladeski dans les années 2060. Je ne prétends pas à la félicité occidentale, pas davantage d'ailleurs qu'à la félicité terrestre, mais, avant de mourir, je veux savoir quelle réalité se cache de ce côté-ci du R.E.M.

– Pourquoi parlez-vous de mourir ? Vous ne trouverez peut-être pas la mort au cours des jeux uchr... ochr...

– Uchroniques. Un concept qui a un rapport avec le temps, puisqu'on y retrouve la racine grecque *kronos*. Je ne sais pas ce que signifie le *u*, mais je dois reconnaître que certaines subtilités du frenchy m'échappent encore. Une langue presque aussi difficile à maîtriser que le mandarin... »

Le regard de Zhao erra sur la cloison grise qui, de l'autre côté de l'allée transversale, les séparait du compartiment suivant.

« Un bon choix, murmura-t-il d'un ton rêveur. Nous sommes certes près des toilettes, nous risquons d'être dérangés par les odeurs et le bruit de la chasse d'eau, mais nous pourrons nous détendre les jambes... »

Wang se pencha à son tour vers l'avant pour observer les immigrants rassemblés sur la plate-forme et dont les voyants frontaux brillaient comme les étoiles d'un ciel instable. Il suffisait à trois ou quatre d'entre eux de se tenir devant la porte pour empêcher les autres de passer. Quelques-uns avaient cependant réussi à s'extraire de la multitude et à s'engouffrer dans le compartiment.

« Veuillez immédiatement prendre place dans le subterraneus... »

La voix impersonnelle, surgie des hauteurs, donna le signal de la ruée. Les immigrants, qui avaient patienté de longues minutes devant les portes, étaient tout à coup pressés d'investir le train, comme s'ils craignaient de manquer de place ou d'être abandonnés jusqu'à la fin des temps sur ce quai plongé dans la pénombre. Ils se précipitaient tous en même temps dans l'étroit espace, s'empêchaient mutuellement de passer, poussaient des glapissements et des ahanements, se débattaient comme des poissons pris dans une nasse.

« La future armée d'Alexandre ! maugréa Zhao. Et c'est avec ce genre de soldats qu'il compte gagner les Jeux ! J'ai la nette impression que ces crétins seront éliminés bien avant les premiers combats... »

Comme pour illustrer ses propos, les voyants s'éteignirent sur les fronts des plus excités, leurs jambes se dérobèrent sous eux et ils s'effondrèrent sur le sol de béton du quai ou sur le plancher capitonné. Cette scène rappela à Wang les chasses aux vaches sauvages dans les plaines de Poméranie. Fauchés par les balles, les animaux s'affaissaient en pleine course, roulaient sur eux-mêmes, constituaient d'infranchissables obstacles pour leurs congénères qui, tétanisés, s'arrêtaient de galoper et devenaient alors des cibles faciles pour les tireurs embusqués.

L'admonestation suffit à ramener le calme et la suite des opérations s'effectua dans un ordre relatif.

« Les Sino-Russes éprouvent toujours ce besoin de sacrifier les leurs pour se rendre compte qu'ils ne sont pas en position de force ! grommela Zhao. Un aveuglement qui a coûté la vie à plusieurs millions d'hommes lors des tentatives d'invasion de l'Occident.

– Vous semblez ne pas tenir les vôtres en grande estime, fit observer Wang.

– Qui sont les miens ? répliqua Zhao avec vivacité. Que sont-ils devenus, les fils de l'empire du Ciel ? Abrutis par cinquante années de communisme, décervelés par cinquante années de Nouvelle Révolution culturelle, déportés par des dirigeants ineptes, opprimés par les néo-triades... Avons-nous donc perdu tout sens de l'honneur, toute fierté, toute combativité ? Où est-il, l'homme providentiel qui prendra la tête des millions d'Asiatiques exilés, qui les ramènera dans leurs pays d'origine, qui défiera les tyrans de l'axe Pékin-Moscou ?

– Vous auriez pu être celui-là... »

Zhao secoua la tête d'un air las. La plate-forme se vidait peu à peu de ses occupants et les flots de lumière qui se répandaient au-dehors par les portes révélaient les cadavres étendus sur les dalles de béton. Les hommes se répartissaient silencieusement dans les travées.

« Je ne suis ni un guerrier ni un meneur d'hommes, fit Zhao d'une voix lasse. Un observateur tout au plus, un témoin. Un de ceux qu'on appelait autrefois les intellectuels, qu'on pourchassait comme des criminels, qu'on brûlait sur les places publiques.

– Les Occidentaux ne vous auraient pas envoyé aux

Jeux si vous ne pouviez pas combattre, objecta Wang. Leurs systèmes d'analyse sont très perfectionnés.

– J'ai cru deviner qu'ils cherchaient également des relais, des officiers, des porte-parole. Ils ont probablement estimé que je correspondais à cette définition. Ça ou autre chose, qu'importe la façon de découvrir le paradis ! »

A la manière dont il avait prononcé ce mot, Zhao montrait qu'il avait déjà arrêté son opinion sur le rêve occidental. La privation de cigarettes, la présence du voyant frontal au milieu de son front, l'incorporation dans une armée chargée de livrer bataille pour le simple plaisir de ses nouveaux maîtres n'entraient certainement pas dans sa définition du bonheur.

Wang regarda distraitement les rangées voisines se remplir avant de poser la question qui lui brûlait les lèvres :

« Qu'est-ce que vous savez au sujet d'Alexandre ?

– Ces dames et messieurs qui m'ont reçu n'ont pas daigné répondre à mes questions, mais j'ai déduit de leur conversation qu'il est notre stratège, notre général en quelque sorte, qu'il a remporté un tournoi de sélection, qu'il est donc appelé à défier le vainqueur de l'édition précédente, un Américain je crois... Je sais également qu'il est à peine âgé de vingt ans et que la France, son pays, compte sur lui pour restaurer une souveraineté contestée... Espérons pour nous que ce petit génie se montre aussi avisé qu'Alexandre le Grand. »

Il précisa, devant l'air interrogatif de son interlocuteur :

« Un jeune conquérant de la Grèce antique qui étendit son empire jusqu'aux Indes.

– Je ne comprends pas pourquoi les Occidentaux ont tué ceux-là, dit Wang en désignant les cadavres d'un mouvement de menton. Ils disaient qu'ils avaient du mal à trouver les dix mille membres de leur armée. Les hommes agressifs font pourtant de bons soldats...

– A condition de diriger cette agressivité. Un stratège a surtout besoin de troupes disciplinées. Avec ce petit bijou au milieu du front, l'Occident opère une sélection permanente. Il élimine d'emblée les individus incapables de se maîtriser, peu fiables dans les situations extrêmes, sur un champ de bataille par exemple.

– Comment les Occidentaux surveillent-ils tous les immigrants en même temps ?

– Ils ont sûrement un moyen de contrôle centralisé, mais lequel ? Pour quelle raison décident-ils d'éteindre celui-là plutôt qu'un autre ? Certains d'entre eux semblent être reliés en permanence à des banques d'informations...

– Avec leur casque ? » coupa Wang.

Zhao acquiesça d'un hochement de tête.

« Ils ont également parlé de sensor, reprit-il. Un transmetteur de sensations et d'émotions à distance, si j'ai bien compris...

– Vous croyez qu'ils nous serviront quelque chose à manger ? »

Zhao éclata de rire. Ses traits se détendirent et l'enfant qu'il avait été apparut en filigrane sur son visage parcheminé.

« Ça m'étonnerait ! Les meilleures armées sont celles qui ont le ventre creux. Tu n'as qu'à essayer de dormir puisqu'un dicton slovaque affirme que celui qui dort dîne.

– C'est aussi un proverbe polonais...

– Disons en ce cas que c'est un proverbe universel, et que Confucius ou Lao Tzeu l'ont certainement employé à un moment ou l'autre de leur existence... »

Après avoir libéré un nouveau rire, Zhao allongea les jambes, renversa la tête sur le dossier de son siège et ferma les yeux. Wang l'observa du coin de l'œil mais il ne parvint pas à savoir si son voisin dormait vraiment ou s'il avait une capacité exceptionnelle à se retirer en lui-même comme ces moines légendaires de Shao-Lin qui s'asseyaient sous une chute d'eau ou s'allongeaient sur des tessons de bouteille pour chercher la sérénité.

Un quart d'heure après que les portes se furent refermées, Wang ressentit de légères vibrations dans les pieds et la colonne vertébrale. Un ronronnement assourdi s'éleva du plancher et le subterraneus s'ébranla, s'arracha à son inertie dans un long ululement avant de prendre peu à peu de la vitesse.

Comme il n'y avait aucune vitre, aucun hublot, aucun endroit où poser le regard, Wang se résigna à imiter Zhao et à se réfugier dans le sommeil. Mais la faim, la soif, les incessantes allées et venues des passagers, les grondements réguliers de la chasse d'eau des toilettes proches, l'inconfort du siège, fabriqué dans un matériau aussi dur que du bois, le mélange d'inquiétude et d'excitation que suscitaient en lui les incertitudes sur son avenir le maintinrent malgré lui dans un état de veille éprouvant.

Le subterraneus progressait sans secousse, contrairement aux trains à charbon de la R.P.S.R. Wang n'avait aucune idée de sa vitesse, car il ne disposait d'aucun repère visuel ou sonore, d'autant que les lampes principales s'étaient éteintes et avaient été remplacées par l'éclairage ténu de veilleuses. Il se remémora un voyage qu'il avait effectué dans un wagon de marchandises entre Katowice et la Silésie. Assis dans l'embrasure de la porte coulissante, les jambes pendantes dans le vide, il avait éprouvé ce jour-là un sentiment grisant de liberté qui l'avait accompagné jusqu'à la gare des quartiers sud de Grand-Wroclaw. Le convoi vétuste avait dépassé les camions qui roulaient sur la route parallèle à la voie ferrée et, même s'il avait respiré autant de suie que d'air, même s'il avait terminé le trajet aussi perclus qu'un vieillard, Wang gardait de cette expérience un souvenir impérissable.

Il tenta de tromper son ennui en pensant à grand-maman Li mais il avait de plus en plus de mal à reconstituer les traits de la vieille femme, comme si elle s'estompait de sa mémoire. Il ne l'avait pourtant quittée que depuis huit ou neuf jours. Il en conçut à la fois de la colère et de la tristesse. Colère contre lui-même parce qu'il avait l'impression de la trahir en l'oubliant. Tristesse parce qu'il prenait conscience que ce processus d'effacement, peut-être activé par son opération au cerveau, était inéluctable. Il comprenait toutefois qu'il la perdait de vue parce qu'elle vivait à l'intérieur de lui. Elle avait à sa manière opéré la fusion et il se demanda si elle n'avait pas renoncé à sa propre existence pour se prolonger à travers lui. Il se mordit les lèvres pour endiguer une montée de larmes : il se trouvait dans un environnement aussi incertain, aussi dangereux que les quartiers de Grand-Wroclaw et, de nouveau, il s'interdisait formellement d'exposer ses faiblesses aux regards des autres.

Il ne rencontra en revanche aucune difficulté à ressusciter les traits de Lhassa. Il se revit lui transmettre la statuette de l'éléphant dans la salle de séparation de la porte de Most. C'était d'elle, de la Tibétaine, qu'il devait se souvenir, car elle représentait l'espoir, l'avenir.

Il sombra peu à peu dans un état second où les pertes de conscience alternaient avec les cauchemars et les réveils en sursaut. A plusieurs reprises, il croisa le regard de Zhao qui, les yeux mi-clos, la joue posée sur le dossier de son siège, le fixait avec une curiosité mêlée d'amertume.

CHAPITRE IX

KAREEM J. ABDULL

L'amitié est une chose rare et précieuse. L'ami véritable, c'est celui qui te demande seulement d'être toi-même. Il t'aidera à survivre par l'amour qu'il te porte. Si tu trouves un ami sincère, regarde-le et chéris-le comme un frère offert par les ancêtres. Les faux amis, ceux qui te flattent dans le succès et te conspuent dans la défaite, ceux qui te sourient dans le triomphe et te poignardent dans la souffrance, chasse-les de ta vie comme des animaux malfaisants.

Le Tao de la Survie de grand-maman Li

« C'est ça, le paradis ! » s'exclama Wang.

D'un ample mouvement du bras, il désigna l'interminable plage de sable fin et l'Océan dont la surface lapislazuli se confondait à l'horizon avec l'azur du ciel. Les grondements incessants des vagues et les piaillements des mouettes composaient un fond sonore parfaitement assorti au paysage. Des hommes, Jaunes et Blancs de la R.P.S.R., Noirs et Arabes de la G.N.I., vêtus de leurs sous-vêtements ou entièrement nus, se jetaient dans les rouleaux écumants en poussant des cris et des rires.

Le vent du large jouait allégrement dans les cheveux des deux Chinois et colportait d'agréables effluves salins.

« Et ça, c'est l'envers du décor ! fit Zhao en se tournant vers les casernements disséminés dans la forêt de pins qui longeait la plage. Je devrais dire l'enfer du décor ! »

Les bâtiments blancs, des blocs sans grâce aux toits légèrement inclinés, se composaient de dortoirs, de réfectoires, de sanitaires et de salles de détente destinés à accueillir chacun cent hommes. Comme vingt mille immigrants avaient été rassemblés en trois jours dans cette région qu'on nommait les Landes, deux cents blocs – et même davantage puisque les membres de l'encadrement du défi français étaient logés sur place – se répartissaient dans la forêt, distants les uns des autres d'une vingtaine de mètres, étirés sur une distance approximative d'un kilomètre.

« Ça ne ressemble pas vraiment à un enfer, répliqua Wang. Il n'y a pas de grillage, pas de barrières, nous pouvons sortir quand nous voulons, nous promener dans la forêt, nous baigner...

– Nos limites sont inscrites là, dit Zhao en posant l'index sur son voyant frontal. L'Occident n'a nul besoin d'installer des grillages pour nous enfermer dans ce camp. Nous n'avons aucun contact avec les autochtones car il n'y a ni ville ni village dans les environs. Nous n'avons pas vu revenir les idiots qui ont confondu cette liberté de mouvement avec la liberté tout court, mais je gage qu'ils ne sont pas allés bien loin... »

Wang se plongeait dans l'océan dès qu'il avait un moment devant lui – c'est-à-dire toute la journée en dehors des repas, puisque les présélectionnés avaient reçu pour consigne de se reposer, de profiter du soleil et de reconstituer leurs forces. Il avait gardé son slip et son maillot de corps dans les premiers temps, mais il avait rapidement pris l'habitude de se baigner nu, autant pour ressentir le plaisir indicible que lui procuraient les caresses de l'eau fraîche que pour préserver ses sous-vêtements de l'action délétère du sel. La clarté, la propreté de l'Atlantique l'avaient réconcilié avec les bains de mer dont l'avait dégoûté la vision de la Baltique.

Il avait remarqué que Zhao jetait sur lui des regards brillants de désir contenu et, même si le Chinois de Bratislava n'avait eu vis-à-vis de lui aucune parole ou attitude ambiguë, il se demandait si son amitié était exempte de toute intention.

Ils s'étaient installés dans le bloc G 9, dont la population se composait en majorité de musulmans, Africains, Turcs, Arabes, Iraniens. Un grand Noir du nom de Kareem J. Abdull leur avait expliqué que la plupart des immigrants de la G.N.I. étaient des condamnés de droit coranique à qui les tribunaux religieux avaient donné le choix entre la mort par décapitation et l'exil en Occident. Ils utilisaient l'arabe ou des dialectes nationaux pour communiquer entre eux mais ils baragouinaient presque tous le frenchy, la langue de la liberté qu'apprenaient clandestinement tous les opposants au gouvernement de La Mecque. La promiscuité engendrait des tensions entre les musulmans et les ressortissants de la R.P.S.R. mais, quand ils étaient sur le point d'en venir aux mains, il se trouvait toujours quelqu'un pour leur rappeler que leur voyant frontal risquait de s'éteindre s'ils déclenchaient une bagarre, et cette intervention suffisait à les ramener à la raison. Wang et Zhao avaient eux-mêmes été pris à partie par une bande de Turcs dans le réfectoire du bloc G 9 et, sans l'interposition de Kareem J. Abdull et deux de ses amis, la querelle aurait sans doute dégénéré en affrontement meurtrier. Les Turcs avaient brandi de longs bâtons aux extrémités effilées, des branches qu'ils avaient coupées et taillées dans la forêt, et Wang s'était levé après avoir saisi deux fourchettes – les couteaux au bout arrondi n'étaient pas des armes très efficaces.

« Nous sommes tous dans le même bateau ! avait tonné Kareem J. Abdull. Nous ne sommes plus des musulmans, des chrétiens ou des bouddhistes, mais des exilés, des émigrés...

– Nous avons été chassés de nos terres parce que nous refusions d'entendre les prêches des imams ! avait rétorqué un Turc. Et nous n'avons aucune envie d'entendre ton prêche, le Nègre !

– L'Occident nous condamne à la solidarité, crétin ! Si tu lèves ton misérable bâton sur ces deux hommes, tu ne verras pas le coucher du soleil. »

Ils s'étaient affrontés du regard pendant une dizaine de secondes. Le Turc avait fini par baisser les yeux puis, suivi de ses compatriotes, était sorti de la pièce en grommelant. Les deux Chinois avaient remercié Kareem J. Abdull d'un mouvement de tête et l'avaient invité à s'asseoir à leur table.

Frédric Alexandre avait effectué une courte visite au casernement. Escorté par une vingtaine d'hommes et de femmes aux plumage et ramage étourdissants, il avait passé en revue les vingt mille hommes alignés sur la plage. Vêtu d'un ensemble bleu brodé de motifs dorés, le challengeur français était un homme frêle aux cheveux bruns et courts, aux yeux noirs très incisifs. Il ne semblait pas tout à fait sorti de l'adolescence et on était en droit de se poser des questions sur son aptitude à commander une armée de dix mille hommes. Il s'était arrêté pendant quelques secondes devant Wang, qui avait alors remarqué les cabochons nacrés qui dépassaient de ses tempes comme des bouchons de carafe. Le challengeur français avait paru étonné par le jeune âge de cet Asiatique à la carrure d'athlète mais au visage encore imprégné d'enfance. Il avait ouvert la bouche pour dire quelque chose, s'était ravisé au dernier moment, avait poursuivi la revue. Juché sur une estrade improvisée, il avait ensuite prononcé une courte allocution répercutée par des haut-parleurs flottants. Il leur avait expliqué que la sélection définitive s'opérerait dès que Hal Garbett, le défendeur américain, aurait révélé publiquement le thème choisi pour les prochains Jeux.

Frédric Alexandre tenait à connaître les modalités du défi pour commencer l'entraînement. On ne préparait pas les guerres d'avant le XIXe siècle comme les guerres modernes, et il attendait de savoir si ses hommes devraient s'exercer à manipuler des armes blanches ou des fusils d'assaut, revêtir une lourde armure ou un pantalon de peau, apprendre à monter à cheval ou à piloter un char d'assaut, privilégier le corps à corps ou l'adresse à distance...

Des voix s'étaient élevées dans les rangs pour lui demander s'ils risquaient réellement la mort au cours de ces batailles ou bien s'ils participaient seulement à un jeu.

« Les imbéciles ! avait soupiré Zhao. Ils se croient dans une cour de récréation... »

Frédric Alexandre avait répondu qu'il ferait de son mieux pour épargner autant de vies que possible, qu'il n'avait pas le culte du sacrifice comme Hal Garbett ou certains de ses concurrents, qu'il mettrait un point d'honneur à ramener le plus grand nombre possible de ses soldats à leur casernement. Il exigeait en contrepartie des éléments combatifs, disciplinés, et il garantissait aux survivants un avenir enviable.

Wang avait constaté que bon nombre d'immigrés n'avaient pas pris conscience de la nature des Jeux uchroniques avant le passage de leur stratège. Le discours de ce jeune Occidental qui paraissait incapable de faire du mal à une mouche les avait brutalement ramenés au sens des réalités. On ne les avait pas expédiés dans une sorte de parc de loisirs, comme ils s'étaient complu à le croire, on les avait choisis pour participer à une guerre concrète, pour affronter des adversaires réels. Et leur étaient revenus en mémoire ces bruits sur la cruauté des Occidentaux qui organisaient des combats entre immigrés pour le simple plaisir de les voir s'entre-tuer. Si les autres rumeurs qui couraient au pays avaient le même fond de vérité, alors ils ne reverraient plus jamais leurs femmes, qu'on aurait autopsiées pour récupérer leur appareil reproducteur, ils n'embrasseraient plus jamais leurs enfants, dont on aurait prélevé les glandes pour retarder le vieillissement de leurs geôliers.

Leurs illusions, ce rêve occidental qu'ils avaient caressé dans leurs taudis des sous-provinces de l'Ouest, des plaines ukrainiennes, des plateaux africains ou des déserts arabes, s'étaient brisées sur le sable de cette plage. Dans un sursaut de fierté, ils avaient baissé la tête pour ne pas offrir le spectacle de leur détresse à ces oiseaux aux plumages somptueux rassemblés sur l'estrade. La colère les avait étreints mais la petite pression qu'ils ressentaient au milieu du front les avait dissuadés de se jeter sur ces hommes et ces femmes qui les toisaient avec arrogance. Un jour peut-être, ils trouveraient la force d'accomplir un acte d'homme libre avant de mourir.

Kareem J. Abdull passait de plus en plus de temps avec Wang et Zhao. Le Noir appréciait visiblement la compagnie de ce dernier, dont l'éloquence et la culture en faisaient un interlocuteur à la fois agréable et passionnant.

Ils passaient de longues heures à discuter au réfectoire, au dortoir, sur le sable de la plage, à l'ombre des pins parasols. Wang avait remarqué que le regard trouble de Zhao s'égarait fréquemment sur le bas-ventre de leur nouveau compagnon. Kareem était circoncis, comme tous les musulmans, et son gland, légèrement plus clair, avait une apparence rugueuse, granuleuse, qui semblait fasciner le Chinois de Bratislava. Grand, massif, le Noir était également légèrement enveloppé et ses cheveux coupés ras laissaient entrevoir un début de calvitie. En comparaison de ses fesses hautes, pleines, galbées, Wang trouvait les siennes, celles de Zhao et celles de tous les Asiatiques du casernement, particulièrement plates et tristes.

« Que signifie le J de ton nom ? » demanda Zhao après le dîner, alors que la plupart des hommes avaient déserté le réfectoire et que les serveurs, des Afghans et des Pakistanais, commençaient à desservir les tables.

Sans être excellente, la nourriture, à base de viande, de légumes et de céréales, se laissait manger sans déplaisir. Elle s'associait en tout cas au grand air pour permettre aux maigriots de retrouver des formes et des couleurs.

« Johnson, répondit Kareem au bout de quelques secondes de silence. Mes traces américaines... Mes ancêtres ont fait partie de la grande migration de 2049. Ils habitaient Atlanta, en Géorgie, un Etat du sud des Etats-Unis. Ils n'appartenaient pas à la Nation de l'Islam ni à aucun mouvement musulman, mais ils n'ont pas eu d'autre choix que de suivre les Afams, les Africains-Américains, dans leur quête de la terre originelle. »

Après avoir prononcé ces mots, il esquissa une moue évocatrice et balaya d'un geste machinal les miettes de pain qui jonchaient la table.

« Pas le choix ? » releva Zhao.

Kareem secoua la tête.

« La pression psychologique était tellement forte sur les Noirs qu'aucun d'eux ne se serait avisé de rester en Amérique. Ce ne sont pas les Blancs qui nous ont obligés à partir, mais les extrémistes islamistes de notre propre race. S'ils avaient refusé de quitter leur Géorgie natale, mes ancêtres auraient été égorgés par les fous de Dieu. Et s'ils avaient échappé au massacre, ils se seraient retrouvés seuls face aux Blancs, dans un Etat sudiste qui plus est, et ils auraient probablement fini sur une croix enflammée, entourés de braillards déguisés en fantômes...

– Les services spéciaux du gouvernement américain ont... aidé les Noirs à prendre leur décision, fit observer Zhao.

– C'est également l'opinion de certains de mes compatriotes. Le gouvernement chrétien a noyauté la Nation de l'Islam pour la pousser à l'exode, d'autant que l'Afrique avait été décimée par les différentes générations de sida et que les Américains ne voulaient pas laisser les richesses naturelles du continent aux seuls Européens. La C.I.A. n'avait pas prévu que les Afams noueraient une alliance avec les partis religieux arabes, fonderaient la G.N.I., envahiraient l'Espagne et seraient arrêtés par la coalition européenne à Saragosse.

– Les Occidentaux étaient trop occupés à défendre leurs frontières méridionales et à protéger Israël des attaques syriennes, irakiennes, saoudiennes, égyptiennes, ajouta Zhao. Ils ont dû abandonner l'Afrique, qu'ils avaient pourtant soigneusement vidée de leurs habitants... »

Kareem lui lança un regard interrogateur.

« Tu es en train d'insinuer que l'Occident a volontairement introduit le virus du sida en Afrique ?

– Une simple hypothèse... Cela s'est passé à la fin du XXe siècle et je n'ai aucune preuve de ce que j'avance, mais le raisonnement se tient. »

Kareem recula sa chaise, se leva et fit quelques pas dans une allée. L'ébène de sa peau, que la transpiration rendait luisante, tranchait sur l'écru de sa combinaison. Les lattes du plancher vibraient et craquaient sous ses pas.

« Difficile pourtant de croire une telle monstruosité ! gronda le Noir en se retournant avec vivacité. D'abord on ne maîtrise pas la circulation d'un fléau comme le sida : le R.E.M. n'existait pas à l'époque et les échanges étaient fréquents entre l'Europe et l'Afrique. Ensuite, c'est un génocide de près d'un milliard d'êtres humains, Blancs, Jaunes ou Noirs, dont l'Occident se serait rendu coupable. Un milliard ! Hitler et Staline, les plus grands tyrans du XXe siècle, passeraient pour des amateurs avec leurs millions de morts !

– Je n'ai pas dit que l'Occident avait parfaitement maîtrisé son sujet, mais l'intention était là, déclara Zhao d'une voix posée. Les laboratoires pharmaceutiques de l'époque, par ailleurs filiales de grands groupes pétrochimiques, ont effectué toutes sortes d'expériences sur les virus en Afrique. On parle d'un empoisonnement du fleuve Congo, et de fausses campagnes de vaccinations ont été organisées, qui ont provoqué un abaissement général des défenses immunitaires. L'Occident a ensuite concentré toute son attention sur la transmission et la prévention. Il a ainsi réussi à enrayer le fléau sur ses propres terres mais il l'a laissé se développer sur le sol africain et dans d'autres pays à fort tourisme sexuel, comme la Thaïlande et les Philippines.

– J'ai du mal à croire que les hommes aient atteint un tel niveau de cynisme !

– Je ne te parle pas d'hommes mais de multinationales, de machines économiques conçues pour générer des bénéfices, d'une logique implacable d'où est exclue toute notion d'humanité. Philanthropie et profit ne font pas souvent bon ménage... »

Kareem hocha la tête, revint s'asseoir en face de Zhao, prit un morceau de pain dans la corbeille d'osier.

« Tu viens également de donner une excellente définition de l'islam, murmura-t-il. L'islam imposé par les imams de la G.N.I., et non l'islam du cœur prôné par les saints hommes. Une machine bâtie pour conquérir, pour broyer les individus. Lorsque mes ancêtres, Markus et Lucia Johnson, se sont installés avec leurs enfants en Angola, leur vie est rapidement devenue un enfer. Alertés par des âmes charitables, des imams venus de Luanda ont déboulé dans leur maison et ont obligé Markus à baisser son pantalon. Ils ont vu qu'il n'était pas circoncis, l'ont décapité sous les yeux de sa femme, ont expédié ses enfants dans une école coranique. Deux ans plus tard Lucia a été surprise au lit avec un homme marié et lapidée à mort par les habitants de son village. Leurs cinq enfants se sont installés au Soudan, au Gabon, au Niger, en Namibie et au Kenya. Ils ont transmis l'histoire de leurs parents à leurs enfants qui l'ont eux-mêmes transmise à leurs enfants. Mes parents me l'ont racontée le jour où j'ai eu mes dix ans. Et j'ai chargé ma femme de la transmettre à mes enfants si je ne reviens pas à Port-Gentil... »

Kareem porta le morceau de pain à sa bouche et, les yeux perdus dans le vague, en arracha machinalement une bouchée.

« Pourquoi as-tu été condamné à l'exil ? demanda Wang, fasciné par la blancheur de ses dents.

– J'ai tenté de retrouver mes racines africaines pour me conformer au rêve des Afams. J'ai rencontré des sorciers des cultes primitifs, j'ai suivi leur enseignement, ils ont soigné mes enfants, j'ai participé à des cérémonies rituelles, j'ai appris le pouvoir des plantes, des minéraux, des animaux, j'ai contacté les esprits par la transe... J'ai été dénoncé par un homme qui convoitait ma femme, jugé par un tribunal coranique, condamné à mort, mais l'imam de Port-Gentil a commué ma peine en exil définitif. Je n'ai même pas eu le temps de faire mes adieux à ma famille : j'ai été conduit à la porte de Saragosse en compagnie d'autres opposants originaires du Gabon et des pays limitrophes. Un voyage d'une vingtaine de jours dans des conditions épouvantables. Sur place, nous avons été enfermés dans un pénitencier avec des milliers de ressortissants de la G.N.I. Jusqu'à l'ouverture de la porte...

– C'est vrai qu'on coupe la main des voleurs et qu'on oblige les femmes à rester dans leur maison ? s'enquit Wang.

– On coupe aussi les couilles des homosexuels, les jambes de ceux qui bousculent un imam, les seins des femmes qui refusent de se voiler, la tête de ceux qui réfutent le dogme... Malheur à l'individu pris à manger, à boire, à fumer, à forniquer pendant le ramadan. L'islam de la G.N.I. est devenu un gigantesque sabre. Il a éradiqué la technologie de la vie quotidienne, non seulement les téléviseurs, les téléphones, les réfrigérateurs, les machines à laver, les ordinateurs, mais également la lumière électrique, les voitures individuelles... Les imams ont déclaré le jihad, la guerre sainte, au diable occidental. Seuls sont autorisés les vélos et le chauffage au gaz.

– Personne ne se révolte contre le gouvernement religieux ? »

Ce fut Zhao qui répondit :

« Pas davantage que les nôtres ne se révoltent contre les néo-triades. Les maîtres de La Mecque utilisent exactement les mêmes arguments que les parrains : ils s'appuient sur une force de répression qui sème la terreur dès que se manifestent les premiers signes d'agitation.

– Les phalanges des martyrs de Dieu, approuva Kareem. Les hezbollahs. Des brutes fanatiques et sanguinaires. Ils ont tous les droits. Ils peuvent surgir dans votre maison à toute heure du jour et de la nuit, vous châtrer, tuer vos enfants, violer vos femmes ou vos filles, brûler vos champs, piller vos réserves, organiser des exécutions publiques...

– Ils jouent un rôle identique aux exécuteurs des clans, ajouta Zhao. Une fonction autrefois dévolue à la police ou à l'armée... et, pour ce qui nous concerne, au voyant frontal, à la technologie occidentale. »

Ils se turent un long moment pendant lequel seuls les chuchotements des serviteurs afghans et pakistanais troublèrent le silence.

« Pensez-vous que le voyant frontal soit équipé d'un système d'écoute à distance ? demanda soudain Kareem en dévisageant tour à tour Wang et Zhao.

– Je ne sais pas, répondit le premier en haussant les épaules.

– Je ne crois pas, fit le deuxième. J'imagine que l'appareil qu'ils nous ont glissé dans le crâne sert plutôt à mesurer les ondes cérébrales. Quelque chose comme un émetteur émotionnel ou mental...

– Nous pouvons parler entre nous sans que quelqu'un intercepte notre conversation ?

– Ce n'est pas une certitude ! se récria Zhao. Tout au plus un avis. Nous pourrions peut-être utiliser l'écriture...

– Je n'écris pas le frenchy, seulement l'arabe.

– Comme je ne lis pas l'arabe, nous n'avons pas le choix. A quoi riment ces précautions ? »

Kareem lança un coup d'œil par-dessus son épaule, suivit du regard deux Arabes qui sortaient bras dessus bras dessous du réfectoire, se pencha vers ses interlocuteurs comme s'il voulait leur faire d'importantes révélations.

« Je n'ai pas l'intention de rester en Occident, chuchota-t-il. Les imams ont obligé ma femme à épouser l'homme qui m'a dénoncé et je veux retourner à Port-Gentil pour la lui reprendre.

– Est-ce qu'elle pensera encore à toi ? » demanda Zhao.

Des braises incandescentes enflammèrent les yeux du Noir.

« Elle ira voir un sorcier qui rendra ce porc impuissant ! Elle se débrouillera pour soustraire mes enfants à la rapacité des religieux, elle m'attendra jusqu'à son dernier souffle. Malgré ses quatre grossesses, elle a gardé sa taille, ses jambes et ses seins de jeune fille. Elle est toujours la gazelle qui m'a ensorcelé la nuit de notre mariage. Jamais je n'ai songé à prendre d'autres épouses, comme la loi m'y autorise. Elle restera la seule femme de ma vie. Je dois à tout prix sortir d'Occident pour retourner près d'elle. »

Zhao désigna son voyant frontal d'un geste théâtral.

« Que fais-tu de ça ?

– Nous trouverons bien le moyen de nous débarrasser de cette saloperie !

– Nous ne sommes pas certains de revenir vivants des Jeux uchroniques... Alexandre me paraît bien tendre pour diriger une armée de dix mille hommes.

– Nous ne serons peut-être pas retenus dans la sélection définitive.

– Je me demande ce que deviendront les dix mille qui resteront sur le carreau. Est-ce que l'Occident aura la bonté de nourrir toutes ces bouches inutiles ? »

La remarque de Zhao frappa Wang et Kareem par sa justesse. Il valait peut-être mieux, pour avoir une petite chance de survivre, être incorporé dans l'armée d'Alexandre. L'Occident n'aurait qu'à commander l'extinction de leur voyant pour se débarrasser des hommes dont il ne voudrait plus – et récupérer leurs organes –, tandis que les participants aux Jeux pourraient au moins se battre, peser sur le cours du destin. Il était préférable de mourir sur un champ de bataille les armes à la main plutôt que d'être foudroyés par ces dieux invisibles qui ne pardonnaient aucun écart de conduite.

« J'avais l'intention de simuler des problèmes cardiaques pour échapper à l'incorporation, mais je reconnais que ce n'est probablement pas la meilleure solution, reprit Kareem J. Abdull. Je ne renonce pas pour autant à mon projet de quitter l'Occident. Vous n'avez pas de famille à l'extérieur ? pas de femme ? »

Un sourire amer apparut sur les lèvres brunes et craquelées de Zhao.

« Je n'aime pas les femmes, murmura-t-il en fixant Wang avec une étrange ardeur. Quant à ma famille, elle n'aime pas ceux qui n'aiment pas les femmes.

– Je n'ai plus que ma grand-mère, bredouilla Wang. Et... euh... une fille est passée avec moi à la porte de Most. Je ne partirai pas d'Occident tant que je ne l'aurai pas retrouvée... »

Le regard de Zhao lui enflamma le front et les joues. L'aveu de son homosexualité équivalait pour le Chinois de Bratislava à une déclaration d'amour pour son compatriote. En évoquant Lhassa, Wang avait voulu remettre les choses au point, éliminer toute ambiguïté. Il s'était rendu compte de l'attrait qu'il exerçait sur Zhao et, sans doute flatté par cette attention, découvrant à cette occasion le pouvoir pervers de la séduction, il l'avait laissé se bercer d'illusions, il avait entretenu l'équivoque.

« Pour sortir d'ici, il faudrait abattre le R.E.M. », fit Zhao sans quitter Wang des yeux.

Dans sa voix, qu'il s'efforçait de maîtriser, apparaissaient des fêlures, des éclats de tristesse.

« Il n'est pas sorti de terre comme un champignon ! s'exclama Kareem. Il est sûrement relié à un système de sécurité, à un ordinateur, à un producteur d'énergie électromagnétique. A nous de trouver l'endroit où nous pourrons le neutraliser.

– Je suppose que l'Occident a tenu le même raisonnement, dit Zhao d'un ton las. Il a probablement prévu que des agents de la G.N.I. ou de la R.P.S.R. se déguiseraient en émigrés pour abattre le R.E.M. Je présume donc que le poste de commande du rideau est l'endroit le mieux gardé, le mieux protégé de la planète. Je le situerais à Paris, car ce sont les Français qui ont eu l'idée de capturer des particules électriques à haute densité dans les champs magnétiques... Paris, une ville légendaire... J'aimerais la visiter au moins une fois dans ma vie... »

De la capitale française ils n'avaient vu que les couloirs de correspondance. Ils avaient parcouru plus d'un kilomètre à pied pour passer du subterraneus à grande vitesse en provenance d'Allemagne au subterraneus régional qui les avait conduits jusqu'à Bordeaux. Ils étaient sortis au petit matin sur une place inondée de lumière, où les attendaient des aérotrains en partance pour les Landes.

La ville, étirée sur les rives d'un fleuve qui s'appelait la Garonne, n'avait pas produit sur Wang la même impression de légèreté cristalline que Dresde. Une longue histoire se lisait ici sur les façades grises des immeubles, sur les trottoirs, sur les pavés des rues. Le réseau aérotrain ne s'intégrait pas de la même manière dans l'architecture urbaine, il se frayait un chemin difficile, parfois incohérent, entre les bâtiments resserrés, contrastait souvent de façon discordante avec la tonalité ancienne de la cité girondine. Cette disharmonie venait peut-être du fait que les toits penchés des immeubles ne pouvaient pas servir de quai d'embarquement et que les concepteurs du réseau avaient été obligés d'installer des plates-formes métalliques aux carrefours des principales artères. Bien que badigeonnées d'une couleur qui rappelait la pierre, elles brisaient les perspectives de l'ensemble, d'autant que des plaques de minium apparaissaient sous la peinture écaillée.

Capitale mondiale du vin à part ça, comme l'indiquaient les petits écrans sertis dans les sièges de l'aérotrain.

« Le fameux bordeaux, avait soupiré Zhao. Les rares bouteilles qui circulaient à Bratislava coûtaient plus de mille yuans pièce. Une fortune ! Sans compter que ce vin n'était probablement qu'une pâle imitation en provenance d'Ukraine ou du Kazakhstan. J'espère ne pas mourir avant d'avoir eu le temps de goûter un grand cru... »

Etrange, cette manie qu'il avait de toujours évoquer sa mort comme s'il était rongé par une maladie incurable ou qu'il était attiré de manière irrésistible par le monde des esprits.

« Surveillé ou non, je ferai tout mon possible pour tomber ce satané R.E.M. ! gronda Kareem J. Abdull. Tant pis si je dois y perdre la vie. »

Il se leva et jeta le reste de son morceau de pain sur la table.

« Je vais me baigner maintenant... Qui m'accompagne ? »

Wang repoussa sa chaise et se leva à son tour, trop heureux de mettre un terme à cette discussion, de dissiper le malaise qui le tenaillait depuis que Zhao s'était dévoilé.

« Sans moi... », souffla ce dernier.

Ses paupières lourdes s'étaient abaissées sur ses yeux, comme des rideaux tirés sur le théâtre de sa détresse. D'un signe de tête, Kareem invita Wang à le suivre.

Un écran avait été installé au début de l'après-midi dans le réfectoire du bloc G 9 (et probablement dans tous les autres blocs).

« Vous aurez l'image et le son, mais pas les sensations ! avaient expliqué les deux techniciens vêtus de combinaisons dont les couleurs vives, jaune et rouge, paraissaient sobres en comparaison des tenues excentriques des autres Occidentaux (Zhao pensait que cette mode vestimentaire venait d'une époque très ancienne, quelque chose comme le XVe ou le XVIe siècle). Ça sera mieux que rien. Frédric Alexandre a tenu à ce que vous soyez informés en même temps que les autres. Il n'a pas tort : après tout, la déclaration d'Hal Garbett vous concerne directement. »

Des images emplirent l'écran, une surface verticale, épaisse et transparente qui ressemblait à un aquarium géant. Les hommes rassemblés dans le réfectoire poussèrent des exclamations en découvrant le visage de la présentatrice de la SF 1, une femme vêtue d'une robe jaune à encolure carrée et dont la chevelure, teinte en bleu, blanc et rouge, grimpait à des hauteurs vertigineuses. Les clameurs des immigrés s'adressaient autant à la beauté hiératique de cette apparition à la fois lointaine et proche qu'au miracle technologique qui leur permettait de voir s'animer une surface qu'ils avaient vue neutre quelques secondes plus tôt. Ils avaient entendu parler de la télévision, cette merveilleuse boîte qui captait des images expédiées depuis l'autre bout de la terre, mais jamais ils n'avaient pensé assister un jour au spectacle fascinant d'une déesse prisonnière d'un éclat de ciel.

Assis en équilibre sur le dossier de sa chaise, Wang songea à toutes ces boîtes vides qui ornaient les appartements ou les maisons des parrains des clans. Les écrans gris des téléviseurs ou des ordinateurs symbolisaient la réussite et le pouvoir dans les provinces de la R.P.S.R., et pourtant ils proclamaient la stupidité, l'absurdité de la société sino-russe. Un écran n'avait de valeur que lorsqu'il servait de support aux images. Il chercha Zhao des yeux dans la mer des têtes environnantes. Il aperçut Kareem, qui lui adressa un petit signe amical de la main, mais ne repéra pas le Chinois de Bratislava. Celui-ci l'évitait depuis trois jours, que ce fût au réfectoire où il ne mangeait plus à sa table, au dortoir où il ne regagnait son lit que plusieurs heures après l'extinction des lumières, à la plage où il ne venait plus.

Wang en concevait du dépit, non pas que les regards brûlants et admiratifs de Zhao lui manquaient, mais parce qu'il lisait de la peine sur le visage marqué de son compatriote et qu'il regrettait d'être privé de sa compagnie, de sa conversation, de son intelligence.

Kareem J. Abdull lui avait dit que Zhao souffrait de cette maladie universelle appelée le dépit amoureux, qu'il lui faudrait quelque temps pour surmonter sa déception et passer de l'état de soupirant à celui d'ami.

« Il savait bien que tu n'étais pas un homme à hommes, avait ajouté le Gabonais de son inimitable voix de basse. Mais il espérait que tu le deviendrais jusqu'à ce que tu lui parles de cette fille. Il essaie pour l'instant de t'oublier dans les bras d'hommes de rencontre. Ils sont nombreux ici à tenter d'oublier leur misérable condition dans des étreintes anonymes... »

La présentatrice de la SF 1 – le plus grand télésens français, avait précisé un technicien – s'agita sur l'écran et une série d'ondulations parcoururent ses cheveux dont la pointe se perchait cinquante centimètres au-dessus de sa tête. Aucune ride, aucun relief ne flétrissait sa peau d'une blancheur immaculée et ses yeux d'un vert lumineux brillaient comme deux émeraudes au milieu de son visage.

« Bienvenue sur la SF 1 pour le coup d'envoi officiel des J.U. de 2212, les cent sixièmes du nom. Merci de nous sensorer à cette heure inhabituelle, mais le bureau américain des défis a souhaité s'exprimer à sept heures du matin, heure locale, et nous avons tenu à retransmettre la déclaration d'Hal Garbett dans les conditions du direct malgré le décalage horaire. »

Bien qu'elle remuât à peine les lèvres, sa voix jaillissait avec force des haut-parleurs intégrés de l'écran. Les techniciens se tenaient légèrement en retrait, boîtier de commande en main, corrigeant la balance du son et affinant les contrastes.

« Nous allons bientôt rejoindre nos correspondants à New York City, la ville où trône depuis maintenant dix-huit ans la coupe de la stratégie. Pour la circonstance, l'Empire State Building, la célèbre tour entièrement réservée au bureau du défi américain, a été pavoisé du haut en bas. Mais pour l'heure nous allons passer la parole à Blandène Valker, la présidente de SF 1, qui vous expliquera elle-même les options retenues par votre télésens lors des prochains J.U. »

La présentatrice s'effaça et fut remplacée par une femme blonde coiffée d'un chaperon noir. Le maquillage n'avait pas réussi à estomper la dureté de ses traits et ses yeux clairs semblaient traquer ses invisibles interlocuteurs jusqu'au fond de l'âme.

Elle se lança dans un interminable discours dont Wang ne saisit qu'un mot sur deux. Elle proposait aux sensoreurs de bénéficier d'un choix plus étendu de sujets, de ne pas se limiter aux réactions physiologiques et émotionnelles du stratège, des officiers, mais de pouvoir suivre les évolutions de la plupart des soldats, de les accompagner à chaque pas dans leur peur, dans leur rage, dans leur douleur, dans leur souffrance, dans leurs pulsions meurtrières, dans leur agonie, dans leur mort. Wang crut comprendre que certaines options coûtaient plus cher que d'autres, par exemple si un sensoreur – un spectateur sans doute – décidait de se connecter simultanément au stratège, à un officier et à un soldat ; mais, selon la présidente de la SF 1, ces multiples angles permettaient d'assister aux Jeux dans les meilleures conditions puisqu'on réunissait le point de vue global, le point de vue intermédiaire et le point de vue basique.

« Vous serez à la fois stratège, officier et soldat. Vous comprendrez la stratégie de Frédric Alexandre, vous sensorerez la manière dont le capitaine de champ transmettra ses consignes aux officiers, vous combattrez avec les soldats de première ligne. L'intelligence, la compétence, la bravoure. Ces trois qualités seront vôtres tout au long de ces cent sixièmes Jeux uchroniques dont le thème nous sera dévoilé dans quelques minutes. Sachez que la SF 1 met tout en œuvre pour vous donner l'envie de sensorer nos programmes quotidiens. Enfin, je ne voudrais pas vous quitter sans vous rappeler que l'excès sensoriel nuit à la santé. L'abus de capteurs n'est pas seulement dangereux, il est également puni par la loi. Restez avec nous sur le canal SF 1, je vous promets des plongées vertigineuses dans le monde fabuleux des sens. »

Son visage, où s'ébauchait un sourire, s'estompa à son tour et un bâtiment apparut sur l'écran. Un toit en forme d'aiguille où flottaient des drapeaux blancs rayés de stries rouges et ornés dans un coin d'un rectangle bleu criblé d'étoiles.

« New York City, fit une voix masculine. Il est sept heures du matin, en ce 30 octobre 2211, et la métropole américaine s'apprête à vivre un grand moment. On dit ici que Hal Garbett a choisi d'annoncer le thème du défi à cette heure matinale afin que son pays ait toute la journée pour célébrer l'événement. Les cent sixièmes Jeux uchroniques soulèvent aux Etats-Unis cette seule question : Hal Garbett atteindra-t-il la barre mythique des dix victoires consécutives ? Le challengeur français, Frédric Alexandre, sera-t-il laminé comme les neuf adversaires qui lui ont été opposés ? Les Américains, un peuple au naturel optimiste, n'ont aucun doute sur la victoire de leur champion, qui aurait l'intention de se présenter à l'élection présidentielle après sa carrière de stratège. »

La vue se déplaça sur une fenêtre de la façade, qui grossit brusquement et occupa toute la surface de l'écran. La tension figeait à présent les immigrés assemblés dans le réfectoire du bloc G 9. Ils guettaient l'apparition du défendeur, l'homme qui serait opposé à Frédric Alexandre, l'homme qui commanderait les troupes ennemies, l'homme qui s'efforcerait de tuer le plus grand nombre possible d'entre eux. Le commentaire du présentateur, soulignant la domination écrasante de

Hal Garbett sur ses neuf adversaires précédents, ne les rassurait guère. Leurs voyants frontaux brillaient comme des étoiles fixes dans la pénombre de la grande pièce.

« C'est derrière cette fenêtre que se tiennent Hal Garbett et les responsables du défi américain. Nous croyons savoir que le président américain, Samuel Rosberg, les a rejoints à l'aube et sera présent au moment où le défendeur américain révélera le thème du... Mais il ne reste qu'une poignée de secondes avant l'apparition de Hal Garbett et nous allons maintenant pénétrer dans le grand hall de l'Empire State Building où se presse déjà une foule nombreuse... »

Le capteur d'images semblait obéir à la voix du commentateur puisqu'il se glissa à l'intérieur du bâtiment, longea un large couloir tapissé de tentures surchargées de motifs brillants, pénétra dans une salle aussi vaste que la gare souterraine de Dresde, se dirigea vers une estrade pavoisée et jonchée de tapis. Deux pupitres laqués de rouge s'y dressaient comme des colonnes tronquées. La magie des objectifs transformait les innombrables lampes en diamants étincelants. Des dizaines de personnes, parées de vêtements encore plus délirants que ceux que Wang avait jusqu'à présent contemplés, se bousculaient devant des tables recouvertes de nappes blanches. Les tons criards et les formes excessives témoignaient d'une volonté de surenchère, d'un goût du sensationnel poussé à l'extrême. Les chapeaux et les panaches rivalisaient d'audace, d'extravagance.

« Mesdames et messieurs, le défendeur va bientôt faire son apparition dans le hall et... Ça y est ! J'aperçois la porte qui s'ouvre, les membres du C.O.J.U. qui sortent l'un après l'autre... Je reconnais Kévin Stoudamire, Michaël E. Sturm, Jessica Ford-Traub, Georgine Parenteau... Et puis les membres du bureau des défis américains... Toujours pas de Hal Garbett pour l'instant... »

Des hommes et des femmes défilaient sur l'écran, plus ou moins âgés, plus ou moins souriants, se rassemblaient sur l'estrade, saluaient de la main des personnes de leur connaissance disséminées dans le hall.

« Le président des Etats-Unis, mesdames et messieurs... Samuel Rosberg s'avance vers un pupitre, lève les bras pour saluer l'assistance... Il achève son deuxième quinquennat, le dernier en principe, mais des bruits insistants circulent sur sa volonté de modifier la constitution américaine pour briguer un troisième mandat... Nul doute que ses électeurs auront apprécié sa présence dans le bureau des défis américains. Les derniers sondages le créditent d'ailleurs d'un 65 % de satisfaits ou plutôt satisfaits, un score en légère hausse par rapport à la semaine dernière... »

Les cheveux de Samuel Rosberg semblaient avoir été blanchis volontairement pour vieillir un peu sa silhouette insolente de jeunesse, d'élégance, apporter un minimum de crédibilité à sa fonction. Son sourire éclatant, son teint hâlé, ses yeux d'un bleu acier lui donnaient l'allure d'un guerrier de *l'Iliade* et de *l'Odyssée* d'Homère. Vêtu d'un pourpoint gris étonnant de sobriété, il brûlait visiblement d'envie de prononcer une allocution, d'attirer l'attention sur lui, mais il n'était pas le héros de la fête et ses électeurs auraient mal compris qu'il volât la vedette à celui que toute l'Amérique attendait.

« Hal Garbett, mesdames et messieurs ! »

Le visage d'un homme occupa la quasi-totalité de l'écran. Blond, cheveux coupés court, presque ras. Des mâchoires saillantes, un cou de buffle, des épaules carrées qui tendent le tissu d'une casaque pourpre et d'un pourpoint mauve, des jambes enveloppées dans des chausses de soie qui soulignent les muscles saillants. Une allure de fauve, un regard de tueur, un rictus vissé sur des lèvres aussi affûtées que des lames de rasoir. Une mâle assurance se dégage de sa personne, qui confine à l'arrogance. Il porte ses neuf victoires consécutives comme une armure de certitudes.

La comparaison avec Frédric Alexandre n'était guère flatteuse pour ce dernier, aussi timide et friable que Hal Garbett semblait indestructible. Un regard échangé avec Kareem J. Abdull conforta Wang dans l'idée qu'ils ne feraient vraisemblablement pas partie de l'armée dirigée par le meilleur stratège.

Hal Garbett s'approcha du pupitre central et fixa pendant quelques secondes l'assemblée d'un air où le mépris le disputait à l'ironie. Le brouhaha cessa tout à coup et le chuchotement du commentateur s'insinua dans le silence qui tomba sur le hall :

« Dans quelques secondes, mesdames et messieurs, nous connaîtrons le thème des prochains J.U... »

Hal Garbett se pencha par-dessus le pupitre comme s'il s'adressait à un interlocuteur placé en face de lui. Puis, gardant cette position, il lança un petit regard sur sa droite en direction du président des Etats-Unis.

« Tout d'abord, merci au président Rosberg d'avoir momentanément délaissé les devoirs de sa charge pour m'assurer de son soutien. Une marque d'estime et d'attention à laquelle je suis très sensible... »

La voix de Hal Garbett, aussi tranchante qu'un scalpel, découpe un sourire crispé sur les lèvres de Samuel Rosberg. Des applaudissements fusent dans la salle. On sait à cet instant lequel des deux hommes a le plus besoin de l'autre, on devine la tempête qui se lève sous le bleu limpide des yeux présidentiels. Hal Garbett n'est plus l'homme providentiel, le héros qui symbolise le renouveau de l'Amérique, mais un rival déclaré.

« Nous avons longuement réfléchi avec les membres du bureau pour choisir un thème stratégique fort, emblématique. Nous avons tenu compte du fait qu'aucun Français n'est parvenu aux J.U. depuis plus de cinquante ans. Nous n'en tirons pas de conclusions hâtives, comme les neurolinguistes d'une certaine commission qui ont assimilé cette absence française au plus haut niveau stratégique à un défaut d'intelligence engendré par la pratique de la langue française. Car je m'exprime en ce moment même en français et je ne crois pas avoir perdu pour autant mes compétences. »

Hal Garbett marqua une pause et observa les effets de ses paroles sur ses vis-à-vis. Ceux-ci se tenaient cois pour le moment, car ils ne comprenaient pas où il voulait en venir et ils ne tenaient pas à se rendre ridicules par des réactions à contresens. En revanche, le regard écarquillé de Samuel Rosberg en disait long sur l'effroi dans lequel le plongeait le discours du défendeur.

« Le français est une très belle langue, reprit Hal Garbett. Mais ce n'est pas *ma* langue et il n'y avait pas besoin d'une commission d'experts chargée de démontrer la supériorité de tel ou tel langage dans la structuration de l'intelligence pour revendiquer le droit fondamental de parler sa langue maternelle... »

Des clameurs interrompent Hal Garbett, poussées par des poitrines enthousiastes. Samuel Rosberg comprend que le défendeur a entamé sa campagne électorale, qu'il projette peut-être de devenir le premier stratège président de l'histoire des Etats-Unis, celui qui restaurera l'hégémonie américaine, qui rétablira la langue anglaise dans ses prérogatives, qui entrera dans l'Histoire.

« Mais tel n'est pas l'objet de cette déclaration, reprit le défendeur. Nous saisirons l'O.N.O. du problème linguistique après les J.U. Nous devons à présent lancer le défi à notre challengeur. J'ai choisi, en accord avec le C.O.J.U. et le bureau américain, le thème des guerres... »

Il laissa sa phrase en suspens, un petit sourire vissé au coin des lèvres. Des rires éclatèrent en cascade dans le hall du bâtiment de New York. Des murmures parcoururent le réfectoire du bloc G 9.

« Des guerres gallo-romaines des années 50 avant Jésus-Christ... »

Un déluge d'ovations submergea l'estrade. Hal Garbett leva les bras pour réclamer le silence.

« Une période charnière de l'histoire européenne, poursuivit-il. Il me paraît logique de laisser les Gaulois à mon challengeur français, car le romantisme des guerriers des anciennes nations celtiques cadre parfaitement avec l'esprit français, qui revendique plus volontiers son héritage gaulois que sa filiation romaine. Le symbole de la France n'est-il pas le coq gaulois ? »

Hilarité au sein de l'assistance du hall de l'Empire State Building. Le coq est un volatile ridicule, un séducteur bafoué dans les antiques dessins animés du XXe siècle, un parangon de prétention et de stupidité.

« Je me contenterai de l'aigle de Rome, de ses légions, de sa discipline de fer, de sa manière de raser les villes et les forêts... Je laisserai la bravoure gauloise à Frédric Alexandre et je prendrai l'efficacité romaine. Ses hommes seront nus, dispersés et valeureux, les miens seront cuirassés, solidaires, implacables. Ce sera le combat du chaos contre l'ordre. Deux mondes qui s'affronteront. L'idéal contre le pragmatique, l'éther contre la matière, l'aigle contre le coq. Vous devrez apprendre à vous draper dans les toges, à devenir des *togati*, mesdames et messieurs ! »

Il s'ensuivit un brouhaha qui rendit inaudible la conversation entre l'assistance et le défendeur. Les questions crépitaient, se chevauchaient et les réponses de Hal Garbett se perdaient dans le vacarme environnant. Le commentateur de la SF 1 tentait parfois d'éclairer ses chers sensoreurs sur la teneur des débats mais sa voix ne parvenait pas à dominer le tumulte et il hurlait toutes les dix secondes de plates excuses sur l'insurmontable problème technique soulevé par l'indiscipline des reporteurs télésens américains.

Wang discerna quelques mots dans cette bouillie sonore : « Un choix judicieux, l'aigle romain et l'aigle américain, une idée magnifique, la supériorité de Rome sur la Gaule, du latin sur les dialectes celtes, de l'anglais sur le français... »

Le reportage s'acheva dans la confusion la plus totale. La présentatrice de la SF 1 s'afficha sur l'écran et annonça que le thème proposé par le défendeur américain serait commenté en sensorama intégral par les plus grands spécialistes français des défis. Les deux techniciens interrompirent la transmission et commencèrent à ranger le matériel sans tenir compte des protestations des immigrés.

Lorsque Wang voulut consulter Kareem J. Abdull du regard, il aperçut Zhao adossé à un mur. Le Chinois de Bratislava ne cessait de se mordiller la lèvre inférieure et d'enrouler ses mèches autour de ses doigts. Il paraissait abattu et ses rides s'étaient creusées de quelques millimètres supplémentaires.

Après que la plupart des émigrés eurent déserté le réfectoire, il s'approcha de Wang, fit signe à Kareem de se joindre à eux et dit, d'un ton monocorde :

« Si nous sommes retenus dans la sélection définitive, ce qui est préférable à l'extinction pure et simple, nous ne devrons compter que sur nous-mêmes pour survivre... »

CHAPITRE X

L'ÎLE DES PINS

Les J.U. de 2178 restent dans toutes les mémoires comme les plus acharnés, les plus indécis de tous les temps. Le thème, la guerre des tranchées de 1914-1918, se prêtait en principe à une stratégie attentiste, figée, mais les deux adversaires, Horst Grossmüller, le défendeur allemand, et Ignacio Ferences, le challengeur des Caraïbes, décidèrent de lancer leurs colonnes à l'assaut des tranchées ennemies. Ces tentatives, pleines de fureur, de panache et de bravoure, occasionnèrent de telles pertes au sein des deux armées qu'il fallut, pour la première fois de l'histoire des J.U., arrêter la partie afin de reconstituer les troupes. Ferences finit par l'emporter après avoir sacrifié 18 472 de ses soldats et tué 19 879 soldats ennemis. Les combats durèrent trente-neuf jours, interruption non comprise, un record que le thème choisi par Hal Garbett, les guerres gallo-romaines des années 50 avant J.-C., ne semble pas mettre en péril.

Jacquin Legrand, rédacteur en chef de *Total Sens*

Frédric Alexandre ne parvenait pas à se détendre dans l'atmosphère pourtant paisible du Maracaïbo, le palace qui dominait la grande plage de sable blanc de l'île des Pins. Il avait décidé de passer quelques jours avec Delphane dans les Caraïbes avant de mettre en place sa stratégie et de regagner le camp d'entraînement des Landes. Le bureau français des défis ne voulait pas le laisser partir et il avait été obligé d'en appeler à l'arbitrage du conseiller Blachon pour pouvoir prendre un supersonique à destination de La Havane.

« Croyez-vous que le moment soit bien choisi d'aller visiter les Caraïbes ? » s'était étonné le conseiller, un centenaire dont le dynamisme, la voix nasillarde et la faconde lui avaient valu l'étrange surnom de Roger Rabbit. (Roger était bien son prénom mais on se demandait ce que venait faire ici le mot anglais *rabbit* – lapin.) « Je vous rappelle que Hal Garbett lancera son défi dans quarante-huit heures...

– Je préférerais justement échapper à la pression des télésens les trois ou quatre jours qui suivront l'annonce du thème. L'isolement me permettra de réfléchir à tête reposée.

– C'est un argument, évidemment... »

Frédric s'était abstenu de lui dévoiler l'autre raison, la principale, de cette escapade aux Antilles : le moment était venu de tenir sa promesse à Delphane. Il se voyait mal annoncer au bras droit du président Freux qu'il désirait expérimenter l'amour physique avec une jeune Toulousaine avant de préparer son combat contre Hal Garbett. Ce genre de pratique, considérée par la majorité comme rétrograde, n'entrait dans aucun programme d'entraînement stratégique.

Blachon s'était enfermé pendant quelques minutes dans le sensor de Matignon. Il avait probablement consulté le président Freux avant de prendre une décision qui engageait la responsabilité du défi français et, par extension, le prestige de la nation.

« Combien de jours ? avait-il demandé d'un air préoccupé.

– Cinq me suffiront... Je prendrai connaissance de la déclaration de Hal Garbett par un sensorama local et j'élaborerai dans le calme une première ébauche stratégique.

– La suite princière vous est déjà réservée au Maracaïbo de l'île des Pins. Vous n'avez rien contre l'île des Pins ? Un endroit très tranquille, peu fréquenté en cette période de l'année. Elle s'appelait l'île de la Jeunesse à l'époque castriste... Vous prendrez le supersonique de vingt heures à l'aéroport Jean-Mallefoy. Revenez-nous dans votre meilleure forme, disons le 3 novembre. La France entière compte sur vous, mon cher Alexandre. »

La France entière comptait donc sur un stratège qui préférait s'ébattre avec une jeune fille plutôt que de filer au camp des Landes et se mettre au travail dès que Hal Garbett aurait publiquement révélé le thème des Jeux. Delphane l'avait rejoint par un subterraneus à l'aéroport Jean-Mallefoy, situé entre Chartres et Orléans, et ils s'étaient envolés tous les deux pour Cuba. Trois heures plus tard, ils avaient pris l'aérotrain de La Havane qui les avait déposés à Cienfuegos, dans la baie des Cochons, où ils avaient sauté dans un glisseur en partance pour l'île des Pins. Des touristes et des Cubains avaient reconnu Frédric, à qui les télésens occidentaux avaient consacré de nombreuses émissions. Ils l'avaient entouré comme une nuée de mouches bourdonnantes et il avait dû répondre à des questions désolantes de stupidité.

L'hôtel était en revanche très calme. Frédric et Delphane étaient pratiquement les seuls résidants de l'immense bâtiment au style néo-moderne, formes sobres, dominance du verre et du métal avec des touches bariolées pour respecter le style local, jardin tropical aux fleurs rares, piscine aussi large qu'un stadorama, armée de serviteurs chargés de devancer les moindres désirs de leurs clients... Frédric en était arrivé à se demander si le conseiller Blachon n'avait pas prié le gérant du Maracaïbo de vider l'hôtel de tous ses occupants et de le réserver au seul usage du challengeur français.

On les avait installés dans la suite princière, un appartement de plus de quatre cents mètres carrés équipé d'un sensor dans chaque pièce, décoré de tentures et de tapis précieux, parsemé de fontaines murales dont les murmures composaient, avec le chant des oiseaux et le bruissement des arbres bercés par la brise, un fond musical enchanteur.

Dans l'attente de la déclaration de Hal Garbett, Frédric s'était montré nerveux, irritable, et il n'avait prêté qu'une attention distraite à sa compagne, qui, de son côté, n'avait pas osé lui rappeler l'objet de leur fugue amoureuse dans ces Caraïbes « ensorcelantes et sensuelles », selon les propres termes du gérant du Maracaïbo. Ils s'étaient donc chacun de leur côté enfermés dans un sensor et s'étaient connectés sur des programmes locaux dépourvus d'intérêt, des fictions sensitives qui racontaient les histoires de dieux venus d'Afrique, des promenades touristico-gastronomiques dans les îles environnantes, des reportages sur l'ancien folklore local.

Au bout de quelques heures de plongée dans les couleurs, les odeurs, les saveurs et les sonorités autochtones, ils s'étaient reliés l'un à l'autre par l'intermédiaire des canaux de correspondance et avaient échangé leurs émotions, leurs sensations. Ils auraient été incapables de dire combien de temps ils s'étaient immergés dans cette union cérébrale, mais lorsqu'ils étaient sortis des sensors pour regagner leur chambre à coucher, les premières lueurs du jour éteignaient déjà les étoiles dans le ciel. Ils s'étaient allongés côte à côte sur le lit, terrifiés par cette proximité physique. Chacun avait attendu que l'autre prenne l'initiative, manifeste son désir, accomplisse les gestes nécessaires. Ils avaient fini par s'endormir aussi pétrifiés que des gisants.

Une sonnerie musicale les avait réveillés une heure plus tard et la voix du réceptionniste avait retenti par un haut-parleur intégré dans la cloison de bois parfumé.

« Il sera bientôt huit heures, madame, monsieur. Sept heures à New York. Le défendeur *americano*, le *señor* Hal Garbett, va faire sa déclaration dans quelques minutes. »

Frédric s'était levé d'un bond et, sans un regard pour Delphane, s'était rué dans le sensor de la chambre. Hal Garbett lui avait paru encore plus déterminé, plus féroce que dans les innombrables reportages qui lui avaient été consacrés. Les paroles de l'Américain, ce préambule sur le droit de chaque homme à parler sa langue maternelle, avaient confirmé les prédictions du président Freux sur une offensive imminente des anglophones à l'O.N.O. Le thème, les guerres gallo-romaines des années 50 avant Jésus-Christ, n'avait produit aucun effet immédiat sur Frédric. Des tableaux animés lui avaient effleuré l'esprit, une légion romaine en marche, des cavaliers gaulois, des oppidums, un aigle, des licteurs, des drapeaux, des casques ailés... Des images gravées dans sa mémoire par les sensoramas de ses cours d'histoire antique... Choc des glaives et des lances sur les boucliers... Des corps à corps, très peu d'armes de jet, à moins que le C.O.J.U. n'autorise les catapultes...

L'expression de Hal Garbett, qui affichait déjà un sourire de vainqueur, l'avait en revanche marqué au fer rouge. Le défendeur avait pris sur lui un avantage psychologique indéniable. La manière qu'il avait eue d'opposer la froideur destructrice de Rome au romantisme guerrier des nations gauloises proclamait sa férocité, sa volonté d'écraser son adversaire. Le commentateur américain – les Caraïbes étant plus proches des Etats-Unis que de la France, la Holysens occupait la totalité des canaux nationaux – avait hurlé son enthousiasme dans un français farci d'argot new-yorkais.

« Bienvenue dans le monde antique, *mister* Alexandre ! *Good luck* au coq gaulois contre l'aigle romain... Waouh ! *What a crazy world !* De super combats en perspective, du sang, de la sueur et des larmes comme s'il en pleuvait... *Yeeaaah, man...* Le petit cochon français finira-t-il dans la gueule du grand méchant loup ? »

Incapable de supporter plus longtemps ce verbiage assourdissant, Frédric avait arraché les capteurs de sa peau, était sorti du sensor et s'était rendu sur la terrasse de la suite. Les coudes posés sur la balustrade, il avait contemplé la longue plage de sable blanc, les bungalows des villages de vacances disséminés dans les palmiers, la mer d'un vert émeraude teinté de rose par le soleil levant. L'île des Pins s'étirait avec sa paresse habituelle sous la caresse du jour naissant, indolente, indifférente en apparence à la déclaration de Hal Garbett.

Frédric avait pensé à son père, qui composait certainement le code de son sensor portable pour lui faire part de ses premières réactions – sans aucune chance de le joindre, car il avait laissé son portable à Paris –, à sa mère, probablement persuadée que son fils unique renverserait le cours de l'histoire, au président Freux, à ces hommes et ces femmes qui plaçaient tous leurs espoirs en lui.

Delphane était venue le rejoindre une demi-heure plus tard, alors que le soleil enluminait la surface frissonnante de la mer des Antilles. Elle n'avait pas osé lui parler, elle-même pétrifiée par la détermination du défendeur américain. En cet instant, elle ne regrettait pas d'avoir renoncé à sa carrière de stratège. Elle n'aurait pas aimé se retrouver en face de cet horrible Yankee dont le regard seul aurait suffi à la foudroyer. Elle n'exaucerait jamais le souhait de son père, elle ne serait jamais la première femme vainqueur des Jeux. Une semaine plus tôt, elle avait subi une opération chirurgicale destinée à reboucher définitivement ses canaux temporaux. Son père ne lui en avait pas soufflé mot mais, après lui avoir passé son index sur les tempes, il s'était brusquement détourné, avait quitté la pièce et n'avait plus reparu dans l'appartement pendant trois jours.

Depuis l'allocution de Hal Garbett, Frédric tournait dans la suite comme un fauve en cage. Il avait perdu l'appétit, le sommeil, se montrait d'une humeur maussade, refusait d'accompagner Delphane à la plage ou à la piscine. Il passait des heures entières dans les sensors à la recherche d'informations sur les guerres gallo-romaines. Il s'introduisait dans les banques de données historiques, visionnait les sensoramas tirés de *la Guerre des Gaules*, l'ouvrage de Jules César, consultait livres vidéos, films et conférences relatifs aux batailles qui avaient opposé les tribus fédérées par Vercingétorix et les légions du grand général romain. Il s'intéressait surtout à la stratégie et à la psychologie de César, persuadé que Hal Garbett s'en inspirerait, consciemment ou non : rigueur, discipline, solidarité, vitesse de déplacement, utilisation rationnelle de la cavalerie, le plus souvent constituée de mercenaires germains. Rome savait également préparer le terrain, intriguer, transformer certains opposants en alliés, couper les irréductibles de tout soutien extérieur (Hal Garbett chercherait peut-être à soudoyer des officiers, des soldats du défi français ; il conviendrait de vérifier l'identité et les relations des hommes et des femmes appelés à fréquenter le camp des Landes, traiteurs, armuriers, costumiers, reporteurs télésens). Reines de l'organisation, les légions se montraient redoutables dans l'établissement d'un siège. Il valait mieux pour l'adversaire éviter de se laisser enfermer dans une enceinte fortifiée, comme Vercingétorix en Alésia.

Frédric ne savait pas encore quel type de terrain, quel type de temps seraient retenus, quelle proportion de cavaliers et de fantassins serait décidée à l'issue des réunions du C.O.J.U., mais il se doutait que tout serait mis en œuvre pour favoriser Hal Garbett, d'une part parce qu'il était américain, et donc avantagé par la majorité anglophone du Comité, d'autre part parce qu'il s'était naturellement placé dans le cours de l'histoire en choisissant l'aigle romain et qu'on facilitait la tâche du concurrent, défendeur ou challengeur, qui se proposait de conforter la civilisation occidentale dans ses fondements. Au cours des cent cinq Jeux précédents, seuls six stratèges avaient réussi l'uchronie, avaient triomphé avec des armées autrefois vaincues, avaient modifié rétroactivement le cours de l'histoire. Les Sudistes de la guerre civile américaine du XIXe siècle avaient ainsi pris leur revanche sur les Nordistes par l'entremise d'un challengeur allemand en 2134, une victoire qui avait provoqué de sérieuses perturbations aux Etats-Unis. Des activistes réactionnaires avaient organisé, dans les rues de Washington D.C., des manifestations gigantesques au cours desquelles avaient été détruits le mémorial Lincoln et tous les symboles de la politique abolitionniste du Nord. En 2170, sous la conduite éclairée d'un défendeur anglais du nom de Tommy D. Jackson, les Saxons avaient repoussé l'invasion normande de Guillaume le Conquérant et l'Angleterre avait célébré cette victoire comme une revanche, une de plus, sur l'ennemi ancestral d'outre-Manche. Les victoires uchroniques rouvraient des blessures anciennes dans la conscience collective des peuples, comme si les défaites, les rancœurs, les humiliations vieilles parfois de plus de dix siècles ne s'étaient jamais cicatrisées.

Une victoire de Frédric sur Hal Garbett serait la septième uchronie depuis la création des J.U. Une uchronie hautement symbolique, puisqu'elle marquerait la débâcle de l'aigle romain, de l'aigle américain, de l'aigle anglophone, et assurerait un répit aux défenseurs de la cause francophone. Le lien filial qui unissait le français à la langue morte latine révélait toute la perversité du choix de Hal Garbett : il conviait son rival à trancher le cordon matriciel, à combattre les valeurs engendrées par une lente fusion de vingt-deux siècles. Le défendeur américain jouait sur les deux tableaux. Qu'il gagne, et l'Occident retiendrait la symbolique de l'aigle triomphant, qu'il perde – probabilité qu'il devait estimer infinitésimale –, et on dirait que les Français avaient rejeté leur propre langue dans les oubliettes de l'histoire.

Vaincre ne serait pas simple. La rapide inspection qu'avait effectuée Frédric dans le camp des Landes ne l'avait pas rassuré sur la qualité des hommes qui lui étaient proposés. Il rencontrerait des difficultés à retenir dix mille éléments fiables parmi les vingt mille ressortissants de la R.P.S.R. et de la G.N.I. : les uns étaient de petite taille, rachitiques, d'autres semblaient souffrir de déficiences génétiques qui en faisaient de piètres exécutants, d'autres encore étaient des repris de justice, des opposants politiques, des individus enclins à l'indiscipline. Trouverait-il son capitaine, l'homme de confiance chargé de répercuter ses ordres sur le champ de bataille ? Il ne dirigeait plus des soldats virtuels, des archétypes préprogrammés, mais des humains, des êtres aux réactions parfois imprévisibles. Hal Garbett avait une grande avance sur lui (dix-huit années) car son équipe n'avait pratiquement pas bougé depuis les Jeux de 2194, date de sa première victoire.

Frédric n'avait plus de temps à perdre. Il lui fallait sans tarder recenser la population du camp des Landes à l'aide des cellules morphopsycho, chercher son capitaine de champ, trouver ses officiers, sélectionner ses soldats. Il se demanda ce qu'il fabriquait dans ce palace désert des Caraïbes alors que le compte à rebours était commencé depuis plusieurs heures. Le conseiller Blachon lui avait donné jusqu'au 3 novembre pour rentrer en France, mais il prit la décision de regagner Paris par le premier supersonique et de rejoindre immédiatement le camp des Landes.

Il explora tout l'appartement à la recherche de Delphane pour lui faire part de sa résolution. Il ne la vit ni au salon, ni sur la terrasse, ni dans la chambre.

L'ascenseur de verre le déposa au rez-de-chaussée où le réceptionniste lui expliqua que la jeune femme s'était absentée deux heures plus tôt pour une visite de Nueva Gerona, la capitale de l'île. Il l'attendit pendant une heure dans le hall, se levant toutes les deux minutes pour essayer de repérer sa fine silhouette dans le parc environnant. Il renonça à partir à sa recherche, n'ayant aucune idée de l'endroit où elle se trouvait. Le décor tropical de l'hôtel, les sièges en rotin, les plantes aux couleurs vives, la fontaine centrale et son bassin de corail rouge, le regard curieux du réceptionniste et des femmes de service, des émigrées mexicaines, lui furent tout à coup insupportables. Il se rendit dans le parc, où la chaleur crépusculaire, pourtant moins écrasante que dans les régions du Sud de la France, le fit suffoquer. Il prit alors conscience qu'il n'avait pas quitté l'hôtel depuis son arrivée sur l'île et qu'habitué à la fraîcheur diffusée par les régulateurs thermiques, il avait fini par oublier qu'il se trouvait sous les tropiques, en principe réputés pour leur climat chaud et humide. Ses vêtements Renaissance, pourpoint à jupe, haut-de-chausse en coton épais, casaque en soie, n'étaient guère adaptés à la moiteur ambiante.

Ses pas le conduisirent au port de plaisance, qui abritait une vingtaine de voiliers et dont le môle en pierres grises s'avançait comme un sabre dans la mer. Il repéra, immobile contre l'embarcadère, le glisseur qui effectuait la liaison régulière avec Cienfuegos. Sa coque souple battait contre les piliers du ponton. Les hommes d'équipage, vêtus d'uniformes blancs, accoudés au bastingage, discutaient dans un mélange d'espagnol, d'anglais et de français qui aurait fait se dresser les cheveux sur la tête des vénérables membres de l'Académie.

Il lança un regard par-dessus son épaule, ne distingua pas Delphane parmi les palmiers et les bougainvillées du parc de l'hôtel. Le soleil couchant ensanglantait la mer des Antilles. Cette navette était probablement la dernière de la journée et il ne s'imaginait pas attendre dix heures de plus. Il avait l'impression que le peuple français lui reprocherait sa désinvolture, son inconscience s'il passait une nuit supplémentaire sur cette île du bout du monde. Il apercevait le R.E.M. sur la droite, ou plutôt il le devinait au brusque changement de couleur à l'horizon, comme si le crépuscule s'écrasait sur la barrière électromagnétique. Le rideau suivait le tropique du Cancer entre l'Europe et l'Amérique du Nord, mais il quittait sa ligne pour englober les Caraïbes avant de remonter par le détroit de Yucatán et de piquer sur San Antonio, la première grande agglomération américaine. L'inclusion des Antilles avait été imposée par les

Français pour renforcer la présence francophone et hispanique – les hispanophones étaient plus faciles à convertir au français que les anglophones – dans cette partie de l'Occident. Les Anglo-Américains avaient dû s'incliner en dépit de la méfiance viscérale que leur inspirait Cuba, la plus grande des îles antillaises.

Frédric se dirigea machinalement vers le glisseur. Il avait déjà arrêté sa décision mais la petite voix intérieure qui lui reprochait de s'éclipser sans prévenir Delphane ralentissait ses mouvements. Il tentait de se disculper en se répétant qu'elle saurait bien se débrouiller sans lui, qu'elle comprendrait ses motivations, mais il ne pouvait s'empêcher de s'accabler de reproches. Il était également conscient qu'il sautait sur ce prétexte pour échapper à une expérience qui exhumait des peurs enfouies dans les profondeurs de son inconscient. Plus tard, après les J.U., il aurait l'esprit libre et pourrait se consacrer entièrement à l'aventure de l'amour physique, il surmonterait l'appréhension que suscitait en lui le toucher.

Perdu dans ses pensées, il s'engagea sur la passerelle du glisseur. Les membres de l'équipage le reconnurent, l'apostrophèrent, l'assurèrent bruyamment de leur soutien. Cuba appartenait à l'Occident mais, depuis le XXe siècle, ses habitants ne perdaient pas une occasion de manifester leur ressentiment à l'encontre des Américains.

« Vous rentrez en France, *señor* ? » demanda le capitaine.

Frédric acquiesça d'un hochement de tête.

« L'île des Pins ne vous plaît pas, *señor* ?

– Le défi est lancé. Je n'ai plus de temps à perdre...

– Vous avez raison, *señor*. Il faut mettre tous les atouts de votre côté pour battre cet *Americano estúpido* ! *Dónde está la niña*... la jeune fille qui vous accompagne ?

– Elle... elle reste jusqu'à la fin du séjour. Pensez-vous que nous avons une chance d'attraper le dernier supersonique pour Paris ? »

L'officier consulta le terminal horaire enroulé autour de son poignet.

« Difficile si nous passons par la baie des Cochons. Possible si nous coupons par San Antonio de los Baños. Embarquez, *señor,* nous allons pousser le *San José* au maximum de ses possibilités.

– Je ne voudrais pas vous attirer des ennuis... »

Le capitaine éclata d'un rire tonitruant.

« Nous vous sommes entièrement dévoués, *señor.* Nous sommes trop heureux de rendre service au futur adversaire de ce *puerco* de Hal Garbett... »

Le glisseur s'ébranla deux minutes à peine après que son unique passager se fut installé dans le compartiment, comme s'il n'avait attendu que ce moment pour quitter son mouillage. Par la baie vitrée, Frédric vit s'éloigner le Maracaïbo, palais de verre et de métal enfoui dans son somptueux écrin de verdure. Il flotta un long moment entre deux sentiments, le remords de trahir la jeune femme avec laquelle il avait prévu de passer quelques jours d'intimité, la ferveur que soulevait en lui la perspective des J.U. Il était enfin entré en Jeux, selon l'expression de Michaül Trondelier, le dernier vainqueur français (2148, thème : conquête de l'Ouest américain, guerres indiennes, uchronie réussie). La nuit tombait rapidement sur les tropiques. Quelques étoiles s'allumaient déjà dans le ciel assombri.

Delphane ressentait nettement une présence derrière elle. Elle n'avait pas repris la navette routière après avoir visité Nueva Gerona – aucun intérêt, une ville conçue pour le tourisme, dépourvue de personnalité –, elle s'était aventurée sur un chemin de randonnée qui traversait la forêt tropicale – dépouillée, selon un écran d'affichage mobile, de sa faune la plus dangereuse, serpents, araignées, crapauds venimeux... Elle avait pensé déboucher tôt ou tard sur la plage et regagner l'hôtel à pied mais, comme le sentier n'aboutissait nulle part, elle avait décidé de revenir sur ses pas. Elle n'avait pas choisi les bons embranchements sans doute, puisqu'elle s'était définitivement perdue. Elle s'était retrouvée devant une cascade féerique qui tombait d'un épais rideau de végétation. Couverte de sueur, elle s'était baignée dans l'eau fraîche du bassin qu'avait creusé la chute. Elle avait ensuite passé son jupon cerclé et sa robe directement sur sa peau mouillée. Elle trouvait inconfortables les vêtements Renaissance et elle attendait avec impatience le prochain changement de mode. Après les Jeux, elle porterait une tunique longue et simple ou une *palla* drapée autour du corps, plus légères l'une et l'autre que cette vertugade et cette robe empesées. Elle avait exploré les archives de l'histoire du costume dans les sensors de l'hôtel – comme beaucoup de femmes, sans doute, depuis la déclaration de Hal Garbett – et s'était familiarisée avec les habitudes vestimentaires, les coiffures et les parures de l'antiquité gallo-romaine. Elle s'était davantage intéressée à la mode romaine qu'à la mode gauloise, marquant une nette prédilection pour la *palla* et la *stola*, les deux pièces principales de l'habillement des Romaines, en comparaison desquelles les tuniques, les robes frangées et les manteaux à capuche des Gauloises paraissaient grossiers, inélégants. Elle avait combattu énergiquement cette préférence, qu'elle assimilait à une trahison envers Frédric. La pensée l'avait effleurée que Hal Garbett avait choisi d'incarner Rome pour mettre toutes les femmes de son côté et créer une opposition inconsciente au challengeur français. Certains physiciens affirmaient que les pensées avaient un impact réel sur l'environnement, *a fortiori* lorsqu'elles étaient collectives.

Elle n'avait pas retrouvé sa route après sa baignade dans l'eau de la cascade. Elle avait eu l'impression d'errer dans le cœur d'un dédale inextricable, d'affronter un univers hostile. Elle n'avait certes rencontré que des animaux inoffensifs, des oiseaux chamarrés, des papillons aux couleurs éclatantes, de minuscules rongeurs au pelage gris, mais une sombre inquiétude l'avait peu à peu envahie, qui s'était transformée en panique lorsque le soleil avait amorcé son déclin.

Les formes s'estompaient dans la nuit naissante. Les

arbres prenaient des allures fantomatiques et les innombrables soupirs végétaux se muaient en bruits alarmants. Delphane suivait un sentier dont les bords se resserraient, dont la terre disparaissait sous les herbes folles. Bien que l'île fût en principe délivrée du fléau des moustiques, il lui semblait que des dizaines de dards se plantaient dans sa peau au travers des étoffes. Elle transpirait en abondance. Elle regrettait d'avoir quitté son univers familier et rassurant de Toulouse, elle exécrait la mode Renaissance, elle en voulait à Frédric de se désintéresser d'elle, elle maudissait l'Occident et ses stupides Jeux uchroniques.

Elle eut une sensation de présence dans son dos, se retourna, ne distingua rien d'autre que les formes frémissantes des arbres et des boissons. Elle resta un moment figée, glacée d'effroi, incapable de remettre de l'ordre dans ses pensées. Elle mourrait probablement de peur si la nuit tombait avant qu'elle n'ait eu le temps de regagner l'hôtel. Que fabriquait donc Frédric en cet instant ? S'était-il lancé à sa recherche ? Etait-il toujours enfermé dans un sensor ? Ils s'étaient isolés sur cette île pour se découvrir mutuellement, mais cette intimité avait obtenu le résultat inverse de l'effet escompté, puisqu'elle les avait effrayés, éloignés l'un de l'autre. Elle doutait maintenant de revêtir une quelconque importance à ses yeux, une idée qui l'emplissait de tristesse et de colère.

« Vous vous êtes perdue, *señorita* ? »

La voix avait surgi dans son dos. Elle sursauta, se retourna, découvrit une silhouette claire à quelques pas d'elle. Un homme vêtu d'une chemise et d'un pantalon blancs. Mince, presque maigre. Visage osseux encadré d'une barbe noire rétrograde, chevelure brune et ondulée, yeux fendus où luisaient des braises vives. Il ressemblait à un Américain du Sud, Mexicain ou Péruvien, mais il ne portait pas le voyant frontal, le signe distinctif des immigrés. Un large sourire dévoilait ses dents fortes et blanches, des dents de carnassier. Elle recula instinctivement de trois pas lorsqu'il s'avança vers elle.

« N'ayez crainte, *señorita,* je ne vous ferai aucun mal... »

En elle s'ancra la certitude qu'il ne se dressait pas sur son chemin par hasard.

« Je vous ai suivie depuis votre départ du Maracaïbo, poursuivit-il. Nueva Gerona ne présente aucun intérêt, n'est-ce pas ? Elle a perdu son âme lorsque les promoteurs européens ont décidé de transformer cette île en réserve touristique.

– Que me voulez-vous ? » demanda-t-elle d'une voix vibrante de frayeur contenue.

Il la détailla un long moment avec une expression égrillarde qui la fit rougir jusqu'à la racine des cheveux.

« Frédric Alexandre ne mesure pas sa chance... », murmura-t-il avec une pointe de regret dans la voix.

Elle crut pendant quelques secondes qu'il allait se jeter sur elle, lui arracher ses vêtements, la violer sur l'herbe de ce sentier. Elle aurait aimé que Frédric prenne ce genre d'initiative dans la chambre de la suite princière mais là, dans le cœur de cette forêt du bout du monde cernée par l'obscurité naissante, elle n'était plus qu'une petite fille paralysée par la terreur.

« Je suis Perico Suarez Axcotal, responsable du mouvement universaliste pour les Grandes Antilles. Pardonnez-moi de vous aborder de façon aussi cavalière, *señorita,* mais je voulais m'assurer de notre tranquillité pour tenir notre petite conversation. »

Elle se détendit légèrement, prit une profonde inspiration.

« Quelqu'un... quelqu'un pourrait se cacher dans ces buissons », bredouilla-t-elle.

Il extirpa de la poche de son pantalon un petit appareil noir équipé d'un écran à cristaux liquides. Une carte lumineuse s'y affichait, criblée de points rouges.

« Mon mouchard de poche me préviendrait si le moindre curieux s'approchait à moins de cent mètres. Des techniciens dévoués à notre cause ont détourné un œil-d'Abel de ses fonctions originelles.

– Un œil-d'Abel ?

– Un satellite de surveillance... Vous ne connaissez

pas ce vers de Victor Hugo : *L'œil était dans la tombe et regardait Caïn ?* Un de vos grands hommes de lettres pourtant... Vous avez semé vos anges gardiens sans le vouloir.

– Mes anges gardiens ? »

Il éclata de rire. Bien que d'une extrême maigreur, il semblait plus dense, plus présent que Frédric.

« Alexandre se figurait donc que le gouvernement français avait avalé ses mensonges ? Blachon et ses sbires savaient qu'il vous avait donné rendez-vous à l'aéroport Jean-Mallefoy et que ce séjour sur l'île des Pins était une escapade amoureuse.

– Nous avons pourtant utilisé nos codes confidentiels...

– La surveillance satellite... Ce qui est vrai pour le mouvement universaliste l'est également pour les Etats membres de l'O.N.O. Les œils-d'Abel leur permettent de visiter n'importe quelle maison. Ils sont équipés de lentilles transmatérielles avec lesquelles ils pourraient même pénétrer à l'intérieur de votre corps.

– Ils sont peut-être en train de nous épier en ce moment... »

Perico Suarez Axcotal hocha la tête avec un petit sourire.

« Je vois que vous n'avez pas perdu tous vos réflexes de stratège, *señorita*. Mon mouchard de poche se met à sonner dès que les objectifs des satellites sont tournés dans sa direction. Il était hors de question pour le gouvernement français de perdre de vue son challengeur durant ces quelques jours de... repos dans les Antilles. Les agents de Blachon ont investi l'île avant votre arrivée pour faire le vide autour de vous. Mais maintenant qu'Alexandre a pris le chemin du retour...

– Il est... parti ? » bredouilla Delphane.

Ses jambes flageolèrent mais elle trouva en elle les ressources pour ne pas s'effondrer dans l'herbe.

« A l'heure où je vous parle, il s'est embarqué dans le supersonique à destination de Paris. Je ne suis pas devin, je dispose seulement d'un excellent réseau d'informateurs. Vous avez mis fin à votre carrière stratégique pour découvrir d'autres aspects de la vie, mais les priorités d'Alexandre sont différentes des vôtres. L'annonce de Hal Garbett a produit sur lui le même effet que l'odeur du sang sur un grand requin blanc. C'est un véritable stratège, un homme qui se lève, qui se couche, qui mange, qui... qui aime en pensant tactique, plans, mouvements militaires.

– D'où tenez-vous tous ces renseignements sur nous ? Vous utilisez les mêmes méthodes que ceux que vous combattez ? »

Le regard brûlant de Perico Suarez Axcotal l'enveloppa de trouble. L'encre nocturne estompait les reliefs autour d'eux.

« Vous avez eu des contacts avec l'universalisme et...

– J'ai rencontré le responsable de Toulouse à deux reprises, mais je ne me suis jamais engagée de façon formelle dans le mouvement ! coupa Delphane.

– Cette prise de contact témoigne de votre ouverture au monde, de votre potentiel d'empathie. Et si nous sommes parfois obligés de recourir aux mêmes méthodes que l'O.N.O., c'est parce que nous sommes à l'affût de tout élément susceptible de faire progresser notre cause.

– Vous vous intéressez à moi à cause de mes relations privilégiées avec Frédric, n'est-ce pas ? »

Perico resta silencieux pendant deux bonnes minutes, les yeux fixes, les sourcils froncés. Il se frotta machinalement les lèvres, comme s'il les nettoyait avant de prononcer des paroles importantes.

« Je vais vous poser une question, reprit-il. Selon votre réponse, nous poursuivrons ou nous suspendrons cette entrevue. Je vous demande seulement d'être sincère.

– Posez donc votre question ! fit-elle d'un ton impatient.

– Considérez-vous les habitants de l'AmSud, de la G.N.I. et de la R.P.S.R. comme des êtres humains ? »

Prise au dépourvu, elle contempla le ciel criblé d'étoiles, les spectres noirs et agités des arbres, l'échancrure de la chemise de son interlocuteur.

« Evidemment ! lâcha-t-elle entre ses lèvres serrées. Seul le voyant frontal nous différencie des immigrés.

– Trouvez-vous normal qu'ils soient tenus à l'écart de l'Occident par un rideau électromagnétique ? »

Incapable de soutenir le regard de feu du Cubain, elle se détourna et esquissa quelques pas sur le sentier.

« Le R.E.M. assure notre protection, avança-t-elle sans conviction, consciente d'employer un argument officiel.

– Le danger représenté par le deuxième monde n'est qu'une pure invention des fondateurs de l'O.N.O., déclara Perico avec force. Les gouvernements de souveraineté chrétienne ont joué avec cette peur pour expulser les immigrés des pays occidentaux et alimenter le fantasme de la race pure. Rien ne justifie le R.E.M.

– Des guerres se sont pourtant déclarées au XXIe siècle ! objecta Delphane en se retournant avec vivacité. Les blindés sino-russes ont déferlé sur la ligne Oder-Neisse II, les musulmans de la G.N.I. sont montés jusqu'à Saragosse, les pays nordiques ont été détruits par les bombes nucléaires d'Igor Vladeski... Ce sont des réalités historiques et non des fantasmes !

– L'Occident a toujours contrôlé ces guerres, hormis peut-être l'invasion de l'Espagne par les hezbollahs et les Afams. Les satellites lui permettaient de devancer les moindres intentions de ses adversaires ou, mieux encore, de les attirer dans des pièges.

– Les Chinois, les Russes, les musulmans, les Sudams avaient leurs propres satellites...

– En 2050, les Occidentaux ont mis au point un programme spatial baptisé le “Pieu d'Ulysse” et destiné à aveugler les satellites de la R.P.S.R. et de la G.N.I. L'érection du R.E.M. n'était pas un réflexe de défense, il relevait d'une volonté délibérée de couper tous les ponts avec le deuxième monde. L'Occident ne s'est pas protégé de cette partie de l'humanité, il a constitué d'inépuisables réserves de main-d'œuvre, de soldats pour ses Jeux, des banques d'organes, d'hormones, de cellules fraîches. Il lui suffit de rouvrir de temps en temps ses portes pour attirer les immigrants dont il a besoin et qu'il contrôle en leur greffant un traceur dans le cerveau.

– Les vagues islamistes et sino-russes nous submergeraient si le R.E.M. disparaissait.

– Le mouvement universaliste n'est pas irresponsable, *señorita*. Il ne propose pas une neutralisation abrupte du rideau, mais une négociation avec les gouvernements du deuxième monde, une réunification progressive. La première étape serait de rétablir les liaisons satellite et de préparer les populations de la R.P.S.R., de la G.N.I. et de l'AmSud à la réconciliation universelle.

– Ils n'ont pas de récepteurs, pas de sensors... Ils n'ont même plus de téléviseurs. »

Perico se rapprocha d'elle. Elle perçut son odeur corporelle, un mélange entêtant de senteurs sucrées, poivrées. Elle se demanda si le mouvement universaliste prônait également le retour au naturalisme, aux pratiques rétrogrades, à la conception biologique.

« Ce sont les services secrets occidentaux qui les ont poussés à se débarrasser de leurs téléphones, de leurs ordinateurs, de leurs téléviseurs. Cela s'est traduit par le jihad musulman contre le diable occidental, par la Nouvelle Révolution culturelle sino-russe, par le Retour au Paradis originel en AmSud. L'Occident s'assurait du contrôle intégral de la communication à l'extérieur de ses frontières. Il lui suffisait ensuite de promulguer les lois de limitation créatrice et d'organiser la chasse aux sensolibertaires pour maîtriser l'ensemble de la cybernétique.

– Mon père prétend que les sensolibs n'ont pas totalement disparu...

– Ce n'est probablement qu'un fantasme, *señorita*. Le fantasme de la mutation cyber, d'une nouvelle humanité. »

Les lèvres de Delphane s'étirèrent en un sourire ironique.

« Le fantasme de la race pure, le fantasme de la mutation cyber...

– La contradiction n'est qu'apparente ! objecta Perico. L'Occident a été fondé sur la notion de supériorité raciale mais il étouffe à l'intérieur du R.E.M., il éprouve le besoin de s'évader, de se forger de nouveaux mythes.

– Vous n'avez toujours pas répondu à ma première question. Que me voulez-vous exactement ?

– Exploiter vos relations privilégiées avec Alexandre », affirma le Cubain sans hésitation.

Delphane recula d'un pas, comme frappée par la voix de son interlocuteur.

« Comment ? demanda-t-elle dans un souffle.

– En nous servant d'intermédiaire...

– D'espionne ? »

Elle avait expulsé ce mot comme un crachat.

« En vous glissant dans l'entourage d'Alexandre, en nous transmettant les informations que vous y glanerez », poursuivit-il d'un ton équanime.

Elle releva la tête et le fixa d'un air où l'intérêt prenait le pas sur la réprobation.

« Pourquoi trahirais-je Frédric ?

– Qui vous parle de trahison ? Vous n'entraverez pas sa carrière de stratège.

– Il pourrait pâtir de mon appartenance à un mouvement clandestin... »

Il désigna son mouchard de poche d'un mouvement de menton.

« Nous savons prendre nos précautions...

– Et si Frédric perd ?

– Nous nous adapterons. Vous pourrez bien sûr rester dans le mouvement universaliste, *señorita*, mais votre rôle s'en trouvera modifié... »

Les frissons qui parcouraient le corps de Delphane n'étaient plus liés à la peur mais, bien qu'elle refusât encore de l'admettre, à l'excitation, à la fièvre que suscitaient en elle les propositions de Perico. Sa vie tout à coup lui paraissait moins absurde, moins creuse. Elle avait toujours voué une admiration secrète aux missionnaires charismatiques du XXIe siècle, ces hommes et ces femmes qui avaient choisi de partager la vie misérable des peuples du deuxième monde et qui avaient été crucifiés par ceux-là mêmes qu'ils avaient pris en pitié.

Néanmoins, elle ressentait encore le besoin d'être convaincue, d'être ensorcelée par la voix grave et musicale de cet homme dont la nuit profonde des tropiques accentuait le mystère.

« Donnez-moi une bonne raison, une seule, d'accepter votre offre... »

Perico la prit par les épaules et la dévisagea avec une gravité, une intensité telles qu'elle chancela.

« Vous trouverez vous-même les motifs de votre engagement, *señorita*. Il vous suffira de vous enfermer dans un sensor pendant quelques minutes et de vous connecter aux programmes de surveillance satellite du deuxième monde. Lorsque vous aurez visité les taudis de la R.P.S.R. et de l'AmSud, lorsque vous aurez assisté à une exécution ou une lapidation dans un village de la G.N.I., lorsque vous aurez vu dans quelle misère morale, physique et matérielle croupissent quinze ou seize milliards d'hommes, alors vous ne vous poserez plus de questions. »

Une chaleur vive se dégageait des paumes du Cubain, qui se diffusait dans les épaules et la poitrine de Delphane. Elle aurait aimé maintenant qu'il prolongeât son étreinte, qu'il la couvrît de caresses et de baisers, qu'il la couchât sur l'herbe de ce sentier.

Elle ressentit un horrible déchirement lorsqu'il se détacha d'elle et se recula dans les ténèbres, comme effrayé par sa propre audace. Les points lumineux de l'écran de son mouchard de poche éclairaient sa main, la manche ouverte de sa chemise, effleuraient son cou et sa barbe.

« Il faut que je vous quitte, *señorita* : les objectifs des satellites et les anges gardiens du gouvernement français se rapprochent de nous... Le sentier débouche sur la plage dans trois cents mètres. Il vous faudra ensuite une dizaine de minutes pour regagner l'hôtel. J'espère avoir la chance de vous revoir.

– Une dernière question... Vous... vous m'avez vue me baigner dans l'eau de la cascade ? »

Il glissa le mouchard dans la poche de son pantalon et ne fut plus qu'un spectre gris absorbé par l'obscurité.

« J'ai pris beaucoup de plaisir à contempler votre corps, Delphane. Frédric Alexandre ne connaît pas sa chance...

– Comment vous contacterai-je ?

– Notre responsable de Toulouse vous fixera rendez-vous à votre retour en France. Il vous indiquera la démarche à suivre, les précautions à prendre... »

Delphane interrompit d'un geste de la main les explications embrouillées du gérant de l'hôtel. Des clients américains se pressaient dans le hall et les bagagistes effectuaient d'incessants allers et retours entre l'entrée principale et l'ascenseur de verre.

« Vous garderez la suite princière jusqu'à la fin de votre séjour, *señorita*, et...

– Qu'on ne me dérange pas jusqu'à demain midi ! »

Elle n'eut pas la patience d'attendre que l'ascenseur se libère. Elle monta au quatrième étage par l'escalier de marbre, entra dans la suite, verrouilla soigneusement la porte, prit une douche rapide puis, sans même prendre le temps de s'essuyer ni de commander un repas, s'enferma dans le grand sensor du salon. Là, elle posa les capteurs sur son ventre et pressa les touches des programmes satellite sur le clavier du tableau de bord.

CHAPITRE XI

ALIZ

L'habit ne fait pas le moine, dit un vieux proverbe. Il ne fait pas davantage le soldat. Tu crois ton adversaire supérieur à toi parce qu'il possède une cuirasse épaisse et des armes étincelantes, mais qu'est-ce qu'une cuirasse, fût-elle fabriquée dans le métal le plus solide, à côté d'un mental fort, d'une volonté inébranlable ? Tu peux dévier la lame de l'épée, le fer de la lance, la balle du pistolet de ton adversaire, mais il ne pourra pas t'arrêter si la survie est ton guide, si tu t'abreuves à la source inépuisable de l'énergie. Que sont l'apparence, l'illusion, en regard de la puissance de l'esprit ?

Le Tao de la Survie de grand-maman Li

Frédric Alexandre avait tenu à voir individuellement les vingt mille immigrés du camp des Landes, convoqués par blocs entiers à la salle dite du gymnase où s'étaient installés les membres des cellules morpho-psycho et les permanents du bureau français.

Chaque homme se déshabillait dans un vestiaire avant de se présenter devant la quinzaine d'Occidentaux qui s'étaient répartis dans les gradins et dont les sensations, recueillies par un capteur personnel, allaient grossir les données d'un analyseur central. Il ne s'agissait donc pas d'un entretien approfondi ni même d'un questionnaire sommaire, mais d'un test dit de « première impression ». Alexandre et ses collaborateurs évaluaient en moins de deux secondes l'individu qui surgissait d'une porte latérale et s'immobilisait devant eux. Ce délai très court ne leur laissait pas le temps de réviser leur jugement, d'être influencés par le prisme de leurs émotions, de leur conditionnement. Il leur permettait en outre de passer l'ensemble des immigrés en revue sans perdre trop de temps. Comme ils en estimaient un peu plus de mille par jour en travaillant vingt heures sur vingt-quatre, ils prévoyaient d'avoir achevé l'inventaire du camp en une décade. Il suffirait ensuite de demander à l'analyseur central de cracher la liste des dix mille sélectionnés dans l'ordre décroissant de leur potentiel. Le premier de la liste serait choisi comme capitaine de champ, les cent suivants comme officiers des bataillons.

Ils ne s'arrêtaient que pour avaler un repas rapide à haute teneur énergétique, se laver dans la salle des douches contiguë au vestiaire et prendre deux heures de repos. Le groupe pétrochimique Elfotal avait gracieusement fourni des morphêbloquants au défi français, des comprimés qui modifiaient le métabolisme, réduisaient les besoins en sommeil et augmentaient l'activité cérébrale. Ils transpiraient à grosses gouttes dans leurs tenues Renaissance que, par coquetterie, ils n'avaient pas voulu échanger contre d'amples combinaisons pourtant plus légères et pratiques.

Les hommes défilaient un par un devant eux, nus, Jaunes, Blancs, Noirs, petits, grands, gros, maigres, chauves, chevelus, gênés, arrogants, humbles, provocateurs... Certains arboraient des airs rigolards en exhibant ostensiblement leurs organes génitaux devant les femmes du défi, d'autres se tenaient comme des enfants timides devant un adulte dont ils redoutaient l'autorité, d'autres enfin ne laissaient transparaître aucune expression, ni sur leur visage ni dans leur attitude.

Lorsqu'il fut appelé à sortir à son tour du vestiaire, Wang suivit les recommandations de Zhao, qui lui avait conseillé de ne pas en rajouter devant leurs examinateurs : « Les grimaces, les provocations, les poses outrancières, les excès de zèle ou de timidité seront sûrement perçus comme des aveux de faiblesse. Le mieux encore est de rester soi-même... »

Wang s'était rangé à cet avis d'autant plus volontiers qu'il n'était pas du genre à forcer son personnage. Les forts en gueule, les fiers-à-bras appellent la mort à grands cris, disait grand-maman Li, et elle finit toujours par les entendre.

Il parcourut au pas trente ou quarante mètres et, devant les gradins, s'immobilisa à l'emplacement marqué par des bandes rouges. Il reconnut la femme et les hommes de la cellule morphopsycho qui avait effectué le premier tri au sortir du camp de la frontière. La femme n'était pas vêtue de la même robe mais elle était coiffée du même casque arrondi et plaqué sur son occiput.

« Notre jeune ami de Most ! » s'exclama-t-elle en esquissant un sourire.

Frédric Alexandre, assis à sa droite, contemplait le jeune Chinois avec un intérêt non dissimulé.

« C'est vous qui l'avez présélectionné, Aliz ? demanda-t-il en gardant les yeux rivés sur Wang.

– J'ai un doute sur son âge, mais son potentiel me paraît au-dessus de la norme, répondit la femme.

– J'ai eu la même impression lors de la première visite au camp... »

Un homme coiffé d'un large chapeau au panache démesuré s'agita deux rangs au-dessus d'eux.

« Vous êtes en train de violer deux règles que vous avez vous-même instaurées, Frédric : premièrement, cet immigré se tient devant vous depuis une dizaine de secondes, soit huit de trop. Deuxièmement, vous nous avez demandé d'éliminer sans pitié les éléments douteux, susceptibles de motiver une réclamation américaine... »

Sa voix aigre s'envola dans la pénombre du gymnase. Les autres l'approuvèrent d'un mouvement de menton ou, pour les plus fatigués, d'un clignement de paupières. Wang crut que cette réflexion avait scellé son sort et que son voyant frontal allait s'éteindre au sortir de cette salle. Ses pieds se recroquevillèrent sur les lattes du parquet. Rien ne prouvait que les Occidentaux se débarrasseraient des dix mille émigrés exclus de la sélection finale, ainsi que l'affirmait Zhao, mais les probabilités n'étaient pas négligeables, et la sensation de dépendre du bon vouloir d'une poignée d'hommes et de femmes fatigués par trois ou quatre jours de veille avait quelque chose de terrifiant. On pouvait toujours se dépêtrer d'un combat au couteau dans les ruelles de Grand-Wroclaw, même contre plusieurs adversaires, mais on n'avait aucune chance de gagner contre d'invisibles et tout-puissants gardiens qui pressaient à distance votre interrupteur vital.

« Je propose pour ce garçon une analyse cellulaire, déclara la dénommée Aliz.

– Pas besoin d'analyse pour se rendre compte qu'il n'a pas plus de seize ou dix-sept ans ! » rétorqua l'homme au chapeau large.

Les colonnes de lumière diurne qui tombaient des hautes lucarnes comme des frondaisons d'un arbre leur donnaient l'allure d'une volée de perroquets perchés sur des branches basses.

« Nos critères physiologiques ne s'appliquent pas nécessairement à la race jaune, argumenta Frédric Alexandre. Il serait dommage de rater un bon élément à cause d'un jugement hâtif.

– C'est précisément pour un jugement de première impression que nous campons depuis quatre jours dans ce gymnase ! Si nous commençons à détailler chaque immigré du camp des Landes, nous n'aurons même pas constitué votre armée au moment où débuteront les J.U., et nous serons la risée de tout l'Occident. Or je me permets de vous rappeler que le président Freux...

– Raison de plus pour cesser de ratiociner à tout propos ! coupa Aliz. Le conseiller Blachon nous a alloué un crédit illimité pour procéder à toute analyse cellulaire jugée nécessaire !

– La parole de Blachon n'a pas valeur de loi. Des proches du président m'ont recommandé d'épargner les deniers publics. Le prestige de la victoire n'effacera pas d'un coup de baguette magique les difficultés financières de la nation.

– Je crois plutôt que vous êtes, vos amis et vous, inféodés à la clique anglo-américaine ! »

Wang se rendit compte que ce genre de querelle ennuyait Frédric Alexandre. Il n'était qu'un stratège, un joueur que passionnaient les guerres uchroniques et que dépassaient les intrigues de palais, de la même manière que les exécuteurs des néo-triades se désintéressaient totalement des luttes d'influence pour se consacrer corps et âme à leur travail de tueurs.

« C'est à vous que revient la décision finale, Frédric, ajouta rapidement Aliz. Nous n'avons pas eu recours à cette procédure pour l'instant, ce qui nous laisse une certaine marge de manœuvre. Les Américains, eux, connaissent le prix du succès.

– Les analyses cellulaires sont fiables ? demanda le challengeur d'un ton las.

– A cent pour cent... Elles précisent l'âge de n'importe qui à la minute près... »

Alexandre décocha un regard lourd de regrets à Wang, comme persuadé que ce dernier ne ferait pas partie de son armée aux prochains J.U.

« Où s'effectuent les analyses ?

– Le centre le plus proche se trouve à Bordeaux. Malgré mes demandes pressantes et répétées, le bureau des défis français n'a pas jugé nécessaire de mettre un centre mobile à notre disposition...

– Vous outrepassez les bornes, Aliz ! gronda l'homme au chapeau large. Votre irresponsabilité frise l'inconscience. Elle est typique des morphopsychologues et des autres rêveurs dans votre genre !

– Sans les rêveurs, les hommes vivraient encore dans les grottes, et vous dans vos excréments... »

L'homme au chapeau large haussa les épaules et se claquemura dans un mutisme renfrogné. La promiscuité et la fatigue engendraient une tension qui accentuait leur ressemblance avec les coqs et les poules d'une basse-cour. Curieux comme l'animal revenait à tire-d'aile dans le comportement de ces hommes et de ces femmes qui se voulaient les représentants d'un stade supérieur d'évolution. Frédric Alexandre était différent, parce qu'il n'était pas mû par l'instinct grégaire, par la poursuite inconsciente du pouvoir, de la domination, mais par la recherche de l'efficacité absolue dans son domaine, comme un peintre, un musicien, un savant.

« Vous pouvez vous occuper des analyses, Aliz ?

– J'emmènerai à Bordeaux tous les éléments que vous me demanderez de contrôler.

– Dans quel bloc se trouve celui-ci ? »

Elle demeura pendant quelques secondes immobile, les yeux fixes, rivés sur un invisible point.

« Wang, bloc G 9. L'information est enregistrée. Mon terminal me fournira la liste des éléments analysables lorsque nous aurons passé l'ensemble du camp en revue. »

Les analysables venaient tous les seize de blocs différents. Quatre Blancs dont un Arabe, trois Noirs et neuf Asiatiques, preuve que la race jaune demeurait encore mystérieuse aux yeux des Occidentaux.

La veille, la liste définitive des soldats d'Alexandre avait été annoncée pendant des heures par les haut-parleurs mobiles, un communiqué interminable qui avait provoqué des réactions contradictoires dans les bâtiments. Certains avaient sauté de joie en apprenant qu'ils n'étaient pas retenus pour les J.U., d'autres s'étaient réjouis de leur incorporation dans l'armée française du défi. Un grand nombre d'immigrés n'avaient donné qu'un nom ou un prénom au passage des portes, et ils étaient parfois plusieurs à porter le même. On comptait ainsi des dizaines de Mohammed et de Li qui hésitaient encore à manifester de l'allégresse ou de la désolation.

Zhao et Kareem J. Abdull n'avaient pas eu à patienter très longtemps pour apprendre qu'ils avaient été retenus dans la sélection finale. Leurs noms étaient venus en première position pour le Noir de Port-Gentil et en vingtième pour le Chinois. Ils n'avaient pas explosé de joie ou de colère, comme certains de leurs compagnons de bloc, ils avaient seulement lancé un regard mi-complice mi-désolé à Wang.

« Tu seras des nôtres après cette foutue analyse, avait avancé Kareem.

– Ça m'étonnerait, avait murmuré Wang d'un air sombre. Leurs machines sont fiables à cent pour cent. Ils sauront que je n'ai pas atteint mes dix-huit ans... »

Zhao lui avait posé la main sur l'avant-bras, un geste dépourvu d'équivoque. Le Chinois de Bratislava avait surmonté sa déception et repris sa place au sein du petit groupe. Il posait désormais sur son jeune compatriote un regard empreint de fraternité. Il lui arrivait encore de s'absenter à la tombée de la nuit et de ne revenir au bloc qu'au lever du jour mais, en dehors de ces escapades nocturnes, il restait le plus souvent en compagnie de Wang et de Kareem.

« Tes ancêtres veillent sur toi », avait-il chuchoté avec un sourire d'encouragement.

Des hommes du bureau des défis étaient venus chercher Wang et avaient rassemblé les seize analysables près du gymnase au milieu de l'après-midi.

Aliz, la femme de la cellule morphopsycho, les rejoignit quelques minutes plus tard et leur expliqua qu'ils reviendraient le lendemain matin après avoir subi l'analyse et passé la nuit dans un hôtel de Bordeaux.

« La liste des dix mille participants aux J.U. a été établie mais elle n'est pas définitive, ajouta-t-elle. Selon les résultats des analyses, nous serons peut-être amenés à changer quelques éléments... »

Elle avait passé une robe de brocart ouverte sur un jupon empesé mais, malgré l'épaisseur et la lourdeur de ses vêtements, elle ne semblait pas souffrir de la chaleur. Quelques mèches de ses cheveux s'échappaient de son casque arrondi et s'écoulaient en ruisseaux flamboyants sur ses épaules. Ses yeux clairs s'égaraient fréquemment sur Wang.

« Je serai obligée de vous laisser seuls à l'hôtel, mais n'en déduisez pas pour autant que vous êtes invités à faire n'importe quoi. Vous connaissez les risques d'un comportement incohérent ou agressif... »

Ils prirent d'abord place dans un véhicule à propulsion solaire qui ressemblait aux camions de la R.P.S.R., le bruit, la pollution et la lenteur en moins, le confort en plus. Les roues épousaient avec souplesse les inégalités du chemin sablonneux qui s'enfonçait en louvoyant dans la forêt de pins. Assis sur une confortable banquette située à l'arrière du compartiment, Wang se rappela qu'ils avaient parcouru ces trois ou quatre kilomètres à pied lors de leur premier transfert. Le sable mou, dans lequel on s'enfonçait jusqu'aux chevilles, ne facilitait pas la marche et ils étaient arrivés exténués à l'entrée du camp. L'apparition soudaine de la plage et de l'Océan avait en partie effacé leur lassitude mais, après le repas du soir, ils étaient tombés sur leurs lits comme des masses.

Composé d'une motrice et d'un wagon, visiblement

réservé à leur seul usage, un aérotrain les attendait à la station terminale, située dans une immense clairière à l'écart de toute agglomération. De loin, il ressemblait à une chenille translucide suspendue à un fil. Wang trouva démesurés les efforts consentis pour une poignée d'individus. La proportion, seize sur dix mille, était dérisoire et leur incorporation ne changerait rien au résultat des Jeux. Les quinze autres ayant tous dépassé la trentaine, il se demanda pour quel motif les responsables du défi français avaient demandé leur analyse cellulaire.

Ils descendirent du véhicule et gravirent l'escalier tournant qui montait à la station suspendue. Les Blancs et les Noirs se regroupèrent spontanément entre eux sur les banquettes du wagon. Wang se rendit jusqu'au fond du compartiment avant de se laisser choir sur un siège. Il n'avait pas envie de subir la conversation des autres Asiatiques. Il avait été privé de véritable intimité depuis le passage de la porte de Most et il avait faim de solitude. Il lui fallait puiser des motifs d'espérance dans son silence intérieur, dans sa mémoire. Combattre ce sentiment désolant d'avoir perdu la maîtrise de sa propre existence. S'immerger dans la tendresse de grand-maman Li, dans l'amour de Lhassa.

Lhassa... Où était-elle en cet instant précis ? L'Occident l'avait-il épargnée ? L'avait-on opérée au cerveau pour en faire une servante ou une putain qui se pliait à tous les caprices de ses maîtres ? Vivait-elle en France ou de l'autre côté de l'Atlantique ? Comment savoir ?

Des larmes de colère et de détresse lui vinrent aux yeux. C'est à peine s'il se rendit compte que l'aérotrain s'ébranlait dans un sifflement continu.

Le crépuscule magnifiait Bordeaux, peut-être parce que, capitale du vin, la ville attendait d'être fardée de pourpre pour révéler sa beauté. Les taches de minium des stations aériennes se fondaient naturellement dans les dominantes rouille. Les frondaisons des platanes, les façades et les toits des bâtiments se couvraient d'un subtil voile mordoré qui corrigeait l'impression de grisaille qu'avait produite sur Wang la découverte de la ville dans la lumière froide de l'aube.

L'aérotrain enfilait les aiguillages et les stations sans ralentir, volant entre les toits comme un navire au milieu de vagues figées. Wang captait des tableaux furtifs par les fenêtres ou les lucarnes des étages supérieurs des immeubles. Des scènes de la vie quotidienne, des silhouettes assises autour d'une table, des enfants habillés de manière aussi extravagante que les adultes, une femme qui sortait d'une grande caisse noire, un homme accoudé au balcon... Il distinguait parfois une petite lumière rouge et mobile dans la pénombre d'un appartement. Un voyant frontal sans doute. Un serviteur, une servante, une putain peut-être... Lhassa ?

Il apercevait également les badauds qui se promenaient dans les rues vingt ou trente mètres plus bas et dont les chapeaux formaient des mosaïques de couleurs vives et changeantes. Il lui était maintenant difficile d'imaginer que l'hiver avait installé ses quartiers à Grand-Wroclaw, que les Sino-Russes et les autochtones des provinces de l'Ouest s'entre-tuaient pour quelques bûches, pour un sac de charbon, pour du vieux papier, pour des excréments séchés, pour tout ce qui pouvait servir de combustible. La manière dont l'Occident régulait les saisons avait quelque chose de miraculeux.

L'aérotrain s'arrêta à la station dite de la Bourse, un ensemble datant du XVIIIe siècle selon les informations qui s'affichaient sur les petits écrans à cristaux liquides incrustés dans les dossiers des sièges.

« Pour ceux qui auraient envie de se promener en ville après l'analyse et qui s'y perdraient, rendez-vous ici demain matin à six heures, déclara Aliz d'une voix forte. Il vous suffira de demander votre chemin à un passant : tout le monde connaît la place de la Bourse à Bordeaux. Tant pis pour les inconscients qui manqueraient l'heure du rendez-vous. »

Ils descendirent donc sur la place par l'ascenseur de la station, admirèrent un moment la fontaine centrale, dominée par deux statues féminines – il y en avait eu une troisième, selon l'écran serti dans la margelle, mais elle avait été détruite par les séparatistes aquitains en l'an 2059 et n'avait jamais été remplacée –, le miroir écarlate et lisse de la Garonne, large à cet endroit de trois cents mètres, le quai de la Douane, aménagé en squares et en espaces verts. Des bandes d'un gazon vert parsemé de petites fleurs multicolores habillaient les rues. L'image du bitume défoncé des routes de Pologne traversa l'esprit de Wang. L'automobile avait déserté les agglomérations occidentales mais la forme et la largeur des artères, ainsi que les vestiges des trottoirs transformés en massifs, rappelaient qu'elle y avait été reine autrefois. Les bâtiments évoquaient le centre historique de Grand-Wroclaw, en partie épargné par les bombardements des guerres sino-russes : même équilibre architectural, même harmonie, même élégance. Mais, alors qu'ils semblaient émerger brusquement d'un océan de misère dans la capitale silésienne, ils s'intégraient parfaitement à leur environnement dans la métropole aquitaine.

Les seize hommes emboîtèrent le pas à la responsable de la cellule morphopsycho qui les entraîna par un dédale de ruelles jusqu'à la porte cochère d'un immeuble au-dessus de laquelle une enseigne lumineuse portait l'inscription ADÉHENNE S.A., ANALYSES CELLULAIRES. Les badauds qu'ils croisèrent ne leur jetèrent que des regards indifférents. On ne distinguait pas de signes de pauvreté dans la ville. On ne voyait pas non plus d'expression sur le visage de ses habitants, ni joie, ni peine, ni colère, ni tristesse, ni même résignation, seulement un détachement, une impassibilité qui leur donnaient l'allure de statues de cire. Quant aux commerces, ils n'étaient pas les cavernes fabuleuses qu'on imaginait dans les baraquements sino-russes, mais des locaux à la décoration sobre, aux vitrines sombres, presque opaques. Les mannequins automates qui s'animaient dans les devantures des boutiques de vêtements étaient les seules taches de couleur et de vie dans ces alignements de verre fumé.

Ils pénétrèrent dans la cour intérieure de l'immeuble, pavée de pierres roses. Aliz se dirigea vers une porte vitrée et leur fit signe d'entrer dans une salle où attendaient déjà une dizaine de personnes. Les sièges étant tous occupés, ils patientèrent au centre de la pièce, sous les regards convergents des Occidentaux que cette insolite concentration d'immigrés intriguait. Effrayait également : il était déjà arrivé qu'un immigré se jette sur un Occidental et le réduise en charpie avant que l'administration n'ait eu le temps d'éteindre son voyant frontal.

Trois femmes se levèrent et quittèrent la salle, incapables de surmonter la peur ou le dégoût engendrés par la promiscuité avec cette horde. Aliz en profita pour s'asseoir et se plonger dans l'observation d'un petit écran posé sur la tablette de son fauteuil. Son voisin, un homme entre deux âges qui disparaissait dans les innombrables plis de ses vêtements aux tons criards, lui lança plusieurs regards en coin avant d'engager la conversation.

« Veuillez me pardonner ma curiosité, madame, mais que font ces... ces hommes ici ? »

Elle releva la tête et le toisa d'un air ironique.

« Ils viennent pour la même chose que vous, monsieur.

– Depuis quand les immigrés ont-ils droit aux analyses cellulaires ?

– Depuis qu'on l'a jugé nécessaire en haut lieu ! » répondit-elle d'un ton excédé.

Il s'absorba pendant quelques instants dans la contemplation du plafond et des murs blancs, exempts de tout ornement, puis, après avoir posé son chapeau sur ses genoux et s'être essuyé le front, il revint à la charge.

« Si on commence à leur donner ce genre de droit, ils finiront par prendre notre place. Comme au XXe siècle !

– On ne leur greffait pas d'interrupteur vital au XXe siècle...

– Ils finiront bien par trouver une parade. »

Les autres Occidentaux de la salle d'attente avaient délaissé l'écran de leur siège pour se suspendre à leur conversation. Aliz fixa posément son interlocuteur.

« Puis-je me permettre de vous demander votre âge, monsieur ?

– Quatre-vingt-dix-huit ans, madame ! »

Il avait prononcé ces mots avec l'autorité, la supériorité implicitement conférées par l'expérience.

« Vous n'avez subi aucune greffe, aucun implant biologique, aucune assistance hormonale, aucune cure de jouvence ?

– Une transplantation du foie, des reins, une thérapie hormonale au début de l'andropause...

– Un foie sino-russe peut-être, des reins arabes ou noirs, des hormones d'embryon sudam...

– Et alors ? »

Il écarta d'un geste nerveux une mèche blonde qui lui barrait le front. Il n'avait pas un cheveu blanc, pas une ride, pas une tache de vieillesse et, pourtant, il ressemblait à un fossile, à un être lentement pétrifié par le temps.

« Vous n'éprouvez que du mépris pour les immigrés mais vous acceptez leurs organes, leur sang, leurs hormones, fit Aliz avec une moue dédaigneuse.

– Vous confondez mécanismes biologiques et culture. Ce n'est pas parce que je vis avec un foie et des reins de Jaune, de Noir ou d'Arabe que je pense jaune, noir ou arabe. Je reste moi-même, Marcellan Desprées, Français et Occidental depuis toujours. J'ai seulement bénéficié des progrès de la médecine occidentale. Il vaut mieux utiliser les organes de ces pauvres bougres plutôt que de les laisser pourrir dans des cimetières ou de les brûler dans des fours.

– Ces pauvres bougres, comme vous dites, préféreraient sans doute réserver leurs organes à leur propre usage.

– La faute à qui s'ils sont incapables de s'alimenter, de se soigner ? Vous parlez comme une fanatique des mouvements universalistes... Et votre casque ressemble à un capteur des sensolibs du siècle dernier... »

Des braises de soupçon brillaient dans ses yeux gris.

« Vous n'en êtes pas loin, rétorqua Aliz avec un sourire. Il me relie avec une banque de données morphopsychologiques.

– J'aurais dû me douter que vous étiez une de ces cinglées de morphopsychos ! Un vrai nid de scorpions universalistes !

– Je travaille pour le compte du gouvernement, déclara-t-elle sans perdre son flegme. J'ai été détachée auprès de Frédric Alexandre, le challengeur des prochains J.U., et ces seize hommes combattront peut-être pour lui... Pour vous, puisque vous vous nourrirez sans vergogne de leurs émotions, de leurs sensations, de leur souffrance. Et maintenant, monsieur, avec tout le respect que je vous dois, foutez-moi la paix ! »

Elle n'avait pas eu besoin de hausser le ton de sa voix, aussi tranchante qu'un scalpel, pour lui clouer le bec. Il détourna les yeux, remit son large chapeau sur la tête et se plongea dans la lecture de son écran avec une attention qui ne dissimulait pas tout à fait son dépit. L'intrusion des trois manipulatrices de l'Adéhenne, qui invitèrent Aliz et les seize immigrés à passer avant son tour, acheva de le mortifier.

La porte de la cabine se referma sur Wang dont le cœur battait la chamade. Des lampes encastrées dans les cloisons dispensaient une lumière crue. La manipulatrice, une jeune femme vêtue d'un sobre ensemble blanc, lui avait recommandé de se conformer aux instructions de la machine. Il s'était déshabillé, s'était glissé dans l'étroit espace et s'était assis sur un siège d'où partaient plusieurs fils reliés à un tableau de bord. Un écran carré s'était allumé sur sa gauche, où clignotait la mention ATTENTE. Il craignait que cette machine ne signe son arrêt de mort en révélant son âge véritable. L'Occident n'aurait aucune raison de le garder en vie s'il n'intégrait pas l'armée d'Alexandre. La conversation qui s'était tenue dans la salle d'attente entre Aliz et son contradicteur confirmait l'hypothèse de Zhao : l'Occident récupérait les organes des immigrés qui n'avaient aucune utilité sociale.

Prélèvement cellulaire, afficha l'écran du tableau de bord. *Veuillez suspendre votre respiration et rester immobile.* Il prit une profonde inspiration. Une légère vibration parcourut le siège et une chaleur vive se diffusa dans son dos, dans ses fesses, dans ses cuisses. *Analyse épidermique en cours.* Il percevait nettement les différentes systoles, auriculaires et ventriculaires, de son cœur, qui cognait à tout rompre dans sa poitrine. Il avait l'impression que ses artères se gondolaient sous la pression de son sang. *Analyse sanguine imminente. Posez le coude gauche sur l'accoudoir. Reprenez votre respiration.* Un bras mécanique se détacha du plafond de la cabine et se dirigea, dans un grésillement à peine perceptible, vers la saignée du coude de Wang. Il ne sentit qu'une piqûre bénigne lorsque l'aiguille dorée se planta dans sa peau et lui préleva quelques centilitres de sang. *Analyse de la structure A.D.N. Veuillez retenir votre respiration.* Il lui sembla que l'aiguille bougeait dans sa chair mais, lorsqu'il observa l'extrémité du bras articulé, il se rendit compte qu'une deuxième tige métallique, plus épaisse, argentée, avait surgi de sa gaine et s'était à son tour fichée dans la pliure de son coude. Elle s'y enfonça à une telle profondeur qu'elle lui racla les tendons et les os et que la douleur lui arracha un cri. *Prélèvement terminé. Vous pouvez reprendre votre respiration. Veuillez rester assis jusqu'à l'ouverture de la porte.* Les deux aiguilles se rétractèrent, le bras articulé se replia vers le plafond, le siège cessa de vibrer. Wang fut tenté d'écraser d'un revers de main les deux gouttes de sang qui s'étaient formées aux endroits des piqûres, mais il prit conscience que ce geste n'atténuerait en rien la douleur qui s'étendait maintenant de sa main jusqu'à son épaule. La porte de la cabine pivota sans un bruit sur ses gonds. *Veuillez consulter le docteur Abitbol pour les résultats de votre analyse. Adéhenne S.A. vous remercie de votre confiance, vous souhaite une bonne santé et vous conseille Organique, une autre filiale du groupe Elfotal, pour vos éventuelles transplantations.* Légèrement étourdi, Wang se leva, sortit de la cabine et se dirigea vers le vestiaire d'une démarche hésitante. Une rigole de sang glissait sur son avant-bras. Le sort en était jeté : dans quelques minutes, dans quelques secondes peut-être, l'Occident apprendrait qu'il n'avait pas encore atteint ses dix-sept ans et ses organes serviraient à prolonger la vie de momies aussi grincheuses et ingrates que le contradicteur d'Aliz dans la salle d'attente. Tout en se rhabillant, il fut saisi d'un accès de panique qui lui coupa le souffle. Il chercha fébrilement un moyen de renverser le cours de son destin, mais le voyant frontal était le sceau de la fatalité, le fil que manipulaient ses implacables gardiens. Grand-maman Li ne l'aurait jamais expédié de l'autre côté du R.E.M. si elle avait su à quelle servitude les Occidentaux réduisaient les émigrés. Le Tao de la Survie ne s'accommodait pas de ce genre de pratique. Il ne lui restait plus qu'à prier les ancêtres. Il ne disposait ni d'autel, ni de bougie, ni de symbole, mais il lui suffisait peut-être d'appeler à l'aide la mère qu'il n'avait jamais connue et le père qui l'avait si tôt abandonné. Il les avait jusqu'alors totalement ignorés, parce qu'il avait tendance à ne considérer comme vivants que ceux qu'il percevait avec ses sens. Une impulsion le poussa à fermer les yeux, à se recueillir entre les cloisons resserrées du vestiaire. Comme il n'avait aucune idée des formules à réciter, il s'efforça simplement de ressentir la présence des disparus. Il lui sembla percevoir des mouvements et des chuchotements au-dessus de lui. Il pensa d'abord qu'il était le jouet d'illusions sensorielles, que son formidable désir de vivre l'entraînait à se leurrer lui-même, puis, résistant à la tentation de rouvrir les yeux, il lâcha toutes les prises avec le réel. Dans le silence paisible de son esprit, il entendit des murmures qui évoquaient le grondement lointain des vagues. Les tensions, les sombres pensées, la peur le désertèrent. Il n'éprouvait pas le besoin de réclamer quoi que ce soit aux âmes qui voyageaient sur le chemin de l'éternité, il lui suffisait de s'immerger dans la sérénité qui imprégnait la matière. Il commençait à comprendre ce que voulait dire grand-maman Li lorsqu'elle parlait de cette unité qui sous-tendait toute chose, « et même les assassins, et même les excréments, et même les rouleaux de printemps de ce voleur de Jueng Lin-Pi ! »

Des coups frappés à la porte du vestiaire le tirèrent brutalement de son recueillement et la voix de la manipulatrice transperça les panneaux de bois.

« Tout va bien ? »

C'est alors seulement qu'il se rendit compte que le sang coulait en abondance le long de son bras, imbibait la manche de sa combinaison et formait une mare visqueuse dans le creux de sa main repliée.

« L'aiguille l'a salement charcuté », dit le docteur Abitbol – son nom était inscrit sur la plaque lumineuse agrafée au tissu de son pourpoint.

Grand, légèrement enrobé, un visage rond surmonté d'une épaisse tignasse brune, des yeux aussi expressifs que des billes d'agate, une bouche flasque qui expulse des mots aussi mous que des crachats, des cuisses énormes difficilement contenues par des chausses rouges. Le mépris suinte par tous les pores de sa peau.

Aliz se tenait en retrait, le visage tendu d'un léger voile d'inquiétude. Le médecin avait retiré le pansement provisoire noué par la manipulatrice et avait examiné la plaie d'un air condescendant. « Je ne soigne pas les immigrés d'habitude, avait-il déclaré à la responsable de la cellule morphopsycho lorsqu'elle était entrée avec Wang dans la salle de consultation.

– Vous soignerez celui-là, avait-elle ordonné d'un ton sans réplique. Ou je parlerai de vous au conseiller Blachon. »

Abitbol connaissait visiblement le conseiller Blachon de réputation car il s'était exécuté sans protester. C'est tout juste s'il s'était fendu d'un : « Si mes patients apprenaient que j'ai soigné un immigré, vous comprenez... ma réputation... Je compte sur votre discrétion. »

Il sortit un flacon d'un tiroir de son bureau, en dévissa le bouchon, étala une pommade odorante et blanche sur la plaie.

« Ce liniment favorisera la cicatrisation. Pas la peine de traiter une lésion de ce genre à l'accélérateur cellulaire.

– Trop cher pour un Sino-Russe ? fit Aliz d'un ton provocant.

– Contrairement à ce que vous semblez croire, madame, je suis médecin, diplômé de la faculté de Barcelone, protesta-t-il. J'ai prêté serment de soigner tout être humain qui fait appel à mes services et si j'estime que la plaie de ce jeune homme...

– Vous refusiez de le recevoir il y a quelques minutes de cela ! » l'interrompit Aliz.

La remarque parut prendre de court le docteur Abitbol, qui s'accorda quelques secondes de réflexion pour préparer sa défense.

« Disons simplement que je m'efforce de suivre la ligne commerciale de l'Adéhenne. Il arrive parfois que l'intérêt de l'entreprise s'oppose à la raison médicale.

– Eh bien, docteur, pour l'intérêt de votre entreprise, pouvez-vous me communiquer les résultats des analyses des seize immigrés que je vous ai amenés... »

Abitbol posa une compresse sur la plaie de Wang, rabattit la manche de sa combinaison, puis il se renversa sur sa chaise en esquissant un sourire froid qui ne présageait rien de bon.

« Quelques minutes avant votre arrivée, j'ai reçu l'ordre formel de ne communiquer ces résultats qu'au responsable du défi français en personne, Francys Lomeroy », dit-il en détachant chacune de ses syllabes.

Le visage d'Aliz se couvrit de cendres.

« Qui vous a donné cet ordre ? siffla-t-elle.

– Ça vient de Paris. Du palais de l'Elysée plus précisément. On m'a prié de mettre mon laboratoire à votre disposition puis on m'a donné le code d'un sensor sur lequel brancher mon analyseur cellulaire. Les résultats seront directement expédiés à leur destinataire. Peut-être avez-vous perdu la confiance du conseiller Blachon, madame... »

Il avait prononcé cette dernière phrase avec délectation, savourant visiblement le plaisir que lui offrait cette petite revanche.

« Un coup des pro-anglophones, je suppose, marmonna Aliz. Je me demande ce que ces idiots veulent faire de ces analyses. Elles étaient précisément destinées à éliminer les éléments douteux, à éviter les réclamations américaines. Elles ne concernent de surcroît que seize individus, une proportion non significative. Vous êtes certain de la provenance de l'appel ?

– On m'a prévenu que vous risquiez de poser ce genre de question, répondit Abitbol. On m'a suggéré de vous prêter mon sensor pour vous permettre de vérifier l'information.

– Inutile ! Ces analyses n'ont qu'une importance mineure. Que ces crétins s'amusent avec si ça leur chante ! Ils nous les renverront quand ils se seront rendu compte de la stupidité de leur attitude. »

Elle se leva et se dirigea vers la porte d'un pas rageur. Elle se retourna, fit signe à Wang de la suivre et, en guise de congé, enveloppa le docteur Abitbol d'un regard méprisant.

Les quinze autres immigrés les attendaient dans une pièce située à l'extrémité du couloir. Un Noir lui demanda si elle connaissait les résultats des analyses.

« Nous devrons attendre, dit-elle en haussant les épaules. Un report indépendant de ma volonté... »

La nuit était tombée lorsqu'ils sortirent dans la cour intérieure. Aliz conduisit les seize hommes par des ruelles étroites jusqu'à la Porte de l'Atlantique, un bâtiment sans grâce coincé entre deux immeubles de style XVIIIe. La gérante, une femme brune qui s'éventait sans cesse avec l'une de ses immenses manches, ne semblait pas réjouie de louer ses chambres à des immigrés mais elle évitait de se montrer regardante sur la clientèle en période creuse. Surtout que l'accord avait été passé deux jours plus tôt avec les responsables du défi français et que, par conséquent, elle n'avait aucun souci à se faire pour le règlement. A cinquante ox la chambre individuelle, on pouvait mettre un mouchoir sur ses états d'âme.

« Je vous préviens que je facturerai au défi toutes les dégradations dont ces hommes se rendraient responsables », se crut-elle obligée de préciser à l'intention d'Aliz.

Elle pressa plusieurs boutons d'un grand tableau suspendu derrière le comptoir.

Wang choisit la chambre 9, un placard de trois mètres sur deux dépourvu de fenêtre. Il y régnait une odeur de renfermé qui lui rappela la puanteur suffocante des hôtels sordides de Most. Tout avait été calculé pour rassembler le maximum d'éléments dans un minimum d'espace. Il fallait faire preuve de souplesse pour évoluer entre le lavabo, la cabine de douche, le lit, la table de chevet et l'armoire sans rien bousculer, sans rien renverser. La pendule ronde dont le personnage, un vieillard à la trogne rougeaude, tirait la langue tous les quarts d'heure, était le seul objet de décoration de la pièce. Les hôtels de la R.P.S.R. et de l'Occident se ressemblaient étrangement par leur recherche obsessionnelle de la rentabilité. Les Occidentaux et les Sino-Russes étaient plus proches les uns des autres qu'ils ne l'imaginaient.

Wang n'avait rien mangé depuis le midi et il commençait à avoir faim. Il ne savait pas si la responsable de la cellule morphopsycho avait prévu de leur fournir le dîner. Sans argent, il ne lui servirait à rien de traîner en ville. Il décida donc de se coucher parce qu'il était fatigué et qu'il oublierait sa faim dans le sommeil. Mais, alors qu'il avait retiré ses chaussures et dégrafé les boutons de sa combinaison, on frappa à sa porte. Aliz s'introduisit dans sa chambre sans attendre sa réponse et s'avança jusqu'au pied du lit.

« Je suis invitée à dîner chez des amis et j'ai prévu de t'y emmener. Remets tes chaussures et suis-moi. »

Les amis d'Aliz le regardèrent toute la soirée comme une bête curieuse. Il n'était pourtant pas le seul immigré dans le luxueux appartement de la rue Sainte-Catherine, « la plus prestigieuse et la plus chère de Bordeaux ». Le personnel se composait d'une cuisinière libanaise, de deux servantes biélorusses et d'un sommelier espagnol, qui se demandaient visiblement pourquoi Wang, un immigré comme eux, se tenait avec la vingtaine d'invités des maîtres de maison, Bernehard et Jozlyn Mériadec. Bien qu'elle n'eût pas pris connaissance de son analyse cellulaire, Aliz l'avait présenté comme un futur soldat du défi français, un homme qui allait se battre pour Frédric Alexandre, pour l'honneur de la France.

« Si jeune ? » avait demandé Jozlyn Mériadec, une femme de haute taille dont la douceur de la voix et la splendeur de la toilette ne compensaient pas l'aspect masculin, épaules larges, absence de poitrine, traits grossiers.

Aliz avait changé de conversation. Ce n'était d'ailleurs pas très difficile dans la mesure où les invités et leurs hôtes, assis autour d'une immense table ovale, passaient leur temps à sauter d'un sujet à l'autre. Ils picoraient les mots comme ils picoraient les mets, abattant leur fourchette comme des becs dans les innombrables assiettes étalées devant eux. Ils évoquèrent tour à tour les guerres gallo-romaines, la future mode qu'on espérait gauloise mais qu'on préférerait romaine, les qualités stratégiques d'Alexandre, un peu tendre peut-être pour affronter un adversaire du calibre de Hal Garbett, les derniers potins bordelais, dont le maire, Alfons Durand, projetait de se présenter contre Emilian Freux lors des prochaines présidentielles (« Autant se frotter tout nu à un buisson d'épines »), les derniers travaux de Shlomo Arif, une avancée considérable dans le domaine de la morphopsycho, la recrudescence du mépris pour les immigrés qui pourrait engendrer à terme une tension sociale dangereuse.

Wang sentit une nette crispation lorsque la conversation aborda le thème de l'universalisme, du retour aux valeurs naturelles, d'une possible réconciliation avec le deuxième monde. Il pensa à Zhao lorsqu'il trempa ses lèvres dans son verre de vin rouge, un mouton-cadet de 2159, une année extraordinaire selon Bernehard Mériadec. L'alcool lui monta rapidement à la tête. Le sommelier espagnol, debout à côté de la porte de la cuisine, lui lançait des regards réprobateurs, comme s'il jugeait inconcevable sa présence à la table des maîtres. Les servantes biélorusses, assez jolies dans leurs jupes blanches et leurs corsages rouges, lui adressaient en revanche des sourires complices et s'arrangeaient pour lui servir les assiettes les plus copieuses. Il les en récompensait en dévorant tout ce qu'elles lui présentaient.

« Votre petit protégé a de l'appétit, Aliz ! s'exclama sa voisine, une femme qu'il soupçonnait d'avoir trente ou quarante ans de plus que ce qu'elle paraissait et qui touchait à peine aux mets pourtant délicieux.

– Il n'a peut-être pas toujours mangé à sa faim, répliqua Aliz. De quel pays viens-tu, Wang ? »

Il s'essuya les lèvres sur sa serviette blanche brodée de fils d'or. « De Silésie, répondit-il. Une sous-province de Pologne. Mais mes ancêtres sont originaires du Guangxi et du Guangdong. »

Les autres s'étaient tus pour l'écouter et il avait l'impression, dans le silence soudain de la salle à manger, de se retrouver devant un tribunal. Ils le fixaient sans aménité, comme s'ils le sommaient de justifier sa présence en Occident. Le vin faisait briller leurs yeux, rendait leurs gestes moins précis, plus saccadés. Ils attachaient une grande importance à leur apparence pour oublier qu'ils se vidaient peu à peu de toute substance. Leur ramage et leur plumage n'étaient que les expressions d'un profond désarroi, tout comme ces murs habillés de marbre, ces meubles de bois précieux, ces tentures et tapis somptueux, ces immenses baies vitrées qui donnaient sur des terrasses arborées, cette nourriture raffinée, ce vin qui se répandait dans le palais comme un doux velours à la saveur de terre et de bois. La pauvreté des Sino-Russes et l'étalage des richesses occidentales étaient les reflets contradictoires d'une même détresse morale.

« Tu ne mangeais donc pas à ta faim en Silésie ? demanda Jozlyn Mériadec.

– Ma grand-mère s'est toujours débrouillée pour me nourrir, répondit Wang.

– Et tes parents ?

– Ma mère est morte lors de son accouchement et mon père a été emporté par une épidémie. C'est ma grand-mère qui m'a élevé... »

On hocha la tête d'un air grave, comme si on compatissait sincèrement aux malheurs du deuxième monde, puis on changea de sujet, on parla des derniers programmes sensor, on reconnut de bonne grâce qu'on se plongeait de temps en temps dans les affres des T.S.L., les télésens de sexualité libre, pour y goûter des sensations fortes. Le vin aidant, certains avouèrent qu'ils avaient déjà eu des relations naturelles, qu'ils avaient pénétré ou avaient été pénétrés, que l'effet ne valait pas les vertiges sensoriels mais que, pour ne pas mourir idiot, il fallait pratiquer l'amour physique au moins une fois dans sa vie. De vives protestations s'élevèrent de part et d'autre de la table, la maîtresse de maison n'étant pas la dernière à vilipender ce retour à l'animalité qui équivalait à un saut en arrière de plusieurs siècles. D'ailleurs, le pape de l'Eglise catholique de la Nouvelle Réforme, le grand rabbin d'Israël et les responsables de la Fédération des Eglises protestantes avaient prohibé la sexualité physiologique en l'an 2107 parce qu'elle avait permis le développement de terribles épidémies comme les sida-mutatis du XXIe siècle et que, surtout, elle rabaissait l'homme au rang de la bête et sapait les fondements de la civilisation occidentale. Les sciences biologiques s'occupaient de la procréation, du développement embryonnaire, de la croissance, et la communication sensorielle était autrement plus riche, plus voluptueuse que la pénétration, les baisers, les caresses bucco-génitales, manuelles, ou les pratiques déviantes des siècles derniers. Les Eglises toléraient les sensors, les utilisaient même pour procurer à leurs fidèles des expériences extatiques, preuve qu'ils participaient à l'élaboration d'un monde meilleur d'où serait éradiqué tout germe de régression.

Bernehard Mériadec parla du tout nouvel appareil qu'il avait reçu la semaine précédente.

« Il peut contenir jusqu'à vingt-cinq personnes et donc multiplier par vingt-cinq les combinaisons sensitives... »

Les convives exprimèrent aussitôt le désir d'essayer cette merveille. Ils sortirent de table avant même que les soubrettes biélorusses n'aient eu le temps de servir le dessert et, surexcités, se dirigèrent vers une pièce entièrement occupée par le sensor. Bernehard Mériadec saisit un code sur un clavier lumineux encastré dans un mur et une porte capitonnée pivota sur ses gonds.

« Votre petit protégé ne peut pas entrer, dit-il à l'intention d'Aliz. Je m'estime plus libéral que Jozlyn, mais la loi proscrit formellement l'usage des sensors aux immigrés, et je ne voudrais pas que...

– J'avais de toute façon décidé de rester avec lui en vous attendant, l'interrompit-elle avec un sourire énigmatique.

– Nous risquons d'en avoir pour plusieurs heures...

– Prenez tout votre temps. Ne vous souciez pas de moi : j'ai besoin d'approfondir mes connaissances sino-russes... »

Les invités et les maîtres de maison s'introduisirent en gloussant et pépiant dans le salon du sensor.

Aliz entraîna Wang dans une chambre, « la chambre d'amis », précisa-t-elle, et, d'un geste du doigt, elle commanda à distance la fermeture du verrou automatique. Puis elle s'assit sur le lit et posa sur lui un regard trouble.

« Ne va pas croire que je suis une fanatique du naturalisme, dit-elle d'une voix traînante, mais ce soir, je me sens très... animale... Le vin, peut-être... »

D'un geste du bras, elle l'invita à s'approcher d'elle. Une agréable fraîcheur s'exhalait de bouches disséminées dans les murs recouverts de laque blanche. Un miroir occupait tout entier le plafond, qui capturait l'ensemble de la pièce et donnait l'impression que l'univers existait en deux exemplaires. Des lumières indirectes jouaient dans les sculptures cristallines posées sur des étagères asymétriques. Wang s'avança de trois pas jusqu'à ce que la main d'Aliz lui agrippe la cuisse.

« Tu as réveillé certaines pulsions en moi, Wang... dès que je t'ai vu dans le camp de la frontière allemande... »

Elle dégrafa les boutons de la combinaison du Chinois, glissa la main entre l'élastique de son caleçon et sa peau. Ses doigts jouèrent un petit moment avec ses poils pubiens avant de ramper vers son sexe, qui commença à se tendre avant qu'elle ne s'en soit emparée. Il fut envahi d'une envie brutale de la posséder, de la marquer de son empreinte. Il se recula, se défit de ses chaussures, de sa combinaison, de ses sous-vêtements.

Elle eut une expression de surprise lorsqu'elle vit son membre dressé vers le plafond comme une lame belliqueuse. Elle s'en saisit avec prudence, non pas pour le caresser mais pour en éprouver la rigidité du pouce et de l'index, de la même manière qu'elle aurait évalué la qualité d'une marchandise.

« Je ne m'étais pas trompée sur ton potentiel énergétique, murmura-t-elle d'une voix rauque. Les hommes que j'ai connus n'étaient pas aussi... durs que toi... »

Elle le serrait tout en parlant, lui enfonçait ses ongles dans la chair, lui comprimait douloureusement les bourses. Aucune sensualité, aucune tendresse n'accompagnait ses gestes mécaniques.

« Les Occidentaux ne sont plus de vrais hommes ou de vraies femmes. Ils se contentent de visionner les vieux films pornographiques ou de se connecter sur les programmes satellite qui pénètrent dans l'intimité des couples du deuxième monde. Nous sommes devenus des voyeurs, des pilleurs d'émotions... Et ce n'est pas la seule faute des Eglises, des moralistes ou des sida-mutatis. »

Elle le lâcha, se leva et commença à se déshabiller à son tour. Il ne lui fallut pas plus de deux minutes pour retirer sa robe, sa chemise à encolure carrée et sa vertugade. Elle s'allongea sur le lit, renversa la tête en arrière et écarta les jambes. Sa peau d'une blancheur d'albâtre tranchait sur les tons mauves et pourpres des draps. Elle ressemblait à une fillette avec ses seins menus, son pubis glabre, son incision vulvaire qui apparaissait dans toute sa crudité, dépouillée de son mystère. La vision de ce corps offert produisait sur Wang des sensations contradictoires, une attirance mêlée de répulsion, quelque chose comme le chaud et le froid.

« Viens. »

Cette invitation n'était pas l'expression de l'impatience d'Alix mais un ordre donné à un subalterne. Wang hésita, craignant de salir le souvenir qu'il gardait de Lhassa, de leurs étreintes maladroites et pourtant merveilleuses dans l'hôtel miteux de Most.

« Mon ventre te fait peur ? »

Il se dit alors qu'il ne devait pas décevoir cette femme parce qu'elle était peut-être un élément essentiel sur le chemin de la survie, qu'elle userait de son influence pour le maintenir en vie s'il parvenait à la satisfaire. Le destin le condamnait à être infidèle à Lhassa pour conserver une petite chance de la revoir.

Alors il prit Aliz par les hanches – la consistance de sa chair, extrêmement molle, le surprit –, la tira sur le bord du lit, lui souleva les jambes, plaça l'extrémité de son membre à l'entrée de sa faille et, légèrement fléchi sur les jambes, s'enfonça en elle avec brutalité.

La tête d'Aliz, couchée sur le drap, tressautait à chacun de ses coups de boutoir mais son visage demeurait inexpressif, éteint. Son casque, crissant sur le drap, accrochait des reflets de lumière. Wang ne ressentait aucune chaleur, aucune vie dans ce ventre qu'il maltraitait à grands coups de bassin. La douleur de son coude s'était réveillée et son bras gauche commençait à fatiguer.

Il retarda plusieurs fois la montée de son plaisir, puis,

constatant qu'elle ne se départait pas de son indifférence, il décida de mettre un terme à cette parodie d'union. Il aurait pu se retenir, épargner son énergie, comme le lui avait enseigné grand-maman Li, mais il lui fallait impérativement pallier la frustration engendrée par la frigidité de sa partenaire. C'était, davantage que de la frustration, une colère qui le poussait à l'humilier, à la souiller. Un abus de feu pour compenser un excès de froid. Il se retira précipitamment d'elle lorsqu'il franchit le seuil irréversible du plaisir. Il ne tenait pas à répandre sa semence dans une terre stérile. Une sensation de dépit et une brusque dépression physique suivirent le bref éblouissement de l'éjaculation.

Le visage et la poitrine maculés de sperme, Aliz se redressa et contempla d'un œil morne les rigoles blanchâtres qui s'éclaircissaient en se répandant sur son corps.

« Tu es comme les animaux mus par le besoin de marquer leur territoire, murmura-t-elle. Ton sperme aurait été plus utile dans une banque. Les Occidentaux n'ont que du mépris pour les immigrés, mais ils sont presque tous devenus stériles... »

Wang s'assit sur le pied du lit, tournant le dos à ce corps qui lui faisait maintenant horreur. Les bouches parfumées avaient déjà chassé les odeurs corporelles exaltées par la transpiration.

« Que vont-ils devenir ? demanda-t-il soudain.

– Qui ?

– Les dix mille hommes du camp des Landes qui n'auront pas été retenus pour les Jeux... »

Son souffle se suspendit dans l'attente de la réponse. Il leva la tête et observa Aliz par le miroir du plafond. Elle s'assit à son tour sur le bord du lit et s'essuya machinalement la poitrine.

« Tu as triché sur ton âge ?

– Quelle importance ? Je pourrais être utile même si je ne participe pas aux Jeux...

– Ce n'est pas moi qui juge de ton utilité.

– Qui juge ? Qui décide ? »

Il avait prononcé ces mots avec rage. Incapable de se contenir, il se leva et fit quelques pas.

« Le bureau de l'immigration, un organisme tout puissant, directement rattaché à l'O.N.O... J'espère que l'analyse cellulaire apportera une réponse favorable, Wang. Je le souhaite autant pour toi que pour moi... »

CHAPITRE XII

FAITS D'HIVER

L'adepte du Tao de la Survie préfère les dangers du combat à la tranquillité de l'inaction. Car l'inaction engendre une perte d'attention et conduit plus sûrement sur le chemin de l'anéantissement que l'affrontement mortel avec un adversaire. Béni soit l'être qui te convie à croiser le fer, car il est le reflet de ta propre détermination et il t'offre la possibilité de franchir une nouvelle étape sur le chemin de l'évolution.

Le Tao de la Survie de grand-maman Li

Aliz paraissait bouleversée lorsqu'elle s'introduisit dans le réfectoire. Elle s'arrêta au milieu de l'allée principale et, négligeant les quinze autres occupants du bloc X 7, fixa Wang avec une intensité douloureuse.

Cela faisait dix jours que le camp des Landes avait été vidé de la moitié de ses occupants. Les Occidentaux avaient rassemblé les soldats d'Alexandre dans les cent blocs de A à J et plusieurs dizaines d'immigrés, venus de l'extérieur, avaient démonté les autres bâtiments en moins d'une journée. Seuls avaient été épargnés, outre le bloc X 7, les logements des permanents du défi, des techniciens et des instructeurs, un ensemble de constructions situé à plusieurs centaines de mètres de l'enceinte du camp.

Wang et les quinze autres immigrés en attente des résultats de l'analyse cellulaire n'avaient rien d'autre à faire de leurs journées que d'aller sur la plage observer l'entraînement des soldats du défi, entamé depuis une semaine. Les préparateurs physiques, recrutés par le bureau, s'occupaient chacun de cent hommes. Les exercices étaient destinés à les habituer aux dures réalités des combats, très éprouvants sur le plan physique. Ils effectuaient d'abord de longues courses sur le sable de la plage à l'issue desquelles certains s'effondraient comme des masses. Puis ils passaient plus de deux heures à se fortifier les muscles en exécutant d'interminables séries de mouvements gymniques. Ils allaient ensuite se tremper dans l'eau de l'Atlantique avant d'étudier les techniques de combat proprement dites, attaques, esquives, projections, étranglements... Ils s'entraînaient pour le moment à mains nues, car le C.O.J.U. n'avait pas encore arrêté les modalités définitives du défi – les Français voyaient dans cette tergiversation la volonté manifeste du Comité de favoriser le défendeur américain –, mais ces exercices de simulation dégénéraient souvent en véritables bagarres. Les Sino-Russes et les musulmans sautaient sur la première occasion de régler un conflit qui, même s'ils en avaient oublié l'origine, datait de plusieurs siècles (des guerres du XXe siècle entre l'Union soviétique et l'Afghanistan plus précisément). Il fallait alors que le préparateur physique les menace d'extinction vitale pour qu'ils consentent à se séparer et à réintégrer les rangs.

Wang les regardait s'entraîner avec envie. Ce n'étaient ni les bains dans l'Océan ni les longues marches qu'il effectuait en solitaire dans la forêt qui parvenaient à tromper son sentiment d'inutilité. L'inaction lui pesait d'autant plus qu'il était suspendu à la divulgation de l'analyse cellulaire et qu'il était privé de tout contact avec Zhao et à Kareem J. Abdull. Il les apercevait de temps à autre au milieu de leur centurie, le Gabonais qui dominait ses compagnons d'une demi-tête et supportait la répétition d'efforts avec une grande facilité apparente, le Chinois de Bratislava dont le visage tourmenté trahissait la souffrance.

Wang n'avait pas le droit de pénétrer à l'intérieur du camp, entouré d'une barrière de rayons électromagnétiques et gardé jour et nuit par des hommes des services spéciaux du gouvernement français. Il devait donc se contenter d'adresser de lointains signes amicaux à Zhao et Kareem, qui lui répondaient le plus souvent par un geste du bras, par un sourire, mais qui, parfois, étaient trop exténués pour réagir. Il entretenait des relations polies avec ses quinze compagnons du bloc X 7 mais il évitait de se mêler à leurs histoires, d'autant que les trois Nordiques, les trois Noirs et l'Arabe avaient tendance à se coaliser contre les huit autres Asiatiques et que l'ambiance était parfois détestable dans ce bâtiment trop grand pour eux. Des soupirs étouffés et des grincements de sommier se glissaient entre les ronflements dans le silence nocturne du dortoir, trahissant une activité qui voulait probablement compenser l'inertie diurne.

Wang n'avait pas revu Aliz pendant ces dix jours. Il gardait de son séjour à Bordeaux un souvenir nauséeux. Il avait l'impression tenace de s'être avili en cédant aux exigences de l'Occidentale et, même s'il affectait de croire que son comportement avait été dicté par les impératifs de la survie, il regrettait amèrement cette infidélité faite à Lhassa. Il n'était pas certain que le temps effacerait cette tache sur la trame immaculée de leur amour. Après avoir pris une douche rapide, la morphopsychologue et lui étaient sortis de l'appartement des Mériadec sans attendre que les maîtres de maison et leurs invités aient terminé leur voyage sensoriel. Ils s'étaient promenés jusqu'à l'aube dans la ville endormie, croisant des groupes de noctambules aux visages hagards. Ils avaient attendu les quinze autres immigrés à la station de la Bourse et s'étaient engouffrés dans l'aérotrain sans dire un mot. De même, lorsque le camion les avait ramenés au camp des Landes, ils n'avaient pas eu un geste ou un regard de complicité l'un envers l'autre. Aliz avait paru regretter autant que lui cette étreinte aussi brève que frustrante.

Le rouge vif de sa robe faisait ressortir la blancheur de la peau et le bleu des yeux de la morphopsychologue, statufiée au milieu de l'allée centrale du réfectoire. Le souvenir très net de son odeur revint à la mémoire de Wang. Une odeur masquée par son parfum mais écœurante de fadeur. Une odeur qu'il s'était empressé d'oublier. Les quinze autres hommes avaient repoussé leur assiette et suspendu leurs gestes. Ils fixaient Aliz avec des lueurs interrogatives et craintives dans le regard. Les deux Afghans qui avaient apporté le repas vaquaient à leurs occupations sans tenir compte de la tension soudaine, presque palpable, tombée sur la pièce.

« J'ai reçu le résultat des analyses », déclara Aliz.

Elle marqua une pause, comme pour ménager ses effets. Wang l'aurait volontiers giflée s'il n'avait pas craint d'être éteint comme une vulgaire ampoule. Il s'était certes préparé au moment où la sentence tomberait comme un couperet et l'exclurait définitivement du jeu, mais il avait prié les ancêtres d'intercéder en sa faveur, et même s'il était devenu trop nerveux pour établir le silence intérieur et ressentir leur présence, il avait conservé un petit espoir au fond de lui.

« Trois d'entre vous ont été jugés aptes à rejoindre l'armée du défi français, reprit Aliz sans quitter Wang des yeux. Preben Thorsten... »

Un Blanc aux cheveux blonds et au teint hâlé se leva de son siège comme un ressort.

« Saïd M. Aziz... »

Les trois Noirs éclatèrent de rire et se frappèrent mutuellement dans les mains. Difficile de savoir si c'étaient les deux laissés-pour-compte qui congratulaient l'heureux élu ou bien si c'était ce dernier qui félicitait ses deux compatriotes de leur bonne fortune.

« Wang... »

L'énoncé de son nom le frappa comme un coup de poignard. Abasourdi, incrédule, c'est tout juste s'il se rendit compte que les lèvres d'Aliz s'étaient étirées en un sourire complice. La sensation fugitive le traversa que les ancêtres dansaient et riaient au-dessus de sa tête.

« Ces trois-là intégreront immédiatement le camp d'entraînement, ajouta la morphopsychologue. Les treize autres seront dirigés demain vers leur nouvelle destination.

– Quelle destination ? demanda l'Arabe d'un ton agressif.

– Je n'en ai pas pris connaissance.

– La mort ? insista l'Arabe, de plus en plus vindicatif. Vous allez nous saigner comme des moutons et distribuer nos organes à vos vieillards, à vos impotents ? »

Tout en vitupérant, il se leva et se dirigea d'une allure menaçante vers Aliz. Elle ne recula pas ni ne donna aucun autre signe de peur ou de colère.

« L'Occident m'a peut-être condamné à mort mais j'emmènerai quelqu'un avec moi en enfer ! » hurla l'Arabe.

Il lança les bras en direction du cou de la morphopsychologue mais son voyant frontal s'éteignit tout à coup et ses yeux exorbités se tendirent instantanément d'un voile terne. Il parut hésiter, se demander ce qu'il fabriquait dans ce réfectoire, face à cette femme vêtue de sang, puis il s'affaissa sur le parquet comme un pantin désarticulé.

Aliz le couvrit d'un regard mi-compatissant mi-dédaigneux.

« Y a-t-il d'autres candidats à l'extinction ? » demanda-t-elle en relevant la tête.

« Vous allez retirer trois soldats sélectionnés pour nous mettre à leur place ? »

La robe évasée d'Aliz écartait les branches des buissons. Ils avaient coupé par la forêt pour rejoindre le camp d'entraînement. Les deux autres, le Blanc et le Noir, marchaient une dizaine de mètres devant eux. Des senteurs de résine embaumaient l'air chaud et sec de ce début d'après-midi.

« Ils deviendront des réservistes, répondit-elle. Nous avons prévu mille hommes supplémentaires. Ils participent à l'entraînement et se tiennent prêts à remplacer les titulaires qui connaîtraient une défaillance physique ou morale.

– Quel... quel âge m'a donné la machine ?

– Dix-huit ans, trois mois, neuf jours...

– Elle est vraiment fiable ? »

Wang en était arrivé à se demander si grand-maman Li ne s'était pas trompée sur sa date de naissance. Après tout, il avait été mis au monde dans un taudis de Grand-Wroclaw, où les seuls registres étaient les souvenirs des anciens. Mais la vieille femme avait une excellente mémoire (elle ne se serait pas trompée dans de telles proportions) et il préférait croire à une intervention miraculeuse des ancêtres dans le supplément d'âge attribué par l'analyseur cellulaire.

« La “machine”, selon ton propre terme, a dissipé tous les doutes, affirma Aliz. Aux yeux de l'Occident, aux yeux du bureau américain des défis, son verdict a valeur de preuve. Je te croyais désireux de participer aux J.U...

– Est-ce que j'avais le choix ? Que me serait-il arrivé si je n'avais pas été retenu ? »

Elle écarta du bras une branche qui se dressait devant elle à hauteur de son visage. De temps à autre, les pointes acérées des aiguilles de pin crissaient sur son casque.

« Il y a deux destinations possibles pour le rebut : les laboratoires spécialisés en expérimentation humaine, de très gros consommateurs d'immigrés, et les banques d'organes...

– L'Arabe n'avait pas tort tout à l'heure !

– Je n'ai jamais dit qu'il avait tort. Je n'ai pas dit non plus que j'étais d'accord avec ce genre de pratiques.

– Vous l'êtes forcément, puisque vous travaillez pour le gouvernement. »

Elle le prit par le bras, le contraignit à s'immobiliser et le dévisagea d'un air sévère.

« Ce n'est pas parce que tu as eu des relations naturelles avec moi que tu es autorisé à me juger ! A ma façon, je suis probablement plus efficace que la plupart des opposants à l'O.N.O., déclarés ou clandestins.

– Vous faites partie du mouvement universaliste ?

– Disons que mes idées rejoignent les leurs...

– Vous voulez abattre le R.E.M. ? »

Une moue de réprobation déforma les lèvres rose pâle d'Aliz.

« Je ne suis pas l'une de ces radicales sans cervelle des sections albertistes : la brusque disparition du rideau instaurerait un chaos dont l'humanité ne se relèverait pas. Je fais partie des modérés, de ceux qui prônent un retour aux échanges progressifs entre l'Occident et ses voisins. »

Le Noir et le Blanc s'étaient à leur tour arrêtés de

marcher et les attendaient une cinquantaine de mètres plus loin.

« Qui contrôle le R.E.M. ? »

La question de Wang arracha un sourire à son interlocutrice.

« Ne me dis pas que tu es passé en Occident dans le but de neutraliser le rideau ! En un siècle, la G.N.I. nous a envoyé plusieurs millions d'hezbollahs, des soldats-suicides chargés d'ouvrir la voie aux armées du jihad islamique. La plupart d'entre eux ont été éliminés au franchissement de la porte de Saragosse et ceux qui ont échappé aux premiers contrôles n'ont jamais pu approcher de près ou de loin le bunker de commande du R.E.M. Leurs têtes ont été renvoyées à l'expéditeur dans des conteneurs de conservation pour montrer au gouvernement religieux de La Mecque la vanité de ses entreprises.

– Ce bunker, il se trouve où ?

– A Paris puisque le rideau a vu le jour en France. Mais le poste de commande est gardé et entretenu par les soldats et les techniciens de l'Organisation des nations occidentales.

– Est-ce que je pourrai le visiter un jour ? »

Elle éclata de rire.

« Bien que directement rattachée au cabinet du conseiller Blachon, on ne m'a jamais conviée à pénétrer dans le bunker ! C'est un honneur rarissime, réservé aux grands de ce monde. En tant qu'immigré, tu n'as même pas le droit de t'introduire dans un sensor...

– Et dans une femme occidentale ? »

La crudité de la question la laissa pendant quelques secondes sans réaction.

« Les relations naturelles sont simplement déconseillées entre Occidentaux, mais strictement prohibées entre les Occidentaux et les ressortissants du deuxième monde. Nous avons pris des risques, Wang : quelqu'un aurait pu nous surprendre, alerter les autorités, et ton voyant frontal se serait éteint...

– Et vous ?

– On m'aurait éloignée pendant quelque temps du camp des Landes et dc Matignon. Allons-y maintenant, je t'en ai déjà trop dit... »

Un homme des services spéciaux conduisit Wang jusqu'au bloc D 3. Les hommes s'y reposaient en attendant de reprendre l'entraînement. Il chercha fébrilement des yeux Zhao ou Kareem mais il ne les repéra pas parmi les Jaunes, les Blancs et les Noirs allongés ou assis sur les lits superposés. Ils lui jetèrent des regards mornes, dépourvus d'expression. L'odeur de transpiration, lourde, âpre, le fit suffoquer.

« Je te reverrai peut-être à la fin des Jeux, avait murmuré Aliz à l'entrée du camp.

– A condition que je sois encore vivant...

– Ton instinct de survie est très développé, Wang.

– Comment le savez-vous ?

– N'oublie pas que je suis une morphopsychologue, une spécialiste du comportement humain. Ma mission est terminée : je rentre à Paris ce soir. »

Elle lui avait ébouriffé les cheveux dans un geste empreint d'une tendresse dont il ne l'aurait pas crue capable, puis elle s'était éloignée de sa démarche aérienne jusqu'à ce que les effluves de chaleur absorbent la tache rouge de sa robe.

Un Jaune, un Birman peut-être, se dirigea vers lui et lui désigna un lit superposé dont la partie basse était occupée par un Noir.

« Installe-toi là. Je suis Ne Yu, le chef de ce bloc. Tu remplaces un Turc du nom d'Ilgür et ça ne plaît pas forcément à ses amis. Mais si tu te tiens à carreau et si tu exécutes les ordres sans rechigner, tu n'auras pas de problème... »

Wang acquiesça d'un mouvement de tête, se défit de ses chaussures et se hissa sur le lit où il s'allongea après avoir éprouvé la consistance du sommier. Quelques minutes plus tard, il vit apparaître la tête de son voisin du dessous, dont les cheveux crépus s'ornaient de quelques mèches blanches teintées de rose par l'éclat de son voyant frontal.

« Ne te laisse pas impressionner par ce crétin de Ne Yu, dit le Noir à voix basse après s'être accoudé au montant du lit. Depuis que les Ox l'ont nommé chef de bloc, il se prend pour un empereur birman !

– Les Ox ?

– Les Occidentaux. Je m'appelle Belkacem L. Abdallah. Belka pour les intimes... »

Il accentuait exagérément les dernières syllabes, particularité qui transformait son phrasé en staccato de pistolet-mitrailleur. Wang tenta de sonder les intentions cachées dans ses yeux noirs et globuleux mais il n'y décela rien d'autre qu'un intérêt spontané porté à un compagnon de hasard.

« Wang...

– De quel coin de Sino-Russie ?

– De Pologne. De Silésie plus exactement.

– Wroclaw ? »

Leurs voix éclataient comme des bombes sonores dans le silence paisible du dortoir. Les hommes étaient tellement exténués qu'ils n'avaient même plus le courage de parler.

« Tu es déjà allé en Silésie ? » s'étonna Wang, redressé sur un coude.

Il n'avait jamais vu d'hommes noirs dans les ruelles de Grand-Wroclaw (ni d'Arabes ou de Turcs d'ailleurs, mais on pouvait confondre ces derniers avec les Balkaniques). Belkacem L. Abdallah éclata d'un rire tonitruant qui déclencha quelques protestations alentour.

« J'étais professeur d'histoire-géographie dans une école coranique de Khartoum, au Soudan. Ma pédagogie ne plaisait pas à tous les parents d'élèves et certains d'entre eux m'ont poursuivi devant un tribunal religieux. Voilà pourquoi je me retrouve à faire l'idiot sur une plage de l'Atlantique au lieu de jouir de la fraîcheur de ma maison de Khartoum, de l'amour de mon épouse et de mes six enfants... »

Ses yeux s'étaient embués lorsqu'il avait prononcé cette dernière phrase.

« Tu es d'origine américaine ? demanda Wang.

– Le L de mon nom signifie Lewis, mais mes ancêtres viennent du Canada et de la Jamaïque. Ils se sont joints aux Afams pour la grande migration de 2049. Le grand rêve de la négritude, du retour en Ethiopie, le pays du négus... Ils n'avaient pas prévu qu'on leur supprimerait la liberté de culte. Ils n'avaient pas prévu non plus qu'un de leurs descendants finirait son existence dans l'enfer occidental.

– L'enfer est partout en ce monde, avança Wang.

– On peut se battre quand le combat est équitable.

– Le combat sera équitable contre l'armée de Hal Garbett...

– Est-ce que nous avons la possibilité de refuser de participer à leurs maudits Jeux ?

– Tu n'avais pas davantage de liberté au Soudan.

– J'étais libre dans ma tête, mais avec cette saloperie dans le front, j'ai l'impression d'avoir vendu mon âme à Satan ! »

Ils avaient haussé le ton sans s'en rendre compte et des paroles menaçantes s'élevèrent de différents points du dortoir. Belkacem L. Abdallah secoua la tête comme pour chasser sa morosité et adressa un sourire chaleureux à l'intention de Wang avant de retourner s'allonger sur son lit.

Les premiers jours d'entraînement furent éprouvants pour Wang. Bien qu'il fût de robuste constitution et qu'il eût pour lui la vigueur de la jeunesse, il avait pris du retard sur les autres et il devait en appeler à toute sa volonté pour ne pas s'écrouler après les exercices du matin. Les points de côté s'associaient aux douleurs tendineuses pour transformer les longues courses sur le sable en de véritables calvaires. Il n'avait jamais aimé la course à pied, même si elle lui avait sauvé la mise à plusieurs reprises dans les rues de Grand-Wroclaw. Il serrait les dents cependant pour ne pas se laisser distancer par des hommes plus vieux ou plus gros que lui.

Le préparateur physique, assis à l'ombre d'un parasol, engoncé dans ses vêtements Renaissance, aboyait ses ordres dans un petit appareil amplificateur. Chaque centurie observait un intervalle de cent mètres avec le groupe voisin pour éviter que les voix des préparateurs ne se confondent. Wang essayait de reprendre son souffle pendant les étirements, les assouplissements et les exercices spécifiques de musculation, tractions, abdominaux, reptations... Puis, à l'issue de cette première série, il se débarrassait de sa combinaison, de ses sous-vêtements détrempés, et se plongeait avec délectation dans l'eau revigorante de l'océan. Comme le préparateur ne leur laissait pas le temps de se sécher, ils n'avaient pas d'autre choix que de remettre leurs vêtements imprégnés de sueur sur leur peau mouillée.

Belkacem L. Abdallah se baignait avec ses sous-vêtements, non par pudeur, avait-il expliqué, mais parce que son épiderme était allergique aux rayons du soleil. La jovialité du Soudanais en faisait un compagnon agréable. Il avait un tel talent de conteur que les hommes étaient de plus en plus nombreux à se rassembler autour de son lit après le repas du soir. Il relatait, de sa voix grave, des légendes où se mêlaient étroitement la tradition africaine, la religion musulmane et la mythologie américaine. Ses roulements d'yeux, ses rires fracassants et ses cris ponctuaient les moments les plus forts, les plus angoissants ou les plus drôles de ses récits, déclenchant l'hilarité ou l'effroi dans son auditoire. Il préférait visiblement la compagnie de Wang à celle de ses compatriotes ou des autres musulmans du bloc. Non seulement ils étaient voisins de dortoir – le Soudanais avait ce défaut de ronfler comme un moteur de camion sino-russe – mais ils prenaient leurs repas à la même table au réfectoire et allaient se promener ensemble durant leurs rares heures de répit.

Wang revoyait de temps à autre Zhao et Kareem J. Abdull. Les deux hommes l'avaient étreint chaleureusement lorsqu'il les avait rencontrés au détour d'une allée. Zhao, nommé chef du bloc B 1, s'était encore émacié et la peau parcheminée de son visage s'incrustait sur ses os. Le Gabonais faisait partie des dix hommes qui subissaient un entraînement spécial sous les ordres d'un expert en transmissions militaires.

« Leur satané ordinateur m'a classé premier des dix mille, avait déclaré Kareem d'une voix gonflée d'orgueil. Alexandre m'a donc choisi pour être son capitaine de champ titulaire. Ce n'est pas que ça m'amuse, mais ça me permettra peut-être d'en apprendre un peu plus sur le R.E.M.

– A quoi sert un capitaine de champ ?

– Je serai en contact permanent avec Frédric Alexandre et je transmettrai ses ordres aux officiers. En plus de l'entraînement physique, nous suivons des cours de stratégie, de psychologie et de communication.

– Pourquoi êtes-vous dix alors qu'il n'y a qu'un capitaine de champ ?

– Mes trois remplaçants, mes trois assistants et leurs propres remplaçants. Les chefs des blocs deviendront les officiers des centuries. Alexandre m'a parlé également d'un groupe d'électrons libres, chargés de semer la pagaille dans les rangs ennemis. Tout se mettra en place quand le Comité d'organisation aura annoncé les modalités définitives.

– Notre avenir repose en grande partie sur les épaules de notre ami, était intervenu Zhao. Nombreux sont les Jaunes de ce camp qui enragent de dépendre d'un nègre...

– Ça n'a rien à voir avec la survie ! s'était exclamé Wang.

– Ta grand-mère était sage, mais la plupart des Sino-Russes ont de la merde dans la tête. Ils trouvent plus commode de s'en prendre à une race qu'ils ne connaissent pas plutôt que de se révolter contre leurs véritables bourreaux. Le principal atout d'une armée, c'est sa cohésion. Nous devons jouer le jeu et vaincre Hal Garbett si nous voulons avancer dans nos projets.

– Mais Frédric Alexandre...

– ... n'est qu'un type qui joue avec ses hommes comme avec des pièces d'échecs, avait coupé Zhao. Ce sont les soldats qui font l'essentiel du travail. Fût-il le stratège le plus brillant de l'histoire qu'il ne pourrait pas vaincre avec des troupes divisées. Hal Garbett n'a pas choisi d'incarner Rome par hasard : les légions étaient des modèles d'unité, de cohérence. Elles s'engouffreront dans nos failles comme le fer d'un glaive dans une gorge... »

Ils s'étaient tus pendant un long moment, les yeux baissés.

« Où se déroulent les Jeux ? avait fini par demander Wang, brisant un silence qui commençait à l'oppresser.

– Sur une île artificielle du milieu de l'Atlantique, avait répondu Kareem. L'île des Jeux... Alexandre m'a expliqué qu'elle a été créée en 2150 à la requête des grands télésens. Avant cette date, les défis étaient organisés dans le pays du défendeur. Les installations de l'île permettent de modifier à volonté la topographie et le climat. Nous pouvons nous retrouver en plein hiver ou sous un soleil de plomb, en plaine ou en terrain montagneux, sur un sol aussi dur que la pierre ou dans la boue... »

Ils s'étaient séparés en se promettant de se revoir aussi souvent que possible. Quelques centaines de mètres seulement séparaient leurs blocs respectifs, mais Kareem n'avait plus guère de temps à leur consacrer et Zhao avait déclaré d'un ton provocant qu'il filait le parfait amour avec un Marocain du nom de Khalid. Toutefois, le regard sombre qu'avait décoché le Chinois de Bratislava à son compatriote avant de prendre congé avait démenti ses propos.

Ils ne se voyaient que tous les trois ou quatre jours depuis leurs retrouvailles, toujours à la même place, au carrefour de deux allées de sable qui desservaient les rangées des blocs C. Wang avait la nette impression qu'ils s'éloignaient inexorablement les uns des autres comme des billes de bois dérivant sur des courants contraires. Kareem se pénétrait de plus en plus de l'importance de son rôle de capitaine et un changement progressif apparaissait dans ses paroles et dans son attitude. Il n'évoquait plus la neutralisation du R.E.M., ni son retour en Afrique, ni sa chère femme que les fanatiques religieux avaient mariée de force à son dénonciateur. Il parsemait son discours de considérations stratégiques qui révélaient l'influence de Frédric Alexandre, auquel il vouait une admiration grandissante. Zhao avait perdu cette faconde à la fois frivole et percutante qui en faisait un interlocuteur inégalable. Il semblait absent, retiré en lui-même, indifférent à son environnement. Il ne participait à la conversation que pour se plaindre de son rôle de chef de bloc ou des traitements inhumains que leur faisaient subir les préparateurs physiques. Il avait mauvaise mine malgré la salubrité du climat. Des braises s'allumaient de temps à autre dans les fentes étroites de ses yeux, comme avivées par un souffle intérieur. Il lui arrivait de plus en plus souvent de venir en retard au rendez-vous, voire de ne pas se présenter. Comme il ne donnait aucune explication sur ses absences, les deux autres en étaient réduits à supposer qu'il vivait une période difficile sur le plan amoureux.

Les performances physiques de Wang s'améliorèrent rapidement lors des semaines qui suivirent son admission au camp. Il finit bientôt parmi les hommes de tête lors des courses de six ou sept kilomètres du petit matin. Les points de côté et les douleurs aux tendons s'estompèrent au fur et à mesure qu'augmenta sa maîtrise du souffle. Il éprouvait même une certaine jouissance à fouler le sable tantôt dur tantôt mou de la plage, à inspirer l'air saturé de sel, à soulever des gerbes d'eau dans les vagues mourantes de l'océan.

Le préparateur restait assis sous son parasol pour leur enseigner les techniques de combat. Il se contentait d'expliquer les différentes parades et esquives, puis il demandait au chef du bloc d'illustrer ses propos avec l'un de ses hommes. Ne Yu choisissait régulièrement Wang comme partenaire parce que, dépourvu de cette volonté imbécile de démontrer sa force à la moindre occasion, le jeune Chinois maîtrisait rapidement les mouvements et acceptait volontiers son rôle de faire-valoir. Cette préférence, ajoutée à l'acrimonie générée par le remplacement de leur coreligionnaire, lui valait de nombreuses inimitiés parmi les musulmans du bloc.

Les Turcs, les Arabes et quelques Africains proféraient à son encontre des paroles menaçantes lorsqu'ils venaient à le croiser seul dans une allée, dans la forêt ou sur la plage. Ils juraient également d'arracher les couilles de cette face de citron de Ne Yu et de tous les Jaunes en général, cette engeance maudite qui se débrouillait toujours pour occuper les meilleures places.

Belkacem L. Abdallah, exaspéré par la conduite de ses coreligionnaires, le défendait avec énergie lorsqu'il se trouvait à ses côtés.

« Vous jouez les fiers-à-bras devant un homme seul, mais que restera-t-il de votre courage lorsque vous affronterez des adversaires aussi nombreux et aussi bien armés que vous ? »

Ils lui répondaient en arabe, comme pour lui rappeler qu'il était dans le même camp qu'eux, qu'il avait tort de prendre fait et cause pour un Jaune.

« Cervelles de mouches ! répliquait-il en frenchy. C'est l'Occident qui a fabriqué l'antagonisme entre la G.N.I. et la R.P.S.R. Il continue de vous manipuler comme des pantins. »

Son intervention suffisait en général à calmer les plus excités mais ils revenaient à la charge quelques jours plus tard, encore plus vindicatifs, impatients de régler à leur manière une situation qu'ils ressentaient comme une atteinte à leur honneur.

Le temps s'égrena, généra une atmosphère de plus en plus tendue dans le bloc D 3 (Wang avait entendu dire que des bagarres avaient éclaté dans d'autres blocs). Un Turc voulut assassiner Ne Yu avec un couteau de cuisine qu'il avait dérobé aux Afghans de service, mais son voyant frontal s'éteignit avant qu'il n'ait eu le temps d'aller au bout de ses intentions et il s'effondra sur la table où s'était installé le Birman. Les extinctions soudaines de deux autres musulmans au cours de la même journée agirent comme un électrochoc et, à partir de cet instant, on se contenta de part et d'autre d'afficher son mépris en silence.

Le soir du 30 novembre, deux Occidentaux passèrent dans les dortoirs pour annoncer aux soldats d'Alexandre que l'hiver commençait le lendemain, qu'on allait donc leur distribuer de nouvelles tenues appropriées à une température qui allait avoisiner zéro degré pendant les mois de décembre, janvier et février. Ils furent priés de rendre leurs trois jeux de sous-vêtements, de chaussures et de combinaisons d'été. « Un des jeux est au lavage, intervint Ne Yu. Il n'en reste donc que deux, celui que nous avons sur nous et celui de rechange, plié dans l'armoire du vestiaire... »

La notion même d'hiver semblait totalement incompatible avec la chaleur moite qui régnait dans les bâtiments. Sur un signe d'un Occidental, des Afghans s'introduisirent dans le dortoir et passèrent dans les allées en poussant des chariots vides où les hommes furent conviés à jeter leurs vêtements. On leur distribua ensuite les tenues d'hiver, des combinaisons épaisses, des sous-vêtements de laine, des chaussures montantes, une capote et une couverture supplémentaire.

Wang préféra rester nu plutôt que de s'emmitoufler dans des étoffes qui lui donnaient chaud rien qu'à les regarder. Au cœur de la nuit, il sentit le froid se glisser sournoisement sous les draps. Il étala la couverture sur lui mais se rendit rapidement compte qu'elle ne suffisait pas à le réchauffer. Il enfila alors le caleçon, les chaussettes et le maillot de corps aux manches longues qu'il avait posés au pied du lit. Les souvenirs des hivers glaciaux de Silésie affluèrent à la surface de son esprit et des larmes brûlantes s'écoulèrent de ses yeux.

Le lendemain matin, une épaisse couche de neige recouvrait les toits des blocs, les branches des pins, les allées, la plage. Ce spectacle stupéfia les occupants du bloc D 3, non parce qu'ils n'avaient jamais vu de neige (très rares étaient ceux qui vivaient dans des contrées totalement épargnées par l'hiver) mais parce que le changement de climat s'était effectué exactement de la manière dont l'avaient annoncé les Occidentaux, comme si ces derniers avaient la maîtrise totale des phénomènes atmosphériques. Chacun se félicitait à présent que les responsables du défi français aient anticipé de quelques heures l'arrivée du froid en procédant à la distribution des vêtements d'hiver, précaution que beaucoup avaient prise la veille pour une incompréhensible lubie.

Le brusque abaissement de la température – on était passé de vingt-huit à zéro degré centigrade du jour au lendemain – ne modifia ni la durée ni l'intensité de l'entraînement. On courut dans la neige comme on avait couru dans le sable, on cracha des panaches de buée par les narines ou la bouche entrouverte, on étala les capotes sur le sol pour réaliser les mouvements gymniques et les simulations de combat. Le froid piquait les visages et un vent vif, venu du large, s'infiltrait dans les moindres interstices des combinaisons. Les rafales emportaient les instructions du préparateur, enveloppé dans une ample cape et coiffé d'un immense chapeau à panache. Bien que le soleil eût déserté le ciel d'un gris uniforme, il restait assis sous le parasol, probablement pour se protéger d'éventuelles chutes de neige. Wang n'avait pas encore réussi à lui donner un âge, car le temps n'avait laissé aucune trace sur son visage impassible, et cependant un parfum particulier de vieillesse émanait de lui, ce parfum que le jeune Chinois avait maintes fois humé dans les bras de grand-maman Li. On entendait au loin, colportées par le vent, les voix des autres préparateurs couvertes par le fracas des vagues et les piaillements des mouettes.

Le passage soudain de l'été à l'hiver eut pour effet d'écarter les éléments les plus faibles de l'armée d'Alexandre. Victimes de pleurésies, de bronchites, d'angines, de fortes fièvres, ils furent soignés sur place, dans le bâtiment médical du défi, ou bien, pour ceux qui souffraient de maladies contagieuses, expédiés vers le centre de soins de Bordeaux. Ceux-là ne revinrent jamais au camp et furent remplacés par les réservistes.

Habitué aux rudes hivers silésiens, Wang ne contracta qu'un rhume bénin qu'il élimina en deux jours. En revanche, Zhao fut pris de quintes de toux de plus en plus violentes qui le pliaient en deux et l'obligeaient à s'asseoir sur le seuil de la porte du bloc C 7, le plus proche de leur lieu de rendez-vous. Alarmé par sa pâleur et sa maigreur maladives, Kareem lui proposa de l'accompagner au centre de soins du camp, mais le Chinois de Bratislava déclina l'offre avec la plus grande fermeté.

« Si j'entre dans ce bâtiment, je ne remettrai plus jamais les pieds au camp ! »

Adossé au panneau de la porte, la tête renversée en arrière, il tentait de reprendre son souffle, d'apaiser le feu qui se répandait dans sa gorge et sa poitrine. Des filets de salive rosie de sang dégouttaient des commissures de ses lèvres. Il disparaissait dans sa capote, dont il avait relevé le large col. Kareem s'accroupit en face de lui et le dévisagea d'un air soupçonneux.

« Tu étais malade avant de passer en Occident, n'est-ce pas ? »

Zhao acquiesça d'un mouvement de menton.

« Une variété de sida ?

– Une mutation tuberculeuse, répondit-il d'une voix enrouée. Les moindres refroidissements entraînent des infections pulmonaires à répétition qui dégénèrent en phtisie. Je n'ai pratiquement plus de défenses immunitaires. J'ai survécu jusqu'alors par la grâce d'un acupuncteur de Bratislava, un vieil homme qui stimulait mes organes de défense, en particulier le foie, mais je sais qu'ici l'aveu de ma maladie serait sanctionné par l'extinction immédiate de mon voyant frontal. J'ai encore quelques jours, peut-être quelques semaines à vivre, et je ne tiens pas à en faire cadeau aux Occidentaux. »

Il se releva en prenant appui sur le chambranle et les regarda tour à tour en grimaçant.

« Ne vous inquiétez pas pour moi, reprit-il après une nouvelle quinte de toux. J'ai la vie solidement chevillée au corps, la mort attendra...

– Tu sais que les sida-mutatis sont transmissibles par

le sperme et le sang, protesta Kareem. Tu infectes tous ceux avec lesquels tu couches ! »

Zhao releva la tête et soutint sans ciller le regard du Gabonais.

« Ça, c'est ce que tu crois ! répliqua-t-il en s'efforçant de maîtriser le tremblement de sa voix. Tu reprends à ton compte la version officielle des Eglises et des gouvernements religieux pour contrôler la sexualité de leurs ouailles. Les moralistes soutiennent que la fornication est synonyme de dégénérescence, de mort. Je pense quant à moi qu'un homme sain de corps ne risque rien à coucher avec moi. Si ses défenses sont intactes, il neutralisera sans problème les virus contenus dans ma semence et dans mon sang. Les sida-mutatis se sont développés principalement en Ukraine, en Biélorussie et dans les pays Baltes, là où les populations avaient déjà été affaiblies par le fléau nucléaire. A partir du moment où on laisse un être humain établir et fortifier ses propres défenses immunitaires, il n'y a aucune raison pour qu'elles soient démantelées par les virus...

– C'est de l'inconscience pure et simple ! gronda Kareem. Tu n'as pas le droit de jouer avec la vie de ceux qui te font confiance. Et ton vieil acupuncteur est un apprenti sorcier s'il soutient ce genre de théorie... »

Zhao fit quelques pas dans la neige épaisse accumulée au bord du bloc et dans laquelle il s'enfonça jusqu'à mi-mollet. Le soleil perçait entre les nuages effilochés par le vent.

« Il dit que la maîtrise des énergies fondamentales est le secret d'une longue vie et d'une bonne santé. L'union du ciel et de la terre, des éléments... Une médecine vieille de plus de cinq mille ans. Les Occidentaux ont poussé nos dirigeants à l'éradiquer de notre conscience collective, mais elle s'est perpétuée malgré ce Tchernobyl culturel.

– Elle n'est pas si efficace que ça puisqu'elle n'a pas su te délivrer de ta maladie », remarqua Kareem.

Zhao se retourna avec vivacité et posa sur le Noir des yeux brillants presque entièrement occultés par ses paupières.

« Je n'ai malheureusement pas toujours suivi les consignes de mon acupuncteur, lâcha-t-il entre ses lèvres serrées. L'homme qui veut renforcer ses défenses ne commence pas par les ébrécher. J'ai... abusé de pilules miracles en provenance de l'Asie du Sud-Est qui décuplent les performances sexuelles. De redoutables bombes chimiques au doux surnom d'Erosine. Elles multiplient les rapports mais laminent le foie, bousillent les leucocytes. Tant que mon vieux sorcier récupérait mes excès, je ne limitais pas ma consommation. Jusqu'au jour où mon système immunitaire a rendu l'âme... »

Un silence aussi glacial que l'air ambiant ponctua la déclaration de Zhao. Ce fut Wang qui, oppressé, prit l'initiative de le rompre.

« Les Occidentaux n'ont pas détecté ta maladie au passage de la porte ?

– Leurs analyses ne sont pas infaillibles : la preuve, ils se sont trompés sur ton âge. A leur décharge, les sida-mutatis sont extrêmement difficiles à déceler lorsqu'ils sont inactifs.

– Tu ne peux pas te battre dans ces conditions, intervint Kareem.

– Qui me parle en cet instant ? rétorqua Zhao avec agressivité. L'ami ou le capitaine de champ de Frédric Alexandre ? Tu te soucies de ma santé ou bien tu veux éliminer un soldat déficient ? »

Les traits du Gabonais se figèrent, comme subitement gelés par les morsures de la bise. Il avait avoué à Wang qu'il avait mis plus d'une semaine à s'adapter au froid, un climat inconnu à Port-Gentil, mais sa robuste constitution lui avait permis de traverser sans dommage cette période difficile. Il parlait avec ferveur des préparatifs des J.U., des réunions avec Alexandre qui avait plus de cent idées à la minute, de la déclaration imminente du C.O.J.U., qui déclencherait la phase finale de la préparation.

« Mon père m'a toujours enseigné de laisser parler mon cœur devant un homme qui souffre, fit-il d'une voix imprégnée de tristesse.

– Oublie ma souffrance et considère-moi comme un homme ordinaire, maugréa Zhao. Ce sera le meilleur service à me rendre. Et n'aie aucune crainte sur mon aptitude au combat : je ne serai pas le maillon faible de la chaîne d'Alexandre. Tant qu'un souffle de vie m'animera, je tiendrai ma place comme n'importe lequel d'entre vous. »

Le C.O.J.U. choisit la date du 15 décembre pour effectuer sa déclaration. Elle ne fut pas diffusée en direct comme la proclamation d'Hal Garbett, mais le bureau français dépêcha dans les blocs des rapporteurs qui relatèrent les grandes lignes des modalités décidées par le Comité.

Les fantassins du défendeur américain seraient équipés de l'armement romain traditionnel, à savoir d'un casque de fer, d'une *lorica* – deux plaques métalliques destinées à protéger la poitrine –, d'une armure d'acier composée d'une épaulière et d'une bande autour de la taille, d'un bouclier droit en bronze, d'un glaive court, d'une lance, d'une *subarmale* – le vêtement du dessous, une tunique en laine à manches larges et courtes – et de *caligæ,* des sandales en cuir. La cavalerie se composerait de deux mille hommes, armés d'une épée longue et d'une lance, protégés par un casque de bronze, une dalmatique en cuir et un bouclier en bois peint appelé parme. Les officiers recevraient un casque orné d'un cimier d'argent et d'un plumet, un fourreau incrusté de têtes de clous, et ils tiendraient le cep de vigne comme marque distinctive de leur rang. Quant au capitaine de champ, il ne serait pas tenu d'arborer une tenue révélatrice de sa fonction. Etant donné qu'il était la pièce principale du jeu, le stratège le vêtirait et l'armerait à sa convenance.

Les fantassins gaulois porteraient une longue tunique de tissu, un manteau militaire appelé le sagum, des braies, un casque métallique décoré de clous, de cornes ou d'ailes, des chaussures à semelles épaisses, des cnémides de bronze protégeant la jambe de la cheville jusqu'au genou, un bouclier celte rond, une épée, un hast court ou une hache. Pour pallier l'absence de cuirasse chez les fantassins, le C.O.J.U. attribuait quatre mille cavaliers à l'armée de Frédric Alexandre, munis de deux lances à large pointe et d'un bouclier ovale en cuir épais. Les chevaux seraient en revanche dépourvus de selle et d'étriers, car les Gaulois, réputés excellents cavaliers, pouvaient fort bien se passer de harnachement. Une décision partiale, discutable, car très rares étaient les ressortissants de la R.P.S.R. et de la G.N.I. qui avaient pratiqué l'équitation. De nombreux soldats de l'armée d'Alexandre perdraient une énergie précieuse à essayer de tenir en équilibre sur l'échine de leur monture et cette gaucherie se traduirait par une perte d'attention qui favoriserait l'adversaire. Les chefs gaulois seraient autorisés à passer des cuirasses dorées ou des manteaux en mailles de fer et d'amples capes brodées de motifs. Leurs casques en bronze seraient ornés d'ailes d'oiseaux de proie et, outre le bouclier, l'épée et la lance, ils se verraient attribuer une hache. Quant au capitaine de champ, il reviendrait à Frédric Alexandre de l'équiper selon ses options stratégiques.

Wang prit conscience de l'importance du rôle du capitaine de champ, élément primordial de l'armée, à la fois vizir – ou reine pour certains joueurs des provinces de l'Ouest – et roi du jeu d'échecs. La pièce qui concentrait les plus grands pouvoirs, qui était, par conséquent, la cible prioritaire de l'adversaire. Kareem J. Abdull serait l'homme à abattre pour les Romains de Hal Garbett car le tuer reviendrait à désorganiser complètement l'armée du concurrent français. Le Gabonais, investi d'un rôle difficile, dangereux, devrait être protégé ou dissimulé à chaque instant durant la bataille. Inversement, si les soldats d'Alexandre parvenaient à localiser et éliminer le capitaine de champ du défendeur américain, ils prendraient un avantage décisif.

Le C.O.J.U. avait opté pour un climat pluvieux, brumeux, et pour une température n'excédant pas les cinq degrés. Ces conditions météorologiques avantageaient également Hal Garbett dans la mesure où le terrain glissant et la boue rendaient aléatoire l'utilisation de la cavalerie et où ses soldats, mieux couverts, souffriraient moins du froid. Le champ de bataille se présenterait sous la forme d'une grande plaine à l'herbe rase de deux mille hectares, d'une forêt d'un millier d'hectares, d'un ensemble de collines et d'un marécage de cinq cents hectares chacun. Enfin, les Romains seraient basés dans un camp de tentes militaires entouré d'une haute palissade de bois et d'un fossé, et les Gaulois résideraient dans un oppidum constitué de mille maisons aux toits de chaume, aux murs de torchis, et ceint d'une muraille de pierre. Dernière particularité du défi, les combats seraient ininterrompus. Ils pourraient se dérouler indifféremment le jour et la nuit et ne cesseraient que lorsqu'un stratège demanderait l'un de ses cinq temps morts (durée du temps mort : trois heures). Une sirène retentirait alors et les belligérants devraient immédiatement suspendre les hostilités sous peine d'être éliminés du jeu par extinction de leur voyant frontal.

« Je crois bien qu'on a vécu le meilleur de notre séjour en Occident, soupira Belkacem L. Abdallah après que les rapporteurs furent sortis de la salle. Finir dans la peau d'un guerrier blond ou roux, c'est un cauchemar pour un nègre de mon espèce !

– Blond ou roux ? s'étonna Wang.

– J'ai un vieux livre d'histoire française à Khartoum : on y décrit les Gaulois comme de féroces guerriers à tresses blondes ou rousses. C'étaient des Celtes, des peuples qui vivaient dans les forêts. La logique historique aurait voulu que les Noirs servent dans les légions romaines : on y trouvait des fantassins des provinces orientales, des esclaves africains... Déjà esclaves : à croire que la servitude est le destin des nègres...

– Ils n'étaient pas esclaves en Amérique...

– Détrompe-toi ! Ce sont les Blancs, les Français, les Portugais, les Anglais, les Espagnols, qui nous ont déportés d'Afrique pour nous vendre en Amérique. L'abolition de l'esclavage n'a été proclamée qu'à l'issue de la guerre de Sécession, à la fin du XIXe siècle... Je ne sais pas si je trouverai la force de me battre contre les soldats de Hal Garbett. J'aurais l'impression de me porter des coups à moi-même.

– C'est la loi de la survie, affirma Wang.

– Ça ne m'intéresse pas de survivre à n'importe quel prix.

– Tu peux toujours faire en sorte d'obtenir l'extinction de ton voyant... »

Le Soudanais lança un regard furibond au jeune Chinois, puis ses traits se détendirent et un large sourire éclaira son visage.

« Tu as raison, Wang : j'y tiens encore, à cette chienne de vie... »

Cinq mille chevaux arrivèrent au camp une semaine plus tard, le jour du 22 décembre. Transportés par camions spéciaux, ils furent installés dans des écuries montées en un temps record par une multitude d'immigrés espagnols, portugais et nord-africains.

« Des selle français, expliqua Kareem à Wang et Zhao lors d'une rapide entrevue entre deux entraînements. Plus grands et plus calmes que les apaloosas ou les mustangs américains.

– Le C.O.J.U. a glissé une belle peau de banane sous les pieds d'Alexandre en lui imposant quatre mille cavaliers, grommela Zhao. Combien savent monter à cheval ici ? Cent ? Deux cents ? »

Le Noir posa sur son vis-à-vis des yeux dénués d'aménité.

« La guerre ne se gagne pas avec des pensées pessimistes ! » cracha-t-il d'un ton coléreux.

La neige avait cessé de tomber depuis deux nuits – les montagnes étaient maintenant suffisamment enneigées pour permettre aux Occidentaux de goûter les joies des sports d'hiver – et le manteau blanc commençait à se parsemer de taches sombres. Le soleil régnait de nouveau dans un ciel bleu pâle mais ses rayons ne suffisaient pas à réchauffer l'atmosphère. Zhao toussait un peu moins. Il s'était également engagé provisoirement, assurait-il, dans une période d'abstinence dont son vieil acupuncteur des faubourgs de Bratislava aurait sûrement été très fier.

« Je suis la preuve vivante d'un optimisme à toute épreuve, répliqua-t-il avec vivacité. Je devrais être mort depuis trois ou quatre ans ! Et le réalisme n'est pas nécessairement synonyme de défaitisme. Nous augmenterons nos chances de nous en sortir si nous sommes conscients de nos faiblesses. »

Kareem le toisa d'un regard dédaigneux, puis se drapa dans sa capote, tourna les talons, s'éloigna sans dire un mot et disparut à l'angle d'un bloc.

« L'adaptation permanente est la base de la survie, murmura Zhao après quelques instants de silence. Or notre ami s'emplit des dogmes d'Alexandre et devient aussi rigide qu'une lame de fer.

– Et nous devons rester aussi fluides que l'eau ou l'air », ajouta Wang.

Zhao fixa son compatriote d'un air à la fois ému et triste.

« Tu continues de hanter mon cœur, petit Jaune. Est-ce que tu sais que Wang n'est pas ton prénom mais ton nom de famille ?

– Ma grand-mère m'a toujours appelé Wang...

– Deux cents ans de déportation dans les provinces de l'Ouest ont suffi à nous transformer en ersatz de Blancs. Tu n'as pas décliné ton nom complet lorsque nous nous sommes rencontrés dans le subterraneus. Tu ne le connais pas ?

– Wang Zangkun...

– Un beau prénom, Zangkun, mais difficile à retenir pour les non-Asiatiques. »

Zhao s'approcha de lui et lui posa la main sur l'épaule. Wang ne chercha pas à se défendre de ce geste qui était la manifestation d'une tendresse sincère.

« Ne te coupe jamais de tes racines, Wang Zangkun. N'oublie pas que tu es un fils du Ciel. »

Le Chinois de Bratislava tremblait de tous ses membres. Il contint une quinte de toux et se dirigea d'une allure mal assurée vers la plage où l'entraînement au corps à corps allait bientôt reprendre.

CHAPITRE XIII

LA RUCHE ALBIGEOISE

Souviens-toi de Michaül Trondelier, Frédric Alexandre. Souviens-toi de ces Jeux de 2148 pendant lesquels, avec une poignée d'Indiens survivants et nus, il défit la cavalerie américaine et ses armes à feu, et renversa le cours de l'histoire. Il ne se rendait alors pas compte combien son uchronie était symbolique. Elle marquait la revanche des peuples opprimés sur l'aigle américain, elle donnait le coup de grâce à ce colosse aux pieds d'argile qui prétendait dominer le monde et qui n'était rien d'autre qu'une créature monstrueuse engendrée par une Europe divisée, inconsciente. Déplume ce deuxième aigle, Frédric, et redonne à notre nation son honneur perdu.

Editorial du 25 décembre 2211 de Jacquin Legrand,
Total Sens

Jehan de La Couperie jeta un coup d'œil par-dessus son épaule avant de composer un code à douze chiffres sur un clavier portable. Un pan de mur s'escamota et dévoila la bouche étroite d'une ouverture. D'un geste de la main, Jehan invita Delphane à s'introduire dans le couloir tapissé de métal qui s'enfonçait dans l'obscurité.

Elle hésita, consciente d'engager le doigt dans un engrenage qui risquait de la happer tout entière et de la broyer. Elle contempla la campagne tarnaise, recouverte d'un manteau neigeux qui s'effilochait sous les caresses d'un soleil encore voilé par les brumes matinales.

Elle s'était demandé où Jehan, le responsable du mouvement universaliste pour la région du Sud-Ouest, voulait en venir lorsqu'il l'avait invitée à visiter cet endroit mystérieux qu'il appelait la « ruche ». Suivant les conseils de Perico Suarez Axcotal, elle s'était rendue aux assemblées clandestines après avoir reçu un appel codé sur le sensor familial de l'appartement de Toulouse.

Les réunions se déroulaient chez l'un ou l'autre des membres actifs du mouvement. On y rencontrait des hommes et des femmes de tous âges, de toutes conditions – le milieu intellectuel était toutefois le plus largement représenté, universitaires, chercheurs, artistes, concepteurs sensorama, cadres de l'administration, étudiants... –, et on pérorait jusqu'à l'aube sur la nécessité d'un rapprochement avec le deuxième monde. On vilipendait ces Jeux uchroniques imbéciles, qu'on sensorerait toutefois pour trouver un surcroît de motivation dans cet étalage de cruauté inutile. Lorsqu'on apprit que Delphane connaissait très bien Frédric Alexandre, on la pressa de questions sur les habitudes, les qualités et les défauts du challengeur français, on lui demanda s'il prêtait une oreille attentive à l'idée universaliste ou bien s'il faisait partie de ces êtres sans cœur pour lesquels les immigrés n'étaient que des animaux de boucherie. Quelques dames osèrent lui poser, à voix basse, la question que tous formulaient en leur for intérieur : est-ce qu'elle avait eu des relations... disons naturelles avec Frédric Alexandre, et dans l'affirmative était-il doté d'une vigueur proportionnelle à son intelligence ? Delphane avait assuré qu'il n'était pas intéressé par les choses de l'amour physique, mais on ne l'avait pas crue et on avait continué de lui jeter des regards lourds de sous-entendus.

On passait ensuite aux modalités de l'action, on cherchait des solutions pour étendre l'influence de l'universalisme. Tel concepteur sensorama promettait qu'il glisserait des notions universalistes dans le projet que la SF 1 lui avait commandé, et on l'admirait, on mesurait les risques encourus à infiltrer le télésens national. Tel cadre administratif proposait de détourner certaines directives venant des cabinets des conseils présidentiels, de les interpréter d'une manière favorable aux idées progressistes. On avançait que ce ne serait pas facile mais on se gardait bien de le décourager. Puis, aux alentours de minuit, le musicien de service proposait de jouer sa dernière œuvre dédiée à la réunion des deux mondes, et on l'écoutait maltraiter son vibriano avec un ravissement extatique, on lui garantissait que cette pièce, sublime, deviendrait tôt ou tard l'hymne officiel d'une planète enfin réconciliée avec elle-même (Delphane avait ainsi entendu les mêmes personnes affirmer à des compositeurs différents qu'elles feraient tout ce qui était en leur pouvoir pour que leur œuvre, unique, divine, soit choisie comme hymne officiel). On passait enfin aux choses plus concrètes avec le repas, pris en commun autour d'une table afin d'apprendre à se connaître et de retrouver le sens perdu de la convivialité, laquelle se traduisait également, le vin aidant, par des tentatives plus ou moins directes de s'étourdir dans les relations naturelles.

Bien que grisée par la musique naturo-céleste et par la consommation d'élixirs morphêbloquants, Delphane gardait la tête suffisamment froide pour repousser les avances sournoises des hommes ou des femmes qui la sollicitaient, qui la fixaient avec le regard luisant d'un tigre convoitant une proie, qui l'effleuraient de leurs mains moites. Elle n'enviait pas les couples ou les groupes qui se formaient dans différents recoins de l'appartement et qui se livraient à de répugnantes parodies amoureuses. Leurs soupirs sonnaient comme les notes discordantes d'une mélodie désespérante. Elle se levait, prenait congé de ses hôtes, parcourait les rues de Toulouse à pied, respirait à pleins poumons l'air tiède – vif maintenant, puisqu'on était passé en hiver – et parfumé de la nuit, se réfugiait dans le souvenir de Perico Suarez Axcotal. Elle aurait accepté avec joie les avances du Cubain, cet homme à qui il avait suffi de quelques minutes pour réveiller la femme en elle. Frédric la contactait tous les deux ou trois jours pour échanger quelques minutes de sensations, d'émotions, mais c'était à Perico qu'elle pensait pendant leurs communications sensor.

Le Cubain lui avait annoncé que le mouvement utiliserait ses relations privilégiées avec le challengeur français, mais jusqu'alors personne n'avait abordé le sujet avec elle. Elle n'était qu'une participante comme les autres de ces assemblées où de soi-disant comploteurs s'assourdissaient de paroles pour oublier leur propre vacuité. Les mille précautions dont ils entouraient leur engagement politico-humaniste, les masques ridicules dont ils s'affublaient pour se rendre aux réunions, les adresses des rendez-vous codées et divulguées au dernier moment, les mines héroïques qu'ils se croyaient obligés d'arborer, tout cela l'exaspérait, l'éloignait de plus en plus de cette cause qui n'avait jamais été sienne.

Son père, qui avait remarqué son air soucieux, lui

avait demandé si elle avait des problèmes avec Frédric Alexandre.

« J'espère que ton petit chéri fichera la raclée à cette brute yankee, Delphane ! J'ai parié vingt mille ox sur lui. Une grosse cote... Tout le monde m'affirme qu'il ne tiendra pas un jour face à Hal Garbett. Il va bien, au moins ? »

Elle l'avait presque haï à cet instant. Pour son père, l'existence se résumait à un gigantesque pari. Le système boursier avait été supprimé à l'orée du XXIe siècle pour réduire l'influence des multinationales, ces pieuvres économiques qui avaient failli entraîner l'anéantissement du genre humain, mais des bureaux s'étaient installés dans les métropoles occidentales pour constituer un réseau de paris qui portaient sur les faits de société, les Jeux uchroniques, les élections présidentielles, les fluctuations des entreprises, la durée de vie et la quantité de greffes subies par les grands de ce monde, le nombre d'enfants à naître dans l'année...

Delphane n'avait pas répondu et s'était enfermée dans le sensor, où elle s'était connectée sur un programme satellite.

Ces voyages dans le deuxième monde la révoltaient contre la nature humaine. Elle ne comprenait pas comment la majeure partie des hommes en était arrivée à un tel degré de « misère morale, physique et matérielle », selon les termes de Perico. Elle se promenait dans les villes surpeuplées de l'AmSud, où des bandes armées de mitraillettes dépouillaient les cadavres des enfants et des vieillards allongés sur les trottoirs. Des véhicules pétaradants, rouillés, émettaient une fumée noire qui empuantissait l'air ambiant – l'odeur, reconstituée par les capteurs olfactifs, était tellement suffocante qu'elle devait faire un violent effort sur elle-même pour ne pas couper le canal. Grâce aux objectifs transmatériels, elle s'était introduite à plusieurs reprises dans des logements mexicains, brésiliens, colombiens, et elle s'était rendu compte que leurs occupants mangeaient de la viande humaine. Les hommes, les femmes et les enfants qu'on vendait sur les marchés étaient destinés à la consommation, comme des animaux de boucherie. Elle avait failli régurgiter son repas lorsqu'elle avait vu une fillette aux grands yeux noirs en train de mordre à belles dents dans un bras humain.

Elle sélectionnait machinalement le continent sudam lorsque l'écran du tableau de bord lui demandait quelle partie de la planète elle souhaitait sensorer. Elle ne s'était pas encore aventurée sur les terres de la R.P.S.R. ou de la G.N.I., comme si elle ne pouvait pas détacher ses sens de cette AmSud barbare qui la fascinait. Les émigrés se pressaient par milliers devant les portes de San Antonio et de Phoenix, se battaient au couteau, à la machette pour être les premiers à s'introduire en Occident au moment de l'ouverture du R.E.M. Les soldats de Frédric Alexandre se heurteraient à de redoutables adversaires sur l'île des Jeux. Hal Garbett avait à sa disposition un réservoir inépuisable de fauves enragés.

Perico lui avait affirmé qu'elle puiserait les motivations de son engagement lors de ces plongées dans le désespoir du deuxième monde. Elle éprouvait certes de la compassion envers ces êtres humains tellement affamés qu'ils en étaient réduits au cannibalisme, mais une peur immense, vertigineuse, la saisissait à l'idée que le R.E.M. pût un jour disparaître. Contrairement au Cubain, elle trouvait tout à fait justifiée l'existence de cette muraille protectrice : elle empêchait des hordes barbares, sanguinaires, anthropophages, de déferler sur l'Occident, le dernier refuge de la paix et de la raison sur la terre.

Elle doutait à présent de ses aspirations universalistes. Elle avait hésité à se rendre à la dernière réunion, où elle s'était ennuyée comme jamais. Elle s'était montrée désagréable à l'encontre d'un homme qui l'avait abrutie avec ses cures à base d'embryons et ses greffes multiples.

« Une forme perverse de cannibalisme ! avait-elle grommelé. Vous avez un curieux sens de l'empathie universelle... »

L'homme était resté bouche bée – des dents parfaites,

blanches, d'importation africaine probablement – et il avait remonté l'une de ses mèches blondes d'un geste mécanique. C'est alors que Jehan de La Couperie, le responsable régional, l'avait abordée et l'avait priée de l'accompagner dans une pièce tranquille de l'appartement, un seize-pièces du centre de Toulouse appartenant à un ténor avibratoire de l'opéracapel local. Elle s'était exécutée, bien qu'elle subodorât dans cette démarche une invitation déguisée aux relations naturelles (il ne lui avait jamais adressé la parole depuis leur première communication sensor).

Grand, maigre, Jehan n'avait probablement pas atteint sa cinquantième année, même si sa gravité naturelle, accentuée par sa chevelure brune, son air lugubre et ses yeux profondément enfoncés sous les arcades saillantes, le vieillissaient d'une bonne décennie. Il avait sacrifié à la mode Renaissance, comme bon nombre de ses contemporains, mais l'amplitude exagérée de son pourpoint, les innombrables plis de ses chausses et les tons bruns et noirs des étoffes moirées lui donnaient l'allure d'un vautour maladroit.

« Le temps est venu pour toi de découvrir d'autres horizons, avait-il déclaré. Ces... conspirateurs d'opérette te tapent sur le système, n'est-ce pas ? »

Ce préambule avait suffoqué Delphane. N'était-il pas justement le responsable de ces conspirateurs d'opérette ? Lisant de l'incrédulité dans les yeux de son interlocutrice, il avait ajouté :

« Ils m'exaspèrent également, mais ils me servent d'alibi. Je m'arrange pour donner la primeur de nos petites réunions aux services spéciaux du gouvernement. Ça contente les uns et les autres : le gouvernement parce qu'il a l'impression de contrôler les activistes universalistes, nos amis parce qu'ils se croient investis d'une mission humanitaire. »

Ulcérée par le cynisme de Jehan de La Couperie, Delphane s'était dirigée d'une allure décidée vers la porte de la pièce, un boudoir aux tons abricot et rose.

« Je te propose de te frotter au véritable universalisme, Delphane Miorin ! avait-il crié. Ce que tu vois ici n'en est que la caricature ! »

Elle s'était retournée, la main sur la poignée de la porte, et l'avait fixé d'un air mi-interrogateur mi-provocant. Le ronronnement des régulateurs domotiques s'était immiscé dans le silence où venaient échouer, depuis le salon, les voix assourdies des membres de l'assemblée échauffés par le vin et les accélérateurs mentaux.

« Tu connais Perico Suarez Axcotal ? avait-elle demandé.

– Le responsable du mouvement aux Antilles ? Bien entendu. Un rêveur, un idéaliste...

– Tu as quelque chose contre les idéalistes ?

– Au contraire : ce sont les individus les plus faciles à manipuler. »

La voix, l'attitude, le regard de Jehan avaient eu à cet instant quelque chose de démoniaque.

« Je t'invite dans deux jours à visiter la ruche, avait-il repris. Tu comprendras alors ce que je veux dire.

– La ruche ?

– Un endroit instructif... »

Une intuition avait traversé l'esprit de Delphane.

« Cette visite a un rapport avec Frédric Alexandre ? »

Un sourire énigmatique avait flotté pendant quelques secondes sur les lèvres de Jehan.

« Possible, avait-il répondu. Ça dépendra de toi, de lui... Je t'attendrai après-demain matin à la station des Jacobins. A neuf heures.

– Je ne t'ai pas encore donné ma réponse », avait-elle protesté pour la forme.

Il s'était assis sur l'accoudoir d'une banquette de cuir et avait hoché la tête en la couvrant d'un regard pénétrant.

« Tu me la donneras après-demain à neuf heures. »

Elle avait toujours su qu'elle se rendrait au rendez-vous. Elle étouffait dans les murs de l'appartement familial où son père, bien qu'il s'en défendît, lui reprochait d'avoir mis fin à sa carrière de stratège. Elle ne supportait plus la tyrannie de Martale, sa belle-mère, et le côté dérisoire des réunions du mouvement lui donnait envie de hurler. Qu'elle envisageât de reprendre les études pour apprendre un véritable métier ou qu'elle projetât de devenir la femme de Frédric Alexandre, l'avenir lui paraissait totalement dénué de signification.

Jehan l'attendait sur le quai de la station aérienne, sanglé dans un manteau dont il avait relevé le col fourré, coiffé d'un chapeau plat et empanaché. Ils avaient pris l'aérotrain jusqu'au terminus, puis ils étaient descendus dans une gare souterraine de correspondance et avaient sauté dans un subterraneus régional en direction d'Albi. Ils s'étaient arrêtés à Rabastens, où Jehan avait entraîné Delphane dans une longue marche à travers les bois et les prés blêmis par la neige. Elle avait regretté de ne pas s'être chaussée de ses bottes fourrées. De même, la cape de laine qu'elle avait jetée sur ses épaules ne l'avait guère protégée des morsures du froid.

Les bâtiments d'une ferme étaient apparus entre les bancs de brume. La maison d'habitation, flanquée d'un pigeonnier, des tuiles rouges et des murs de pierre à l'ancienne, des dépendances en bon état. Située au sommet d'une colline, elle toisait les environs avec toute la morgue que lui conféraient son ancienneté, sa solidité.

« Nous y sommes, souffla Jehan.

– A qui appartient cette ferme ?

– A ma famille... A moi, puisque j'en suis l'ultime survivant.

– Tes parents sont morts ? »

Il lui jeta un regard de biais.

« Ils ont fait partie de ces gens qui se sont suicidés collectivement le 31 décembre 2199 sur le parvis de la Défense à Paris...

– Ah, les adeptes de l'Eglise de la Rédemption... »

Elle avait sensoré un historama sur cette dissidence de l'Eglise catholique de la Nouvelle Réforme, classée comme hérésie en l'année 2150, interdite par décret de l'O.N.O. en 2178, et dont l'enseignement reposait sur le dogme central de l'expiation, du rachat des fautes de l'Occident par le suicide collectif. Ils avaient fixé la date de leur mort au dernier jour du XXIIe siècle pour offrir leur sang au siècle à venir. Plus de trois mille personnes s'étaient donné la mort sur le parvis de la Défense, un ensemble de tours du XXe siècle condamnées à la démolition. Se frappant la poitrine à coups de couteau, s'achevant les uns les autres, ils avaient récité la prière des morts jusqu'à leur dernier souffle. Les forces de l'ordre étaient arrivées trop tard pour empêcher le terrible massacre. Ce funeste épisode avait quelque peu gâché les célébrations de la nouvelle année, du nouveau siècle. Le quartier de la Défense avait été rasé dès le mois de janvier 2200, y compris la Grande Arche Mitterrand, et, à l'emplacement de ce qui avait été jadis un quartier d'affaires important, s'élevait un jardin botanique suspendu, réputé dans tout l'Occident pour ses roses mauves et orangées.

« Décide-toi, ou nous serons bientôt transformés en statues de glace. »

La voix de Jehan fit sursauter Delphane. Elle se rendit compte qu'elle tremblait de peur et de froid devant l'entrée de ce couloir qui donnait sur un monde dont, elle en avait la certitude, elle ne reviendrait pas indemne.

« Libre à toi de retourner à Toulouse par le premier subterraneus... », ajouta le responsable régional du mouvement universaliste.

Un silence sépulcral enveloppait la campagne, déchiré de temps à autre par les croassements des corbeaux et les sifflements du vent. Les écharpes de brume s'enroulaient autour des chênes aux frondaisons squelettiques. Delphane s'aperçut tout à coup que leurs traces de pas sur la neige avaient disparu, comme estompées par d'invisibles lutins. Elle vit également que les volets de bois de la maison d'habitation étaient tirés sur des portes et des fenêtres murées, condamnées. Jehan s'était d'ailleurs directement dirigé vers la grange attenante lorsqu'ils avaient pénétré dans la cour intérieure de la ferme. Il s'était arrêté devant un mur aveugle, avait sorti son clavier et avait composé le code. Les pierres, où aucun linéament n'était discernable, s'étaient brusquement écartées dans un grondement sourd.

La curiosité l'emporta sur la frayeur que suscitaient en Delphane cette bâtisse et cette ambiance funèbres. Elle s'engouffra dans l'ouverture comme elle aurait sauté du dixième étage d'un immeuble et, le cœur battant, le souffle court, elle s'avança dans le passage. Jehan la rattrapa en quelques enjambées. Le mur se referma dans un claquement sec et des lumières s'allumèrent sur les parois métalliques du couloir. Aucune lampe, aucune ampoule n'était visible, c'était le matériau lui-même qui s'était illuminé. Une odeur indéfinissable, oppressante, oscillait entre le métal fondu, l'acide chlorhydrique, les moisissures, l'acétone, et donnait à Delphane l'impression de visiter une fabrique de produits chimiques.

La déclivité prononcée du sol de béton la contraignait à déplacer le centre de gravité de son corps pour ne pas être entraînée vers l'avant. Les bruits de leurs pas se répercutaient sur la voûte, haute de plus de trois mètres. Après dix minutes de marche, ils arrivèrent devant une porte métallique dépourvue de poignée et qui fermait hermétiquement le passage. Jehan extirpa le clavier portable d'un repli de son manteau et saisit un nouveau code. Un voyant vert s'alluma au centre du panneau.

« Identification vocale pour Jehan de La Couperie... », articula-t-il à haute et distincte voix.

Le voyant vira à l'orange.

« Identification demandée pour Delphane Miorin... »

Il se tourna vers la jeune femme. Les hautes bottes de cuir synthétique du responsable régional du mouvement universaliste – la loi Bardot de 2060 interdisait l'utilisation des peaux animales dans la maroquinerie et l'industrie de la chaussure – encore maculées de neige, semaient des flaques d'eau sur le béton lisse.

« Annonce-toi. L'enregistrement de ta voix servira de

sésame à chaque fois que tu te présenteras à l'entrée de la ruche. »

Il parlait d'une voix aussi tranchante qu'un sabre. Les lueurs fiévreuses qui s'allumaient dans ses yeux et le rictus qui lui tordait la bouche accentuaient sa ressemblance avec un extrémiste religieux des hérésies rédemptrices. Il avait hérité de ses parents cette propension à l'exaltation qui menait au fanatisme.

« Delphane Miorin », annonça-t-elle d'une voix mal assurée.

Le voyant recouvra sa couleur verte au bout de dix secondes et la porte s'escamota silencieusement par le haut, dévoilant une immense salle éclairée, comme le couloir, par une lumière qui provenait de partout et de nulle part à la fois.

« La ruche », déclara Jehan d'une voix extasiée.

Elle n'avait pas usurpé son nom : elle était conçue comme une véritable ruche ou une fourmilière. Etagée sur cinq ou six niveaux, elle donnait l'impression de se présenter en coupe. Delphane eut besoin d'une bonne minute pour se rendre compte que les galeries transversales étaient en réalité des passerelles reliées les unes aux autres par des toboggans. Elles desservaient des compartiments de forme ronde, des sortes de nids plongés dans la pénombre. De l'ensemble se dégageaient à la fois une sensation de désordre et une grande harmonie.

Jehan saisit Delphane par le bras et l'entraîna sur une passerelle qui partait du sol et montait en pente douce vers le centre de la structure dont la lumière ténue révélait l'extrême complexité. Ils passèrent devant un nid à l'intérieur duquel Delphane aperçut des formes blanches et mouvantes. Des corps vaguement humanoïdes, des têtes chauves ou ornées d'un duvet comparable à celui des nourrissons, des yeux minuscules, ronds, luisants, profondément enfoncés sous les arcades dépourvues de sourcils. Comme ils ne portaient aucun vêtement, elle pouvait différencier les hommes des femmes, mais leurs organes sexuels étaient atrophiés, aussi bien les seins des femmes, vagues renflements aux aréoles rétractées, que les testicules et le pénis des hommes, minuscules excroissances de chair qui semblaient sur le point de se détacher de leur base. De même, leurs membres, les bras et les jambes, étaient apparemment incapables de supporter le poids de leur tronc, et c'était probablement la raison pour laquelle ils restaient en position assise ou couchée. Un peu partout sur leur corps, sur le crâne, sur le torse, sur le bassin, se dressaient des appendices de chair semblables à des antennes d'insectes. Ils ne parlaient pas, ils émettaient des murmures à peine perceptibles entrecoupés de soupirs, de claquements, de chuintements. Des odeurs déroutantes, organiques et chimiques, s'exhalaient de ces poches de ténèbres.

Jehan se dirigea vers une sphère transparente suspendue, de quinze ou vingt mètres de diamètre, qui occupait le centre exact de la structure – c'est du moins l'impression qu'elle donnait –, comme une étoile vide au cœur de son système. Il fit signe à Delphane de s'immobiliser sous cette gigantesque bulle, traversée de temps à autre par des lignes lumineuses de différentes couleurs qui jetaient des éclats intenses sur les montants des passerelles et les toboggans environnants. A cet instant, la cohérence géométrique de la ruche apparut clairement à la visiteuse. La disposition des passerelles lui évoqua une toile d'araignée en plusieurs dimensions, agencée autour de cette sphère comme les fils arachnéens tissés de manière à converger vers un point central. Des sensations contradictoires la traversaient, la frayeur nauséeuse que soulevait en elle ce monde insolite, la fascination exercée par l'étrange beauté de cette construction conçue comme une molécule, la surprise de constater que ce genre d'univers existait à moins de cent kilomètres de chez elle, la répulsion qu'avait provoquée en elle la vision de ces êtres à l'allure vaguement humaine. L'agréable chaleur qui régnait dans la salle chassait peu à peu la froidure humide déposée dans son corps par sa longue marche à travers la campagne enneigée.

« Je sollicite un entretien avec la ruche albigeoise,

membre du réseau mondial sensolibre, déclara Jehan en fixant la sphère comme il l'eût fait d'un interlocuteur humain. Je requiers l'utilisation du canal vocal, car la personne qui m'accompagne, Delphane Miorin, n'est pas encore reliée au réseau... »

Delphane lui lança un regard inquiet. Que voulait-il dire par : « pas encore reliée au réseau » ? Est-ce qu'elle devait subir une greffe ou une opération destinée à la métamorphoser en une espèce de monstre glabre, hérissé d'antennes, incapable de se tenir sur ses jambes ?

La sphère s'emplit tout à coup d'un éclat bleuté qui se mélangea à la lumière dorée de la ruche pour teinter de vert les différents composants de la structure.

« Requête acceptée, Jehan. Tu as servi les intérêts de la ruche, du réseau, et nous t'en sommes reconnaissants. »

La voix, vibrante, puissante, avait fait tressaillir Delphane, incapable de déterminer de quel endroit précis elle avait surgi. A chaque mot, à chaque changement d'intonation, des figures géométriques apparaissaient en trois dimensions à l'intérieur de la sphère. Elles se combinaient pour former tantôt des visages, tantôt des illustrations figuratives, des paysages le plus souvent, tantôt des tableaux abstraits à l'ineffable beauté. Emerveillée, la jeune Toulousaine ne parvenait pas à détacher son regard de ces successions syncopées d'images qui, bien que rapides et parfois simultanées, impressionnaient ses rétines de manière durable.

« J'ai seulement tenu compte des suggestions de la ruche, dit Jehan. Je m'efforce de la servir de mon mieux. »

Delphane constata que la sphère réagissait également aux paroles du responsable régional du mouvement universaliste, mais que les images déclenchées par sa voix aigrelette n'avaient ni la même clarté ni la même beauté.

« Tu es pour nous un agent de liaison efficace et tu resteras notre représentant sur terre lorsque les ruches du réseau se métamorphoseront en essaims, prendront leur envol et accompliront le grand rêve des pionniers sensolibertaires. Tu as su convaincre cette jeune femme, qui entre pour une bonne part dans nos plans, de nous rendre visite.

– Ce n'était guère difficile : la ruche avait deviné qu'elle accepterait de franchir le pas.

– Ne sous-estime pas l'importance des intermédiaires, Jehan de La Couperie. Les plus grands des stratèges militaires ont parfois perdu des batailles à cause d'incompétences passant à tort pour mineures. »

La manière qu'avaient la ruche et Jehan de parler d'elle comme d'une absente exaspéra Delphane, qui dut se raisonner pour ne pas tourner les talons et se diriger en courant vers la sortie (elle n'aurait pas pu aller bien loin de toute façon, elle n'avait pas les codes des portes). Elle supposait que les enchaînements d'images à l'intérieur de la sphère étaient les illustrations visuelles de fréquences vibratoires.

« Mais assez parlé de nous, reprit la voix de la ruche. Intéressons-nous à notre invitée. Je décèle un certain agacement sur son visage, une tension des muscles faciaux, une crispation des lèvres... »

Delphane eut un geste de recul. Non seulement la sphère entendait, parlait, mais elle voyait, elle l'examinait comme un œil immense qui captait les moindres détails.

« La ruche te souhaite la bienvenue, Delphane Miorin. Tu te trouves actuellement sous notre unité centrale, l'indispensable élément de notre structure, notre extension mémorielle, notre organe de communication, la matrice où nous déversons nos pensées. Lui parler revient à parler à l'ensemble des éléments de la ruche albigeoise et, par extension, à l'ensemble des sensolibertaires du réseau mondial. Tu pourrais converser avec un seul d'entre nous, car nous avons gardé certaines de nos fonctions sensorielles comme l'ouïe et la vue, et nous pouvons, pour peu que nous en fassions l'effort, utiliser nos cordes vocales et la caisse de résonance de notre bouche pour nous exprimer, mais l'entretien personnel représente pour nous une perte de temps car la règle veut que chaque individu transmette à la ruche les données qu'il reçoit d'une source extérieure. Autant s'adresser directement à l'unité centrale. »

La voix se tut comme pour inciter la visiteuse à instaurer le dialogue. D'un geste de la main, Jehan l'encouragea à parler. La sphère avait recouvré sa couleur bleue, en attente elle aussi de nouvelles vibrations vocales à illustrer.

« Vous avez... euh... vous avez parlé des sensolibertaires, se lança Delphane (elle constata avec un certain dépit que sa voix produisait des esquisses de lignes courbes ou brisées à peine perceptibles). Pourtant, Perico m'a affirmé que...

– Perico Suarez Axcotal, coupa la voix. Cubain, cinquante-six ans. Marié à Dolorez Marcia Peña. Trois enfants de quinze, douze et cinq ans. Il a milité au sein des escadres du Che, du nom d'un ancien révolutionnaire cubain. Il a compris que les Grandes Antilles ne pourraient pas se séparer de l'Occident et réintégrer le sein de l'AmSud, et il a rejoint le mouvement universaliste en l'an 2195. Grand amateur de relations naturelles. Aurait fait une excellente recrue pour le réseau sensolib s'il n'avait sur l'être humain des idées aussi tranchées. Nous l'utilisons à son insu pour diverses missions comme celle qui t'a valu de le rencontrer sur l'île des Pins. Il croit que le réseau a été entièrement démantelé par les gouvernements nationalistes du XXIe siècle, et cette croyance nous arrange : il considère la mutation cyber comme une abomination. Il cesserait de nous être utile s'il découvrait la vérité. »

Les images qui défilaient à l'intérieur de la sphère représentaient les paysages des tropiques, le palais de verre et de métal du Maracaïbo, le visage barbu et souriant de Perico Suarez Axcotal, les traits d'un autre homme barbu et coiffé d'un béret. C'était comme si l'unité centrale puisait à volonté dans une fantastique banque de données pour offrir un support visuel aux explications orales données par la ruche. Delphane avait ressenti un petit pincement au cœur lorsque la voix avait évoqué la famille de Perico, mais elle aurait dû s'attendre à ce qu'une femme ait déjà jeté son dévolu sur un homme aussi séduisant que le Cubain. Un silence profond, presque religieux, suivait chaque intervention de la voix, comme si la ruche tout entière était attentive aux déclarations de l'unité centrale. Delphane lança un regard par-dessus son épaule et vit que les formes claires restaient parfaitement immobiles à l'intérieur des nids les plus proches.

« Les réseaux sensolibertaires du XXIe siècle ont été harcelés, persécutés, poursuivit la voix, mais ils ont réussi à survivre en s'installant dans la clandestinité et fondant ces structures appelées d'abord arches.

– Pourquoi ces persécutions ? » demanda Delphane.

Elle ne pouvait s'empêcher d'observer l'intérieur de la sphère dès qu'elle prononçait quelques mots, mais les figures abstraites qui s'imprimaient sur la lumière bleue continuaient de la décevoir.

« Le retour du nationalisme, la perversion de la démocratie. A la fin du XXe siècle, les premiers réseaux de télécommunication ont rendu caduque l'idée de frontière, et par extension l'idée de nation, un des fondements de la civilisation. Pour la première fois dans l'histoire de l'humanité apparaissait une forme de conscience supranationale, une entité qui échappait au contrôle des Etats et des gigantesques pieuvres économiques appelées multinationales. C'est cette unité centrale humaine à l'état embryonnaire qui a inventé et perfectionné le système des échanges sensoriels, destinés à permettre à chaque être humain d'expérimenter à volonté d'autres émotions, d'autres sensations. Par la suite, les professionnels de la communication se sont emparés de l'idée et ont créé les télésens, ces puissants organes de diffusion sensorielle qui ont rapidement supplanté l'ancien système de télévision et qui ont imposé leur loi sur le marché des médias.

– Vous parliez de nationalisme, de perversion de la démocratie... »

La voix ne répondit pas tout de suite, mais des fresques s'animèrent dans la sphère, qui représentèrent des mouvements de foule dans des rues dévastées, des hommes, des femmes et des enfants qu'on entassait dans des supersoniques ou dans des trains, des cadavres jonchant les rues par milliers, un homme saluant une foule hystérique depuis un balcon...

« Les partis ultranationalistes de souveraineté religieuse sont apparus dans la plupart des pays occidentaux à l'aube du XXIe siècle. Rien d'illégal à leur accession au pouvoir. Ils ont été élus tout à fait régulièrement. Le système démocratique est pervers parce qu'il flatte les bas instincts des électeurs et engendre ses propres monstres. Aidés par les Eglises, ils se sont simplement appuyés sur un électorat dépassé par les nouvelles technologies et déstabilisé par la perte de l'identité nationale. Une fois dans la place, ils se sont empressés d'expulser ou de massacrer les immigrés, de réduire l'influence des multinationales, de déclarer illégaux les réseaux libres et de réserver les canaux à l'usage exclusif des télésens. Ils ont réussi à enrôler quelques-uns des sensolibertaires les plus performants, des jeunes en quête de reconnaissance sociale pour la plupart. Des guerres impitoyables se sont déclarées entre les arches et la cyberlice, les phalanges gouvernementales de la répression chargées de détecter les transmissions illicites et d'éliminer, physiquement s'entend, les contrevenants. Ces chiens ont détourné toutes nos idées, non seulement l'échange sensoriel, mais également la carte-greffe dans le cerveau, qu'ils ont utilisée pour contrôler les immigrés, ainsi que le R.E.M...

– Le R.E.M. ? » s'étonna Delphane.

Pour la première fois, elle fit le rapprochement entre la lumière bleutée de la sphère et celle du rideau électromagnétique.

« Une exploitation de nos propres recherches sur les propriétés conjuguées de l'électricité et du magnétisme. Bien que clandestines, les arches avaient trouvé le moyen de comprimer de l'électricité à très haute densité dans des champs magnétiques. Il a suffi à Philippin-Claude Dursheim de poursuivre nos travaux pour créer le R.E.M. Le gouvernement français s'en est emparé pour proposer à ses partenaires occidentaux de s'isoler du deuxième monde, d'autant que le tyran russe Igor Vladeski menaçait la paix mondiale dans les années 2050 et que les pays musulmans, sous l'impulsion des Afams de retour sur leurs terres ancestrales, commençaient à se regrouper en une fédération qui deviendrait plus tard la Grande Nation de l'Islam. Les pays nordiques refusèrent d'entrer dans cette nouvelle Organisation des nations occidentales. Isolés, privés de la protection de l'Occident, ils devinrent un terrain d'entraînement idéal pour Igor Vladeski, qui fit pleuvoir sur eux un terrible déluge nucléaire. Une trentaine d'années furent nécessaires pour jeter les bases du R.E.M., un travail d'autant plus long que, pour des raisons à la fois historiques et financières, Israël avait obtenu d'être inclus dans l'O.N.O. et qu'il fallut pour cela créer le "Couloir antique", un étroit appendice qui englobe l'Italie, la Grèce et Israël, les trois nations fondatrices de la civilisation occidentale. C'est ce prolongement qui a donné sa forme de lampe à huile renversée au R.E.M. que, par dérision, nous surnommons le Mauvais Génie. »

La carte du monde était apparue sur la paroi de la sphère et une ligne clignotante épousait les contours du rideau, un tracé que Delphane connaissait par cœur, comme tous les Occidentaux, mais dont elle n'avait pas jusqu'alors remarqué la forme, pourtant caractéristique, de lampe antique renversée.

« Les anciens sensolibs qui ont collaboré avec l'équipe de Philippin-Claude Dursheim ont établi de multiples protections autour de l'unité centrale qui gère le R.E.M. Les ruches ne sont pas encore parvenues à les neutraliser...

– Pourquoi vouloir les neutraliser ? » demanda Delphane.

Les images des hordes terrifiantes de l'AmSud lui revenaient en mémoire et ranimaient la peur panique qu'elle avait ressentie au sensorage des émissions satellite.

« Pour des raisons que nous t'expliquerons lorsque nous te connaîtrons mieux. Sache seulement que le réseau noyaute certaines administrations de l'O.N.O., qu'il est à l'affût de toute information, de toute donnée susceptible de faire évoluer les choses. Les membres du mouvement universaliste sont nos agents de l'extérieur, conscients ou non.

– C'est vous qui leur avez suggéré l'idée de baisser le rideau ?

– Nous exploitons tout élément qui sert notre cause, nous venons de te le dire.

– Vous savez pourtant que l'ouverture de l'Occident au deuxième monde provoquerait des millions, peut-être même des milliards de morts.

– Des tas de raisons nous amènent à penser le contraire, mais ce n'est pas le moment d'en débattre. »

Delphane avait mal au cou à force de lever la tête pour contempler l'unité centrale, mais elle ne voulait rater aucune miette du spectacle envoûtant qui se jouait à l'intérieur de la sphère. Jehan lui-même gardait les yeux rivés sur les images fluctuantes qui occupaient tantôt une partie, tantôt la totalité de l'espace rond. La lumière d'ambiance de la ruche avait baissé d'intensité, comme absorbée par les fulgurances qui transperçaient la paroi convexe et translucide.

« Pourquoi avez-vous demandé à Jehan de m'amener ici ?

– Pour établir un premier contact. Pour observer tes réactions face à la mutation cyber.

– Comment vous êtes-vous...

– Métamorphosés ? Un mélange de désir inconscient, de transformations physiologiques, de manipulations génétiques. Une évolution constante, une catalaxie chère à Friedrich Hayek, un philosophe autrichien du XXe siècle. Nous nous sommes greffé des émetteurs-récepteurs dans le cerveau, des sensors miniatures plus puissants que les plus grands des sensors familiaux. Notre corps les a acceptés au point qu'ils sont devenus des organes à part entière, qu'ils génèrent leurs propres besoins, qu'ils ont entraîné, par exemple, la formation de ces excroissances de chair qui ont la même fonction que les antennes des insectes. A force de vivre dans la ruche, nous nous sommes atrophiés. Nous ne portons plus aucun intérêt aux relations naturelles et, du mode de reproduction, nous sommes passés au mode de perpétuation, de conservation des données cérébrales. L'unité centrale sauvegarde la mémoire des sensolibs dont le corps connaît un déclin irréversible, ce qu'on pourrait traduire par une maladie incurable. L'individu s'est effacé au profit de la collectivité...

– Vous êtes des abominations ! »

Un corps d'homme s'était affiché dans la lumière de la sphère et avait subi une transformation accélérée qui illustrait les propos de la voix : perte des cheveux et des poils, atrophie des muscles et des organes sexuels, développement de la boîte crânienne, rétrécissement des yeux, blanchissement de la peau, formation et développement des antennes sur tout le corps.

« Toute démarche initie une catalaxie, un développement chaotique qui a sa propre raison d'être. De chaque pensée naît un univers.

– Comment les ruches communiquent-elles entre elles ?

– Les unités centrales utilisent les propriétés les plus subtiles de la matière, les ondes les plus fines qui échappent à toute interception des capteurs de l'O.N.O. Elles n'ont pas besoin de satellites, de canaux, encore moins de fils quelconques, pour expédier et recevoir les données des autres ruches.

– Pourquoi les arches ont-elles pris le nom de ruches ?

– L'arche de Noé était prévue pour voguer sur l'eau, et nous nous destinons à prendre la voie des airs. Comme une ruche qui essaime et cherche son nouvel habitat au début du printemps.

– Vous n'avez jamais été localisés par les satellites à objectifs transmatériels ?

– Nous nous en servons pour donner de faux renseignements aux chiens de l'O.N.O. Cela fait plus de cinquante ans que nous nous sommes établis en Albigeois, grâce à la générosité des parents de Jehan de La Couperie, et nous possédons des générateurs de leurres très efficaces pour éloigner les curieux. »

Un tableau à l'intérieur de la sphère montra les réactions d'une femme effrayée par l'apparition soudaine d'une silhouette menaçante.

« Nous avons repris à notre compte la symbolique des Albigeois, des cathares, ces hérétiques du Moyen Age sur lesquels se sont acharnés les prêtres de l'Eglise catholique. Nous sommes des hérétiques à notre manière. Nous remettons en cause le dogme humain. Nous sommes les fils d'une entité appelée la science, nous avons choisi le chemin de la technique et de la matière. Nous ne prétendons pas que cette voie soit supérieure ou plus rapide que la voie intérieure, que l'ascèse ou la recherche spirituelle, mais nous sommes persuadés que la mémoire entière de l'humanité est contenue dans la mémoire de chaque individu, selon le système des fractales, et nous voulons créer des annales humaines évolutives auxquelles chaque homme pourra un jour accéder...

– Quel rôle voulez-vous me faire jouer dans tout ça ? » l'interrompit impatiemment Delphane.

Elle se sentait débordée par cette masse d'informations. Les tiraillements de ses yeux n'étaient pas seulement dus au déferlement d'images à l'intérieur de la sphère mais à cette sensation agaçante d'avoir franchi son seuil de compétence.

« Vous avez noué une... amitié avec Frédric Alexandre, le challengeur français des prochains J.U., que nous souhaitons exploiter pour affiner notre projet.

– Qu'est-ce que je devrai faire ?

– Rien pour l'instant. Nous vous transmettrons nos instructions en temps voulu.

– Comment ? »

Delphane aperçut une tête humaine qui emplissait la sphère et dont le crâne transparent laissait entrevoir des corps étrangers entre les hémisphères cérébraux. Des frissons glacés lui parcoururent le dos.

« Votre engagement pour la ruche se traduira par la greffe d'un récepteur dans le cerveau. Vous recevrez ainsi nos suggestions à distance. N'oubliez pas que le réseau est d'inspiration libertaire, que vous ne serez donc jamais obligée d'accepter nos propositions.

– Que se passerait-il si je refusais cet engagement ?

– Jehan vous administrerait une solution chimique de notre composition qui annihilerait vos souvenirs de cette journée. »

Delphane baissa la tête, à la fois pour masquer son embarras et démêler l'écheveau de ses pensées.

« On ne peut pas détecter la présence de ce récepteur ? »

Ce fut Jehan qui répondit :

« Ça fait presque cinquante ans que je le porte et jamais personne ne s'en est aperçu. Pas même les transmatériels médicaux. Lorsque je reçois une communication, j'ai l'impression que quelqu'un s'est glissé à l'intérieur de mon crâne pour me parler. C'est déroutant les premiers jours, mais on s'y fait très vite. Et puis, comme te l'a dit la ruche, ses propositions ne sont que des conseils, des suggestions. Elle ne te contraindra jamais à faire ce que tu n'as pas envie de faire.

– Pas de conséquences physiques ? Pas de risque de rejet ?

– Le réseau maîtrise parfaitement ce genre d'opération. Elle a été réalisée sur plus de dix mille Occidentaux et personne n'a eu à se plaindre d'effets secondaires.

– Quand s'effectuerait-elle ?

– Soit tu t'engages aujourd'hui même, soit je t'offre un petit élixir d'oubli.

– Vous ne me laissez pas le temps de la réflexion. Je ne sais rien de toi, rien de... d'eux... »

Elle avait désigné l'ensemble de la ruche d'un ample geste du bras. Elle savait bien, pourtant, qu'elle n'avait pas d'autre choix que d'entrer au service du réseau. Non qu'elle craignît d'être purement et simplement éliminée par Jehan de La Couperie et ses amis mutants au cas où elle refuserait leurs propositions mais, sous-jacente à une anxiété superficielle, elle ressentait une exaltation qui l'embrasait. Ce serait sa façon à elle de réaliser, d'une manière détournée, le rêve stratégique de son père.

Elle attendit encore une minute avant de donner sa réponse, par pure coquetterie, dans le but puéril de se faire désirer.

« Où se trouve la salle d'opération ? » demanda-t-elle d'une voix mal assurée.

Des images très nettes de Frédric Alexandre, de son père, de Martale, de l'appartement toulousain apparurent à l'intérieur de la sphère. Le réseau avait-il puisé ces données dans sa mémoire ou bien avait-il détourné les objectifs transmatériels des satellites ?

Un large sourire égaya la face lugubre de Jehan de La Couperie.

« Suis-moi », cria-t-il en dévalant la passerelle.

CHAPITRE XIV

L'ÎLE DES JEUX

La guerre se gagne dans la tête. Vigilance, détermination, sang-froid, voilà les clefs. La vigilance te permet de devancer l'intention de l'adversaire, la détermination te donne la force nécessaire au moment de l'affrontement, le sang-froid guide tes gestes lorsqu'il s'agit de frapper. La colère, la peur, l'arrogance, la haine, voilà tes véritables ennemis. La colère t'aveugle, la peur absorbe une grande partie de ton énergie, l'arrogance te pousse à commettre des imprudences et la haine t'entraîne dans la sarabande infinie de l'action/réaction. Si tu es un soldat, un homme programmé pour tuer, tue donc de ton mieux, en remerciant les ancêtres à chaque coup que tu portes, à chaque coup que tu reçois. Ecoute ce conseil précieux du Tao de la Survie : n'aie aucun jugement sur tes actes, car le bien et le mal sont absents des champs de bataille.

Le Tao de la Survie de grand-maman Li

Les hommes d'Alexandre avaient reçu leur équipement trois jours plus tôt et ils avaient dû se défaire de leurs vêtements chauds d'hiver pour revêtir leur tenue de combat. Le sagum, le manteau dépourvu d'attaches qu'ils enroulaient autour de leur corps, ne les isolait pas de la bise humide et glaciale qui transperçait leur tunique et leurs braies de coton. Les *gallicæ*, les chaussures, s'imbibaient peu à peu d'une boue qui, en séchant, rendait cassant le cuir synthétique et générait des ampoules, des plaies purulentes. Les jambières de bronze, les cnémides, provoquaient quant à elles des contusions au niveau des genoux et des chevilles, et nombreux étaient ceux qui les avaient abandonnées en dépit des consignes, ne voyant pas l'intérêt de porter ces accessoires aussi incommodes qu'inutiles.

Wang faisait partie de ceux qui les avaient gardées, même si les hommes de la section spéciale, où étaient privilégiées l'initiative individuelle, la vitesse de déplacement, étaient entièrement libres de leurs mouvements. Il avait été intégré dans cette centurie au début du mois de janvier et il avait subi un entraînement intensif basé sur les égorgements et les étranglements.

Le 25 janvier, Frédric Alexandre avait rassemblé les membres de la centurie dans le réfectoire du bloc A 1 afin de leur expliquer la spécificité de leur rôle :

« Vous avez été choisis pour constituer cette section spéciale en fonction de votre caractère dont les traits dominants sont, d'après les cellules morphopsycho, l'individualisme forcené et l'instinct de survie, les deux étant étroitement liés. Plutôt que de vous contraindre à accepter une discipline astreignante, je préfère exploiter ces qualités – d'aucuns appelleraient ça des défauts – au sein d'une structure entièrement indépendante. Cela signifie que vous serez livrés à vous-mêmes pendant la bataille : vous serez privés de chef, de tête pensante, vous ne recevrez aucune communication du capitaine de champ, vous devrez trouver vous-mêmes votre place, votre utilité, votre angle d'attaque. Vous prendrez toutes les initiatives que vous jugerez utiles et même, si ça vous chante, celle de vous cacher en attendant que les choses se passent. »

Les cent hommes s'étaient lancé des coups d'œil interdits dans la pénombre du réfectoire. Ils voulaient s'assurer qu'ils avaient bien compris, que les paroles du challengeur français ne dissimulaient pas de chausse-trape.

« Ça risque de faire cent soldats en moins sur le champ de bataille ! » avait lancé un Slave.

Un éclat de rire général avait salué cette remarque. Frédric Alexandre avait lui-même esquissé un sourire.

« Je prends le risque, avait-il déclaré d'un ton calme. Hal Garbett a présenté les Jeux comme une guerre entre l'ordre et le chaos. J'ai décidé de le prendre au mot. Je vous considère donc comme des germes de chaos, comme des éléments incontrôlables dont personne, ni Hal Garbett ni moi, ne peut prévoir les réactions. J'introduis une inconnue dans un environnement ordonné, dans un univers géométrique. Aucun règlement n'interdit l'indiscipline. Peut-être serez-vous l'expression de mon inconscient, de votre inconscient, de l'inconscient collectif... Peut-être précipiterez-vous ma perte ? Peut-être concourrez-vous à mon triomphe ? A vous de décider ce que vous voulez être... »

Etrange langage dans la bouche d'un stratège militaire. A partir de ce jour, la centurie n'avait été astreinte à aucune obligation. Si quelques-uns de ses membres l'utilisaient pour paresser au lit ou pour jouer à des variantes d'osselets avec des cailloux, la plupart d'entre eux se joignaient aux exercices des autres centuries ou effectuaient des entraînements par petits groupes dans la forêt.

Les fournisseurs du défi français ayant subi d'importants retards de production, on avait coupé des branches d'arbres pour fabriquer des lances et des épées, on avait confectionné des boucliers, des haches de fortune, et on s'était familiarisé avec le maniement des armes gauloises à l'aide de ces ersatz de bois. Wang s'était entraîné le plus souvent avec Kamtay Phoumapang, un Laotien petit et frêle mais d'une adresse et d'une souplesse étonnantes, et Timûr Bansadri, un Iranien aux allures de colosse, une véritable force de la nature. Les occasions s'étaient faites rares de revoir Zhao, promu officier de sa centurie, Kareem J. Abdull ou Belkacem L. Abdallah avant le départ du défi français pour l'île des Jeux, mais il avait constaté, lors de leurs rares entrevues, que la santé du Chinois de Bratislava se dégradait de manière inquiétante, que le Gabonais se pénétrait de plus en plus de l'importance de son rôle de capitaine et que les rires du Soudanais masquaient mal la mélancolie qui le gagnait.

A force de patience et de ténacité, les deux cents écuyers dépêchés par le gouvernement français avaient réussi à inculquer des notions fondamentales d'équitation aux quatre mille cavaliers choisis parmi les dix mille hommes du camp (l'obligation faite par le C.O.J.U. de monter à cru déroutait autant les instructeurs que leurs élèves). Les Mongols, les Arabes, les Kazakhs, les Ouzbeks, les Kurdes, tous les ressortissants des provinces ou des pays réputés pour leurs traditions hippiques, avaient d'office été versés dans la cavalerie. Les morphopsychos considéraient qu'ils recouvreraient tôt ou tard leur instinct de cavalier, et cela même s'ils n'étaient jamais montés à cheval de leur existence. A en juger par les résultats, la pratique ne confirmait pas tout à fait la théorie.

Wang n'aurait pas aimé dépendre d'un associé aussi imprévisible qu'un cheval (imprévisible pour celui qui ne savait pas le guider). En moins d'une semaine, les montures avaient provoqué davantage de dégâts parmi la population du camp qu'un mois et demi d'entraînement intensif. Les blessés s'étaient comptés par centaines et il avait fallu puiser largement dans la réserve de mille hommes pour les remplacer. Les chutes étaient même devenues le spectacle favori des fantassins qui se regroupaient après leurs exercices pour contempler leurs collègues cavaliers aux prises avec les lois de l'équilibre. Zhao avait eu raison sur un point : le C.O.J.U. n'avait pas fait de cadeau à Frédric Alexandre en lui octroyant une cavalerie de quatre mille hommes.

Les armes, les armures, les vêtements arrivèrent le 14 février, soit la veille du départ, à la grande colère des responsables du défi français, qui émirent des doutes sur le soutien des artisans français à leur challengeur. On n'eut pas le temps de les essayer, encore moins de s'y habituer, on entassa le tout dans les cargos supersoniques à destination de l'île des Jeux, située sur le cinquantième parallèle à mi-chemin entre les Etats-Unis et la France.

L'expérience du vol supersonique fut une source d'exaltation et de frayeur pour Wang, Zhao et Belkacem, qui prirent place sur la même banquette dans l'airquebot de la compagnie Air-France Occident, un transporteur de fabrication franco-allemande capable d'accueillir plus de mille cinq cents passagers et de voler à Mach 4, soit plus de quatre mille kilomètres à l'heure. Kareem J. Abdull s'embarqua quant à lui dans un appareil plus petit et plus rapide en compagnie de Frédric Alexandre, des responsables du défi, des assistants et de leurs remplaçants.

« J'aurai au moins connu ça avant de mourir, soupira Zhao après le décollage de l'appareil.

– Tu n'es pas encore refroidi », protesta Belkacem.

Le Chinois de Bratislava lui décocha un regard virulent.

« Je suis déjà froid à l'intérieur, grommela-t-il.

– On pourrait peut-être passer par-dessus le rideau et retourner en Silésie avec ce genre d'engin ! s'exclama

Wang, peu rassuré pourtant lorsqu'il vit le sol s'éloigner, les champs, les forêts, les villages, les villes devenir les pièces minuscules et colorées d'une mosaïque infinie.

– Même en admettant que nous puissions survoler le R.E.M., ce qui reste très improbable, nous ne saurions pas où atterrir, précisa Zhao en réprimant une quinte de toux. Au début du XXIe siècle, chaque pays, chaque grande ville avait son aéroport et sa flotte aérienne. Dans les années 2050, l'Occident a bombardé tous les aéroports de la R.P.S.R. et de la G.N.I. pour interdire à leurs avions d'atterrir et de décoller. Chaque fois qu'une nouvelle piste voyait le jour, même une simple piste en herbe pour l'aéronautique de loisir, les satellites de surveillance la détruisaient à coups de missiles. La Nouvelle Révolution culturelle s'est ensuite chargée de nous enfoncer dans la décadence technologique...

– Même chose avec le jihad islamique décrété contre le diable occidental, ajouta Belkacem. D'immenses cimetières d'avions, de voitures, de camions défigurent les paysages d'Afrique. Il y en a un à côté de chez moi, à Khartoum. Un formidable terrain de jeux pour les gosses. »

Un reportage sur l'île des Jeux, diffusé sur l'écran de leur siège, les absorba jusqu'à l'atterrissage. Moins d'une heure après le départ, le supersonique se posa sur la piste avec une étrange douceur pour un appareil de son gabarit et de son poids. Il s'immobilisa une vingtaine de secondes après que les roues du train d'atterrissage eurent touché le sol dans un crissement bref et strident. Les mille cinq cents passagers se dirigèrent à pied vers le terrain des Jeux, distant d'une dizaine de kilomètres. Un espace de cinq mille hectares, délimité par une barrière électromagnétique de même nature que le R.E.M. mais qui ne serait activée qu'à la veille du coup d'envoi des Jeux.

« Ils nous ont même supprimé la possibilité de nous enfuir à la nage, maugréa Zhao. Le seul droit que nous ayons, c'est celui de leur offrir le spectacle de notre mort. »

Ils aperçurent une vingtaine de supersoniques alignés sur le côté de la piste et frappés d'un drapeau étoilé.

« La bannière américaine, souligna Belkacem. Nos adversaires ont eu plus de temps que nous pour reconnaître le champ de bataille. J'ai comme l'impression que l'Occident ne souhaite pas la victoire de Frédric Alexandre... »

Ils suivirent le chemin de terre battue qui serpentait entre les collines. Un kilomètre après l'entrée du champ de bataille, ils longèrent une palissade constituée de pieux taillés en pointe et entourée d'un fossé d'une dizaine de mètres de largeur. Ils distinguèrent, par le portail entrouvert de l'enceinte, des tentes carrées alignées de chaque côté d'une allée. Ils croisèrent plus loin des groupes d'hommes habillés en légionnaires romains.

« Leurs uniformes ne sont pas tout à fait les mêmes que ceux qui sont imprimés sur les pages de mon livre d'histoire », murmura Belkacem.

Le premier contact avec leurs futurs adversaires leur donna un avant-goût des difficultés qui les attendaient sur le champ de bataille : bien qu'ils ne fussent qu'une poignée, les soldats de Hal Garbett les agonirent d'injures dans un mélange d'espagnol, d'anglais et de frenchy et leur adressèrent des gestes obscènes. Les yeux brillants de haine, les immigrés sudams dégainèrent leur glaive, qu'ils portaient tous à droite – de manière assez illogique, car les droitiers dégainaient plus rapidement leur arme lorsqu'elle était placée sur leur gauche – et mimèrent l'affrontement avec une énergie qui en disait long sur leur détermination. Des frémissements agitèrent les soldats d'Alexandre qui, étourdis par leur premier vol supersonique, ne réagirent pas. Avant de s'éloigner dans de grands éclats de rire, les Sudams promirent à ces « *puercos sin bolas* », à ces « *yellow chickens* », de leur dévorer le foie. Les J.U., dont le spectre les hantait depuis deux mois et demi, venaient subitement de prendre un tour concret. L'ennemi avait désormais un visage, et sa volonté affichée de laminer l'adversaire ne laissait planer aucun doute sur la férocité de l'engagement.

L'île reposait sur une structure flottante et fabriquée dans un matériau imputrescible qui s'enfonçait dans l'Atlantique à une profondeur de mille mètres. Maintenue sur place par des milliers d'ancres antidérive, elle restait insensible aux tempêtes océaniques, lesquelles étaient d'ailleurs programmées par les météorologues de l'O.N.O. pour rééquilibrer les variations climatiques. Bien qu'elle ne fût pas reliée aux fonds marins, elle conservait une stabilité parfaite quelle que fût l'intensité des tourmentes de l'Atlantique. Administrée par un service spécial du C.O.J.U., elle changeait de topographie tous les deux ans, entre le moment où le Comité annonçaït les modalités du défi et l'ouverture officielle des Jeux. Les cargos supersoniques y déversaient alors des tonnes et des tonnes de terre, de rochers, d'arbres, et des milliers d'immigrés travaillaient d'arrache-pied sous les ordres de paysagistes pour préparer le terrain conformément aux instructions précises et codifiées du Comité. Les difficultés augmentaient avec les exigences des télésens officiels, qui se battaient comme des chiffonniers pour obtenir les meilleurs emplacements, les meilleurs angles de prise de vues. D'âpres négociations s'ensuivaient, qui retardaient l'avancée des travaux et contraignaient les paysagistes à surcharger un emploi du temps déjà bien garni.

« C'est de là que viendront les ordres... »

Zhao désigna les P.C. des stratèges, des appareils de forme ovale et munis de planchers transparents qui reposaient pour l'instant au milieu de la plaine.

La vue de ces curieux engins volants échoués dans l'herbe ranima dans l'esprit de Wang certaines séquences du documentaire qu'il avait visionné dans le supersonique. Conçus sur le modèle des avions à décollage vertical, les P.C. se maintenaient à une hauteur permanente de deux cents mètres. Les réservoirs de carburant, placés au-dessus du fuselage comme des crêtes arrondies, leur assuraient une autonomie de trois mois, un temps qui, en théorie du moins, suffisait aux stratèges pour conclure les Jeux. Ils pouvaient se déplacer d'un endroit à l'autre de l'île sur un plan horizontal pour permettre à leurs occupants de varier les points de vue. Comme un défi sans stratège n'aurait présenté aucun intérêt, un champ de forces répulsives les empêchait de se télescoper. Ils étaient équipés de cartes électroniques où s'affichaient les points lumineux indiquant, grâce aux voyants frontaux des immigrés, les positions respectives des deux armées. Ils servaient également de relais aux divers télésens qui captaient non seulement les émotions, les sensations, les transformations biologiques des stratèges, mais également les réactions des soldats, des officiers, des capitaines de champ, avec lesquels les deux concurrents communiquaient par l'intermédiaire d'un système radio utilisant une fréquence codée.

Si les P.C. diffusaient leurs masses d'informations vers l'extérieur, ils ne pouvaient en revanche recevoir aucune communication. Les stratèges restaient isolés dans leur bulle tant que duraient les Jeux. Il leur revenait de prévoir leur nourriture, leur eau, l'évacuation de leurs déchets organiques, leurs morphêbloquants et leurs accélérateurs cérébraux. Ils ne portaient aucun vêtement, car les télésens nationaux avaient obtenu la permission de les équiper de capteurs du cou jusqu'aux genoux, un droit obtenu à l'issue d'une longue négociation avec le C.O.J.U. Les responsables des télésens avaient allégué la prépondérance de la transmission sensorielle dans le succès grandissant des J.U. (un milliard de sensoreurs recensés lors du dernier défi, thème : les guerres franco-italiennes de la Renaissance). Un argument décisif : outre l'aspect purement stratégique, la seule légitimité des Jeux était le plaisir de ceux qui les sensoraient.

Les mille cinq cents hommes traversèrent une longue plaine encadrée d'une forêt de chênes et de hêtres, puis aperçurent le rempart de l'oppidum, coincé entre deux collines.

« La muraille est en pierre, mais elle est placée de telle manière qu'elle ne sert à rien », murmura Zhao après s'être arrêté sur le bord du chemin pour contempler les environs.

La pâleur de son teint, les cernes violacés qui soulignaient ses yeux, les difficultés qu'il éprouvait à reprendre son souffle, les tremblements de ses mains dénotaient la dégradation de son état de santé.

« Une muraille de ce genre n'a d'intérêt que si elle se dresse au sommet d'une éminence, poursuivit-il devant l'air interrogateur de Wang. Il suffit aux adversaires de surgir des hauteurs avoisinantes pour nous bombarder de projectiles ou pour, à l'aide de simples troncs, jeter des passerelles entre les flancs des collines et le faîte du rempart. Lorsque le coup d'envoi des J.U. sera donné, nous ne pourrons plus dormir tranquilles à l'intérieur de ce coupe-gorge ! »

L'enceinte se présentait sous la forme d'un mur de pierres taillées qu'aucun mortier ne liait, pas davantage de terre ou de torchis. Posées les unes sur les autres, elles ne tenaient que par leur propre poids et l'inertie générée par l'ensemble. Une poutre de soutènement servait de bâti dormant à la porte d'entrée, barrée de traverses métalliques et posée sur d'énormes gonds.

A l'intérieur de l'oppidum, les mille maisons aux toits de chaume et aux murs de torchis promises par le C.O.J.U. s'étaient transformées en des huttes mitoyennes et rudimentaires. Elles présentaient des jours importants par lesquels s'engouffrait allégrement le vent chargé d'effluves salins. Les bottes de glui, mal assemblées, menaçaient de s'envoler à tout moment. Adossées les unes aux autres pour ne pas s'effondrer au premier coup de vent, les habitations avaient été agencées en îlots séparés par des ruelles tellement étroites que deux hommes ne pouvaient y marcher de front. Elles étaient meublées en tout et pour tout de couchettes sommaires et superposées, de simples planches de bois clouées sur des cales et recouvertes d'une paillasse. Les portes étaient dépourvues de serrure, les ouvertures de fenêtres, et l'humidité rendait glissante la terre battue. Pas de couverture, pas de robinets, encore moins de douches ou de lavabos. Les toilettes, aménagées dans un réduit attenant à la carrée, se réduisaient à un trou de vingt centimètres de diamètre creusé dans le sol.

Comme les quatre mille cinq cents soldats des trois vols précédents s'étaient déjà installés, Wang, Zhao et Belkacem visitèrent une trentaine de huttes avant d'en trouver une d'inoccupée. Ils la choisirent en plein cœur de l'oppidum, « comme ça, on aura une chance d'être alertés si les Sudams investissent la place », estima Zhao.

« Le camp des Landes, finalement, c'était le bon temps ! » soupira Belkacem en se laissant choir sur une paillasse.

Des grincements sinistres parcoururent les montants des couchettes superposées.

« Les Occidentaux n'ont décidément aucune estime pour leurs ancêtres, dit Zhao. Ils passent leur temps à dénigrer les siècles passés pour embellir le présent. Les Gaulois n'étaient sûrement pas les êtres barbares et arriérés que veulent illustrer ces taudis. »

Ils plièrent leurs paillasses pour indiquer à d'éventuels visiteurs que l'endroit était occupé, puis ils se rendirent au point-repas, une hutte plus grande que les autres située près du rempart. Chaque défi étant tenu de fournir la nourriture et la boisson à son armée, deux cargos avaient apporté les vivres deux jours plus tôt, ainsi qu'une centaine de cuisiniers et plus de cinq cents serviteurs afghans. Ceux-là étaient logés dans des bâtiments érigés en zone neutre et portaient un badge lumineux qui leur assuraient l'immunité administrative. Le soldat qui avait la mauvaise idée d'agresser un « immun » était éteint sans autre forme de procès.

Ils piétinèrent pendant plus d'une heure dans la boue d'une ruelle avant qu'on leur serve, dans une gamelle en terre cuite – le souci de l'authentique –, le « repas du soldat », un mélange de céréales, de viande et de légumineuses particulièrement roboratif. On leur remit également une gourde de peau synthétique – le souci de l'authentique n'allait pas jusqu'à la violation de la loi Bardot – remplie d'un liquide chaud et « bon pour la vigueur », selon les dires d'un Afghan.

Ils visitèrent ensuite les écuries, qui occupaient plus de la moitié de la superficie de l'oppidum. Ils constatèrent, avec amertume, qu'elles étaient mieux finies, plus confortables que leurs propres huttes, que l'Occident accordait donc plus d'attention aux animaux qu'aux hommes. De même on trouvait de la paille et de l'avoine à profusion dans les box. Les chevaux n'arriveraient que dans deux ou trois jours, mais les conditions de leur séjour sur l'île des Jeux étaient d'ores et déjà nettement préférables à celles des hommes.

Ils se promenèrent dans les collines proches, où ils rencontrèrent des groupes de Sudams, cavaliers ou fantassins, toujours aussi agressifs. Copieusement insultés, ils se continrent pour ne pas répondre à leurs provocations, gardant à l'esprit que leur voyant frontal risquait de s'éteindre à la moindre incartade.

Les manteaux et les tuniques des membres de la section spéciale se reconnaissaient à leurs rayures bleues et rouges. Wang avait reçu, outre ses vêtements et les cnémides, un casque conique appelé le « berru », un bouclier rond métallique, une épée avec son fourreau et une lance (de préférence à la hache, dont il ne savait pas se servir). Le poids de l'épée l'avait surpris au début. Elle pesait entre quatre et cinq kilos et l'avait déséquilibré lorsqu'il s'était exercé à son maniement. Les moulinets, par exemple, généraient une inertie qui déplaçait son centre de gravité et le déportait vers l'avant. Il devait également se méfier des mouvements de son sagum, dans les plis duquel son bras avait tendance à s'empêtrer. Il mit deux jours à surmonter la gêne représentée par son casque.

L'entraînement reprit après la distribution des équipements. Les centuries se répartissaient dans la plaine et exécutaient des mouvements d'ensemble sous les ordres des officiers. Sous les regards goguenards, également, des Romains qui se massaient sur les collines proches pour observer les manœuvres de leurs adversaires. Les cavaliers avaient pratiquement dû repartir de zéro. Ils avaient perdu leurs maigres acquis dès qu'il s'était agi d'accomplir les trois actions simultanées indispensables au moment du combat : guider la monture, frapper avec l'une des deux lances, se protéger avec le bouclier. Les écuyers n'avaient pas eu l'autorisation d'accompagner le défi français sur l'île des Jeux et les hommes se débrouillaient comme ils le pouvaient, à la grande joie des Sudams qui éclataient de rire quand l'un d'eux mordait la poussière.

Zhao avait fière allure dans sa cape pourpre bordée de motifs argentés, sa cuirasse dorée, son casque de bronze aux immenses ailes déployées. Wang le voyait se démener à la tête de sa centurie avec une rare énergie, comme s'il puisait dans son statut d'officier la volonté de repousser le mal qui le rongeait. Ses hommes ne pouvaient à aucun moment soupçonner qu'il livrait un combat secret contre la maladie. Wang décelait sa souffrance au plissement de ses paupières, aux crispations de ses lèvres, aux lueurs sombres qui lui traversaient les yeux.

Belkacem L. Abdallah semblait aussi à l'aise dans sa tenue gauloise qu'un chat tombé dans une bassine d'eau bouillante. Son casque décoré de cornes ne parvenait pas à contenir sa chevelure crépue et ses braies remontaient jusqu'à mi-mollet, découvrant des tibias sur lesquels les cnémides avaient imprimé des stries rougeâtres. Cette impression d'embarras s'accentuait lorsque son officier, un Turc irascible du nom d'Ilgazür, lui commandait de dégainer son épée et de frapper un piquet fiché dans le sol. Il n'avait visiblement aucune affinité avec les armes, pas même avec son bouclier qu'il plaçait en dépit du bon sens. Son sagum flottait derrière lui comme l'aile d'un échassier pataud. Parfois, il se tournait vers Wang pour lui adresser un sourire dont la chaleur contrastait avec le désespoir qui assombrissait ses yeux.

Kareem J. Abdull ne faisait que de très rares apparitions sur le champ de bataille. Il demeurait le plus souvent enfermé avec Frédric Alexandre dans une hutte réservée aux responsables du défi (et probablement plus confortable que les habitations des soldats, ouvertes au vent et à la pluie). Il en sortait de temps à autre pour effectuer de brèves missions de reconnaissance, habillé comme un simple soldat, seul ou entouré de ses assistants. Il n'adressait la parole à ses anciens compagnons de bloc que pour proférer des banalités, mais il arborait en permanence un air mystérieux et condescendant qui horripilait Zhao.

Les premières nuits, Wang mit du temps à s'endormir sur sa paillasse rêche. Les toux de Zhao, qui se prolongeaient jusqu'à l'aube, et les ronflements incessants de Belkacem se conjuguaient à l'humidité pénétrante et au manque de confort de sa couche pour l'entraîner dans des insomnies désespérantes. Il avait la très nette impression que la mort rôdait dans les ténèbres environnantes, qu'elle le hélait, qu'elle lui donnait rendez-vous sur ce champ fertile où elle entamerait bientôt sa moisson. La perspective de quitter cette terre de misère, de partir pour le monde ténébreux des esprits l'emplissait de frayeur. Il ne voulait pas s'en aller avant d'avoir revu Lhassa, de s'être rassuré sur son sort. Comme grand-maman Li quelques mois plus tôt, elle s'effaçait de sa mémoire et il lui fallait parfois faire un violent effort pour reconstituer ses traits. Elle le visitait souvent pendant ses courtes heures de sommeil. A plusieurs reprises, il se réveilla en sueur, fébrile, persuadé qu'elle dormait à ses côtés. Mais ses illusions se brisaient rapidement sur la dureté de sa paillasse. Pétrifié, il coulait alors dans le sein d'une nuit de plus en plus froide, de plus en plus désespérante.

Le jour, il s'en allait avec Kamtay Phoumapang, le Laotien, et Timûr Bansadri, l'Iranien, épier les manœuvres des légions de Hal Garbett. Réparties en centuries comme l'armée du challengeur français, elles se déplaçaient à une vitesse et dans un ordre remarquables. Il suffisait aux centurions, reconnaissables au plumet de leur casque et au cep de vigne dont ils se servaient comme d'un bâton de commandement, d'aboyer un ordre pour que leurs hommes, y compris les cavaliers effectuent une brusque volte-face dans un ensemble parfait, lèvent simultanément leur bouclier pour former une muraille unie et mouvante, se ruent dans un même élan vers une cible invisible, se replient en dressant leurs lances comme des piquants de porc-épic. Leur cohésion donnait une impression de machine parfaitement huilée, de pistons coulissant à la perfection dans leur cylindre. Le défi américain avait en apparence réussi à diriger la sauvagerie des immigrés sudams, dont les voyants frontaux n'étaient pas tout à fait du même rouge que ceux des ressortissants de la R.P.S.R. et de la G.N.I. Sans doute l'explication principale des neuf victoires consécutives de Hal Garbett se trouvait-elle dans l'apprivoisement de ces fauves. Le travail s'était effectué en amont, selon des méthodes qui tenaient davantage du dressage que de la discipline militaire. Il suffisait ensuite au défendeur américain de lâcher ses meutes sur le gibier. Cette exploitation systématique, extrémiste, de l'instinct animal de ses soldats lui tenait lieu de subtilité stratégique.

Chaque fois qu'il croisait un ou plusieurs Sudams dans une allée, la même image remontait à l'esprit de Wang, celle d'une vache sauvage enfermée dans un enclos. Les Poméraniens les capturaient vivantes pour les opposer dans des combats à l'issue desquels l'une d'elles, éventrée, se couchait sur le flanc et agonisait en silence en se vidant de son sang. Ils pariaient de grosses sommes sur ces joutes qu'ils appelaient les « bovides », et excitaient la méchanceté des vaches en introduisant dans leur abdomen des larves qui leur rongeaient les entrailles.

Kamtay Phoumapang, Timûr Bansadri et Wang se promirent de rester groupés tout au long des Jeux.

« Nous pourrons surveiller ainsi toutes les directions à la fois, avança le Laotien.

– Nous sommes trois et il y a quatre directions ! » objecta l'Iranien avec un sourire.

Le gabarit hors norme de Timûr, son front bas, ses sourcils épais lui donnaient l'allure d'une brute stupide, une impression accentuée par des vêtements gaulois légèrement trop courts et un casque trop petit pour contenir son crâne, mais il faisait preuve d'une intelligence, d'une lucidité et d'une sensibilité nettement supérieures à la moyenne. Il lui arrivait de réciter les quatrains des grands poètes persans, de se lancer dans un long monologue sur la beauté des mathématiques, d'évoquer la grandeur passée de son pays tombé aux mains des fous de Dieu. Il avait été exilé en Occident pour avoir osé célébrer en public l'ivresse des sens. Il valait mieux l'avoir avec soi que contre soi, étant donné la force herculéenne avec laquelle il plantait sa hache dans les troncs d'arbres.

« Façon de parler, répondit Kamtay. A trois, nous diminuerons les probabilités d'être surpris. Il y en aura toujours un pour garder un œil ouvert pendant que les deux autres dormiront.

– Nous aurions été plus efficaces à dix, à vingt, à quarante, soupira Timûr.

– Les autres ont décidé de rester planqués jusqu'à la fin des combats. Une réaction prévisible. Je ne comprends pas la décision de Frédric Alexandre.

– Rester planqué est la meilleure façon de finir égorgé comme un poulet ! » intervint Wang.

Les deux autres se tournèrent vers lui, intrigués. Leur jeune compagnon ne s'exprimait pas souvent, pour ne pas dire jamais.

« Hal Garbett veut écraser Frédric Alexandre, continua Wang, et les Sudams sont comme des chiens enragés, assoiffés de sang. Ils fouilleront chaque cachette, soulèveront chaque pierre pour débusquer les adversaires et les massacrer. Je préfère me battre au soleil plutôt que d'attendre la mort dans l'ombre d'une cachette. Ni le stratège américain ni ses soldats n'ont l'intention d'épargner un seul d'entre nous. L'un veut une victoire totale, les autres sont les messagers de sa volonté. A part nous trois, les membres de la section spéciale sont des idiots ! »

Un silence pesant ponctua cette déclaration. Ils étaient assis sur des rochers agglutinés autour d'un chêne géant – une erreur des paysagistes, certainement, on n'avait jamais vu un arbre pousser naturellement sur un tas de pierres. Aucun chant d'oiseau ne tombait des frondaisons, aucune stridulation d'insecte ne montait de la mousse, et c'était cette absence de bruits qui rappelait aux trois hommes qu'ils déambulaient au milieu d'un site entièrement aménagé pour les besoins des Jeux.

Kamtay Phoumapang releva son visage aussi ridé que celui d'un singe et dévisagea Wang.

« Tu as une idée pour sortir intact de ce merdier ? »

Wang secoua lentement la tête.

« Les idées, les plans sont contraires à la survie, répondit-il. Ma grand-mère dit que nous devons nous adapter sans cesse comme l'eau qui épouse les failles.

– Qu'est-ce qu'elle dit d'autre, ta grand-mère ? » demanda Timûr.

Il n'y avait aucune ironie dans sa voix, dans ses yeux, dans son attitude.

« Elle m'a enseigné que nous devons prendre en main notre destin, que l'inertie est l'antichambre de la mort. L'idée de Frédric Alexandre n'est pas stupide de planter des germes de chaos sur le champ de bataille. Le chaos est plus puissant que l'ordre. »

Les mots lui venaient spontanément à la bouche. Jamais l'enseignement de grand-maman Li ne lui était apparu avec une telle clarté, avec une telle force. Il lui avait semblé jusqu'alors que la vieille femme lui avait distribué ses maximes et ses conseils en vrac, comme des ingrédients disparates qu'elle aurait jetés au hasard dans une marmite, mais il prenait conscience en cet instant qu'ils s'emboîtaient comme les pièces d'un puzzle. Elle l'avait préparé depuis toujours à cette guerre qu'il allait livrer sur cette terre artificielle perdue au beau milieu de l'Atlantique. Il se souvenait qu'elle avait exploité chaque événement de son existence, fût-il le plus dérisoire, pour lui inculquer cette notion clef d'adaptation perpétuelle. Ses bagarres d'enfant, ses maladies, ses fugues, ses premiers émois amoureux, ses transformations physiologiques, ses relations conflictuelles avec les hommes d'Assöl le Mongol avaient été autant de prétextes pour lui apprendre les bases du Tao de la Survie.

« Trois contre plusieurs milliers, le combat ne me paraît pas très équitable ! lança Timûr.

– On peut dénouer une trame entière à l'aide d'un seul fil », répliqua Wang.

A partir de ce jour, le Laotien et l'Iranien changèrent de comportement vis-à-vis du jeune Chinois. Leur affection bourrue et quelque peu condescendante se transforma en respect, voire en admiration. Ils cessèrent de le considérer comme un enfant trop tôt grandi, lui accordèrent le statut d'égal et le consultèrent sur chacune de leurs décisions.

Le ciel maussade s'était posé au-dessus de l'île comme un couvercle de tristesse. Wang avait essayé de se laver au début de son séjour avec l'eau qu'il recueillait dans son casque, mais il avait vite renoncé à cette pratique. Une fois surmontés les désagréments inhérents à la malpropreté, démangeaisons, tiraillements, il avait estimé que la crasse constituerait une couche protectrice supplémentaire. Il allait parfois contempler, en compagnie de Kamtay et Timûr, les P.C. des stratèges. Les appareils faisaient d'ailleurs l'objet d'une curiosité particulière de la part des soldats des deux armées, qui observaient une neutralité tacite lorsqu'ils se pressaient autour de ces étranges œufs. Au fur et à mesure qu'approchait l'heure de la bataille, les hommes, qu'ils fussent sudams, sino-russes ou islamiques, recouvraient cette gravité, ce recueillement qui caractérisaient les veillées d'armes. Jaunes, Blancs, Noirs, métis, ils entraient dans la grande fraternité de ceux qui avaient rendez-vous avec la mort.

Le 29 février de l'année 2212, à l'aube, Frédric Alexandre rassembla l'ensemble de ses soldats devant l'oppidum gaulois. Les quatre mille cavaliers, répartis en quatre divisions, encadraient les soixante centuries de l'infanterie. Les hommes n'avaient pas belle allure, avec leurs uniformes crottés – ils n'en disposaient pas de rechange, par mesure d'économie –, avec leurs barbes naissantes, leurs regards fiévreux, leurs traits tirés, vestiges des nuits d'insomnie. Ils ressemblaient davantage à une horde de gueux qu'à une véritable armée. Les chevaux, dont s'occupaient plus de mille palefreniers immuns – Pakistanais, Afghans, Turkmènes, Tchouvaches – paraissaient beaucoup plus frais que leurs cavaliers. Un crachin tenace, glacial, noyait les collines environnantes et tendait un voile lugubre sur le jour naissant. La terre, d'où l'herbe avait disparu à force d'être piétinée, se gorgeait d'eau et se transformait en une boue collante.

Alexandre avait revêtu un somptueux ensemble dont les teintes dominantes étaient le pourpre et l'or. Son panache détrempé pendait piteusement sur le côté de son chapeau. Des éclats de boue maculaient ses chaussures à crevés. Il avait prié les responsables du défi français de quitter l'aile et de le laisser seul face à ses hommes. Ils avaient obtempéré, ulcérés par cette exigence, criant à l'ingratitude, menaçant de se plaindre à qui de droit, au conseiller Blachon, au président Freux si nécessaire. Frédric Alexandre était certes le stratège, le pivot du défi, l'homme sur lequel reposaient tous les espoirs d'une nation, mais ce n'était pas une raison pour renvoyer comme des malpropres les hommes et les femmes qui s'étaient multipliés pour lui faciliter la tâche. Il s'était abstenu de leur dire qu'ils avaient été ses pires ennemis tout au long de ces quatre mois de préparation, que leurs incessantes querelles, leurs manœuvres auprès des conseillers du président, leurs intérêts divergents avaient généré une inertie catastrophique. A cause d'eux, les équipements avaient été livrés avec un mois de retard, les transferts s'étaient effectués dans des conditions pénibles. Il n'avait pas eu la possibilité de consacrer à ses hommes, à la préparation stratégique, le temps qu'il avait perdu à rattraper leurs erreurs, à démêler leurs intrigues. Il restait persuadé que l'un ou plusieurs d'entre eux avaient été chargés par les Américains de perturber par tous les moyens les progrès du défi français.

Il s'était muni d'un amplificateur vocal qui tenait dans le creux de sa main. La fièvre des derniers jours – et l'abus des accélérateurs mentaux, sans doute – avait creusé son visage. Il passa son armée en revue d'un long regard panoramique, puis il leva la main droite devant sa bouche.

« Demain commencent les cent sixièmes Jeux uchroniques, déclara-t-il d'une voix étrangement douce. Je sais que les conditions de préparation n'ont pas été idéales, je sais que vous souffrez de l'humidité et du froid, je sais que vous avez manqué de temps pour vous familiariser avec vos armes, avec vos montures, mais ces insuffisances doivent désormais s'effacer devant les réalités du combat. Ce n'est pas seulement pour moi que vous combattez, ou pour l'honneur d'une nation qui s'appelle la France, mais pour vous. »

Sa voix prenait une résonance dramatique dans la paix de l'aube, troublée par les hennissements des chevaux, par les quintes de toux des hommes, par le chuchotement de la pluie se déposant sur les reliefs.

« Vous devrez d'abord et avant tout songer à défendre votre vie. Et le meilleur moyen de survivre, c'est de rester attentifs aux ordres qui vous seront donnés par les officiers. Nos chances de succès reposent en grande partie sur une bonne coordination entre le capitaine de champ, les officiers et les soldats, fantassins ou cavaliers. Du P.C. volant, j'aurai une vue d'ensemble des opérations. Vous ne me verrez pas, vous ne m'entendrez pas, mais je vous observerai, j'adapterai ma stratégie, je transmettrai mes consignes à votre capitaine. J'en appellerai à toutes mes ressources pour vous guider sur le chemin du succès, pour vous épargner. Si vous êtes encerclés par un ennemi supérieur en nombre, si vous avez l'impression d'avoir été trahis, ne vous fiez pas aux apparences, ne perdez pas espoir : il s'agit peut-être d'une manœuvre de diversion, d'une tactique mûrement réfléchie. N'oubliez pas non plus que vous pouvez à tout moment être sauvés par la sonnerie d'un temps mort. Battez-vous donc jusqu'à l'extrême limite de vos forces. Ne cédez jamais au découragement, tenez une heure, une minute, une seconde supplémentaires. Je suis un adepte des manœuvres à contretemps. J'essaie de frapper au moment et à l'endroit où on ne m'attend pas. Nous avons besoin les uns des autres. Je ferai ma part de travail, je vous demande de faire la vôtre. La solidarité sera notre clef. »

Il prononçait le discours inverse de celui qu'il avait tenu devant les cent hommes de la section spéciale, mais cette contradiction apparente ne choqua pas Wang. Il estima au contraire que cette faculté de se plier aux circonstances était la marque d'un bon stratège. Alexandre réclamait la discipline, l'obéissance, la cohésion à quatre-vingt-dix-neuf pour cent de ses hommes, il proposait l'insoumission, la désorganisation, l'individualisme au un pour cent restant. Il invitait l'ordre et le désordre à s'exprimer ensemble sur le champ de bataille, admettant implicitement qu'il ne maîtrisait pas tous les paramètres, laissant au hasard la possibilité de modifier radicalement les règles du jeu.

La gorge nouée, les hommes caressaient nerveusement le pommeau de leur épée, le manche de leur lance. Les cavaliers rencontraient des difficultés grandissantes à maîtriser leurs chevaux qui renâclaient, ruaient, piaffaient. Islamiques ou Sino-Russes, ils pensaient au pays, à la province qu'ils avaient quittés, aux femmes et aux enfants qu'ils avaient abandonnés au passage des portes de Most ou de Saragosse. Ils avaient espéré que l'Occident leur proposerait une existence plus confortable, plus sûre, plus heureuse que celle qu'ils avaient connue dans les villes surpeuplées, dans les déserts nucléaires, dans les villages misérables ou les médinas ombragées de la R.P.S.R. et de la G.N.I., et ils étaient conviés à figurer dans des jeux mortels dont ils ne comprenaient ni l'utilité ni l'importance.

« C'est mon intérêt de remporter la victoire, mais c'est également le vôtre, poursuivit Frédric Alexandre. Dans deux heures, je m'enfermerai dans le P.C. et je gagnerai les airs, où j'aurai une quinzaine d'heures pour m'habituer au maniement de l'appareil, pour bien connaître la configuration de l'île, pour établir la communication avec votre capitaine de champ. Ne vous souciez pas de savoir où se trouve ce dernier. D'une part nous ne devons donner aucune indication à l'ennemi sur son identité ou sa position, d'autre part nous serons en contact quoi qu'il arrive. Il se débrouillera pour répercuter mes ordres. »

Wang se hissa sur la pointe des pieds et tenta de repérer Kareem J. Abdull dans la mer des têtes environnantes, mais il ne le distingua pas. Même si les amples cols des sagums, les casques et les boucliers ne facilitaient pas l'identification, il reconnut Belkacem L. Abdallah, au troisième rang de sa cohorte, ainsi que Zhao qui se tenait, comme tous les officiers, deux mètres devant sa centurie.

« Vous serez dispensés d'entraînement aujourd'hui. Gardez vos forces pour demain. Les premiers ordres vous seront communiqués dès qu'aura retenti la sirène donnant le coup d'envoi des Jeux. Je vous souhaite, je nous souhaite bonne chance. »

Un silence oppressant suivit la déclaration du challengeur français, puis des applaudissements crépitèrent au centre de l'infanterie, gagnèrent les autres centuries comme un incendie propagé par le vent. Bien qu'ils eussent fort à faire pour rester sur l'échine de leurs montures effrayées par ce soudain tumulte, les cavaliers frappèrent également dans leurs mains. Des clameurs s'échappèrent des poitrines et s'associèrent au fracas des épées ou des haches heurtées en cadence contre les boucliers pour composer un tumulte assourdissant.

Les membres exécutifs du C.O.J.U. rappelèrent les règles des Jeux aux deux stratèges. La scène, retransmise par les télésens dans tout l'Occident, s'accompagnait d'une solennité théâtrale. Les moteurs des appareils ronronnaient doucement. La pluie égrenait ses notes graves sur le fuselage et les hublots des P.C. volants, sur les toits également des véhicules solaires qui avaient transporté les officiels du C.O.J.U. et les techniciens télésens jusqu'au centre de l'île. Les deux armées restaient consignées à l'intérieur de leur cantonnement, le camp fortifié pour les légions romaines, l'oppidum pour les troupes gauloises.

Hal Garbett ne quittait pas Frédric Alexandre des yeux, animé par la volonté manifeste de marquer son challengeur au feu de son regard. Le Français s'efforçait d'ignorer la pression psychologique exercée par son rival mais, en son for intérieur, il suppliait les membres du C.O.J.U. d'accélérer la procédure pour mettre fin à son supplice. Les tourments de son adversaire n'échappaient pas à l'attention de l'Américain, qui arborait un petit sourire détestable.

« Messieurs, l'heure est venue de vous dévêtir », dit un officiel enveloppé dans un manteau blanc ourlé d'argent qui contrastait avec ses hautes bottes noires et ses chausses bleues.

Les autres, hommes et femmes, ressemblaient à des paons aux plumes détrempées. Leur superbe se délayait peu à peu dans les rigoles qui leur sillonnaient le front, les joues et le cou ; mais, membres d'une organisation prestigieuse, presque aussi puissante que l'O.N.O., conscients de leur importance, ils conservaient un stoïcisme admirable sous les cordes de pluie.

Le corps de Hal Garbett était aussi massif que celui de Frédric était frêle. Nu, le défendeur ne cessa pas de dévisager son challengeur, pas même lorsque les techniciens télésens l'entourèrent pour lui fixer les capteurs sur le torse, le dos, le bassin et les cuisses, ne laissant à découvert que les bras, les jambes et les orifices excréteurs.

La pluie hérissait la peau de Frédric. Il espéra qu'il ne souffrirait pas du froid à l'intérieur du P.C. volant : le froid l'engourdissait, anesthésiait ses facultés cérébrales. N'ayant plus confiance en personne, il avait lui-même vérifié, une heure plus tôt, le chargement de la nourriture, de l'eau, des comprimés morphêbloquants et des accélérateurs mentaux. Les tremblements irrépressibles de ses membres agitaient les capteurs circulaires que les techniciens posaient sur sa poitrine et son ventre.

« A vos postes, messieurs ! cria l'officiel dont le chapeau affaissé évoquait une laitue défraîchie. Serrez-vous la main ! »

Ils n'avaient pas d'autre choix que de sacrifier à la tradition. Hal Garbett en profita pour broyer la main de Frédric Alexandre. Puis, après avoir salué une à une les statues dégoulinantes du C.O.J.U., ils se glissèrent à l'intérieur des P.C.

Pilotés par l'ordinateur du bureau de l'île, les appareils décollèrent quelques minutes plus tard et se stabilisèrent à une hauteur de deux cents mètres. Ils en redescendraient lorsqu'un des deux adversaires aurait reconnu sa défaite ou que son armée aurait été entièrement décimée.

CHAPITRE XV

DE BELLO GALLICO

Seul le Créateur a le droit de donner la mort puisqu'il est le seul à donner la vie. Mais tu fais face à un homme décidé à te vider le chargeur de son arme dans le ventre ou à te plonger la lame de son poignard dans le cœur, et tu dois tuer pour continuer à jouir des bienfaits du Créateur. La mort pour la vie... Après le combat, il sera temps de réfléchir aux événements qui t'ont amené dans cette impasse mais, pour l'instant, frappe-le avant qu'il ne te frappe. Vise les points vitaux, la gorge, le cœur, les yeux, le bas-ventre, et, surtout, achève-le sans pitié. Les remords viendront après. Bienheureux celui qui éprouve des remords car il est toujours en vie.

Le Tao de la Survie de grand-maman Li

La sirène avait hurlé deux heures plus tôt, un ululement interminable qui avait brisé le silence de l'aube. Les hommes s'étaient tout à coup montrés fébriles et les officiers avaient eu fort à faire pour ramener le calme dans les rangs. Les soixante centuries de l'infanterie s'étaient réparties sur quatre colonnes et la cavalerie en deux cohortes de deux mille éléments chacune, conformément aux instructions du capitaine de champ.

Seuls ses trois assistants savaient où se cachait Kareem J. Abdull, Zhao et Wang, ses anciens complices du camp des Landes, n'avaient pas été mis dans la confidence.

« Dommage pour lui ! avait grondé Zhao. Nous aurions pu le protéger discrètement... »

Des messagers, identifiables à leurs casques munis de cimiers en forme de roue, se chargeaient de transmettre les ordres. Fantassins ou cavaliers, ils n'étaient pas dispensés du combat car leur passivité aurait pu éveiller les soupçons de l'ennemi, mais ils pouvaient à tout moment être accostés par les assistants du capitaine de champ et dépêchés auprès des officiers des autres centuries.

La plupart des hommes de la section spéciale, conformément à ce qu'ils avaient annoncé, étaient restés à l'intérieur de l'oppidum. Kamtay Phoumapang était passé dans les huttes pour les haranguer, stigmatiser leur lâcheté et tenter de les convaincre de la stupidité de leur comportement, mais il n'avait obtenu pour toute réaction que des bordées d'insultes ou des propos menaçants.

« Libre à toi de te battre pour les Occidentaux, face de singe ! Puisque ce cinglé d'Alexandre nous a permis de nous planquer, nous resterons au chaud jusqu'à la fin des combats !

– Vous serez égorgés comme des moutons à l'abattoir !

– Nous nous arrangerons avec les épouvantails à moineaux de Hal Garbett...

– Pauvres naïfs ! Vous croyez qu'ils vous épargneront ?

– Fous le camp, face de singe, ou tu seras la première victime de cette putain de guerre... »

Un sifflement continu entraîna les hommes à lever la tête. Déchirant le rideau de pluie, un P.C. les survola pendant quelques secondes avant de repartir dans une autre direction. Etait-ce Frédric Alexandre qui venait saluer ses troupes avant la bataille ? Hal Garbett qui effectuait un raid de reconnaissance avant d'ordonner le premier assaut de ses troupes ? Le passage de cet appareil au-dessus de leurs têtes amplifia l'angoisse qui les avait saisis depuis le hurlement de la sirène. En cet instant, ils prenaient vraiment conscience qu'ils dépendaient de l'intelligence et de la détermination d'un homme qui se promenait deux cents mètres au-dessus du sol comme un dieu inaccessible. Des grondements sourds s'immiscèrent dans le murmure de la pluie. Des roulements de sabots, le fracas de pas frappant le sol en cadence... A l'autre bout de l'île, les légions de Hal Garbett s'étaient mises en marche. Les hommes tendirent le cou pour essayer de percer du regard le crachin et la brume persistante.

Des mouvements agitèrent soudain l'aile gauche de l'infanterie. Une dizaine de messagers se déployèrent en direction des officiers, leur chuchotèrent les ordres. Les fantassins se mirent en marche dans un tintamarre assourdissant. Tout en ordonnant à sa centurie de suivre le mouvement général, Zhao sortit du rang et s'approcha de Wang, qui s'était reculé et tenu à l'écart en compagnie de Kamtay, Timûr et quelques membres de la section spéciale. Le Chinois de Bratislava se planta devant son compatriote et le dévisagea longuement.

« C'est ici que nos routes se séparent, déclara-t-il d'une voix qu'il voulait ferme mais où se devinaient des fêlures.

– Nous nous reverrons après la bataille », balbutia Wang.

Zhao hocha lentement la tête. Des gouttes s'échappèrent des ailes de son casque gorgées d'eau. Sa pâleur estompait le jaune cuivré de sa peau.

« Qui sait ce que nous réserve le destin ? Quoi qu'il arrive, j'ai été très heureux de te connaître, petit Chinois. Tu as réchauffé mes derniers jours. Sans toi, je me serais laissé partir deux ou trois mois plus tôt. Par ta grâce, je peux briller d'un ultime feu. Je mourrai les armes à la main et non comme un misérable cloporte cloué sur un lit.

– Je suis désolé de... de ne pas avoir été celui que tu voulais », bredouilla Wang.

Il en appelait à toute sa volonté pour retenir ses larmes. Les cliquetis des armes, des boucliers, et les claquements des semelles sur la boue les contraignaient à hausser la voix.

« Tu as été bien plus que ça : tu m'as appris à aimer sans recevoir, tu m'as entretenu dans le désir de la vie, tu m'as redonné l'espoir dans l'homme, tu m'as réconcilié avec moi-même. Je peux partir en paix. Aujourd'hui est un beau jour pour mourir, comme disaient les Amérindiens. Je n'ai qu'un conseil à te donner, Wang Zangkun : reste toi-même jusqu'à ton dernier souffle.

– J'ai été heureux de te connaître, Zhao Guofeng. »

Zhao écarta les pans de son manteau et, avec un sourire chaleureux, lumineux, tendit la main à son vis-à-vis. Wang la pressa avec ferveur, étreint par une profonde émotion. Le Chinois de Bratislava s'enroula d'un geste théâtral dans sa cape pourpre, tourna les talons et se dirigea au pas de course vers ses hommes.

Belkacem L. Abdallah adressa un signe de la main à Wang lorsque sa centurie passa devant le petit groupe de la section spéciale. Dans ses yeux exorbités, dans ses lèvres bleuies par le froid, dans sa peau noire hérissée, dans ses épaules voûtées, se lisait toute la détresse d'un homme résigné à ne plus jamais revoir les siens. La veille, il avait longuement parlé de sa femme, la douce Aïcha, de ses enfants, de sa maison, aussi fraîche qu'une eau de source, de son pays, écrasé par un soleil implacable, de l'Afrique, ce continent à la fois si riche et si misérable, de ses ancêtres, ces pauvres bougres abusés par les promesses d'une poignée de fanatiques. De grosses larmes avaient roulé sur ses joues envahies par une barbe où les mèches blanches l'emportaient sur les noires. Wang n'avait pas cherché à endiguer le flot qui s'écoulait de la bouche et des yeux du Soudanais, conscient que ce dernier éprouvait le besoin impératif de se délester d'une partie de sa tristesse et de sa peur.

Lorsque les dernières centuries de l'infanterie eurent évacué les lieux, les deux cohortes de la cavalerie se répartirent sur toute la largeur de la plaine et avancèrent au pas.

« Qu'est-ce qu'on fait ? » demanda Kamtay en se tournant vers Timûr et Wang.

L'Iranien consulta à son tour le Chinois du regard.

« Suivons-les à distance et voyons comment tournent les choses... », dit Wang dont l'avis avait désormais valeur de directive.

La première rencontre entre les deux armées eut lieu au milieu de la plaine, comme si les deux stratèges avaient décidé d'employer la force brute, l'affrontement en ligne, pour jauger leurs forces respectives.

Les légions de Hal Garbett se disposèrent en losanges et avancèrent comme les dents d'une faucheuse sur les troupes de Frédric Alexandre, qui avait adopté un positionnement à plat, probablement pour compenser l'infériorité numérique de son infanterie, un peu moins de six mille fantassins pour le challengeur contre huit mille au défendeur. Wang et ses compagnons de la section spéciale avaient gravi la colline la plus proche d'où ils avaient une vue d'ensemble des deux fronts. Ils entrevoyaient de part et d'autre les lignes sombres formées par les deux cavaleries. L'une, celle de Hal Garbett, se tenait très proche de son infanterie, l'autre, celle d'Alexandre, gardait une distance de cinq ou six cents mètres avec les derniers rangs des fantassins.

Des aboiements dominèrent les grondements confus des deux armées. Les légions de Hal Garbett se lancèrent tout à coup au pas de course et franchirent en moins de vingt secondes l'espace qui les séparait de leurs adversaires. Les pointes des losanges s'enfoncèrent comme des piques dans les lignes gauloises, dont elles brisèrent en plusieurs endroits l'ordonnancement. De furieux combats s'engagèrent entre les Romains – qui, gardant leur unité, formaient de véritables murs de boucliers hérissés de lances – et les Gaulois qui se battaient de manière dispersée. Des corps transpercés jonchèrent bientôt l'herbe de la plaine. Des mares de sang délayé par la pluie grossirent dans les anfractuosités du terrain. Les légions s'enfonçaient le plus loin possible dans les rangs ennemis, mais elles se retiraient avant d'être encerclées, se séparaient en deux, se repliaient sur les côtés. Un deuxième losange prenait alors le relais, s'engouffrait dans le passage, élargissait la brèche, refluait à son tour. Les phalanges qui avaient battu en retraite se reformaient à l'arrière pour reprendre le combat et perpétuer le mouvement. Elles obtenaient peu à peu le résultat escompté, puisqu'elles scindaient l'infanterie d'Alexandre en plusieurs tronçons, qu'elles pouvaient maintenant prendre les Gaulois à revers et les attaquer de plusieurs côtés à la fois. Tout en gardant leur propre cohésion, elles avaient rompu en moins d'une demi-heure l'homogénéité des centuries du challengeur.

Du sommet de la colline, Wang les voyait comme des vagues sombres et puissantes qui sapaient à chaque déferlement la muraille dressée devant elles. Elles refluaient en abandonnant dans leur sillage des dizaines de cadavres et de blessés, qui gigotaient sur le sol en se vidant de leur sang. Wang percevait les chocs sourds des glaives, des hasts ou des haches sur les casques et les boucliers. Les soldats d'Alexandre se battaient avec courage mais, face à ces attaques incessantes et parfaitement ordonnées, face également à la détermination des Sudams, ils cédaient du terrain, s'éloignaient les uns des autres, se retrouvaient isolés contre plusieurs adversaires. Pendant ce temps, la cavalerie romaine continuait de s'approcher de la ligne de front, au point que les cavaliers devaient retenir leurs chevaux surexcités par le tumulte, par l'odeur piquante du sang, pour les empêcher de partir au triple galop.

« C'est du massacre ! gémit Timûr. Nous devrions aller leur prêter main-forte...

– Ça ne changerait pas grand-chose, lâcha Kamtay.

– Je me demande ce qu'attend Alexandre pour lancer la cavalerie, murmura Wang.

– Faudrait encore qu'il puisse la commander ! gronda Timûr. Elle se tient trop loin du reste des troupes. »

A peine avait-il prononcé ces paroles que des cavaliers gaulois, lancés à toute allure, surgirent de chaque côté du front et fondirent sur les phalanges romaines de l'arrière-garde afin de les couper de leur front et de briser l'habileté manœuvrière des troupes de Hal Garbett. Cette contre-attaque avait probablement été prévue, car Wang n'avait observé aucun mouvement de messagers, aucun signe qui eût indiqué une improvisation tactique de Frédric Alexandre. A moins encore que Kareem J. Abdull n'eût été incorporé dans la cavalerie, moins exposée que l'infanterie et d'une mobilité supérieure. Cachés par la pluie, les chevaux s'étaient déployés sur la gauche et sur la droite du champ de bataille, avaient réalisé une approche discrète – Hal Garbett les avait sans doute vus se déplacer sur la carte lumineuse de son P.C. volant mais, pour une raison inconnue, il n'avait pas encore pris la décision de riposter avec sa propre cavalerie – et avaient déferlé subitement sur les Romains. Ils traversaient les rangs ennemis sur deux lignes, l'une qui allait de la gauche vers la droite, l'autre qui effectuait le trajet inverse. Ils pointaient leur lance vers le sol et tentaient au passage d'embrocher un ou plusieurs fantassins adverses, mais ils ne cherchaient pas à engager le combat. Même si leur intervention ne fit que très peu de victimes, ils réussirent à repousser les légions vers l'arrière, à reconstituer l'intervalle de cent mètres entre les fronts. Les officiers purent alors rassembler leurs hommes, rétablir un minimum de cohérence dans les centuries sévèrement secouées par ce premier engagement. Plusieurs centaines de morts chez les Gaulois contre plusieurs dizaines chez les Romains : Frédric Alexandre savait maintenant de quel côté penchait la balance de la force brute.

« Encore deux attaques de ce genre, et l'armée d'Alexandre sera réduite en bouillie ! soupira Timûr, livide.

– Leur capitaine de champ... murmura Wang.

– Eh bien quoi, leur capitaine de champ ? lâcha Kamtay entre ses lèvres serrées.

– Leur efficacité repose sur leur cohésion, précisa Wang. Sur un système de communication bien au point. Nous devons neutraliser la pièce essentielle de leur dispositif.

– Comment dénicher leur capitaine dans ce foutoir ?

– En essayant de repérer d'où partent les ordres...

– A peu près aussi facile que de trouver une aiguille dans une botte de foin ! gronda Timûr.

– Leur armée s'articule autour d'un point central. Comme la nôtre. Nous devons découvrir et crever l'œil du cyclone... »

Ils se turent et observèrent les deux armées, pour l'instant immobiles. Les quelques centaines de cavaliers d'Alexandre qui avaient participé à la contre-offensive s'étaient rassemblés devant l'infanterie. Les hennissements et les gémissements des blessés s'élevaient dans le silence funèbre qui recouvrait la plaine. Un P.C. volant déchira le rideau de pluie et se stabilisa au-dessus du champ de bataille.

Frédric Alexandre avala deux accélérateurs cérébraux pour stimuler ses neurones et intégrer l'ensemble des données de la situation. L'inertie humaine avait failli lui jouer un mauvais tour lors du premier affrontement : les soldats n'étaient pas des archétypes virtuels qui réagissaient à la moindre de ses sollicitations. Les ordres qu'il avait donnés au capitaine de champ n'avaient pas été exécutés avec la promptitude nécessaire, et sa cavalerie était intervenue trop tard. Il se demandait pourquoi Hal Garbett n'avait pas instantanément exploité ce décalage pour lancer ses propres cavaliers et pousser plus loin son avantage. Ou le défendeur américain se montrait d'une prudence excessive, ou il n'était pas pressé d'en finir. Peut-être avait-il également estimé que le côté désespéré de cette contre-attaque dissimulait un piège...

Frédric s'essuya le front à l'aide de la serviette-éponge posée près du tableau de bord. Les capteurs lui martyrisaient la peau et la cuvette évacuatrice sur laquelle il était assis en permanence lui meurtrissait les fesses. Le tuyau qui aspirait automatiquement son urine et ses excréments ne dispersait pas les odeurs, devenues insoutenables dans l'atmosphère confinée de la cabine. Un détail anodin, mais qui revêtait une importance capitale dans ce genre de circonstances : la puanteur occupait tout l'espace et l'empêchait de penser. Il n'était pas dans un sensor des tours préliminaires, où il n'avait qu'à se préoccuper de stratégie pure, il était le général en chef d'une armée humaine d'autant plus difficile à diriger qu'elle était constituée de soldats de fortune et qu'il lui transmettait ses ordres par le seul intermédiaire d'un antique système radio. Il devait donc modifier sa façon de penser, anticiper de trois ou quatre mouvements plutôt que de réagir au coup par coup. Il ne suffisait pas, par exemple, de donner des consignes uniques aux officiers, car ils devenaient injoignables pendant la bataille, il fallait leur transmettre des instructions plurielles qui leur permettraient de prendre des initiatives au cas où ils se retrouveraient isolés.

Un peu plus de cinq cents lumières blanches, celles

qui représentaient ses soldats, s'étaient éteintes sur la carte lumineuse qui occupait tout le plafond du P.C. volant. Cinq cents morts en moins de trente minutes, contre une quarantaine à Hal Garbett. A ce rythme-là, les J.U. s'achèveraient avant la fin du jour. Le bureau national des défis avait présumé que le talent du challengeur se transposerait naturellement des tournois préliminaires aux Jeux uchroniques, mais il n'avait pas pensé à tous ces petits détails qui faisaient la différence : l'écart de perception entre le stratège qui donne les ordres et le capitaine qui les reçoit, la déperdition d'énergie entre le capitaine de champ, les messagers et les officiers, les difficultés rencontrées par les hommes sur le terrain, la souffrance, la faim, la soif... Hal Garbett avait eu neuf défis pour intégrer ces données. L'Américain savait que le succès se construisait en amont, par un entraînement rigoureux, par le développement systématique des réflexes collectifs. Les membres du défi français avaient d'abord cherché à exploiter pour leur propre profit le prestige de la qualification d'Alexandre, comme des poules d'une basse-cour qui se seraient battues pour une poignée de grains en oubliant qu'elles pouvaient, si elles faisaient preuve d'un minimum d'intelligence, recevoir la récolte tout entière. Les premières charges des légions de Hal Garbett avaient eu le mérite de rappeler à Frédric que le défi américain, quant à lui, n'était pas du genre à tirer parti d'une victoire avant de l'avoir obtenue.

Il se secoua pour chasser ses idées noires et se concentra sur la carte de l'île. Divers courants agitaient l'armée de Hal Garbett, qui adoptait une nouvelle configuration pour lancer le deuxième assaut. Il battit le rappel de ses connaissances historiques, essaya de deviner, en puisant dans les souvenirs de ses plongées dans les historamas tirés des ouvrages de Jules César et des auteurs latins contemporains, quel genre de tactique pourrait maintenant utiliser le défendeur américain. Il continuerait probablement de se servir de son infanterie, plus nombreuse, supérieurement organisée, mieux protégée avec les *loricæ*, les épaulières d'acier, les casques équipés de mentonnières, les boucliers en bronze. Il ne lancerait sa cavalerie, par essence moins disciplinée, que dans un deuxième temps, lorsque ses fantassins auraient provoqué d'importants ravages dans les rangs adverses et obtenu une supériorité numérique flagrante. Son absence de réaction à la contre-offensive gauloise, pourtant effectuée en dépit du bon sens, montrait qu'il tentait de réduire au maximum la part de hasard sur un champ de bataille.

Frédric repoussa la tentation de demander un temps mort. Il craignait que son rival n'interprète cette requête comme un aveu de faiblesse, comme un signe de perplexité. La tradition voulait que les belligérants attendent un minimum de trois heures avant de solliciter une suspension des hostilités. D'une pression sur la commande directionnelle, il dirigea son P.C. vers le centre de la plaine et se stabilisa au-dessus de l'espace qui séparait les deux armées. Il se pencha sur le côté et observa les Gaulois et les Romains qui, vus de cette hauteur, ressemblaient à des figurines.

Les officiers des centuries avaient rassemblé leurs hommes et reformé une digue qui occupait toute la largeur de la plaine. La cavalerie s'était regroupée sur deux lignes deux cents mètres en arrière.

Les légions de Hal Garbett se disposaient maintenant en carrés, les hommes des premières lignes dressant leur bouclier à la verticale, les autres les levant au-dessus de leur tête de manière à former un toit hermétique. Soixante ou soixante-dix tortues étaient ainsi en train de se constituer. Les versions romaines des cuirassés. Hérissées de lances, elles creuseraient des brèches dans les lignes ennemies, éclateraient tout à coup comme des bombes, libéreraient les hommes renfermés à l'intérieur de la carapace, déborderaient les défenseurs et sèmeraient une pagaille facilement exploitable par la cavalerie. C'étaient autant de blindés qui s'apprêtaient à marcher sur l'armée gauloise offerte à leurs coups comme une victime expiatoire.

Frédric estima qu'il devait tirer parti du point faible des tortues : la lenteur. Pour rester soudés, les légionnaires avaient l'obligation de se déplacer tous en même temps, ce qui réduisait considérablement leur vitesse.

D'une pression sur un bouton du tableau de bord, il déclencha l'ouverture du communicateur. Il perçut instantanément le souffle de Kareem J. Abdull. Même si le Gabonais était arrivé en premier sur la liste d'aptitude établie selon des critères d'intelligence, d'adaptabilité, de résistance physique et d'autorité, le sentiment n'avait jamais quitté Frédric qu'il n'avait pas trouvé son véritable capitaine de champ. Il s'en était ouvert auprès d'Aliz mais, bien qu'elle eût semblé partager son intuition, elle avait refusé de formuler une nouvelle requête en morphopsychologie : « Nous nous heurterions à un refus et nous perdrions un temps précieux, avait-elle argumenté. Nos adversaires n'attendent que ce genre de prétexte pour nous mettre de nouveaux bâtons dans les roues. Faites avec ce que vous avez, Frédric... »

« Les Romains vont bientôt attaquer en tortues », dit-il d'un ton las.

Il n'avait pas ressenti une telle fatigue depuis sa première participation, à l'âge de sept ans, à un tournoi sensor des environs de Tours.

« Que devons-nous faire ? demanda Kareem J. Abdull, dont la voix tremblait légèrement (la peur, une donnée essentielle qu'il aurait fallu prendre en compte lors des entraînements préliminaires).

– Opposer la vitesse à leur lenteur. Tenter de les disperser. Que les centuries s'éloignent au pas de course dans des directions différentes et se regroupent devant l'oppidum pour recevoir de nouvelles instructions.

– Nous battons en retraite, alors ? »

Frédric perçut de la détresse dans la voix de Kareem. La réalité des combats avait soufflé l'enthousiasme des réunions préparatoires.

« Disons que nous avons besoin d'un peu de temps pour proposer une riposte appropriée...

– Et la cavalerie ?

– Elle restera groupée et reculera au pas, mais elle se tiendra prête à intervenir à la première occasion. »

Frédric entendit les hennissements des chevaux, les

voix des hommes qui avaient pour mission de veiller à la sécurité de Kareem, une dizaine de cavaliers mongols et kurdes dont l'analyse morphopsycho avait souligné les aptitudes à la protection rapprochée. L'idée d'incorporer le capitaine de champ dans la cavalerie lui était venue quelques jours seulement avant le début des J.U. Les réactions imprévisibles des montures augmentaient le facteur risque – d'autant que le Gabonais n'était pas un cavalier confirmé – mais, en contrepartie, Kareem J. Abdull bénéficiait d'une mobilité supérieure, qu'il pouvait exploiter aussi bien pour transmettre les ordres que pour s'enfuir au cas où il tomberait dans une embuscade.

Frédric restait incapable de deviner d'où partaient les ordres de Hal Garbett. Ses légions semblaient se mettre en branle toutes en même temps, comme animées par un invisible mécanisme. Il était encore trop tôt pour essayer de repérer et d'éliminer le capitaine de champ du défendeur américain, qui n'avait probablement pas eu besoin de recourir à son homme de confiance pour orchestrer ses premières manœuvres.

« J'envoie les messagers ? demanda Kareem.

– Ce n'est pas encore fait ? » répliqua Frédric d'un ton cassant.

Il regretta aussitôt son accès de mauvaise humeur : l'issue du combat dépendait en grande partie de la relation entre le Gabonais et lui, et il devait mettre tout en œuvre pour préserver leurs communications de tout éclat inutile.

« Que les officiers évitent d'aller s'empaler dans la cavalerie de Hal Garbett ! ajouta-t-il. Nouvelles instructions dans une heure devant l'oppidum. »

Il coupa le canal et observa de nouveau la plaine par le plancher transparent du P.C. Il vit que Kareem J. Abdull appliquait ses instructions préalables à la lettre, puisqu'il dépêchait ses messagers au milieu de dizaines de cavaliers pour donner à Hal Garbett l'illusion d'une simple manœuvre. Ils opérèrent la jonction avec les derniers rangs de l'infanterie et provoquèrent un début de confusion qu'ils mirent à profit pour transmettre les ordres aux fantassins. Frédric avait imaginé cette procédure pour empêcher son rival de localiser son capitaine de champ. De la cabine du P.C. volant, l'illusion était parfaite : il était impossible de distinguer les déplacements des messagers dans cet inextricable mélange d'hommes et de chevaux.

L'image de Delphane traversa l'esprit de Frédric. Elle était certainement, comme la grande majorité des Français, enfermée dans un sensor. Leurs relations mentales s'étaient considérablement dégradées depuis son départ précipité de l'île des Pins, comme si elle s'était peu à peu détachée de lui. Elle ne lui avait pourtant adressé aucun reproche, lui affirmant même qu'elle comprenait ses motivations, qu'elle saurait patienter jusqu'à la fin des J.U. Il lui avait donné rendez-vous à l'aéroport de Bordeaux-Langon le jour du départ du défi français, mais elle avait décliné l'invitation. Elle ne voulait pas, avait-elle prétexté, le perturber à la veille de son formidable défi, elle lui promettait de se consacrer corps et âme à leur amour après sa victoire. Quelque chose, une vague impression, une intuition, l'avait empêché d'accorder tout crédit aux déclarations de la jeune femme, et il s'était promis d'avoir une conversation franche avec elle à l'issue des Jeux. Il regrettait de ne pas avoir éclairci la situation plus tôt : c'était maintenant qu'il avait besoin de se raccrocher à des certitudes. Il se rendait compte que l'amour de Delphane, cet amour qui l'avait effrayé sur l'île des Pins, lui était indispensable, autant que l'oxygène, la nourriture, l'eau, la lumière. Aussi essentiel que la tendresse inconditionnelle et parfois étouffante de sa mère.

Il prit conscience que le désir d'être réuni au plus vite à Delphane le conduisait à précipiter ses décisions. Il lui fallait faire abstraction de toute pensée importune, se concentrer sur sa stratégie.

Les tortues enfin assemblées avancèrent de leur allure pesante vers le front gaulois, suivies à distance par la cavalerie scindée en quatre divisions.

Delphane quitta le canal 1, réservé au challengeur français, et passa sur l'un des nombreux canaux consacrés aux hommes de champ. Elle s'arrêta sur un officier qui courait sur le côté de sa centurie et qui jetait de fréquents regards en arrière pour surveiller la progression des troupes adverses. Le souffle de la jeune femme oppressée par la peur se précipita.

Elle s'était raisonnée au coup d'envoi des J.U. Elle n'avait posé que deux capteurs de chaque côté de son ventre. Puis elle avait dégrafé son soutien-gorge, avait placé deux disques adhésifs sur sa poitrine, deux autres sur ses cuisses après avoir retiré son pantalon et son slip, un supplémentaire au-dessus de son pubis... Elle avait désormais l'impression de se trouver en plein cœur de la bataille, de percevoir les vibrations provoquées par les chocs, de ressentir les blessures dans sa chair, de sensorer les peurs et la souffrance des blessés, le froid de la mort. Elle tressaillait en même temps que les hommes et les chevaux aux ordres gutturaux des officiers. Les sensations étaient si fortes, par moments, qu'elle craignait de tomber dans un coma sensoriel irréversible, mais elle ne parvenait pas à prendre la décision de retirer un ou deux capteurs. Elle explorait des facettes humaines qui la fascinaient autant qu'elles l'horrifiaient, la cruauté, la colère, la haine, l'instinct de survie poussé à son paroxysme. Elle devenait cet homme à la peau noire qui accueillait le fer d'un glaive dans son ventre et qui expirait après une atroce agonie, ce Russe ou cet Ukrainien qui déféquait de peur dans ses braies avant de se lancer dans un assaut désespéré et de recevoir la pointe d'un hast en pleine gorge, cet Asiatique qui restait immobile au milieu des cadavres et qui se relevait lorsque la vague d'adversaires s'était retirée, cet officier incapable de prononcer les ordres qui auraient épargné ses hommes, ces éléments épars, isolés, qui restaient cachés dans les collines pendant que leurs confrères s'étripaient sur l'herbe de la plaine... Elle passait de temps à autre sur le canal du capitaine de champ, un Noir à la haute stature escorté par une dizaine de cavaliers dévolus à sa surveillance.

Elle se demandait, dans ses accès de lucidité, si la plaque réceptrice que lui avaient greffée les sensolibs dans le cerveau n'amplifiait pas ses perceptions. La ruche lui avait envoyé un premier message au lendemain de sa visite. Comme le lui avait annoncé Jehan de La Couperie, elle avait d'abord cru qu'un lutin s'était glissé à l'intérieur de sa tête pour lui souffler quelques mots. Une fois passé cette première impression, elle avait éprouvé des difficultés à démêler les suggestions des sensolibertaires de ses propres pensées. Il lui avait semblé qu'elle se faisait la conversation à elle-même, une sensation déroutante qui l'avait amenée à douter de sa raison. Puis elle s'était habituée à ce chuchotement étranger, qu'elle avait progressivement appris à reconnaître, à isoler.

La ruche lui avait expédié des communications anodines destinées à la familiariser avec ce nouveau mode de communication. « *Le réseau mondial sensolibertaire souhaite la bienvenue à Delphane Miorin... La ruche albigeoise informe Delphane Miorin, nouveau membre du réseau mondial sensolib, que sa visite a été très appréciée... Reçois, Delphane Miorin, les salutations amicales de l'ensemble du réseau...* »

La nuit qui avait précédé l'ouverture des Jeux, la ruche lui avait recommandé de s'enfermer dans un sensor et de tenter de reconnaître, parmi les soldats du challengeur, les hommes susceptibles de servir le réseau. Une requête qui l'avait étonnée : comment des immigrés pouvaient-ils servir la cause sensolibertaire ? Elle n'avait pas la possibilité de communiquer en direction de la ruche mais elle avait reçu de nouvelles suggestions qui montraient que les sensolibs tenaient compte de ses réactions (lisaient ses pensées ?). « *Un bon stratège est celui qui ne néglige aucun de ses pions, Delphane Miorin...* »

La trépanation n'avait laissé aucune cicatrice sous son cuir chevelu. Elle n'avait même pas eu besoin d'utiliser une prothèse capillaire, comme elle l'avait envisagé : les bras articulés des robots lui avaient prélevé des cheveux sur la nuque et les avaient implantés à l'endroit où ils avaient découpé les os crâniens. Son père, pourtant soupçonneux comme tous les pères vis-à-vis de leur fille, n'avait rien remarqué d'autre qu'« une pâleur anormale et des traits un peu plus tirés que d'habitude ». Les premiers jours, elle avait ressenti l'orgueil puéril de ceux qui appartiennent à un ordre secret et qui jouissent d'une supériorité occulte sur leurs semblables. Son mépris pour Martale, sa belle-mère, avait grandi à un point tel qu'il avait éclaboussé son père et l'ensemble des membres de la famille, y compris sa mère, légume allongé sur le lit d'un hôpital des faubourgs de Toulouse. Y compris Perico Suarez Axcotal, dont l'idéalisme lui avait paru *a posteriori* candide, simpliste, voire dangereux.

Sur les conseils de Jehan, elle s'était rendue à d'autres réunions clandestines du mouvement universaliste.

« Ta présence n'affectera pas tes relations avec Frédric Alexandre, avait avancé le responsable régional. Nombreux sont les membres du gouvernement qui appartiennent au mouvement. »

Elle avait alors fréquenté ces assemblées de conspirateurs mondains comme elle se serait rendue au spectacle. Leurs expressions, leur langage, leurs discours aussi vains que pompeux, leurs intrigues l'avaient divertie quelquefois, l'avaient ennuyée lorsque les acteurs n'étaient pas au mieux de leur forme. Elle oubliait régulièrement le nom des hommes et des femmes qu'on lui présentait et qui lui assuraient, d'un air très important, qu'ils connaissaient très bien Frédric Alexandre, qu'ils lui avaient prédit une brillante carrière depuis ses premières joutes virtuelles, qu'ils espéraient avoir l'occasion de le saluer après les Jeux uchroniques. Elle se souvenait seulement de leurs fonctions, maires, sénateurs, représentants régionaux des conseillers présidentiels...

Des gouttes froides lui cinglèrent le visage. Elle reçut un choc violent sur la nuque qui la fit tressauter. Un filet tiède s'échappa de ses lèvres et lui dégoulina sur le menton. Un réflexe la poussa à s'essuyer du revers de la main, mais elle n'écrasa rien d'autre que des gouttelettes de sueur qui perlaient aux commissures de sa bouche.

Deuxième choc, d'une puissance inouïe. Le métal du casque se fendit comme du bois mort. Le fer du glaive lui brisa les os du crâne, lui fendit de part en part le cerveau. Elle sensora un froid intense qui lui engourdit tout le corps jusqu'à l'extrémité de ses membres.

L'homme glissa dans la mort sans avoir eu le temps de souffrir.

Elle crut qu'elle avait plongé dans le coma sensoriel, qu'elle avait définitivement coupé les ponts avec le monde réel, puis elle changea instinctivement de canal et se retrouva subitement plongée dans le silence feutré de la cabine du P.C. volant de Frédric.

Elle ressentit la détresse du challengeur français, pris au dépourvu par les manœuvres de Hal Garbett. Bien que disposées en tortues, les légions du défendeur américain avançaient plus rapidement que les centuries dispersées de Frédric. Certaines avaient déjà opéré la jonction et s'étaient épanouies comme des corolles pour libérer les soixante soldats qu'elles contenaient. Les Gaulois ne songeaient même plus à se défendre. Ils se délestaient de leurs armes, de leurs boucliers, et s'enfuyaient dans toutes les directions comme des volées d'étourneaux. Dans leur affolement, certains couraient en direction des cavaliers romains, qui n'avaient qu'à se pencher sur le côté de leur monture pour les embrocher.

Delphane voyait s'éteindre les lumières jaunes sur la carte du plafond du P.C. comme des étoiles soufflées par une invisible bouche. Frédric avait trop attendu pour envoyer sa cavalerie au secours de son infanterie en perdition. Les tortues s'étaient montrées beaucoup plus rapides que prévu, trop rapides pour ses propres fantassins pourtant équipés d'un matériel plus léger et entraînés à la course. Hal Garbett avait poussé jusqu'à l'extrême le concept de marche forcée cher à Jules

César. Ni la pluie ni la boue ne freinaient l'élan de ses cuirassés humains.

« Demande un temps mort, Frédric ! »

Le hurlement de Delphane transperça les cloisons du sensor familial. Elle ressentit une telle tension intérieure qu'incapable de se contenir, elle arracha d'un geste brusque le capteur posé sur son bas-ventre.

Le ululement de la sirène domina le tumulte du champ de bataille.

« Temps mort ! » hurlèrent plusieurs voix.

Ivres de rage, des légionnaires de Hal Garbett continuèrent de plonger leur glaive dans les poitrines offertes, mais leurs voyants cessèrent aussitôt de briller et ils s'affaissèrent comme des pantins désarticulés aux côtés de leurs victimes. Ces exécutions suffirent à dissuader les autres de poursuivre le combat et la plaine se peupla bientôt de statues. Seuls les blessés continuèrent de se rouler dans l'herbe empourprée en libérant des gémissements déchirants. Ceux-là avaient la durée du temps mort, soit trois heures, pour se soigner et reprendre leur place au sein de leur division. Passé ce délai, ils seraient achevés à distance par extinction de leur voyant frontal.

« Je me demande ce qu'ils attendent pour se replier ! gronda Wang.

– C'est facile de garder sa lucidité quand on n'a pas pris part à la bataille », maugréa Timûr.

Devant le spectacle de l'armée gauloise en déroute, les autres membres de la section spéciale s'étaient réfugiés à l'intérieur de l'oppidum, laissant Kamtay, Timûr et Wang seuls au sommet d'une colline. Il en cuisait visiblement à l'Iranien d'être resté à l'écart de la bataille. Il avait exprimé à plusieurs reprises le désir de soutenir ses frères en difficulté, mais chaque fois Wang l'avait empêché de se jeter dans la mêlée.

« J'aurais dû écouter mon cœur, maugréa l'Iranien.

– Tu serais sans doute mort à l'heure qu'il est, rétorqua Kamtay.

– Mieux vaut mourir avec honneur que de vivre dans la honte...

– Mieux vaut vivre tout court ! intervint Wang. Un mort n'est d'aucune utilité. »

De leur poste d'observation, ils avaient une vue dégagée de la plaine, même si la pluie, qui tombait de plus en plus fort, recouvrait les environs d'une chape opaque et grise. Des clameurs soudaines s'échappèrent de milliers de poitrines, absorbèrent le crépitement sourd et continu des gouttes d'eau, les hennissements des chevaux, les râles des agonisants. Les Romains regardaient s'éloigner les Gaulois en poussant des hurlements de triomphe, conscients qu'ils avaient pris un avantage décisif en contraignant le challengeur à demander un temps mort au bout de deux heures de combat.

Les hommes de Frédric Alexandre désertèrent le champ de bataille. A vue de nez, Wang estima le nombre des cadavres et des blessés à plus de deux mille, dont mille huit cents environ étaient des Sino-Russes et des Islamiques. Les Romains se replièrent à leur tour vers leur camp retranché dans un ordre et une cohésion qui, mieux encore que leurs clameurs, traduisaient leur suprématie.

Wang se releva, secoua son sagum pour en chasser l'humidité. Il tremblait de la tête aux pieds. Ni la pluie ni le froid n'étaient responsables de ces frissons, mais la colère qu'avait déclenchée en lui le spectacle de cette guerre absurde. Il craignait également de découvrir ses amis au milieu de ces corps enchevêtrés que la distance rendait pour l'instant anonymes.

Il effectua des mouvements d'assouplissement pour se dégourdir les jambes, rajusta son casque, posa le manche de sa lance sur l'épaule, glissa son bouclier sur le côté et dévala la pente de la colline. Le Laotien et l'Iranien s'étonnèrent de le voir se diriger vers le champ de bataille abandonné.

« On devrait peut-être retourner à l'oppidum pour connaître les nouvelles consignes ! cria Kamtay.

– A quoi bon ? » répliqua Wang sans se retourner.

Comme ils avaient promis de rester groupés quelles que fussent les circonstances, ils le suivirent à distance. Il parcourut en courant les cinq cents mètres qui le séparaient des premiers corps et entreprit sans attendre de faire le tour des blessés. Un Vietnamien, dont les entrailles se répandaient par une plaie béante, le supplia de l'achever, mais il bâillonna la petite voix compatissante qui le pressait d'obtempérer : il ne savait pas si le règlement des J.U. tolérait les coups de grâce et il ne tenait pas à être sanctionné par l'extinction de son voyant frontal.

Il remarqua une cape pourpre maculée de terre et imbibée d'eau que soulevaient les rafales, dévoilant une cuirasse dorée souillée de sang. Un casque de bronze orné d'ailes de rapace gisait dans la boue.

Le cœur battant, il contourna plusieurs cadavres emmêlés. Il distingua un visage qu'il n'identifia pas instantanément, à cause de la terrible blessure qui l'avait incisé de la tempe au menton, mais qu'il reconnut sans hésitation après s'être penché sur lui et avoir discerné le pli amer de sa bouche.

Zhao.

Il reposait au milieu de plusieurs Romains pétrifiés. Il respirait encore. Ses paupières se soulevèrent et s'ouvrirent sur des yeux déjà vitreux. Il agrippa le poignet de Wang. Sa main avait la froideur et la rigidité de la mort. Il voulut se redresser mais il n'eut pas la force de s'arracher à la boue. Des filets carmin s'écoulèrent de ses narines, que Wang essuya d'un pan de son sagum. Ses lèvres remuèrent faiblement, laissèrent échapper un filet de voix qui semblait sur le point de se tarir à tout instant.

« Je... t'attendais... Je voulais... te voir avant... »

Wang hocha la tête pour lui signifier qu'il avait compris. Son mouvement décrocha les larmes qui perlaient sur ses cils et qui, sur ses joues, se mêlèrent aux gouttes de pluie.

« J'ai embroché... cinq... non, six Romains... Ne sois

pas triste... La maladie m'aurait tué dans quelques jours... »

Il se raidit encore, comme pour repousser la mort pendant quelques secondes supplémentaires. Un étrange sourire flotta sur son visage livide.

« Je ne connaîtrai jamais Paris, le vin de Bordeaux... Suis... suis ton chemin intime, petit Chinois... Il t'emmènera loin... loin... Adieu, Wang Zangkun... »

Il fut secoué par une ultime série de spasmes avant que la mort ne prenne enfin possession de lui. Son voyant frontal cessa de briller. Wang lui ferma doucement les paupières et adressa une brève prière aux ancêtres pour qu'ils daignent accueillir parmi eux Zhao Guofeng. Il berça la tête de son ami puis, regrettant de ne pas pouvoir lui offrir une sépulture décente, il le reposa délicatement sur la terre humide, recouvrit son visage enfin détendu d'un pan de sa cape et se releva. Kamtay Phoumapang et Timûr Bansadri se tinrent à distance pour respecter sa douleur. Lorsqu'il en eut assez de pleurer, il jeta au sol son casque droit, ramassa le casque ailé de Zhao, le posa sur sa tête et noua les lacets de cuir de sa mentonnière. Il examina ensuite les autres blessés, mais n'y découvrit personne d'autre de sa connaissance. Belkacem L. Abdallah avait échappé au massacre, ainsi que Kareem J. Abdull – rien d'étonnant en ce qui concernait ce dernier car, en tant que capitaine de champ, il disposait certainement d'une protection spéciale.

« On devrait peut-être retourner à l'oppidum, maintenant », proposa Kamtay.

Wang embrassa du regard la plaine disparaissant sous les trombes d'eau.

« J'ai l'intention de me rendre dans l'autre camp », dit-il d'une voix résolue.

La plainte d'un mourant déchira le rideau de pluie et ponctua sa déclaration. Il eut alors l'impression que le ciel avait pleuré avec lui pour emporter une partie de son chagrin. Timûr leva le bras et pointa l'index sur les nuages bas.

« Tu es fou ! grommela l'Iranien. Hal Garbett nous repérera de là-haut, il lâchera sa meute sur nous...

– Il ne se souciera pas de trois hommes. Au pire, il les considérera comme des lâches, comme des déserteurs... Et la folie est le seul moyen de combattre les légions de Hal Garbett. »

Et, sans attendre la réponse de ses deux compagnons, il prit la direction du camp fortifié romain.

CHAPITRE XVI

LE CAPITAINE DE CHAMP

Le risque est parfois la meilleure manière de préserver ses chances de survie. N'hésite donc pas à te remettre dans les mains des ancêtres qui te guident sur le chemin de la destinée. N'aie aucun scrupule à éliminer les hommes qui se dressent devant toi, qu'ils soient tes pires ennemis ou tes meilleurs amis. N'oublie pas que tous les coups sont permis, surtout les coups bas. Laisse la grandeur d'âme aux imbéciles et surmonte sans faiblesse l'épreuve qui te fera grandir.

Le Tao de la Survie de grand-maman Li

Les trois hommes pénétrèrent dans le camp désert. A l'horizon, la grisaille avait absorbé l'infanterie et la cavalerie de Hal Garbett.

« J'ai faim, gronda Timûr.

– Nous trouverons certainement de quoi nous restaurer là-dedans », souffla Kamtay.

Ils s'étaient cachés dans les rochers qui bordaient la palissade en attendant que l'armée de Hal Garbett quitte le camp. La pluie n'avait pas cessé de tomber et leurs vêtements détrempés pesaient des tonnes.

« Qu'est-ce que nous sommes venus faire dans cette galère ? avait soupiré Timûr à plusieurs reprises.

– Seuls les ancêtres le savent », répondait invariablement Wang.

Les soldats du défendeur américain s'étaient visiblement tenus prêts à reprendre le combat dès la fin du temps mort, puisque moins de dix minutes s'étaient écoulées entre le hurlement de la sirène et le départ des légions. Wang et ses deux compagnons avaient encore patienté un quart d'heure avant de sortir de leur cachette et de s'aventurer dans le camp. Comme la porte n'avait pas été refermée et que le pont-levis, jeté en travers du fossé, n'avait pas été relevé, les trois hommes s'étaient introduits sans difficulté à l'intérieur de l'enceinte, un carré de deux cents mètres de côté. A leur grande surprise, ils n'avaient croisé aucun adversaire entre les tentes dont les couleurs des toiles, blanches, vertes et rouges, indiquaient probablement le rang de leurs occupants.

Des relents d'embrocation flânaient dans l'air

humide. Ils parcoururent l'allée centrale sur toute sa longueur, explorèrent quelques-unes des innombrables allées transversales. Ils apercevaient, par l'entrebâillement des tentures d'entrée, les couchettes alignées, les couvertures pliées, les tenues de rechange parfaitement rangées. Hal Garbett ne tolérait visiblement aucun désordre de la part de ses hommes. Le sens de la discipline du défendeur américain ne se limitait pas au champ de bataille, il s'étendait à tous les domaines de l'existence, comme s'il exploitait chaque occasion pour renforcer la cohésion de ses troupes. Des odeurs de crottin montaient des écuries, de longs chapiteaux dressés contre la palissade qui abritaient également le fourrage. Le contraste était frappant avec l'oppidum gaulois, où régnaient l'improvisation, l'approximation, le désordre.

Du camp, on distinguait la barrière électromagnétique qui entourait l'île et dont le grésillement, qu'il décelait sous le crépitement de la pluie, rappelait à Wang le murmure musical du R.E.M. sur les bords de la Nysa. Saisi de rage, il dégaina son épée et fendit une tente de haut en bas. Grand-maman Li avait voulu lui éviter de devenir l'exécuteur d'un parrain mongol de Grand-Wroclaw, mais les ancêtres – ou le destin, ou le karma cher à Lhassa – l'avaient condamné à figurer dans un conflit bien plus absurde que les guerres entre les clans sino-russes de Silésie.

« Des vivres ! » s'exclama Timûr.

Par l'incision de la toile apparaissaient en effet des réserves de nourriture, des caisses de bois, des bocaux, des jarres, des sacs posés sur des étagères. Ils discernèrent des silhouettes humaines dont les voyants frontaux brillaient dans la pénombre. L'Iranien brandit sa hache et le Laotien dégaina à son tour son épée.

« Du calme, *señores*, nous sommes des *Indios*, fit une voix aigrelette. Nous sommes chargés de préparer la nourriture pour les *hombres* du *señor* Garbett... Protégés par l'immunité... »

Ils levèrent les bras en signe de neutralité et sortirent un à un de la tente, dont l'armature de bois, consolidée par des cordes oscillait dans un concert de grincements. C'étaient des Sudams à la peau cuivrée, aux cheveux lisses et aux yeux bridés qui leur donnaient un air de parenté avec les Asiatiques. Dans leur regard se lisaient à la fois la peur, la colère et la curiosité. Leur voyant frontal tirait sur le jaune orangé et la pluie plaquait sur leur corps leurs vêtements, des toges blanches ornées de lisérés pourpres ou dorés.

Timûr reposa sa hache sur son épaule et pénétra d'un pas décidé dans la construction de toile. Il se dirigea vers la rangée de récipients métalliques alignés sur une table, saisit un pain rond qu'il ouvrit en deux et à l'intérieur duquel il glissa des tranches de viande froide. Wang et Kamtay l'imitèrent après avoir inspecté les environs du regard et s'être assurés qu'aucun soldat ennemi ne traînait dans les parages. Ils piochèrent des légumes, des morceaux de poulet, des olives dans les différents bacs, burent de l'eau sucrée à même des cruches de terre, trouvèrent même une Thermos de café – appartenant aux administratifs immuns, sans doute, car ni le café ni la matière plastique n'étaient contemporains de la période gallo-romaine. Le breuvage bouillant et amer leur soutira des larmes mais il s'associa à la nourriture pour les réchauffer, leur redonner un peu de cette énergie dont ils avaient besoin pour lutter contre le froid, la fatigue, le découragement.

Un grondement domina le crépitement de la pluie sur les toiles et enfla rapidement. Les immuns poussèrent des cris qui s'apparentaient aux clameurs du public dans les salles enfumées de sumo-no des quartiers nord de Grand-Wroclaw. Wang empoigna sa lance et se précipita dans l'allée. Il aperçut les silhouettes de quatre cavaliers qui franchissaient le pont-levis au grand galop. Leurs capes bleues flottaient au-dessus de leurs casques comme des oriflammes. Leurs dalmatiques métalliques, les ornements de bronze de leur bouclier, les pointes de leurs lances accrochaient de fugaces éclats de lumière. Les sabots de leurs montures soulevaient des gerbes de terre et d'eau.

Les immuns se reculèrent tout en battant des mains

et en exhortant les cavaliers. Il leur était formellement interdit de participer aux combats mais aucun règlement ne leur interdisait de soutenir leurs compatriotes de la voix et du geste.

Timûr et Kamtay rejoignirent Wang au centre de l'allée. L'Iranien continuait de mâcher le morceau de viande qu'il avait enfourné dans sa bouche. Des lueurs colériques embrasaient ses yeux noirs. Il tapotait d'un geste impatient le manche de sa hache. L'heure était venue de libérer la frustration accumulée au long des heures qui avaient précédé le temps mort.

Les cavaliers se déployèrent sur toute la largeur de l'allée centrale et fondirent sur les trois hommes. Kamtay voulut se jeter dans un passage transversal, mais Wang le retint par la manche de sa tunique.

« Pas encore, dit-il rapidement. Restons groupés. Les chevaux se gêneront mutuellement. »

Le Laotien acquiesça d'un hochement de tête puis, imitant le Chinois et l'Iranien, pointa sa lance vers l'avant. Comme l'avait prévu Wang, les chevaux durent ralentir l'allure lorsqu'ils approchèrent de leurs cibles. D'une part, leurs cavaliers ne pouvaient pas frapper de front, d'autre part, les hasts tendus des intrus formaient une barrière intimidante. L'un continua de progresser droit devant lui, les trois autres changèrent de direction, s'engouffrèrent dans les allées transversales, disparurent derrière les rangées de tentes. Les roulements des sabots provinrent de plusieurs endroits à la fois, comme répercutés par un écho multiple.

« Dos à dos ! » cria Wang.

Il se retourna et resta collé contre Kamtay. Timûr effectua un quart de tour sur lui-même et s'adossa aux deux autres. Surveillant ainsi toutes les directions à la fois, ils repérèrent les ombres furtives des chevaux qui filaient entre les tentes.

Le cavalier qui était resté dans l'allée centrale opéra la jonction le premier. Désaxé, en équilibre précaire sur le flanc de sa monture, il tendit sa lance et visa le petit groupe.

« Maintenant ! » hurla Kamtay.

Les trois hommes se séparèrent tout à coup, plongèrent vers l'avant, roulèrent sur la terre gorgée d'eau de l'allée. Le fer effilé siffla à quelques centimètres de la tête de Wang. Il entrevit, pendant son roulé-boulé, l'abdomen et les cuisses puissantes du cheval, les sandales à lanières du cavalier, le fourreau doré du glaive qui battait le flanc rebondi de l'animal. Il se rétablit sur ses jambes un peu plus loin, pivota sur lui-même, évalua la situation en une fraction de seconde. Kamtay, déjà relevé, faisait face à un autre adversaire qui avait surgi de l'intérieur d'une tente. Plus lourd, encore allongé sur le sol, Timûr fixait l'ombre menaçante qui se profilait une dizaine de mètres plus loin dans une allée transversale.

Une sensation aiguë de danger alerta Wang, qui tourna la tête et vit un cavalier s'approcher dans son dos, le glaive levé. Un homme à la peau aussi noire que les Africains de la G.N.I., mais dont les cheveux, dépassant du casque, étaient d'une couleur rousse insolite. Des flocons de bave s'échappaient de la bouche entrouverte du cheval à la robe baie parsemée de taches blanches.

Wang le laissa approcher, puis, au dernier moment, alors que l'autre abattait son glaive, il se recula d'un bond tout en plaçant son bouclier au-dessus de sa tête. La lame heurta le bronze dans un crissement prolongé. Le choc lui endolorit le bras jusqu'à l'épaule et le déséquilibra. Ses jambes se dérobèrent sous lui. Il tomba à la renverse mais la toile d'une tente proche amortit sa chute. Sa lance lui échappa des mains, glissa sur l'herbe mouillée. Le cheval s'arrêta quelques mètres plus loin. Le cavalier lui laboura les flancs à coups de talon pour le contraindre à exécuter une demi-volte.

Wang se dépêtra comme il le put des cordes qui rivaient le bas de la toile aux piquets de sol. Le cheval fut sur lui avant qu'il n'ait eu le temps de dégainer son épée. De nouveau, le glaive du Noir s'abattit comme un éclair scintillant. Acculé contre la tente, Wang plongea délibérément dans les membres de l'animal, qui eut le réflexe de ruer pour l'esquiver. Le cavalier évita la chute en s'arc-boutant sur les étriers. A l'évidence, les hommes du défendeur américain maîtrisaient beaucoup mieux l'équitation que les Sino-Russes de Frédric Alexandre, d'autant qu'ils avaient l'usage de la selle et de l'étrivière.

Wang dégaina son épée mais attendit avant de se relever. Du coin de l'œil, il surveillait les évolutions du cheval. Il s'efforça de rester immobile, bien que son instinct de survie lui criât de prendre ses jambes à son cou. Comme dans les ruelles de Grand-Wroclaw, la patience était la meilleure des alliées. Il lui fallait impérativement rompre l'ordre invisible qui faisait de l'autre le chasseur et de lui le gibier. Le roulement des sabots sur la terre résonnait avec une force effrayante dans sa poitrine. Il prit conscience de la précipitation de son souffle. Une respiration de chien assoiffé, aurait ironisé grand-maman Li. Il inspira profondément, bloqua l'air dans son bas-ventre. Un grand calme l'envahit, dissipa les vestiges de sa peur. Il aperçut le poitrail luisant du cheval, la silhouette du cavalier presque couché sur son flanc rebondi. La suite des opérations se déroula à une vitesse telle qu'il s'en remit entièrement à son instinct. Il se retourna comme un chat, leva son épée et, avant que son adversaire n'ait eu le temps d'abaisser son bras, lui enfonça la pointe de la lame au travers de la poitrine, dans la région du cœur. Le Romain hoqueta, lâcha son glaive qui se ficha dans la terre meuble. Les mailles pourtant serrées de sa dalmatique se brisèrent comme des brindilles et le fer aiguisé plongea avec avidité dans la chair offerte. Wang agrippa fermement la poignée de son arme pour la retirer du corps du cavalier avant d'être lui-même emporté par l'élan du cheval. Vidé de sa selle, le Sudam resta accroché par un étrier et fut traîné sur une dizaine de mètres avant de percuter de plein fouet un mât de soutènement.

Wang se releva, encore étourdi par l'extrême tension de l'affrontement. Il perçut derrière lui des ahanements, des vociférations, des cliquetis. Il traversa une tente, renversa au passage une couchette, déboucha sur l'allée centrale où Timûr maintenait deux cavaliers à distance en effectuant de grands moulinets de sa hache. Un peu en retrait, Kamtay était aux prises avec le quatrième adversaire, qui tournait autour de lui comme une vache sauvage de Poméranie autour de la cape d'un dresseur.

Les immuns, regroupés sur la gauche, tentèrent d'avertir les Romains qu'un Gaulois venait prêter main-forte aux siens, mais le tumulte empêchait leurs compatriotes de les entendre. Ils concentraient toute leur attention sur ce colosse dont la hache, prise de démence, frôlait dangereusement les naseaux de leurs montures. Plusieurs tentes avaient été renversées, comme soufflées par un ouragan. Le vent s'acharnait sur les toiles empêtrées dans les cordes. Wang mit à profit le peu d'attention que lui accordaient les deux Sudams pour les contourner et se rapprocher dans leur dos. Lorsque l'un d'eux, saisi d'une brusque prémonition, se retourna, ce fut pour voir un démon jaune déguisé en Gaulois se ruer sur lui avec la rapidité d'un félin et lui entailler la cuisse du tranchant de son épée. Le coup fut assené avec une telle puissance que la lame se ficha dans le fémur. L'homme tenta de riposter mais la douleur l'empêcha de lever sa lance. Affolé, il lâcha son arme, son bouclier, et para au plus pressé en jugulant l'hémorragie de ses deux mains. Eclaboussé de sang, Wang mit immédiatement à profit ce réflexe pour lui abattre de toutes ses forces le plat de l'épée sur le crâne. Le casque du Sudam vola en éclats et un craquement sinistre monta de son pariétal. Il resta un petit moment en équilibre sur sa selle avant de basculer sur le côté et de tomber comme une masse sur le sol, où il continua de se vider de son sang dans un borborygme prolongé.

Timûr pouvait dorénavant se concentrer sur son dernier adversaire. Esquivant les coups de lance avec une souplesse et une promptitude étonnantes pour un homme de son gabarit, il acculait peu à peu le cavalier contre une tente pour l'empêcher de manœuvrer. L'homme avait la peau foncée, presque noire, mais des cheveux lisses et des traits semblables à ceux des Blancs. Il utilisait une partie de son énergie à maîtriser sa monture qui renâclait, se cabrait, poussait des hennissements effrayés. Timûr exploita l'équilibre approximatif de son adversaire pour agripper le manche de sa lance et le tirer vers lui. Le cheval partit au triple galop mais la hache de l'Iranien fondit comme un oiseau de proie sur le Sudam. Fendu du front jusqu'au menton, il fut arraché de la selle et projeté sur une toile qui s'effondra sous son poids et le recouvrit comme un linceul.

Essoufflé, Timûr prit le temps de lancer un regard reconnaissant à Wang avant de se préoccuper du sort de Kamtay Phoumapang. Mais il n'y avait pas de souci à se faire pour le Laotien qui revenait vers eux avec un large sourire. Le quatrième cavalier gisait dans une mare de sang, cloué au sol par la pointe métallique qui lui avait transpercé la gorge. Son cheval broutait l'herbe détrempée quelques mètres en retrait.

Comme la pluie persistante les empêchait de l'incendier, les trois hommes décidèrent de raser les mille tentes et les écuries du camp romain. Les hommes de Hal Garbett n'auraient ainsi aucun endroit où se restaurer, où se reposer. A la question de Kamtay qui s'était demandé si le Comité des jeux tolérait ce genre de pratique, Wang avait répondu qu'à sa connaissance, la destruction des bases n'entrait pas dans la liste des pratiques interdites. Ils relièrent donc les selles des quatre chevaux par des cordes tressées et, bien qu'ils n'eussent aucune expérience de l'équitation – seul Timûr se vanta d'avoir participé à des courses de chameaux dans son Iran natal – se juchèrent sur les selles. Ils lancèrent leurs montures au trot puis, lorsqu'ils estimèrent suffisantes leurs compétences hippiques, au galop. Les cordes tendues fauchèrent les tentes comme des épis de blé. Les chevaux ruèrent, les désarçonnèrent à maintes reprises, mais ils remontèrent en selle et les contraignirent à piétiner les toiles, les cordes, les couchettes, les couvertures, les vêtements de rechange, les réserves de nourriture – non sans avoir pris la précaution de mettre de côté une quantité de vivres correspondant à deux ou trois jours d'autonomie. Cette tâche leur prit plusieurs heures, sous les regards atterrés des immuns massés près de la porte d'entrée. Lorsqu'ils en eurent terminé, il ne restait du cantonnement qu'un terrain vague, un champ de labour jonché d'objets à demi enfouis dans la boue.

Un sifflement prolongé tombant des nues les informa qu'un P.C. volant traversait le ciel. Ils levèrent la tête, aperçurent la forme ronde et grise d'un appareil stabilisé au-dessus du camp. Hal Garbett venait-il se rendre compte des dégâts ? Etait-il à ce point persuadé de sa victoire qu'il n'avait pas cru nécessaire de protéger son camp ? Etait-ce Alexandre qui s'assurait que les quartiers de son rival américain étaient désormais inutilisables ?

« Fichons le camp ! cria Kamtay. Nous avons été repérés. »

Ils tranchèrent les cordes attachées aux selles et se dirigèrent au trot vers la porte de la palissade.

« Le problème est que nous serons repérés où que nous allions », lança Wang.

Couverts de boue et de sang, ils s'étaient réfugiés dans la forêt, autant pour se mettre à l'abri de la pluie que pour éviter les mauvaises rencontres. Les chevaux broutaient paisiblement l'herbe grasse et les feuillages des arbres. Les gouttes tombaient sous le couvert avec parcimonie, frappaient comme des balles les larges feuilles des plantes. Assis sur un rocher, Timûr grignotait un morceau de pain. Le sagum de Kamtay s'ornait d'une déchirure qui s'agrandissait à chaque rafale. Les ailes du casque de Wang, gorgées d'eau, s'étaient affaissées de chaque côté de sa tête. Des douleurs vives montaient de ses cuisses et de ses fesses irritées par le cuir rigide de la selle.

« Ce putain de voyant frontal ! renchérit Timûr. Il permet aux stratèges de nous suivre à la trace.

– Nous ne pouvons pas lutter contre la technologie des Occidentaux, soupira Kamtay.

– Les Jeux ont été créés pour les Occidentaux, pas pour les immigrés, intervint Wang. Ils contrôlent chaque... »

Il s'interrompit, traversé par l'étrange sensation qu'une voix s'élevait à l'intérieur de lui. Un imperceptible chuchotement, qui ressemblait à une pensée étrangère. Il crut d'abord qu'il était victime d'une illusion mentale, d'un accès de fatigue, ou qu'il souffrait d'un trouble sensoriel. Il secoua la tête pour reprendre empire sur lui-même. Cette impression de dédoublement avait peut-être un rapport avec le voyant frontal, avec l'appareil qu'on lui avait greffé dans le cerveau.

Kamtay lui jeta un regard interrogateur.

« Tu ne te sens pas bien ? »

Wang s'assit sur un rocher et lui fit signe qu'il avait besoin d'un peu de temps pour se ressaisir. Il ne parvenait pas à faire cesser le murmure qui résonnait en continu à l'intérieur de son crâne. C'était comme si un démon farceur des légendes chinoises de grand-maman Li avait pris possession de son âme. Il était peut-être en train de perdre définitivement la raison. Plus étrange encore, il lui semblait que la voix lui parlait du voyant frontal, de la manière de rompre l'invisible lien qui le reliait aux P.C. des stratèges...

« Tu es tout pâle... », lança Timûr qui avait interrompu sa mastication pour le fixer d'un air inquiet.

« *Nouer deux épaisseurs de tissu sur le front... L'étoffe doublée atténuera le rayonnement du voyant frontal... Les capteurs des P.C. ne pourront plus le localiser...* »

Wang observa la forêt alentour mais ne distingua aucune silhouette entre les troncs droits des hêtres et des chênes. Qui donc lui parlait de la sorte ? Grand-maman Li avait-elle trouvé le moyen de lui dispenser ses conseils depuis la maison familiale de Grand-Wroclaw ? Les ancêtres étaient-ils descendus du monde des âmes pour hanter son esprit ? N'était-il pas la proie d'un délire fiévreux provoqué par la froidure humide de cette île maudite ?

« *Deux épaisseurs de tissu sur le front... L'étoffe dou-*

blée atténue le rayonnement du voyant frontal... Les capteurs des P.C. ne pourront plus le localiser... »

Il avait beau tenter d'oublier cette pensée étrangère, de la chasser hors de son crâne comme un insecte parasite, elle s'imposait peu à peu avec la force de l'évidence.

« Deux bouts de tissu pour neutraliser une technologie aussi sophistiquée ? »

Il avait prononcé ces mots sans même s'en rendre compte, répondant oralement aux suggestions du chuchotement intérieur comme il l'eût fait avec un interlocuteur de chair.

« Quels bouts de tissu ? » s'enquit Kamtay.

Le Laotien et l'Iranien commençaient à douter de la santé mentale de leur jeune compagnon dont les traits hâves, les yeux exorbités, la bouche crispée semblaient être les signes avant-coureurs d'un accès de démence.

Wang résista encore pendant quelques minutes aux conseils de cette voix surgie de nulle part puis, dans l'espoir qu'elle s'interromprait lorsqu'il aurait obtempéré, il se releva, retira son casque, dégaina son glaive, incisa son sagum, préleva deux bandes de tissu qu'il entoura l'une sur l'autre autour de sa tête et qu'il noua sur son occiput.

« Ça va comme ça ? » hurla-t-il avec une telle force que les chevaux, inquiets, suspendirent leur broutement.

Timûr et Kamtay se levèrent à leur tour et s'approchèrent de leur compagnon avec circonspection. Ses gestes saccadés, son turban sommaire, cet accès de colère, cette manière de s'adresser aux arbres comme à des êtres humains, tout dénotait en lui la folie, jusqu'aux cheveux dressés sur sa tête et aux filets de salive qui s'écoulaient des commissures de ses lèvres.

Le chuchotement s'estompa et Wang se sentit en accord avec son mystérieux correspondant, en accord avec grand-maman Li, en accord avec les ancêtres, en accord avec l'âme de Zhao, en accord avec lui-même. Il eut alors la certitude que ce bandeau grossier, dérisoire, l'isolait des capteurs des P.C., qu'il était désormais une ombre indétectable, insaisissable, sur le champ de bataille, qu'il pouvait renverser le cours d'une guerre bien mal engagée. Il échappait à la vigilance des deux stratèges, il devenait le germe de chaos voulu par Frédric Alexandre, la part d'inconnu dans un monde contrôlé. Il avait enfin trouvé un petit coin d'intimité, un refuge secret. Jamais il n'avait éprouvé un tel sentiment de liberté, une telle exaltation. Il se tourna vers Timûr et Kamtay, le visage éclairé d'un large sourire.

« Faites comme moi ! »

Les deux hommes se consultèrent du regard.

« Tu veux que nous parlions aux arbres, que nous roulions des yeux de caméléon, que nous nous battions contre notre manteau ? » siffla Kamtay.

Wang éclata de rire.

« Seulement que vous couvriez votre voyant frontal d'un double bandeau de tissu.

– Pourquoi ? Ça l'empêchera de briller ?

– Le bandeau diminuera son rayonnement et empêchera les capteurs des P.C. de nous repérer. »

Kamtay s'approcha du Chinois et le dévisagea d'un air inquisiteur.

« Comment est-ce que tu sais ça ?

– Je le sais, c'est tout, répondit Wang.

– Je pense, moi, que tu es devenu dingue ! » fit le Laotien.

Des rigoles dégoulinaient des cheveux noirs et raides qui dépassaient de son casque.

« Rien ne vous oblige à me croire, rétorqua calmement Wang. Et même si nous nous sommes promis de rester groupés quoi qu'il arrive, rien ne vous oblige à me suivre...

– Même hystérique, nous ne te lâcherons pas... Où comptes-tu aller ? »

Wang tendit le bras vers l'étendue verte et plane qui se devinait entre les troncs et les frondaisons.

« Rendre une petite visite à nos amis romains sur le champ de bataille... »

Delphane perdit subitement le contact avec le jeune Sino-Russe dont elle avait suivi les évolutions dans le camp de Hal Garbett, le combat contre les cavaliers revenus sur leurs pas, la démolition des tentes romaines, la fuite dans la forêt proche... Elle se demandait si cette péripétie avait été voulue par Frédric ou bien, hypothèse plus vraisemblable, si c'étaient les trois soldats eux-mêmes qui avaient pris l'initiative de saccager la base adverse. Elle avait battu le rappel de ses souvenirs mais n'avait trouvé aucun autre exemple de destruction systématique d'un cantonnement dans l'histoire des Jeux uchroniques. Le règlement du C.O.J.U. n'interdisait pas aux stratèges de raser les quartiers, mais les concurrents répugnaient en général à recourir à un procédé qui passait, à tort ou à raison, pour dégradant (et qui se différenciait de la conquête d'une place forte, considérée comme un acte stratégique noble). Bien qu'il privilégiât l'efficacité au détriment de l'esthétique, Hal Garbett lui-même n'avait jamais utilisé ce genre de méthode pour triompher de ses neuf adversaires successifs. Il n'avait pas jugé nécessaire de laisser des gardes à l'intérieur du camp parce qu'il n'avait pas cru son rival, ce jeune *Frenchy* timide et respectueux de l'éthique, capable d'une telle bassesse. Il n'avait probablement pas eu tort, mais les trois soldats de Frédric livrés à eux-mêmes – les officiers du challengeur n'avaient-ils donc aucun contrôle sur leurs hommes ? – en avaient décidé autrement.

Delphane pressentait que cet épisode, pourtant mineur en regard de l'avantage considérable obtenu par le défendeur au cours de ces premières heures de combat, marquait un tournant décisif dans le déroulement des Jeux.

Elle plongeait à chaque instant dans des vertiges sensoriels dont elle revenait haletante, hébétée, trempée de sueur. Le duel entre le jeune Chinois et le cavalier romain lui avait procuré des sensations inouïes. Allongée sur la terre humide et froide, elle avait sensoré la puissance du cheval au galop, la silhouette du cavalier couché sur le flanc palpitant, le glaive qui se levait... Un liquide chaud avait coulé entre ses cuisses. La perception avait été si forte qu'elle avait libéré quelques gouttes d'urine. Elle s'était retournée en même temps que le soldat de Frédric, elle avait levé son épée... Le choc du fer crissant sur les côtes l'avait couverte de frissons, l'odeur du sang lui avait fouetté les narines...

C'est avec ce jeune Sino-Russe qu'elle avait connu les émotions les plus fortes. De lui émanait une énergie animale qui agissait comme un pôle d'attraction, comme un aimant. Pourtant, elle devinait en lui des blessures qui trahissaient une grande vulnérabilité et le rendaient attachant. Bien qu'il se tînt à l'écart de la bataille en ligne qui opposait les Romains et les Gaulois devant l'oppidum, elle avait l'intuition que le combat s'articulait autour de lui.

Perico Suarez Axcotal s'effaçait de sa mémoire.

Elle s'était aventurée sur d'autres canaux, mais elle était bien vite revenue au canal 5367 – la SF 1 proposait six mille combinaisons aux télésensoreurs, un record dans l'histoire des télésens – sur lequel elle était arrivée par hasard et dont elle avait aussitôt mémorisé le code. Ce jeune Chinois faisait-il partie de ces immigrés susceptibles de servir la cause sensolibertaire ? Elle ne savait pas si elle pensait elle-même ou si elle continuait de recevoir des suggestions subliminales de la ruche.

Elle était sortie du sensor pendant le premier temps mort demandé par Frédric. Elle s'était dirigée vers la salle de bains afin de prendre une douche. Elle avait croisé son père dans le couloir. Au regard trouble dont il l'avait enveloppée, elle s'était rendu compte qu'elle avait oublié de se rhabiller. Elle s'était effacée pour lui laisser le passage mais, planté devant la porte, il avait engagé la conversation, s'était plaint de cette chiffe molle de Frédric Alexandre qui allait lui faire perdre une petite fortune s'il continuait à s'exposer sans réagir aux coups de Hal Garbett.

« Ton petit chéri n'a rien dans le... A propos, est-ce que tu as eu des... relations naturelles avec lui ? »

Le regard était devenu insistant, brûlant.

« Ça ne te regarde pas ! avait-elle répliqué d'un ton sec.

– S'il reste indifférent devant un corps comme le tien, c'est qu'il est sexuellement mort, comme la plupart des Occidentaux... »

Ses mains s'étaient égarées sur les épaules et la poitrine de sa fille, qui s'était débattue, lui avait échappé et s'était enfermée, tremblante, dans la salle de bains. La douche ne l'avait pas seulement rafraîchie, elle l'avait lavée de ce contact odieux. Enveloppée dans un peignoir, elle s'était rendue dans la cuisine, où Martale préparait des en-cas.

« Nous allons suivre la fin des Jeux au Stadium, s'était rengorgée sa belle-mère. Ton père a eu deux invitations de la part de sa banque. Une chance ! »

Delphane s'était plantée devant la baie vitrée et avait contemplé le ciel où régnait un soleil radieux. Le 1er mars n'avait pas seulement marqué le coup d'envoi des J.U., mais également le retour de l'été. Les rues et les places de Toulouse, habituellement animées en fin d'après-midi, étaient désertes. La France entière s'était enfermée dans les sensors, dans les gymnases, dans les stadoramas, dans tous ces endroits où on pouvait se nourrir de sensations fortes. La présence d'un challengeur français avait ranimé le chauvinisme d'un peuple qui se désintéressait habituellement de l'art stratégique. Quelques heures avant l'ouverture officielle des cent sixièmes Jeux uchroniques, un reportage SF 1 avait montré les membres du gouvernement, le président Freux, le conseiller principal Blachon et les conseillers d'Etat rassemblés devant les sensors du palais de l'Elysée ornés de drapeaux tricolores. Le président Freux avait prononcé une allocution vibrante où il avait lié le destin de Frédric Alexandre à la gloire de la France, cette grande nation qui avait sauvé la civilisation occidentale des périls sino-russe et islamique.

Delphane pianota sur son clavier pour tenter de se connecter au jeune Chinois, mais ce dernier demeura introuvable. Elle se demanda si le télésens national n'avait pas eu les canaux plus gros que le ventre, si la multiplication des circuits ne provoquait pas des interférences et des interruptions partielles. A moins encore que les trois soldats de Frédric ne soient tombés dans une embuscade et n'aient été tués avec une telle soudaineté que leur mort avait échappé aux capteurs de la SF 1. Cette perspective l'emplit d'une grande déception, non parce qu'elle avait manqué leur agonie mais parce que à ses yeux les Jeux perdraient une grande partie de leur intérêt sans la présence de ce Sino-Russe auquel elle s'était attachée comme à un complice de destin.

Surmontant son dépit, elle pressa la touche 1 du clavier et fut projetée dans la cabine du P.C. volant de Frédric. Elle ressentit instantanément le désespoir du challengeur qui contemplait les témoins lumineux jaunes et bleus agglutinés en un point de la carte de l'île. Elle vit les chiffres scintillants du compteur de vies défiler à une vitesse alarmante sur un écran de contrôle du tableau de bord. Cinq mille cinq cents, cinq mille trois cents, cinq mille cent, quatre mille neuf cent cinquante...

Les lèvres de Frédric restaient closes. Qu'attendait-il pour donner des ordres à son capitaine de champ et tenter de redresser la situation ? Les points bleus formaient une ligne continue qui se refermait peu à peu sur les points jaunes dispersés. Un grand espace sombre s'étendait derrière le front, semblable à une friche cyber des tournois préliminaires. L'oppidum sans doute. Elle distinguait à l'intérieur du cantonnement gaulois des lumières jaunes, des soldats qui s'étaient réfugiés dans leurs quartiers, des déserteurs, des lâches. Elle comprit tout à coup les raisons de l'inertie de Frédric : il ne pouvait plus communiquer avec son armée parce que les hommes de Hal Garbett avaient localisé et éliminé son capitaine de champ.

Fébrile, elle pressa la touche 2.

Les télésens avaient attendu que les stratèges fussent complètement isolés du monde extérieur pour ouvrir les canaux des capitaines de champ. Cette précaution, rendue obligatoire par un point de règlement du

C.O.J.U., visait à empêcher les télésensoreurs de fournir des indications à leur favori sur l'identité du capitaine adverse.

Un grand froid envahit Delphane. Le canal 2 n'était qu'un tunnel sombre et glacial. Le couloir de la mort. Le grand Noir qu'avait choisi Frédric pour recevoir et diffuser ses instructions avait cessé de vivre. Elle partagea probablement son effroi avec quarante millions de télésensoreurs français. L'armée du challengeur français était désormais livrée à elle-même, comme un navire sans gouvernail. Hal Garbett était sur le point de remporter sa dixième victoire consécutive. Frédric Alexandre n'aurait tenu qu'un seul jour face au défendeur américain. La mode romaine envahirait bientôt l'Occident.

Une voix soufflait à Delphane que ce résultat n'arrangeait pas les affaires du réseau sensolibertaire. Elle aurait été incapable d'expliquer les raisons de ce pressentiment, mais elle persistait à penser que les ruches souhaitaient la victoire du challengeur. Elle chercha des motifs d'espérer en passant d'un canal à l'autre. Elle sensora diverses scènes qui allaient toutes dans le sens d'une défaite de Frédric Alexandre : partout les Gaulois, fantassins ou cavaliers, cédaient du terrain, rompaient sous les assauts méthodiques des légionnaires. Les hommes pataugeaient dans la boue et le sang. La nuit tombait peu à peu sur l'île noyée de pluie.

Wang, Timûr et Kamtay s'approchèrent du petit groupe qui se tenait légèrement en retrait des légions. Des fantassins formaient une muraille autour d'un homme vêtu d'un uniforme de simple légionnaire et qui, de temps à autre, faisait des signes très brefs et très précis de la main à l'intention de cavaliers disséminés de part et d'autre du front. La nuit tombante n'empêchait pas ces derniers de distinguer ses mouvements et de les reproduire à l'adresse des centurions ou des officiers de cavalerie. Les Romains de Hal Garbett communiquaient par gestes, un système beaucoup plus rapide et discret que celui des messagers. Il ne leur fallait pas une minute pour transmettre à l'ensemble de l'armée les ordres venus du P.C. de leur stratège.

Hurlements, ahanements, gémissements, hennissements, cliquetis, roulements de sabots...

On se battait sur toute la largeur de la plaine qui s'étendait devant le rempart de l'oppidum. Aux positions respectives des deux armées, Wang devinait que la promptitude des Romains avait pris de court les Gaulois à l'issue du premier temps mort. Désorganisés, les soldats de Frédric Alexandre se battaient avec l'énergie du désespoir mais, inférieurs en nombre, cernés par les troupes ennemies qui déferlaient en vagues alternées d'infanterie et de cavalerie, ils refluaient inexorablement vers l'oppidum. Wang déduisit de leur incohérence que Kareem J. Abdull n'était plus là pour leur transmettre les ordres. Le feu de la colère l'embrasa mais il se contint pour ne pas enfoncer son glaive dans la première gorge sudam à sa portée. Il ne devait commettre aucun acte qui révélerait son stratagème. L'uniforme qu'il avait récupéré sur un cadavre dans le camp romain donnait parfaitement le change, malgré la bande de tissu qui lui enserrait la tête et l'empêchait de nouer les lacets de sa mentonnière. Ses deux compagnons de la section spéciale n'avaient pas non plus été découverts, bien que Timûr n'eût pas trouvé d'uniforme à sa taille et qu'il se fût contenté de s'enrouler dans une cape bleue. Ils avaient profité de la confusion pour intégrer l'armée romaine et avaient mis deux heures pour repérer le petit groupe qui protégeait le capitaine de champ de Hal Garbett.

Des cohortes romaines s'étaient déployées sur les collines environnantes où elles se servaient de troncs d'arbres abattus pour se jucher sur le faîte du rempart. Si les défenseurs parvenaient à se réfugier à l'intérieur de l'enceinte fortifiée, ils se heurteraient aux légionnaires qui investissaient la place et qui exploiteraient leur fatigue et leur découragement pour les achever.

La volonté animait Hal Garbett d'en finir avant la nuit, d'écraser son rival en moins d'une journée. Une détermination qui n'était peut-être pas seulement le fait d'une rivalité exacerbée par les querelles linguistiques et nationales, mais qui était dictée par les circonstances, par la perte irrémédiable de son cantonnement et de ses vivres. Wang descendit de cheval et se rapprocha des fantassins qui protégeaient le capitaine de champ. Timûr et Kamtay l'imitèrent. Ils avaient finalement décidé de faire confiance à ce Chinois qui semblait habité par les dieux (ou par les démons, mais cela, ils le sauraient après, lorsqu'ils auraient survécu à ce coup de folie ou qu'ils auraient rejoint le monde des esprits). Résolus à calquer tous leurs mouvements sur les siens, ils avaient noué les deux bandes de tissu superposées autour de leur tête.

Wang se plaça derrière le dernier soldat de la garde rapprochée. La pluie persistante et la semi-obscurité du crépuscule gommaient les différences entre son uniforme de cavalier et les uniformes des fantassins. Il suivit pendant quelques instants les déplacements du petit groupe. Il distinguait nettement les mouvements des lèvres du capitaine de champ, un homme à la peau claire, aux yeux d'un bleu délavé et dont le voyant brillait juste en dessous de la bande frontale de son casque. Il lançait d'incessants regards autour de lui, levait la main à hauteur du visage, tournait la paume vers le haut ou vers son visage, écartait les doigts, fermait le poing, pointait l'index... Les cavaliers postés à une dizaine de mètres dressaient à leur tour le bras et reproduisaient les mêmes signes à l'intention des centurions, qui se tournaient régulièrement vers cette ligne de sémaphores, ordonnaient à leurs hommes de serrer leurs rangs, de se reculer vers la gauche, de se replier, de s'écarter brusquement pour laisser le passage à un groupe de cavaliers venus de l'arrière...

Les lumières de leur cabine, se répandant par les hublots, par les planchers transparents, nimbaient d'un halo diffus les deux P.C. qui survolaient le front.

Le moment propice s'offrit à Wang lorsqu'un cheval, échappant au contrôle de son cavalier, se dirigea au grand galop vers le petit groupe et provoqua un début d'affolement. Il dégaina son glaive, se rapprocha du fantassin qu'il suivait, lui passa le fer entre les omoplates. Il repoussa de l'épaule le corps inerte qui s'effondrait sur lui, glissa adroitement son arme dans son fourreau, attendit que le groupe se reforme pour prendre la place de l'homme qu'il avait éliminé. La substitution s'était effectuée en moins de dix secondes. Nul ne prêta attention au cadavre qui gisait dans l'herbe détrempée de la plaine. Wang vit que Kamtay avait également réussi à s'intégrer aux gardes du corps. Les étranges bandeaux et les uniformes des deux intrus n'éveillèrent aucune suspicion. Timûr, resté en arrière, surveillait les environs.

Il suffisait désormais à Wang de tendre le bras pour toucher le capitaine de champ. Il l'entendait marmonner des phrases dans un langage qu'il ne connaissait pas, un mélange d'espagnol et d'américain sans doute. De près, ses rides profondes et sa peau parcheminée trahissaient un âge avancé, que Wang estima entre cinquante et soixante ans.

Kamtay lui lança un regard interrogateur. Ils n'auraient qu'une poignée de secondes pour prendre la fuite, mais la pluie persistante, la nuit tombante et la confusion qui régnait sur la plaine leur offraient une petite chance de se sortir indemnes de ce guêpier.

Le Chinois empoigna le manche de son arme. A cet instant, le capitaine de champ de Hal Garbett se tourna vers lui et le dévisagea d'un air soupçonneux. Des lueurs de compréhension s'allumèrent dans ses yeux bleus. Il poussa un glapissement et se recula d'un pas. Les légionnaires pivotèrent sur eux-mêmes, comprirent qu'un importun sino-russe s'était glissé dans leurs rangs et tirèrent leur glaive.

CHAPITRE XVII

LA PART DU HASARD

Ne tire jamais vanité d'une victoire sur un adversaire. Car tu as également perdu si tu as été placé dans l'obligation de tuer pour survivre. Considère seulement que les ancêtres t'ont offert un sursis pour te permettre d'évoluer et d'apprendre à respecter la vie sous toutes ses formes. D'une défaite, tu ne tireras aucune conclusion. Dans l'enseignement de la Survie, une défaite est équivalente à la mort.

Le Tao de la Survie de grand-maman Li

Frédric ne distinguait plus grand-chose par le plancher transparent du P.C. volant. Les combattants des deux camps erraient dans les ténèbres comme des ombres fantomatiques. Curieusement, la détresse qui l'avait submergé après la mort de Kareem J. Abdull le désertait à présent. Il ressentait un grand calme malgré la situation désespérée de son armée privée de chef et débordée par les légions de Hal Garbett. Une bouche maligne s'amusait à éteindre les lumières jaunes l'une après l'autre sur la carte scintillante du plafond de la cabine. Un coup d'œil sur l'écran du tableau de bord lui indiqua qu'il lui restait un peu plus de trois mille soldats contre sept mille au défendeur américain. Une infériorité numérique qui, en théorie, ne laissait aucune chance à ses hommes d'en réchapper.

La puanteur était devenue intenable à l'intérieur du P.C. où l'odeur de sa sueur se mêlait à celle de ses déjections pour composer un bouquet fétide. Pour peu que le canal 1 fût en version olfactive, les télésensoreurs garderaient de lui une impression nauséabonde.

Toutefois, ni la perspective de sa dégringolade dans l'esprit de ses admirateurs, ni la déception qu'il allait causer chez les membres du gouvernement français, ni le désenchantement de ses parents, ni même la désillusion prévisible de Delphane ne parvenaient à le chagriner. Pour une raison qu'il ne s'expliquait pas, il avait encore l'espoir de renverser le cours des choses. Ou plutôt, étant donné qu'il n'avait plus aucun moyen d'intervenir sur le champ de bataille, il restait persuadé que les choses tourneraient en sa faveur. C'était une pensée absurde, bien sûr, une pensée aussi légère et fragile qu'une bulle de savon, mais elle lui permettait de vivre ces dernières heures des Jeux avec une grande sérénité. Qu'il gagne ou qu'il perde, quelle importance ? Une intuition persistante lui soufflait qu'il n'était pas le maître de sa destinée, que des intervenants extérieurs et occultes influaient sur le cours des événements. Cette idée l'avait poussé à créer la section spéciale, à ouvrir la porte au hasard, au chaos, aux dieux, aux forces cachées de la matière. Il avait toujours su qu'il ne parviendrait pas à vaincre Hal Garbett par le seul levier de l'intelligence stratégique. Le favoritisme dont avait bénéficié le défendeur américain montrait que les enjeux des défis avaient dépassé le cadre sportif. Le C.O.J.U., devenu le terrain privilégié de toutes les manœuvres politiciennes, avait décidé depuis le début que Hal Garbett sortirait vainqueur de ces cent sixièmes Jeux. Le monde anglo-saxon exploiterait le prestige de ses dix victoires consécutives pour revendiquer une primauté linguistique et politique qui lui échappait depuis deux siècles. La France n'avait pas compris que les J.U. se gagnaient dans la coulisse, que les membres du Comité avaient toute latitude d'avantager le concurrent de leur choix. Le président Freux et le bureau français du défi avaient eu l'extrême naïveté de croire à la loyauté des anglophones ou, pis encore, n'avaient pas eu l'occasion de se mêler aux cabales. On avait réglé le sort de la France, de sa langue, de sa culture, de son prestige comme on avait réglé le sort de son challengeur : par les intrigues de couloir, par les jeux d'influence. On avait chargé certains conseillers du gouvernement français, acquis à la cause anglophone, de perturber par tous les moyens la préparation de l'armée de Frédric, on avait retardé l'annonce des modalités du défi, on lui avait imposé une cavalerie de quatre mille hommes, on lui avait livré ses équipements à la veille du départ pour l'île des Jeux... On avait fait en sorte de réduire la part aléatoire des événements mais on n'avait pas prévu que le challengeur réintroduirait le hasard sur le champ de bataille.

Il ferma les yeux et se plongea dans le souvenir de Delphane. Il était prêt maintenant à expérimenter les relations naturelles avec elle. Il était allé jusqu'au bout de son rêve, et même si le hasard ne lui donnait pas raison, et même si les machinations des Etats membres de l'O.N.O. triomphaient par l'entremise de Hal Garbett, il n'éprouverait aucun remords de cette défaite, il découvrirait d'autres aspects de la vie avec la même application qu'il avait exploré l'univers de la stratégie. Il rouvrit les yeux, se renversa en arrière sur son siège, fixa la carte lumineuse du plafond. Les bords de la cuvette évacuatrice lui arrachaient la peau des fesses. Les points jaunes s'éteignaient comme des flammes de bougies soufflées par le vent.

Deux mille huit cent vingt-sept, deux mille huit cent douze... Il lui restait encore une possibilité d'intervention : prendre un ou plusieurs temps morts pour retarder l'échéance. Hal Garbett n'avait plus de cantonnement, après tout – la part aléatoire représentée par une poignée de membres de la section spéciale... – et ses hommes n'apprécieraient certainement pas de passer une nuit entière sous la pluie sans boire ni manger.

Wang piqua son glaive vers la tête du capitaine de champ. Une lame dévia le coup. Les gardes du corps s'étaient resserrés autour de leur chef avec une promptitude qui dénotait leur sang-froid. Wang tenta une nouvelle fois de frapper d'estoc entre deux boucliers, mais son fer se perdit dans le ventre d'un légionnaire et, le temps qu'il l'en retire, la muraille s'était déjà reformée. Ils ne ripostèrent pas, pour éviter d'ouvrir une brèche dans laquelle l'assaillant pourrait s'engouffrer, mais les cavaliers et les fantassins proches, alertés par leurs cris perçants, commencèrent à converger dans leur direction.

Timûr décida alors de passer à l'action. Il brandit la hache qu'il avait camouflée sous sa cape et avança vers le petit groupe. Comme les gardes du corps concentraient toute leur attention sur Wang, ils ne le virent pas arriver, et sa hache s'abattit sur un premier casque dont elle fendit de part en part le cimier. Le Sudam s'effondra, le crâne brisé. L'Iranien, poursuivant sur sa lancée, imprima un mouvement circulaire à son arme et frappa deux têtes au passage. L'affaissement simultané des deux hommes provoqua une ouverture dans laquelle il chercha aussitôt à s'engager mais qui se referma avant qu'il ne fût parvenu à ses fins.

Kamtay mit à profit le court instant de flottement des Romains pour intervenir à son tour. Son glaive transperça le flanc de son voisin de gauche, puis le dos de son voisin de droite. Le temps que les légionnaires s'aperçoivent qu'un troisième intrus s'était insinué parmi eux, deux autres mordirent la poussière.

Wang lança un regard par-dessus son épaule et vit que des cavaliers fondaient sur lui au grand galop. Il avisa les jambes découvertes des gardes qui lui faisaient face. Les Romains ne s'encombraient pas de cnémides, ces accessoires incommodes, douloureux, dont la plupart des Gaulois s'étaient débarrassés avant le début des combats. Il feignit de frapper ses vis-à-vis au visage pour les contraindre à lever leurs boucliers, puis il infléchit subitement la trajectoire de sa lame et leur faucha les tibias. Les jambes entaillées jusqu'à l'os, ils tombèrent à genoux. Il ne prit pas le temps de les achever (un homme incapable de tenir sur ses jambes ne représente plus grand danger, aurait affirmé grand-maman Li) et se rua dans le passage. Un adversaire se mit en travers de sa route. Il esquiva son glaive d'un retrait du buste et lança son bras du bas vers le haut. Le choc de sa lame sur l'os iliaque du Sudam lui meurtrit le poignet. Il raffermit sa prise sur le manche, rendu glissant par la pluie et la sueur, acheva de déséquilibrer son adversaire vacillant d'un coup de pied sur son bouclier. Les autres gardes, tenus en respect par Timûr et Kamtay, ne s'aperçurent pas qu'un ennemi avait forcé le barrage. Le vacarme environnant, les rugissements de l'Iranien, les crissements des fers qui se heurtaient couvraient les glapissements de leur capitaine.

Ce dernier ne chercha pas à riposter. Il ne tira pas

son épée ni ne tenta de fuir. Il fit un rapide signe de croix qui ressuscita le souvenir de Piotr Lekzinski dans l'esprit de Wang et fixa son bourreau d'un air résigné.

Le Chinois lui posa la pointe de son glaive sur la gorge. Il tergiversa pendant un temps qui n'excéda probablement pas une seconde mais qui s'étira comme une éternité. Il répugnait à exécuter un adversaire sans défense, puis il se souvint que les Romains n'avaient pas hésité à tuer Zhao, Kareem, et allongea le bras. L'extrémité du fer se ficha dans la pomme d'Adam du Sudam et ressortit sous son occiput. Ses mains volèrent vers son cou pour retirer ce corps étranger qui l'empêchait de respirer mais ses bras retombèrent le long de ses hanches, ses yeux se dilatèrent, un long borborygme s'exhala de ses lèvres entrouvertes. Lorsque Wang eut retiré la lame d'un coup sec, il partit vers l'arrière et s'écroula sur deux de ses gardes qu'il faucha comme des quilles.

La vision du cadavre de leur capitaine produisit sur les Romains le même effet qu'une douche glacée. Pétrifiés, ils suspendirent leurs gestes pendant quelques instants. Les trois membres de la section spéciale d'Alexandre en profitèrent pour se dégager et battre en retraite, mais ils furent encerclés un peu plus loin par une vingtaine de cavaliers et de fantassins.

« Ce serait le moment d'avoir une nouvelle conversation avec tes ancêtres ! » grogna Timûr.

Wang para un premier coup de lance avec son bouclier mais le fer traversa le bois et lui taillada l'avant-bras. Il refoula la douleur avec l'énergie du désespoir, se concentra sur les hommes et les chevaux qui grouillaient autour de lui. La nuit et la pluie donnaient à la scène un aspect onirique. Les *loricæ*, les dalmatiques, les casques, les boucliers le cernaient comme les carapaces d'un essaim surexcité. Les battements précipités de son cœur estompaient les hennissements, les vociférations, les halètements, les chocs répétés des armes. Il leva la tête, aperçut les scintillements lointains des P.C. volants que la pluie découpait en traits obliques.

Il leur fallait un miracle pour se sortir de ce cauchemar.

Un miracle ou un temps mort. Mais comment avertir Frédric Alexandre que trois de ses hommes étaient pris dans une tenaille et avaient d'urgence besoin d'un répit ?

« *Retire le bandeau, dégage le voyant...* »

Cette fois, Wang ne chercha pas à deviner d'où provenait le murmure. Tout en surveillant ses adversaires, il arracha son casque et les deux bandes de tissu qui lui enserraient le crâne.

« Par le Bouddha, qu'est-ce que tu fais ? » siffla Kamtay.

Mais le Laotien n'attendit pas la réponse de son jeune compagnon pour se débarrasser à son tour de son casque et de son bandeau. Bien qu'il ne comprît pas où les deux autres voulaient en venir, Timûr les imita. Tant d'événements extravagants s'étaient déroulés depuis le coup d'envoi des Jeux qu'il n'en était plus à une énormité près (retirer son casque en plein cœur d'une bataille était à peu près aussi logique que se dévêtir sous le soleil brûlant du désert). Une lame effleura l'épaule de l'Iranien et fit sauter le fermoir de sa cape. Qu'ils fussent ou non protégés par un casque, ils ne tiendraient pas longtemps face à la meute qui se refermait sur eux.

Une intuition soudaine – une suggestion de la ruche ? – avait poussé Delphane à composer le 5367 sur le clavier du sensor. Le jeune Chinois était là, couvert de sang de la tête aux pieds, habillé en Romain, cerné par une horde vociférante. Les voyants frontaux brillaient dans la nuit, effleuraient des visages déformés par la haine, la fatigue et la souffrance.

Une douleur vive monta de l'avant-bras de la jeune femme. Un liquide visqueux, tiède, coula sur son poignet, entre ses doigts. Elle levait son bouclier pour parer les coups de plus en plus lourds qui pleuvaient autour d'elle.

Elle luttait avec un courage et une adresse admirables mais elle succomberait bientôt sous le nombre. Une lance se ficha dans son pied et la cloua au sol. La douleur se déploya dans ses jambes, dans son bassin. Elle serra les dents pour rester consciente, pour résister une minute, une seconde supplémentaire. Elle leva la tête, adressa une supplique aux ancêtres, à cette lumière peut-être qui brillait là-haut comme une étoile morcelée.

Le ululement de la sirène pétrifia les Romains qui pullulaient autour de Wang et de ses deux compagnons comme des insectes enragés. Ils se souvinrent qu'ils risquaient l'extinction à poursuivre le combat pendant le temps mort et rengainèrent leurs armes à contrecœur. Ils avaient désormais le choix entre camper sur le champ de bataille pendant les trois heures d'interruption ou retourner à leur cantonnement pour reconstituer leurs forces. Ils consultèrent du regard les centurions ou les officiers de cavalerie, mais la chaîne de communication s'était rompue et leurs interrogations demeurèrent sans réponse. La nuit naissante se peupla de statues. Les Romains attendaient des ordres qui ne venaient pas et les Gaulois étaient trop fourbus pour réagir.

Wang s'accroupit, posa son bouclier dans la boue, déchira un pan de son sagum – de ce qu'il en restait – pour juguler l'hémorragie de son avant-bras. La blessure à son pied était plus superficielle qu'il ne l'avait d'abord cru : le fer de la lance s'était fiché entre ses orteils et lui avait simplement déchiré la peau entre deux phalanges. Il noua le morceau d'étoffe autour de son bras, se releva et, boitillant légèrement, prit la direction de l'oppidum. L'Iranien et le Laotien lui emboîtèrent le pas. Tout en marchant, ils se dépouillèrent de leurs attributs de Romains et c'est pratiquement nus, sous le regard hébété des autres immigrés, qu'ils se présentèrent devant la porte du rempart.

Belkacem L. Abdallah serra son ancien compagnon de bloc à l'étouffer. Le Soudanais avait reçu plusieurs blessures mais toutes superficielles. A la requête de Wang, on avait installé un hôpital de fortune dans une dizaine de huttes de l'oppidum, et on avait mobilisé toutes les énergies, toutes les compétences pour soigner les blessés. Kamtay et Timûr s'étaient chargés de relater leurs aventures au reste de l'armée et la rumeur s'était rapidement répandue que les ancêtres – ou les dieux, ou Dieu selon les croyances – étaient apparus à un jeune Chinois du nom de Wang pour renverser le cours de la bataille. Ils l'élevèrent spontanément au rang de capitaine de champ – de général en chef pour les Sino-Russes qui avaient effectué un séjour dans les troupes de l'axe Pékin-Moscou. Ses désirs devinrent de ce fait des ordres, exécutés avec un zèle proportionnel au prestige que lui valaient ses hauts faits. On savait qu'il avait tué le capitaine de champ de Hal Garbett, qu'il avait détruit le cantonnement du défendeur américain, et on comptait sur lui, maintenant que Frédric Alexandre n'avait plus la possibilité de les diriger, pour finir le travail. Les membres de la section spéciale qui s'étaient réfugiés dans les huttes pendant la bataille s'étaient en grande partie rachetés en massacrant les Romains introduits dans l'oppidum. On espérait que leur fraîcheur physique compenserait en partie – en petite partie seulement – l'infériorité numérique de l'armée gauloise.

Wang avait recommandé aux hommes de se nourrir et de se reposer, car il envisageait de reprendre le combat très tôt le lendemain. Il avait institué des tours de garde sur le chemin de ronde du rempart pour détecter d'éventuels mouvements des légions romaines pendant la nuit. Il se reposait lui-même dans une hutte transformée en quartier général et dans laquelle s'engouffraient de temps à autre des Sino-Russes, des Islamiques ou des Nordiques qui venaient s'assurer de la réalité de son existence. Sa jeunesse, qui aurait pu le desservir dans d'autres circonstances, accentuait l'aspect miraculeux de son aventure et renforçait son autorité sur ses hommes.

« J'ai cru mourir mille fois, fit Belkacem en hochant la tête d'un air grave. Mille fois j'ai fait mes adieux à ma douce Aïcha, à mes enfants, mille fois la chance, le vent, la pluie, mon bouclier ont dévié les lames qui me visaient... »

Il se leva, plaça son bouclier sous une torchère, montra les innombrables creux et bosses qui déformaient le bronze. La lumière dansante de la flamme révélait les accrocs de son sagum, de sa tunique, de ses braies, les balafres qui lui parsemaient le corps, les taches de sang et de boue qui lui maculaient le visage, les cheveux, les mains.

« Kareem et Zhao n'ont pas eu ta chance... » murmura Wang.

Timûr, Kamtay et les quelques officiers allongés sur les lits voisins se redressèrent, alarmés par la tristesse déchirante de sa voix. L'Iranien et le Laotien l'avaient vu pleurer en berçant la tête de son ami et, même s'ils n'avaient pas rapporté l'anecdote aux autres, cette scène leur avait laissé une impression aussi forte que la manière dont il avait « perçu » la volonté des ancêtres – ou des dieux, ou de Dieu.

« J'ai vu Kareem emporté par une vague humaine, dit Belkacem dont la torchère étirait l'ombre mouvante sur les murs. Ils ont agi comme s'ils avaient toujours su qu'il était le capitaine de champ de Frédric Alexandre.

– Tu veux dire qu'il y a eu des fuites ? » demanda Kamtay.

Le Soudanais acquiesça d'un mouvement de tête.

« J'en mettrais ma main au feu...

– Ces salopards nous le paieront ! gronda Timûr.

– Les Sudams sont des immigrés comme nous, intervint Wang. Le voyant frontal nous empêche de nous en prendre aux véritables responsables.

– Même avec la double épaisseur de tissu autour de la tête ? s'étonna Kamtay.

– Un truc provisoire, répondit Wang. Ça ne fonctionnerait probablement pas en dehors de l'île des Jeux... »

Ils marquèrent un temps de pause pendant lequel ils

écoutèrent le crépitement de la pluie sur les chaumes et les sifflements du vent dans les anfractuosités des murs de torchis.

« Qu'est-ce qu'on fait des Sudams ? reprit Belkacem.

– Si nous voulons vivre, nous n'avons pas d'autre choix que de les exterminer », dit Wang.

Il n'avait pas eu besoin de hausser le ton de sa voix pour exprimer la colère dans laquelle le plongeait cette perspective.

L'aube n'était pas encore levée et les deux mille cinq cents survivants de l'armée de Frédric Alexandre avançaient à marche forcée vers le camp fortifié romain. Chaque homme s'était muni de ses armes personnelles et des lances ou des glaives récupérés sur les cadavres. Deux divisions de cinq cents cavaliers encadraient les quinze centuries de l'infanterie.

Wang n'avait pas prononcé de discours avant le départ, mais il avait rendu un hommage solennel à Kareem J. Abdull, dont le corps criblé de blessures lui avait été amené devant la porte du rempart... Lhassa, Tzeu, Zhao Guofeng, Kareem J. Abdull... l'Occident l'avait-il donc condamné à être séparé de ceux qu'il aimait ? Il s'était recueilli un long moment devant la dépouille du Gabonais, dont le masque mortuaire exprimait une grande sérénité. Sa femme, mariée à un être qu'elle abhorrait, attendrait en vain son retour à Port-Gentil.

Appuyé par les officiers, Wang avait décidé de porter le fer chez l'ennemi, probablement démoralisé par la perte de son capitaine de champ et par une nuit de veille passée sous la pluie. Il avait exigé des immuns afghans qu'ils préparent des repas à emporter pour les hommes et qu'ils doublent les rations d'avoine des chevaux. Les Gaulois s'étaient séchés, désaltérés, reposés et, même si un crachin tenace noyait la plaine sous une grisaille sale, la confiance était revenue dans leurs rangs.

Juché sur un cheval, Wang marchait en tête de ses troupes. Il ne se ressentait pratiquement plus de la blessure de son pied mais son avant-bras continuait de l'élancer. Il avait coiffé le casque de Kareem J. Abdull et passé par-dessus sa tunique une armure dorée en hommage à Zhao. Des Mongols lui avaient fourni une longue épée à la poignée de bronze dont le fourreau de cuir lui battait les mollets. Derrière lui venaient ses lieutenants, Timûr l'Iranien, Kamtay le Laotien, Belkacem le Soudanais. Ils allaient à pied, ayant refusé de parcourir à cheval la distance entre l'oppidum et le camp romain. Ils souhaitaient – prétendaient-ils – être logés à la même enseigne que les simples soldats, mais Wang soupçonnait deux d'entre eux de vouloir épargner leurs fesses et leurs cuisses soumises la veille à rude épreuve, et le troisième de sauter sur ce prétexte pour échapper à la redoutable épreuve que représentait le fait de grimper sur l'échine d'un cheval.

Les deux P.C. volants suivaient la progression de l'armée gauloise. Leurs lumières perçaient difficilement le rideau de pluie et le vent colportait leur ronronnement diffus. Les temps morts étaient dorénavant le seul moyen d'action des stratèges mais, judicieusement utilisés, ils pouvaient encore influer sur le cours des événements, comme l'avait démontré l'interruption de trois heures demandée la veille par Frédric Alexandre.

Wang distingua la ligne sombre du camp romain. Les troupes de Hal Garbett n'étaient pas encore sorties de leur cantonnement. Il n'aperçut aucune sentinelle sur l'escarpe de la palissade. Les premières lueurs du jour teintaient de vert la barrière électromagnétique qui se dressait à l'horizon comme une gigantesque muraille.

Parvenu à moins de cinquante mètres de l'enceinte, Wang immobilisa son armée d'un geste du bras. Le pont-levis avait été relevé et l'eau de pluie rendait infranchissable le large fossé. Les Romains étaient deux fois plus nombreux que les Gaulois mais, privés de chef, découragés par la perte de leur capitaine de champ et par le saccage de leur camp, ils oubliaient de tirer profit de leur supériorité numérique. Wang avait estimé qu'il ne fallait pas leur laisser le temps de se réorganiser. Fatigués par une nuit sans sommeil, ils attendaient problablement que leurs immuns reconstituent leurs réserves de vivres pour reprendre le combat. La légende voulait que les soldats se montrent plus efficaces le ventre vide, mais ils ne tiendraient pas longtemps contre des adversaires reposés et rassasiés.

Wang descendit de cheval et s'approcha de Timûr, Kamtay et Belkacem.

« Ce sera moins facile d'entrer là-dedans que la première fois ! soupira l'Iranien. Ils ont appris à se méfier...

– Pas tant que ça ! fit Kamtay. Ils n'ont pas jugé nécessaire de poster des sentinelles !

– Ils ne songent pour l'instant qu'à remplir leurs estomacs vides ! intervint Belkacem.

– Nous devons justement pénétrer dans ce camp avant qu'ils n'aient eu le temps de les remplir, déclara Wang. Et pour ça, débloquer ce fichu pont-levis...

– Comment ? demanda Timûr.

– En escaladant la palissade... »

Ils marquèrent un temps de pause où s'amplifièrent le grésillement de la pluie, le ronronnement des P.C. et les hennissements des chevaux.

« Qui va s'en charger ? demanda Belkacem.

– Moi, répondit Wang.

– Pas question ! protesta Kamtay. Tu es notre capitaine de champ et ton bras blessé...

– C'est justement au capitaine de montrer l'exemple, coupa Wang. Et la blessure de mon bras ne me gênera pas. Procurez-moi trois glaives à lame courte et tenez la cavalerie prête à s'introduire dans le camp. Donnez deux lances aux hommes pour qu'ils essaient de tuer chacun deux adversaires. Envoyez l'infanterie cinq minutes après. En rangs serrés, protégés par les boucliers.

– Des tortues ? » lança Belkacem.

Wang opina d'un mouvement de menton.

« Je vois que tu n'as pas perdu toute notion d'histoire... », murmura-t-il avec un sourire.

Les lames se fichaient en vibrant dans le bois des pieux maintenus les uns contre les autres par des cordes. Delphane sensorait chaque seconde de cette escalade périlleuse. De temps à autre, elle se retournait et apercevait l'armée rassemblée dans la plaine, la cavalerie regroupée au centre, prête à s'engouffrer dans l'ouverture. L'eau glaciale du fossé, si profond qu'il avait fallu le traverser à la nage, l'avait transie jusqu'aux os et avait alourdi sa tunique. Elle s'était débarrassée de tous ses autres vêtements, de ses *gallicæ*, de son casque, de son sagum, de son armure. La pluie rendait glissantes les poignées métalliques, le vent froid lui léchait le bas-ventre, le dos, la nuque. Elle progressait à une lenteur désespérante, car elle devait se tenir en équilibre sur la lame intermédiaire, retirer la lame inférieure du bois et la planter aussi profondément que possible au-dessus de sa tête. Elle se hissait ensuite sur la lame supérieure, qui devenait intermédiaire, et recommençait son manège. Handicapée par la blessure de son bras, elle serrait les dents pour ne pas lâcher prise.

Elle mit plus de vingt minutes pour parcourir les six premiers mètres. Elle grimpait de moins en moins vite au fur et à mesure que se rapprochait le sommet de la palissade, distant encore de quatre mètres.

Elle ne parvenait plus à se dissocier de Wang – c'est le nom que donnaient les autres au Chinois du canal 5367. Les capteurs des sensors avaient aboli son individualité. Elle était sortie de son territoire pour investir le corps de ce jeune Sino-Russe dont elle ressentait les sentiments, les émotions, les transformations physiologiques avec une acuité surprenante. Elle n'était pas encore entrée dans ses pensées, mais elle commençait à pressentir ses décisions. Elle avait ainsi deviné son intention d'escalader l'enceinte du camp romain avant qu'il n'en fasse part à ses compagnons.

Elle avait appris, comme l'ensemble des télésensoreurs français, qu'il avait tué le capitaine de champ de Hal Garbett, qu'il avait donc, en éliminant la pièce maîtresse du jeu du défendeur américain, redonné l'espoir à toute une nation. Son père l'avait appelée au milieu de la nuit pour lui recommander de se brancher sur le 5367 (pour, également, tenter de se justifier maladroitement de son comportement de la veille). Elle s'était abstenue de lui dire qu'elle n'avait pas attendu ses conseils pour suivre Wang dans toutes ses évolutions, et cela bien avant que ce dernier ne prenne la place du capitaine de champ de Frédric et ne devienne l'acteur principal de ces Jeux. Elle s'était également mordu les lèvres pour ne pas hurler qu'elle le haïssait, qu'elle quitterait l'appartement de Toulouse dès la fin des J.U., qu'elle se tiendrait à l'entière disposition de la ruche pour hâter l'effondrement d'un monde qui commençait à lui donner la nausée. L'appel de son père montrait en tout cas que la France entière s'était branchée sur le canal 5637.

Une épée se déroba sous son pied. Elle se pencha pour la rattraper avant qu'elle ne tombe, mais ce mouvement précipité la déséquilibra et elle dut se plaquer contre le bois rugueux pour éviter la chute. Elle aperçut en contrebas la bande de terre et de pierres qui s'étendait entre le fossé et la palissade. L'arme rebondit sur les arêtes rocheuses et s'abîma dans l'eau, dont la surface ridée par la pluie fut agitée de remous.

Elle ne disposait plus que de deux lames pour continuer l'escalade. Elle se hissait sur l'une et fichait l'autre à hauteur de son bassin pour se donner la possibilité de récupérer la première. Elle eut besoin de trente minutes pour parvenir jusqu'au faîte de la palissade. Le sang s'écoulait de ses doigts, de ses coudes, de ses genoux écorchés. Ses muscles tétanisés par l'effort et la fraîcheur de l'aube ne lui obéissaient plus que partiellement. Elle s'accrocha d'une main à l'extrémité d'un pieu taillé en pointe, reprit l'épée la plus proche et se hissa à la force d'un bras au sommet de l'enceinte. Elle s'assit à califourchon entre deux palis. Le bois humide lui irrita le périnée.

Elle eut d'abord une vue d'ensemble du camp. Les hommes de Hal Garbett s'étaient servis de leurs capes, de leurs manteaux, de leurs armures pour certains, pour fabriquer des abris de fortune. Des pieds dépassaient de ces tentes rudimentaires. Ils avaient probablement éprouvé de sérieuses difficultés à trouver le sommeil dans cette ambiance humide, et c'était seulement au lever du jour qu'ils cédaient enfin à la fatigue et goûtaient de précieuses heures de repos. Les chevaux avaient été alignés contre un côté de la palissade. Enroulés dans leurs manteaux, assis autour de leurs armes plantées dans la boue comme des flammes figées, des hommes discutaient à voix basse. D'autres tentaient d'oublier le froid en faisant les cent pas, en sautillant sur place, en se frappant les épaules. Les râles des blessés, allongés à même la terre, renforçaient l'impression de renoncement qui se dégageait du camp.

Elle remarqua deux hommes allongés sur l'escarpe de surveillance qui, prévue pour les sentinelles, faisait le tour de la palissade. Large d'un mètre, elle était fixée aux pieux par d'énormes clous, reliée au sol par des échelles et ceinte d'une balustrade. Les deux Sudams, alertés par le bruit, se levèrent et tirèrent leur glaive. Exténuée par son escalade, elle rassembla ses énergies et raffermit sa détermination. Par chance, ils n'eurent pas le réflexe de crier pour attirer l'attention des autres, estimant sans doute qu'ils viendraient facilement à bout d'un adversaire isolé. De même, ils n'avaient pas cru nécessaire de se munir de leurs boucliers, posés contre un poteau de la balustrade. Elle sauta sur l'escarpe, se campa sur ses jambes, surveilla leurs mouvements. Leurs traits tirés, leur barbe de deux jours, leurs cheveux collés par le sang et la boue, l'âcre odeur qui s'exhalait de leurs vêtements souillés, les déchirures de leur tunique composaient un tableau peu reluisant, peu représentatif en tout cas de la Rome orgueilleuse de l'Antiquité. Le premier se fendit d'une attaque sans conviction, comme s'il n'avait plus les moyens physiques de ses intentions. Delphane esquiva le coup sans difficulté et riposta. Son épée s'engouffra entre les deux plaques de la *lorica* et s'enfonça dans sa cage thoracique. Le Sudam bascula vers l'avant et s'écroula sur le plancher de bois dans un bruit sourd. Elle mit à profit les quelques secondes d'hébétude de son compagnon pour sauter par-dessus le cadavre et, du tranchant de la lame, lui ouvrir le bas-ventre. Elle ne perdit pas de temps à s'assurer qu'elle lui avait porté un coup fatal. Elle le contourna pendant qu'il s'affaissait comme un sac vide et s'engagea sur une échelle verticale située à moins de dix mètres de la porte. Le bref affrontement sur l'escarpe n'avait pas donné l'alerte. Tandis qu'elle dévalait les barreaux, elle lançait d'incessants coups d'œil par-dessus son épaule. Personne ne levait la tête dans sa direction ni ne prêtait attention aux deux P.C. qui survolaient le cantonnement. Les barreaux, mal poncés, lui égratignaient les plantes des pieds. Soudain, alors qu'elle était arrivée à moins de trois mètres du sol, un cri strident retentit dans son dos. Elle lâcha l'échelle, se lança dans le vide, se reçut en souplesse sur la terre meuble. Elle ne chercha pas à savoir d'où provenait ce hurlement ni quel branle-bas de combat il avait déclenché, elle fonça vers le pont-levis maintenu à la verticale par une énorme corde enroulée autour d'une poulie. Des ombres s'agitèrent dans son champ de vision, des glapissements résonnèrent autour d'elle. Des légionnaires avaient compris ses intentions et engagé avec elle une course de vitesse. Des hommes brusquement réveillés, alertés par ce soudain remue-ménage, pointaient la tête hors de leur abri.

Arrivée à proximité de la poulie, elle leva son épée, visa la corde, frappa de biais. Elle crut que le choc de la lame sur le câble lui avait disloqué l'épaule. Les fils tressés cédèrent l'un après l'autre. Elle perçut le grincement produit par la poulie tournant sur son axe, le sifflement de la corde qui se dévidait à grande vitesse. Les yeux tendus d'un voile rouge, au bord de l'inconscience, elle entendit les vociférations et les bruits de pas des Romains. Elle n'avait plus la force de lutter, ni même celle de faire face à ses adversaires. Pourtant, au fond d'elle, une voix lui ordonnait de survivre. Une vieille femme aux cheveux blancs, aux paupières lourdes et flétries tirées sur des yeux d'un noir profond... Grand-mère...

Un roulement supplanta les autres bruits. Les poumons en feu, repliée sur elle-même pour reprendre son souffle, elle attendit le coup fatal. Ponctué de clameurs, le grondement enfla de manière vertigineuse, comme un orage qui se serait brutalement rapproché. Elle entrevit un mouvement continu sur sa gauche. Sa nuque se décontracta peu à peu et les battements de son cœur s'apaisèrent. Elle se redressa, ouvrit les paupières, vit les centaines de cavaliers gaulois se disperser à l'intérieur du camp et se lancer à la poursuite des Romains affolés. Les vagues surgissaient de la porte et engloutissaient les hommes figés autour d'elle. Transpercés par les lances, piétinés par les chevaux, plaqués contre la palissade, ils n'avaient pas eu le temps de courir vers les échelles et de se réfugier sur l'escarpe.

Elle se détendit enfin, renversa la tête en arrière. Elle s'aperçut alors que la sueur avait formé une épaisse flaque sur le siège du sensor. Elle retira les deux capteurs de sa poitrine pour décontracter ses muscles noués, pour réintégrer son corps. Elle avait frôlé à plusieurs reprises le coma sensoriel, mais pour rien au monde elle n'aurait modéré les sensations vertigineuses que lui avait procurées le canal 5367. Elle caressa distraitement les pointes dressées de ses seins. Paradoxalement, cette identification aux valeurs masculines de Wang l'avait réconciliée avec sa nature de femme.

Lorsque retentit la sonnerie du temps mort, probablement demandé par Hal Garbett, des milliers de cadavres jonchaient la boue du camp. L'attaque surprise de la cavalerie, suivie à quelques minutes de l'infanterie, avait provoqué des ravages considérables dans les rangs ennemis. Nombreux étaient les Romains qui, pris de court, n'avaient pas eu le temps de se munir d'une arme et qui avaient été massacrés sans esquisser un geste de défense. Certains avaient même été frappés alors qu'ils étaient encore allongés sous leur abri de fortune et perdus dans leurs rêves. Les assaillants avaient tranché les attaches des deux mille chevaux et les avaient chassés hors de l'enceinte, retirant à l'ennemi toute possibilité de reconstituer sa cavalerie. Des Sudams, oubliant l'arrogance des premiers jours, étaient tombés à genoux et avaient imploré les hommes de Frédric Alexandre de les épargner, mais les épées, les haches, les lances s'étaient abattues sur eux sans pitié.

Ivres de carnage, plusieurs Gaulois ne s'étaient pas arrêtés de combattre lorsque avait retenti la sirène du temps mort. Foudroyés, ils s'étaient affaissés comme des feuilles mortes sur les corps de ceux qu'ils venaient de pourfendre.

Sur l'ordre de Wang, les Sino-Russes, les Islamiques et les Nordiques se regroupèrent au centre du camp romain, puisque aucun règlement n'interdisait à une armée de passer les trois heures du temps mort dans le fief de l'ennemi. Une vingtaine d'hommes restés en arrière apportèrent les repas préparés par les immuns afghans. Il n'y avait pas si longtemps qu'ils avaient mangé, ils n'avaient donc probablement pas très faim, mais Wang jugea que le spectacle de ses soldats en train de se restaurer saperait un peu plus le moral des Sudams, qui jeûnaient maintenant depuis plus de dix heures.

« A mon avis, ils sont moins de deux mille, lança Kamtay en mordant à belles dents dans une cuisse de poulet.

– Dommage que Hal Garbett ait demandé son temps mort, grommela Timûr. Il n'en resterait plus un seul à l'heure qu'il est. »

Les Romains s'étaient rassemblés au fond du camp et répartis par petits groupes. Certains d'entre eux avaient gagné l'escarpe pour guetter l'éventuelle apparition des immuns. La pluie avait cessé de tomber et le vent dispersait peu à peu l'odeur de sang.

L'escalade de la palissade et l'abaissement du pont-levis avaient encore accru le prestige de Wang.

« Ils n'ont plus de chevaux, plus de chef, plus de camp, plus de vivres, dit Belkacem. Ce n'est pas un temps mort qui changera quoi que ce soit au résultat.

– Ils garderont l'espoir tant qu'ils pourront se battre, objecta Kamtay.

– A mon avis, ils ne reprendront pas le combat... », affirma Wang.

La suite des événements confirma ses propos. Alors que la sirène annonçant la fin du temps mort venait à peine de se taire, alors que les Gaulois remontaient en selle ou reconstituaient les tortues, alors que les nuages bas libéraient à nouveau un crachin désespérant, alors que les deux P.C. s'étaient stabilisés au-dessus de leurs armées respectives comme pour leur délivrer les dernières consignes, les Romains hissèrent une cape claire sur la hampe d'une lance et dépêchèrent une ambassade de trois hommes, un Noir, un Blanc, un métis, auprès du commandement ennemi.

Ils se frayèrent un passage au milieu des Gaulois figés et dans un silence irrespirable, ils se dirigèrent vers le petit groupé de Wang.

« Nous voulons parler à votre *jefe*... votre chef », déclara le Noir.

Leurs uniformes couverts de boue ne se différenciaient plus guère de ceux de leurs adversaires. Des plumets de leur casque ne subsistaient plus que quelques brins soufflés par le vent.

« Qu'est-ce que vous lui voulez ? lança Kamtay Phoumapang d'un ton agressif.

– Lui proposer notre reddition... »

Le Laotien désigna les P.C. volants d'un geste du bras.

« Vous croyez qu'il est d'accord, là-haut ? »

Le Noir haussa les épaules.

« Il a perdu son capitaine de champ. C'est à nous de prendre la décision.

– Qu'est-ce qui nous prouve que vous ne cherchez pas à nous jouer un tour à votre façon ?

– Nous parlons la même langue, *hombre*, même si je suis originaire du Pérou et vous d'un autre pays...

– Du Laos, précisa Kamtay. Ta parole ne suffira pas...

– Si vous acceptez de nous épargner, nous vous remettrons toutes nos armes.

– L'Américain risque de vous en vouloir et de demander l'extinction de votre voyant frontal.

– Nous choisissons de courir le risque, *amigo*. Nous

n'avons aucune chance de nous en sortir contre vous...

– Vous ne teniez pas le même discours avant-hier !

– Nous étions des machines à tuer. Les *Americanos* nous avaient fanatisés, mais le vent a tourné... »

Kamtay interrogea du regard Wang, qui abaissa les paupières en signe d'acquiescement. Il était temps de mettre fin à cette guerre inutile. Le sang avait déjà trop coulé.

Comme l'avaient annoncé les trois émissaires, les Romains vinrent un à un déposer leurs armes, leurs casques, leurs boucliers, leurs *loricæ* devant Wang. Pendant plus d'une heure, seuls les râles des agonisants et les bruits mats des armes qui s'entassaient troublèrent le silence de cathédrale tombé sur le camp. Lorsqu'ils se furent débarrassés de leurs attributs guerriers, Wang fit regrouper les Sudams au centre de l'enceinte et expédia une centaine de ses cavaliers vers l'oppidum pour leur rapporter de quoi manger.

Les deux appareils se posèrent avec délicatesse sur l'herbe de la plaine. Hal Garbett avait pressé le bouton rouge de son tableau de bord, le bouton infamant de la défaite, et l'administrateur de l'île avait aussitôt commandé l'atterrissage des P.C.

Les membres du C.O.J.U. grelottaient sous les trombes d'eau qu'ils avaient eux-mêmes programmées. Ils songeaient avec amertume qu'ils devraient bientôt se familiariser avec la mode gauloise, bien terne en comparaison de la mode romaine. Le dénouement de ce défi les consternait pour bien d'autres raisons. Non loin, les cars-régies des télésens et l'autobus solaire avec lequel ils avaient traversé le champ de bataille émettaient un bourdonnement à peine audible. Seuls les représentants des chaînes nationales affichaient la mine réjouie de ceux pour qui les cent sixièmes Jeux uchroniques étaient d'ores et déjà un franc succès (tous les records de connexion avaient été battus). Ils guettaient avec impatience les deux concurrents pour les presser de questions, pour les prier d'éclairer les télésensoreurs occidentaux sur tel ou tel aspect de leur stratégie (les subtilités tactiques d'Alexandre avaient échappé à la perspicacité de bon nombre d'entre eux).

Hal Garbett sortit le premier de son P.C. Il arborait une mine sombre qu'on ne lui connaissait pas, et ses mâchoires bleuies par la barbe apparaissaient encore plus carrées que d'habitude. Il refusa l'aide des techniciens pour se défaire des capteurs plaqués sur son corps et qui laissèrent des traces violacées sur sa peau. Il prit une profonde inspiration et fixa un à un les membres du Comité d'un air désolé.

Frédric Alexandre se présenta cinq minutes plus tard. Pâle, hâve, le torse et le bassin parsemés de plaques rouges, le cheveu terne et gras, des yeux ronds de hibou. Hal Garbett se dirigea vers lui pour le féliciter, comme le voulait l'usage uchronique.

« Je ne sais pas comment tu as fait, mais tu m'as eu, *fucking Frenchy* ! », lâcha l'Américain entre ses lèvres crispées.

Des lueurs de désarroi traversaient ses yeux gris. Il tendit la main à Frédric qui la saisit timidement mais n'osa pas la presser. Le challengeur ne parvenait pas à s'habituer à l'idée qu'il avait vaincu son terrible adversaire, qu'il était désormais le défendeur pour deux ans, que ce serait à lui de choisir le thème du prochain défi. Il était seulement conscient que la petite part de hasard qu'il avait introduite dans cette bataille avait fini par l'emporter sur la méthode américaine. Là se limitait son apport stratégique, et il ne savait pas encore s'il était important ou anecdotique.

« Il faudra un jour que tu m'expliques certaines choses, *Frenchy*, reprit Hal Garbett. Comment tu as éliminé mon capitaine de champ, par exemple...

– J'ai eu un peu de chance », bredouilla Frédric.

Un sourire amer affleura les lèvres de l'Américain. La pluie plaquait ses cheveux courts sur son crâne.

« *Bullshit !* La chance n'a rien à voir avec la stratégie ! cracha-t-il avec colère. Mais le temps n'est pas venu d'analyser ce défi. Mes hommes vont payer très cher leur pusillanimité. Profite bien de ta victoire,

Froggy. Je n'ai pas l'intention de passer la main. Je te donne rendez-vous dans deux ans. »

Il se détourna avec brusquerie et, nu et fier, se dirigea vers les représentants des télésens américains qui se bousculaient pour recueillir ses impressions.

Avant toute déclaration, Frédric exprima le désir de saluer ses hommes, rassemblés dans l'oppidum par les permanents administratifs de l'île des Jeux. On le lava, on lui fournit des vêtements propres et secs, un pourpoint de velours, un manteau et des chausses de laine, puis on le transporta à bord d'un autobus jusqu'à l'oppidum. Les responsables télésens qui réussirent à s'engouffrer dans le véhicule le congratulèrent pour son idée géniale d'avoir prévu un capitaine de champ secret et d'avoir choisi, pour tenir ce rôle, ce jeune Chinois doué d'un remarquable sens de la stratégie. Il ne jugea pas nécessaire de leur expliquer que cette décision n'avait pas relevé directement de sa responsabilité.

On le conduisit à la porte de l'oppidum où il demanda à rester seul avec ses hommes, au grand dam des représentants des télésens qui lui rappelèrent les obligations d'un défendeur envers les grands médias occidentaux.

« Le président Freux, les membres du gouvernement, les télésensoreurs français et occidentaux attendent avec impatience vos premières déclarations ! Notre carrégie est équipé d'un sensor mobile d'où vous pourrez... »

Il s'en dépêtra en leur promettant de leur consacrer plusieurs heures, plusieurs jours s'ils le souhaitaient, après cet entretien avec ses hommes.

« Une grande partie du mérite leur revient, argumenta-t-il. Je me dois de leur rendre hommage... »

Il pénétra donc seul dans l'oppidum, où des soldats le reconnurent, l'informèrent des hauts faits de Wang et le guidèrent jusqu'à la hutte où il se reposait en compagnie de ses lieutenants. Pendant le trajet, on lui exposa, en les enjolivant chacun à sa manière, les exploits de ce jeune Chinois que les ancêtres – les dieux,

Dieu – avaient élu pour les conduire sur le chemin de la victoire.

On l'introduisit dans la hutte où les quatre hommes mangeaient en silence, les yeux perdus dans le vague. Ils suspendirent leurs gestes lorsque le challengeur français s'avança dans la pièce. Frédric reconnut d'emblée le jeune Sino-Russe qu'il avait remarqué à plusieurs reprises dans le camp des Landes et pour lequel il avait demandé une analyse cellulaire. L'intuition d'Aliz, la morphopsycho, ne l'avait pas trompée : c'était bien ce garçon à peine sorti de l'adolescence qui avait toujours été son véritable capitaine de champ.

ÉPILOGUE

L'ŒIL-D'ABEL

Frédric Alexandre n'a jamais livré le secret de sa victoire lors des Jeux de 2212. Y a-t-il un secret finalement ? On se souvient de la petite phrase prononcée par le challengeur français lorsque Hal Garbett vint le féliciter à l'issue de sa victoire : « J'ai eu de la chance ! » La chance, voilà peut-être la véritable explication du triomphe de Frédric Alexandre face à un homme qui avait remporté les neuf défis précédents. La chance, et un jeune Sino-Russe du nom de Wang...

Jacquin LEGRAND, *Total Sens*

Les voitures découvertes avançaient au ralenti sur l'avenue pavoisée. De chaque côté des Champs-Elysées, des milliers de Parisiens acclamaient leurs héros, le stratège Frédric Alexandre et Wang, son capitaine de champ, qui se tenaient debout sur la plate-forme d'une voiture électrique pilotée par un chauffeur sanglé dans une tenue d'apparat. Un soleil radieux brillait au-dessus de l'Arc de triomphe. Les confettis lancés par des mains enthousiastes tombaient en pluie multicolore sur le cortège ouvert par la garde souveraine et la voiture présidentielle. Les véhicules suivants transportaient les conseillers du gouvernement, les membres du bureau du défi français, les parents de Frédric. Delphane avait pris place à bord de l'antique Renault à essence habituellement réservée aux chefs d'Etat étrangers, aux hôtes de marque.

Juste avant les célébrations, Frédric avait emménagé dans un luxueux triplex du Marais, l'un des quartiers les plus anciens et les plus chers de la capitale française. Il l'avait acheté avec les dix millions d'ox que lui avait remis le C.O.J.U. pour prix de sa victoire et s'y était installé en compagnie de Delphane, au grand désespoir de sa mère qui vivait mal la séparation d'avec son fils unique. Il avait prévu une chambre pour Wang et, à la requête de ce dernier, il avait logé ses trois amis, Kamtay Phoumapang, Timûr Bansadri et Belkacem L. Abdallah, dans un quatre-pièces de la place des Vosges appartenant au bureau français du défi.

Il avait maintenant constitué le noyau dur de son équipe, son capitaine de champ et ses trois seconds. Les survivants des Jeux, installés dans un camp près de la région parisienne, fourniraient l'encadrement de ses futures troupes. Il disposait de surcroît de deux années entières pour sélectionner et entraîner de nouvelles recrues. Les prochains Jeux s'annonçaient sous les meilleurs auspices. Il choisirait le thème du défi en fonction des qualités que les morphopsychos décèleraient chez ses soldats. Même si le peuple français et ses gouvernants lui attribuaient le mérite de ce triomphe (difficile pour des Occidentaux de s'identifier à un immigré...), il savait ce qu'il devait à Wang, l'élu du hasard sur le champ de bataille, l'homme providentiel. Il essaierait de lui rendre la vie plus douce dans son exil occidental.

Il n'était pas encore passé à l'acte avec Delphane, mais il comptait bientôt lui prouver physiquement son amour, puisqu'elle en avait exprimé le désir. S'ils ne parlaient pas encore de mariage, l'idée mûrissait lentement dans leur esprit.

L'accueil du président Freux avait été aussi fastueux que chaleureux. Il l'avait étreint avec ferveur, lui avait épinglé une médaille au revers de son pourpoint et lui avait assuré qu'il avait fait davantage pour le prestige de la France que dix mille conseillers réunis. Il avait constaté que son succès ne réjouissait pas certains proches du président. Il avait revu Aliz, la morphopsycho, qui lui avait demandé des nouvelles de Wang. Il lui avait promis de l'inviter à la fête qu'il donnerait bientôt à son appartement, où elle pourrait rencontrer son jeune protégé. Les yeux bleus de la jeune femme avaient brillé d'un vif éclat.

Wang contemplait les façades élégantes des Champs-Elysées. Zhao aurait aimé ces lignes harmonieuses, ces proportions parfaites, cette large avenue qui se déployait comme une ample respiration dans cette ville chargée d'histoire. Le Chinois de Bratislava était mort avant d'avoir pu concrétiser son rêve mais il continuait de vivre dans l'esprit de son compatriote.

A son retour de l'île des Jeux, Wang avait demandé

à Frédric si on pouvait lancer des recherches afin de retrouver une jeune Tibétaine du nom de Lhassa qui avait franchi la porte de Most en même temps que lui.

« Je ne te promets rien, avait répondu Frédric. Le bureau de l'immigration de l'O.N.O. n'est pas facile à bouger. Mais je vais essayer... »

Wang n'avait pas été invité à la réception officielle, car les immigrés n'étaient pas autorisés à pénétrer dans l'enceinte du palais de l'Elysée, mais il avait reçu, en remerciement, un mot personnel du président Freux ainsi qu'une copie d'un casque berru authentique du musée de l'Histoire de France.

Les couturiers avaient immédiatement réagi à la victoire du challengeur français, et les vêtements gaulois commençaient à s'affirmer dans les rues, robes longues, tuniques à manches longues et larges, vestes fermées par une ceinture appelées *caracallæ, bardoculles,* braies... On compensait la pauvreté des lignes par la richesse des étoffes.

Le cortège tourna autour de l'obélisque de la Concorde et remonta les Champs-Elysées en direction de l'Arc de triomphe, derrière lequel s'abîmait le disque rouge orangé du soleil.

Tout en saluant la foule de la main, Frédric Alexandre se tourna vers Wang et s'écria :

« Si le hasard continue de se montrer favorable, nous ferons ensemble de grandes choses ! »

Frédric entra dans la chambre de Wang, allongé sur son lit. Un large sourire éclairait son visage.

« Tu peux utiliser mon sensor ! »

Le Chinois se redressa, interloqué. Il avait formulé cette requête sans trop y croire. Le sensorage était en effet strictement prohibé pour les immigrés, dont les voyants s'éteignaient immédiatement sitôt qu'ils avaient la mauvaise idée d'entrebâiller la porte d'un appareil.

Les régulateurs domotiques dispensaient une agréable fraîcheur dans la pièce entièrement blanche.

« Le bureau de l'immigration a donné son accord », reprit Frédric devant l'air ahuri de son interlocuteur.

Le Français saisit Wang par le poignet et l'entraîna dans le salon du sensor. Ils croisèrent Delphane au passage, vêtue d'une tunique gauloise qui ne dissimulait pas grand-chose de son corps. Dans le regard furtif qu'elle lui jeta, Wang décela de la curiosité et de l'attirance. Il eut l'impression, pendant une fraction de seconde, qu'il n'avait plus de secret pour elle.

Troublé, il ne prêta qu'une attention distraite aux explications de Frédric. Installé sur le siège du sensor, une sorte de grande caisse noire pourvue d'un tableau de bord et de capteurs, il comprit toutefois qu'il fallait sélectionner les canaux sur des touches qui ressemblaient aux antiques claviers des carcasses d'ordinateurs de la R.P.S.R. et que différentes sensations le traverseraient selon les programmes qu'il choisirait d'explorer.

« Le concept du sens total, ajouta Frédric. Amuse-toi, mais fais attention à l'abus sensoriel. Certains ne s'en sont jamais remis, comme la mère de Delphane... »

Il lui glissa un capteur sous sa tunique, puis il se redressa et referma doucement la porte. Wang pressa des touches au hasard et se retrouva sur un canal où il éprouva les sensations d'un animal qui courait dans la steppe. Une voix s'éleva à l'intérieur de son crâne et lui précisa le nom de l'animal, un loup de Sibérie. Ce murmure lui en rappela un autre, celui qu'il avait perçu dans la forêt de l'île des Jeux. Il eut alors la certitude qu'il n'avait pas reçu la visite de grand-maman Li, des ancêtres ou des dieux, mais que des êtres avaient utilisé un système comparable à celui des sensors pour communiquer avec lui. Il lui faudrait maintenant apprendre qui étaient ces mystérieux correspondants et les raisons qui les poussaient à le protéger. Ils n'étaient probablement pas étrangers aux résultats de l'analyse cellulaire, à cette modification miraculeuse de son âge qui lui avait permis de participer aux Jeux.

L'écran de contrôle du sensor lui proposa l'option : *surveillance satellite des pays extérieurs.* Il valida d'une pression sur un bouton lumineux. Les sigles G.N.I., R.P.S.R., AmSud s'affichèrent sur l'écran. Il appuya sur la touche 1 et une carte apparut, à l'intérieur de laquelle clignotait un point lumineux. *Choix par défaut, La Mecque...* Il vit alors, comme si la scène se déroulait devant ses yeux, des hommes vêtus de blanc tourner autour d'une pierre noire. Il les entendit psalmodier, il huma des odeurs de transpiration et de parfums capiteux, une grande fatigue l'envahit, la soif dessécha sa gorge... Il resta un moment en compagnie des pèlerins, puis la sensation d'étouffement l'entraîna à changer de programme.

Pression de l'index sur la touche retour, la carte de l'Arabie Saoudite, l'atlas de la G.N.I.

Quelle province de la G.N.I. ? Pour le Moyen-Orient, touche 1 ; pour l'Afrique, touche 2... Choix d'une province africaine : Afrique du Nord, touche 1 ; Afrique noire, touche 2... Choix d'un pays dans la province de l'Afrique noire : Sénégal, touche 1 ; Côte-d'Ivoire, touche 2 ; Ghana, touche 3 ; Nigeria, touche 4 ; Cameroun, touche 5 ; Gabon, touche 6... Choix d'une ville au Gabon : Libreville, capitale, touche 1 ; Port-Gentil, touche 2...

Des bâtiments ocre, des palmiers, des buissons aux fleurs éclatantes... La chaleur, omniprésente, écrasante, des milliers de mouches bourdonnantes. Des femmes voilées marchent dans les rues poussiéreuses, portant des paniers remplis de fruits et de légumes en équilibre sur leur tête. *Continuer la visite, touche 1 ; préciser un détail, touche 2...* Des senteurs océaniques, des parfums sucrés, des odeurs de caoutchouc et d'huile surchauffée. Un fleuve : l'Ogooué, précise une voix. *Continuer la visite de la ville, touche 1 ; remonter le fleuve, touche 2...* Des enfants nus se baignent dans l'eau boueuse de l'Ogooué. Leurs cris lui transpercent les tympans.

Plus loin, une femme lave du linge. Elle a retiré sa robe et son voile, qu'elle a étalés sur un récipient d'osier. Elle s'est avancée dans l'eau jusqu'à la taille. Sa peau noire et luisante accroche des reflets de soleil. Ses seins tressautent à chacun de ses gestes. Tout en frottant le tissu avec une pierre ponce, elle fredonne un chant d'une tristesse infinie. Wang ne comprend pas les paroles mais il devine qu'elle pleure un être aimé, un enfant, un mari... La femme de Kareem J. Abdull, peut-être.

Une émotion intense étreignit Wang lorsqu'il réussit à diriger l'objectif du satellite sur Grand-Wroclaw. Se servant du cours apaisé de la Nysa comme de point de repère, il s'approcha peu à peu de la maison de grand-maman Li. Il reconnut le misérable tas de planches et de tôle qui avait abrité son enfance. Les rayons d'un soleil timide n'avaient pas encore dispersé le manteau neigeux. Des odeurs familières ranimèrent des souvenirs enfouis au plus profond de lui. Son cœur se serra lorsqu'il vit la porte et les volets clos. Il se reprocha amèrement d'avoir laissé la vieille femme seule face au parrain mongol et à ses tueurs. Il aperçut la silhouette d'une jeune fille qui se dirigeait vers le fleuve. Une impulsion lui commanda de la suivre. Une passerelle avait été jetée sur la Nysa, comme si les résidants du quartier ne craignaient plus désormais de fouler le terrain vague qui s'étendait sur l'autre rive. Il entrevit le scintillement bleuté du R.E.M. dans le lointain, comme un pan effondré de ciel pâle. Après avoir parcouru trois cents mètres, la jeune fille se dirigea vers une silhouette assise sur une chaise à bascule. Elle se pencha pour déposer une offrande au pied du siège, de la nourriture sans doute, puis elle se prosterna aux pieds de la vieille femme.

Car c'était une vieille femme, emmitouflée dans un manteau beaucoup trop grand pour elle. La blancheur de sa chevelure donnait l'impression qu'elle avait été oubliée là par l'hiver. Non loin gisaient les éléments démontés d'un abri.

Des larmes vinrent aux yeux de Wang.

Grand-maman Li s'était installée en face du R.E.M.

pour attendre son retour. Ses lèvres bleuies par le froid ne remuaient pas, mais elle lui adressait une supplique muette : elle ne bougerait pas d'ici, elle ne mourrait pas tant qu'il n'aurait pas abattu cette muraille qui divisait l'humanité.

5285

PCA - 44400 Rezé
Achevé d'imprimer en Europe (France)
par Maury-Eurolivres – 45300 Manchecourt
le 12 mars 2001.
Dépôt légal mars 2001. ISBN 2-290-31128-6
1er dépôt légal dans la collection : juillet 1999

Éditions J'ai lu
84, rue de Grenelle, 75007 Paris
Diffusion France et étranger : Flammarion